ハヤカワepi文庫
〈epi 4〉

すべての美しい馬

コーマック・マッカーシー
黒原敏行訳

epi

ALL THE PRETTY HORSES

by

Cormac McCarthy

Translated by
Toshiyuki Kurohara
Published 2001 in Japan by
HAYAKAWA PUBLISHING, INC.
This book is published in Japan by
arrangement with
ALFRED A. KNOPF, INC.
through THE ENGLISH AGENCY (JAPAN) LTD.

すべての美しい馬

1

彼が扉を開けて玄関の広間にはいると、ろうそくの炎と柱間の鏡に映ったろうそくの炎がゆらりと揺れてもとに戻り扉を閉めるときにまたゆらりと揺れてもとに戻った。彼は帽子を脱いでゆっくりと前に進んだ。ブーツの下で床板がきしんだ。黒っぽいスーツを着た彼が映る暗い鏡のなかで胴のくびれた切子硝子の花瓶に差したたいそう淡い色の百合の花束がうなだれていた。背後の寒々とした廊下には彼もおぼろげにしか知らない先祖代々の肖像画がガラス張りの額にいれられ細長い羽目板を張った壁の上で薄暗い照明を当てられている。彼は短くなったろうそくを見おろした。オークまがいのベニヤ板の上にたまっている温かい蠟に親指を押しつけて指紋を刻印した。最後に彼は棺のなかの布のひだの間に埋もれた虚ろな表情のやつれた顔を眺めた。口ひげは黄ばみまぶたは紙のように薄い。これは眠っているんじゃない。眠っているんじゃない。

外は暗く寒いが風はなかった。遠くのほうで仔牛がひと声啼《な》いた。彼は帽子を手に立ち上がった。生きてるときはそんなふうに髪をとかしたことなんかなかったのにな、と彼は独りごちた。

家のなかで聞こえるのは玄関の間の炉棚に置かれた時計が時を刻む音だけだった。彼は表に出て扉を閉めた。

暗く寒いが風のない世界の東側を細長い灰色の環礁が縁どりはじめていた。彼は平原に出て帽子を手にし彼らすべてを支配する暗闇に何ごとか嘆願するかのような姿勢で長いあいだたたずんでいた。

その場を立ち去ろうと体の向きを変えたとき汽車の汽笛が聞こえてきた。彼はぴたりと動きを止めてそれがやってくるのを待った。足の下に響きが伝わってきた。それはもうすぐ姿を現わす太陽の供をする下品な下僕のように大声で喚《わめ》き散らしながら東の遠い処《ところ》からやってきて、前照灯の長い光でメスキートの密生する藪を貫き通し果てしなく真っ直ぐに伸びる線路沿いの柵を夜のなかに浮かび上がらせたかと思うとその何マイルにもわたって続く針金と杭をふたたび闇のなかに沈め、やがてぼんやりと明るみはじめた地平線のあたりに蒸気がゆっくりと立ち上って音がやってくると彼は帽子を手にしたまま通り過ぎる地鳴りのなかに立ちつくして汽車が見えなくなるまでじっと眺めていた。それから向き直って家に戻っていった。

　家のなかにはいっていくと彼女はストーブから顔を上げてスーツ姿の彼を上から下へと眺めた。おはようございます《ブエノス・ディーアス》、坊ちゃん《グワポ》、と彼女はいった。

　彼は扉のそばの雨合羽や毛のオーバーや半端な馬具が掛かっている掛け釘のひとつに帽子をひっかけ、ストーブの処へ足を運んでコーヒーをカップに注ぎそれをテーブルに持っていった。彼女は天火の蓋を開けて今朝焼いた甘いロールパンを載せた金属皿を引きだし皿に一個載せてバター・ナイフと一緒に彼の前に置くと、彼の頭の後ろに手を触れてまたストーブのそばに戻った。

　ろうそくを点してくれてありがとう、と彼はいった。

　なんですか《コモ》？

　灯明《ラ・カンデーラ》だよ。ろうそく《ラ・ベーラ》。

　あたしじゃありません《ノ・フイ・ヨ》。

　奥さんがやったのかい《ラ・セニョーラ》？

　もちろんそうですよ《クラーロ》。

　奥さん、もう起きてるのか《ヤ・セ・レバント》？

　あたしより早くね《アンテス・ケ・ヨ》。

　彼はコーヒーを飲んだ。ざらつく光の粒子がまばらに散る外を歩いてアルトゥーロが家のほうへやってきた。

埋葬のときに父親の姿を見かけた。父親は柵の近くの砂利の小道にひとり立っていた。一度自分の車を駐めた通りのほうへ出ていった。それからまた戻ってきた。午前半ばの空には北からの突風が吹き荒れ空中に雪と埃が舞って女たちはみな手でしっかりと帽子を押さえた。墓穴のそばには風よけのテントが張ってあったが風は横殴りに吹くので何の役にも立たなかった。テントのズック布がパタパタとやかましく鳴り牧師の言葉は風のなかに消えた。埋葬が終わって会葬者たちが立ち上がると腰かけていたズック布張りの折りたたみ椅子があっという間に吹き飛ばされ墓石のあいだを転がった。

夕方になると彼は馬に鞍をつけてまたがり家から西の方角に向かった。風はだいぶ弱まったがそれでもひどく寒く太陽は血のように赤い楕円形となって彼の目の前の血のように赤い雲の環礁の下におりていた。彼はいつもの場所へ出かけた、コマンチ族の古い通り道から西に分かれた枝道がカイオワ族の国から出てきて北に伸び彼の牧場の西の端をかすめて通る地点で、そこへくるとインディアンの道のかすかな名残りがコンチョ川の北の支流と真ん中の支流にはさまれた低い平原のただなかを南に伸びているのが見えるのだった。彼がいつも散歩に選ぶ時間には古いインディアンの道が長い影と斜めに射す薔薇色の光のなかで古代の夢のように浮かび上がり、その夢のなかではかの失われた国の彩色を施した馬の群れと顔に白い筋を塗り長い髪を編んだ乗り手たちがめいめいに彼らが生きている目的そのものである戦いのために武装して北からやってくるのであり、女たちと子供たちと乳房に幼子をかじりつかせた女たちも含めてみな血によってのみ贖《あがな》われる血の誓約を交わしている。北から風が吹くときには聞こえるのだ、馬のいななきと馬の吐息と皮の靴を履いた馬の蹄の音と槍を打ちあわせる音と砂の上で何台もの荷車を引く大蛇がはうようなぎれることのない音とサーカスの騎手のように意気揚々と野生の裸馬にまたがって無人の野生馬を追いたてる裸の少年たちや舌をだらりと垂れて早足についていく犬たちや重い荷を負わされた半裸で徒歩きの奴隷たちの声とそしてとりわけ乗り手たちが低く歌う旅の歌が聞こえるのだ、そしてひとつの国とひとつの国の亡霊がやわらかな合唱の声につつまれいかなる歴史や追憶とも無縁につかのまの現世しか知らない猛々しい生をまるごと聖杯のように運んで、この無機質な荒野を渡り闇のなかへと消えていくのだ。

太陽に顔をあかがね色に染められ西からの赤い風に吹かれながら彼は馬を進めた。針路を南に転じて戦《いくさ》に使われた古い道をたどり緩やかに隆起した土地の頂上までくると馬からおりて手綱を離し、歩いていってやがて何かの果てまでやってきた人のように足を止めた。

低い繁みのなかに古い馬の頭蓋骨を見つけると彼はしゃがんで両手でそれを拾い上げ、あれこれひっくり返してみた。すぐにぼろぼろと崩れそうにもろかった。風雨にさらされて色が抜け紙のように真っ白だった。彼は足の長い陽光のなかでしゃがみこんで、歯槽のなかでぐらぐらしている歯を漫画の馬のようにむきだした頭蓋骨をささげ持っていた。頭蓋骨の継ぎ目は骨灰磁器のようなぎざぎざ模様をきざんでいた。ひっくり返したとき脳をおさめていたくぼみから砂が音もなく流れ落ちた。

彼にとっては馬を愛する理由こそ人を愛する理由でもある、それは彼らを駆る血とその血の熱さだ。彼が敬い慈しみ命のかぎり偏愛するのは熱い心臓を持ったものでありそれはこれから先もずっと変わることはないだろう。

彼は暗がりのなかを戻った。馬は足を速めた。陽の最後の残りは背後の平原の上にゆっくりと扇形にひろがりふたたび世界の縁から下方に退いて影と薄闇と冷気のひんやりとした青にひたされてゆき、真っ暗な剛《かた》い繁みのなかに囚われた鳥が二声三声最後の囀《さえず》りを放った。ふたたび古いインディアンの道を横切った彼は馬の歩みを平原の方へ向けなければならないがあの戦士たちは暗闇のなかを今や暗闇そのものと化して行進しつづけるのであり、ほかの素材が何ひとつないために使っている石器時代そのままの武具を鳴らし血のなかで静かに歌を歌いながら南の平原を越えたかなたのメキシコに焦がれるのだ。

家は一八七二年に建てられた。それから七十七年たった今でも彼の祖父がこの家のなかで死んだ最初の男だった。あの玄関の広間で正装して棺に安置された者はほかにもいたがみな戸板に載せられたり荷馬車の幌にくるまれたり松の木箱にいれられて荷送状を手に玄関口に立っている運転手によってトラックで運ばれてきたりした。家に帰ってこなかった者もいる。ほとんどの者は死んだとの噂が伝わるにとどまった。黄色くなった新聞の切り抜き。手紙。電報。牧場はもともとフィッシャー＝ミラー土地払下法にもとづくミューズバックによる測量によって取得した二千三百エーカーの土地に開かれたもので、最初に建てられた家は丸太を編み枝で組んだ間仕切りのない小屋だった。一八六六年のことである。同じ年にはじめて牛追いの旅が今でもベアー郡と呼ばれている地域を抜け牧場の北の端を通ってフォート・サムナーやデンヴァーまでおこなわれた。その五年後、彼の曾祖父は六百頭の肉牛を同じ街道を使って売りにいき儲けた金で今の家を建てたのだがその頃にはすでに牧場の敷地は一万八千エーカーになっていた。はじめて有刺鉄線が張られたのが一八八三年。八六年頃になるとバッファローの姿は絶えて見られなくなった。この年の冬には家畜が何頭も死んだ。八九年にはコンチョの砦が閉鎖された。

彼の祖父は男ばかり八人兄弟の長男でただひとりだけ二十五歳より長生きした。弟たちは溺れたり撃たれたり馬に蹴られたりして死んだ。あるいは火事で焼け死んだ。まるで寝台の上で死ぬことを恐れていたかのようだった。最後の二人がプエルトリコで死んだ一八九八年に祖父は花嫁を牧場に連れてきたがそのとき祖父は外に出て所有地を眺めながら神の思し召しと長子相続制についてひとしきり沈思黙考したにちがいない。それから十二年後、祖父の妻はひとりの子供も生まぬまま流行《はや》りの風邪で他界した。祖父は翌年に死んだ妻の姉を娶り少年の母となる女児を一人もうけたがそれ以上子宝には恵まれなかった。グレイディの名字は北風が折りたたみ椅子を墓地の枯れ草の上に転がした日に老人とともに葬り去られた。少年の名はコール。ジョン・グレイディ・コール。

彼はセント・アンジェラス・ホテルのロビーで父親と落ちあい連れだってチャドボーン通りを歩いてイーグル・カフェまでいき奥の仕切り席に陣どった。二人がはいっていくと何人かの客が話をやめた。三、四人が父親にうなずきかけ一人が父親の名を呼んだ。

この店のウェイトレスは客を誰かれ見境なしに彼氏、彼女と呼ぶ。彼女は二人の注文をきくと戯れかかるように少年の肩を撫でた。父親は煙草をとりだして一本火をつけ箱をテーブルに置いてその上に陸軍第三歩兵連隊支給のジッポ・ライターを載せてから座席にもたれかかって煙草を吸いながら彼の顔を眺めた。彼は父親に話した、埋葬のお祈りが終わったあとエド・アリソンおじさんが牧師さんの処へ握手をしにいったよ、二人は帽子を手で押さえて寄席の喜劇役者がやるように風に逆らって三十度の角度で立っていた、そのあいだテントはバタバタ喧《やかま》しく鳴ってほかの連中は芝生の上を椅子を追っかけた、おれは牧師さんの顔に顔をくっつけんばかりにして朝のうちに埋葬をすませてよかった、この分だと日が暮れる前に本物の嵐になりそうだと叫んだんだ。

父親は声をたてずに笑った。それから笑いは咳に変わった。コップの水を一口飲んでまた煙草を吸いながら首を振っていた。

友だちが前に北から帰ってきたときいってたけど、ああいう風がやむと空から鶏がバラバラ降ってくることがあるんだってね。

ウェイトレスがコーヒーを持ってきた。さあどうぞ、彼氏、と彼女はいった。お食事のほうもすぐに持ってくるからね。

あのひとはサン・アントニオにいっちまったよ、と少年がいった。

あのひとなんていうな。

じゃ、母さんだ。

知ってるよ。

二人はコーヒーを飲んだ。

どうするつもりなの？

なにが？

いろんなことをさ。

母さんはどこでもいきたい処へいけばいいのさ。

少年はじっと父親を見つめた。そんなものを吸うのはよくないんじゃないかな、と彼はいった。

父親は唇をきゅっと引きしめ指でテーブルをドラムのように叩きながら顔を上げた。おれがおまえの指図を受けるのはおまえが一人前になってからだ、わかったな、と父親はいった。

わかった。

金はいるか?

いや。

父親は少年をじっと見た。おまえは大丈夫だよ、と父親はいった。

ウェイトレスが食事を運んできた。分厚い陶器の皿にステーキ、肉汁、ジャガイモ、豆が載っていた。

パンもいま持ってくるわ。

父親はナプキンをシャツの襟から垂らした。

自分のことを心配してるんじゃないんだ、と少年はいった。こういうことをいってもいいかな?

父親はナイフをとって肉を切りはじめた。ああ、と彼はいった。いいとも。

ウェイトレスはロールパンを盛った籠を運んできてテーブルに置き立ち去った。二人は食べた。父親はあまり食べなかった。じきに皿を親指で押しやるとまた煙草をとってライターの上でとんとん叩き口にくわえて火をつけた。

思ったことは何でもいっていい。ああ。何なら煙草なんか吸うなとおれに説教したっていいんだ。

少年は答えなかった。
こうなることをおれが望んだんじゃないのはわかってるな？
ああ。わかってるよ。
ロスコの面倒はちゃんとみてるか？
まだ乗ってない。
土曜日にいってみるか。
いいよ。
ほかにすることがあるんならいいんだぞ。
することなんかない。
父親は煙草を吸い、少年は父親を見た。
いきたくなきゃいかなくていいんだ、と父親はいった。
いきたいよ。
アルトゥーロと二人で荷作りして町まで迎えにきてくれるか？
いいよ。
何時だ？
何時に起きるの？
何時にでも起きるさ。

じゃ、八時にホテルへいく。

起きて待ってるよ。

少年はうなずいた。食べた。父親はまわりを見回した。この店じゃコーヒーのおかわりは誰に頼みゃいいのかね、と父親はいった。


彼とロリンズは鞍をはずした馬を外の暗がりに追いだし鞍を枕にして鞍下毛布の上に寝そべった。夜は冷たく澄みきって焚き火でははぜた火の粉が熱く赤く舞い上がり空の星々に混じった。ハイウェイを走るトラックの音が聞こえ北に十五マイル離れた砂漠に町の灯が映っているのが見えた。

いったいどうする気だ？　とロリンズがきいた。

わからない。何もしないよ。

なんでぼやぼやしてるのかわからないな。その男はおまえより二つ年上だ。自分の車だって持ってるんだ。

その男は何の関係もない。全然関係ないんだ。

彼女は何ていった？

何もいわなかった。何をいうっていうんだ？　何もいうことなんかないさ。

とにかく、なんでおまえがぼやぼやしてるのかわからんよ。

べつにぼやぼやなんかしちゃいない。

土曜日はいくつもりか？

いや。

ロリンズはシャツのポケットから煙草をだして体を起こし焚き火のなかから枝の燃えさしをひとつとって煙草に火をつけた。坐って煙草を吸った。おれなら彼女のいうことをはいはいと聞いてやるもんか、とロリンズはいった。

ロリンズは煙草の先をブーツの踵に軽く当てて灰を落とした。

そんな値打ちのある女じゃない。女なんてみんなそうだ。

彼はしばらく答えなかった。それからいった。そんなことはないさ。

牧場に戻ると彼は馬の肌をこすってやってから厩舎にいれ家の台所にはいっていった。ルイサはすでに寝ていて家のなかはしんと静まりかえっていた。彼はコーヒー・ポットに手を触れてまだ温かいかどうか確かめコーヒー・カップを出して注ぎ、それを手に台所を出て廊下を歩いていった。

彼は祖父のオフィスにはいって机の処へいき電気スタンドのスイッチをひねって古い樫材の回転椅子に腰をおろした。机の上には台座にとりつけられた表示部分を引っくり返すと日付の変わる小さな真鍮のカレンダーがあった。日付はまだ九月十三日となっている。灰皿。ガラスの文鎮。〈パーマー飼料〉の文字を記した吸取紙の台。彼の母親がハイスクールを卒業したときの小さな銀の額入りの記念写真。

部屋には煙草の匂いがしみついていた。彼は身を乗り出して真鍮のスタンドの明かりを消し暗闇のなかに坐っていた。正面の窓の外には北に向かってなだらかに低くなっていく星明かりに照らされた平原が見えた。黒い十字架のような古い電柱の列が東から西へ回転していく星座をからめとろうとするように立っていた。コマンチ族がよく電線を切ってその切った処を馬の毛でつないでいったという話を祖父はよくした。彼は後ろにそっくり返り両足を机にあげて組んだ。稲妻が四十マイルほど離れたあたりで光った。廊下をへだてた玄関の間の時計が十一時を打った。

彼女が階段をおりてきてオフィスの戸口に立ち壁のスイッチをいれて部屋の明かりをつけた。彼女はローブを着て肘をそれぞれ反対側の手でつかんで立っていた。彼は彼女を一瞥してまた窓の外を見た。

いったい何してるの？　と彼女はきいた。

坐ってるんだ。

彼女はローブ姿のまましばらくそこに立っていた。それからくるりと背を向けて廊下に出てまた階段を上がっていった。彼女の部屋のドアが閉まる音がすると彼は立ってオフィスの明かりを消した。

まだ何日か暖かい日の残るこの季節、彼と父親は何度か昼下がりに開け放した窓のかぎ針編みのカーテンが内側にふくらむホテルの部屋で小枝細工の椅子に腰かけて話をしたが、そんなとき二人はコーヒーを飲み父親は自分のカップにウィスキーを少したらしてそれをすすりながら煙草を吸い窓の外の通りを見おろすのだった。通りには石油会社の調査員の車が何台も並んでさながら交戦地帯にいるようだった。

もしお金があったら買いとる気はあるの？　と少年はきいた。

金はあったが買いとらなかったんだ。

軍隊から出たお金のことかい？

いや。そのあとで手にいれた金だ。

一回でいちばん儲けたのはいくら？

おまえには教えない。悪い癖がつくといけないからな。

今度ここへチェス盤を持ってきていいかな？

そんなものまだるっこしくてやってられるか。

だってポーカーはやるじゃないか。

あれはまた違う。

どう違うの？

金がかかってるところが違うのさ。

二人は黙った。

あの辺の土地はまだまだ金になるよ、と父親はいった。去年掘りあてたＩＣクラークの一号油田はでかかった。

父親はコーヒーをすった。テーブルに置いた煙草の箱をとって一服つけ少年を見てまた通りを見おろした。しばらくしてから父親はいった。

二十二時間で二万六千ドルかせいだことがある。最後の勝負は三人でやって、賭け金は四千ドルだった。相手の二人はヒューストンからきた連中だ。おれはその勝負にクイーンのスリーカードで勝った。

父親は顔を少年に向けた。少年はカップを口まで運ぶ途中で止めたままじっと坐っていた。父親はまた窓の外へ目をやった。そのときの金は一セントも残っちゃいないがな、と父親はいった。

おれはどうしたらいいと思う？

たいしたことはできんだろうな。

あのひとに話してくれるかな？

そいつはむりだ。

できるだろう。

おれたちが最後に口をきいたのは一九四二年、カリフォルニアのサン・ディエゴでだ。彼女のせいじゃない。おれはもう昔のおれじゃない。昔と同じだと思いたい。だが、同じじゃない。

同じだよ内側は。内側は同じだ。

父親は咳きこんだ。カップをとってコーヒーを飲んだ。内側か、と父親はいった。

二人は長いあいだ黙って坐っていた。

あのひとはいま向こうで劇団か何かにはいってるそうだよ。

ああ。知ってるよ。

少年は床に手を伸ばして帽子を拾い上げ膝に載せた。おれはもう帰るよ、と彼はいった。

おれがあの爺さんを尊敬してたことは知ってるだろうな？

少年は窓の外を見た。ああ、と彼は答えた。

おれのことを哀れむんじゃないぞ。

そんなことしない。

わかってりゃいい。

お祖父さんは一度もあきらめなかったよ、と少年はいった。おれにもあきらめるなといった。認識票でも何でもいいから、とにかく墓にいれられるものが帰ってくるまで葬式も出さないでおこうって。みんなは父さんの服も人にあげてしまおうとしたけど。

父親はにっこり笑った。そうすりゃよかったんだ、と彼はいった。ブーツ以外のものはどれも身にあわなくなっちまったんだから。

お祖父さんは最後まで父さんたちが一緒に帰ってくると思ってた。

ああ、そいつは知ってる。

少年は立ち上がって帽子をかぶった。もう帰らなくちゃ、と彼はいった。

あの爺さんはおまえの母親のことでよく人と喧嘩したよ。年寄りになってからもな。みんな彼女のことを色々いったからな。そいつを聞きつけた日には。正々堂々とした喧嘩でないこともあったよ。

もう帰るよ。

そうか。

父親は窓枠から両足をおろした。一緒に下までいこう。新聞をとりにいかなくちゃならない。

父親が見出しにざっと目を通すあいだ彼はタイル張りのロビーに立っていた。シャーリー・テンプルが離婚するなんて考えられるかね？　と父親はいった。

彼は顔を上げた。通りには初冬を思わせる黄昏どきが訪れていた。おれ、散髪でもするかな、と少年はいった。

父親は少年を見た。

おまえの気持ちはわかる。おれもおんなじだった。

少年はうなずいた。父親はもう一度新聞に目をやってからそれをたたんだ。

聖書には柔和な人たちが地を受けつぐとあるが、たぶん本当だろうとおれは思う。おれは自由思想家じゃないが、こう考えてるんだ。そいつはそんなにいいことじゃないだろうってな。

父親は少年を見た。上着のポケットから鍵をとりだして少年に差し出した。

もういっぺん部屋にいってこい。クローゼットのなかにおまえにやるものがはいってる。

少年は鍵を受けとった。いったい何なの？　と彼はきいた。

おれからの贈り物だ。クリスマスにやろうと思ってたが、それまで待つのが面倒臭くなった。

わかった。

まあとにかく元気を出せ。鍵はおりてきたときフロントに預けといてくれりゃいい。

わかった。

また会おう。

ああ。

少年はまたエレベーターに乗り廊下を歩いて扉の鍵穴に鍵を差し部屋にはいるとクローゼットの扉を開けた。床にはブーツ二足と汚れたシャツの山と並んでハムリー・フォームフィッターの新品の鞍が置いてあった。角《ホーン》をつかんで鞍を持ち上げ扉を閉めてベッドのところへ持ってゆきシーツの上に放り上げてしげしげと眺めた。

ああ、こいつはすごい、と少年はいった。

鍵をフロントに預け肩に鞍をかついで玄関から急いで飛び出し通りに出た。サウス・コンチョ通りに出ると鞍をおろして目の前に置いた。あたりはもう暗く街灯が点っていた。最初に通りかかった車はフォードのA型トラックでブレーキをきしらせて急停止すると運転手が窓をすこし巻きおろして酔った声で怒鳴った。そいつを荷台に放りあげて乗りこみな、カウボーイ。

ありがとう、と彼はいった。


そのあと一週間雨が降ってから晴れ上がった。それからまた雨が降った。雨は平原の固い平らな土を容赦なく打った。川が増水してクリストヴァルの町でハイウェイの橋が水に浸かり道路が閉鎖された。サン・アントニオの町も水びたしになった。彼が祖父の雨合羽を着てアリシア牧草地まで馬でいってみると南側の柵がてっぺんの鉄条網まで水に浸かっていた。牛の群れが島のような場所に孤立して悲しげな目つきで馬上の少年を見ていた。レッドボウも悲しげな目つきでじっと立って家畜を見ていた。少年は両方のブーツの踵で馬の横腹を締めつけた。いくぞ、と彼はいった。おれだってつらいんだからな。

彼女が留守のあいだ少年は台所でルイサとアルトゥーロと一緒に食事をした。ときどき夕食のあとで彼は道路に出て通りかかった車に乗せてもらい町に出てあちこち歩き回ってボールガード通りのホテルの外に立ち四階の部屋を見上げて窓の薄いカーテンの向こうを父親の体あるいはその影が射的場の鉄板でできた熊のように往復するのだったが、その姿は射的の的の熊よりものろのろとしていて薄っぺらで辛そうに見えた。

　彼女が帰ってくるとまた食堂で食事をしたが彼女と少年は長い胡桃材のテーブルの端と端に坐りルイサが給仕した。

　何かほかにご用は《アルゴ・マス》、奥さま《セニョーラ》？

ない《ノ》わ、ルイサ。ありがとう《グラシアス》。

おやすみなさいまし《ブエナス・ノーチェス》、奥さま《セニョーラ》。

おやすみ《ブエナス・ノーチエス》。

ドアが閉まった。時計がチクタク鳴っていた。彼は顔を上げた。

おれに牧場を貸してもらえないかな？

あなたに貸すって？

ああ。

その話はしたくないといったはずよ。

前とは違う話だ。

違わないわ。

お金は全部あんたにあげる。あんたは好きなようにしていいんだ。

お金を全部あげるなんて。自分で何をいってるのかわかってないのね。お金なんかないのよ。牧場はこの二十年間かろうじて経費だけ払ってきたという有様なのよ。戦争が始まる前から白人の雇い人はひとりもいなかったしね。なんにしてもあなたはまだ十六歳で、牧場の経営なんかできないわ。

いや、できる。

ばかばかしい。学校はどうするの。

彼女はナプキンをテーブルに置き椅子を後ろに押して立って出ていった。少年は目の前のコーヒー・カップを押しやった。椅子の背にもたれかかった。正面の壁ぎわに置いたサイドボードの上に馬の群れを描いた油絵がかかっていた。囲い柵から飛び出していく六頭の馬は長いたてがみを振り乱して獰猛な目をしていた。本から模写した絵だった。アンダルシア馬の長い鼻面を持ち顔の骨格はバルブ馬の血をひいていた。先頭の何頭かは腰が見えていたが、群れから牛を分けるのに使う足の速い乗用馬に最適のどっしりとした腰だった。スティールダストの血が混じっているのではないかと思われるほどだった。だがほかに似た点はなく第一こういう馬は一度も見たことがなかったので、あるとき祖父に一体どういう種類の馬なのかときいたことがあるが祖父はそのとき皿から目を上げてまるで初めて見るというように絵を眺めてからあれは絵本の馬だよと答えたきりまた食事を続けたのだった。

中二階に上がった彼は扉にはめた小石模様のガラスの上にアーチ状にフランクリンの名が記されているのを確かめると帽子をとり把手を回してなかにはいった。受付嬢が机から顔を上げた。

ミスター・フランクリンに会いたいんだけど、と彼はいった。

予約なさってる？

いや。でも知り合いなんだ。

お名前は？

ジョン・グレイディ・コール。

ちょっと待ってね。

彼女は隣の部屋にはいっていった。出てくるとうなずいた。

彼は立って部屋を横切った。

おはいり、とフランクリンがいった。

彼ははいった。

そこへかけたまえ。

坐った。

彼が用件をひととおり話すとフランクリンは椅子の背にもたれて窓の外に目をやった。

彼は首をふった。こちらに向き直ると机の上で両手を組んだ。まず第一に、わしはきみに助言できる立場にはないんだ、とフランクリンはいった。いわゆる利益相反というやつだ。ただあの牧場が彼女の所有物であって彼女の好きなように処分できるということだけは話しても差し支えあるまい。

おれには何の相談もなかったんだ。

きみは未成年者だ。

父はどうなんです。

フランクリンはまた後ろにそっくり返った。それが厄介な問題でな。

離婚してないんですよ。

いや、している。

少年は視線を上げた。

公けの記録にあることだから秘密にしておく必要もあるまい。ちゃんと届けがすんでいるんだよ。

いつ？

三週間前に確定的になった。

彼は目を伏せた。フランクリンは彼を見つめた。

老人が死ぬ前に届けていたんだ。

少年はうなずいた。あなたのいってることはわかります。

じつに残念なことであるがね。どうやらもうこのまま話が進んでいくだろうよ。

彼女に話してもらえませんか？

話してはみた。

彼女、何といいましたか？

何といったかはどうでもいいことだ。彼女の決心は変わりそうにない。

彼はうなずいた。手にした帽子に目を落としてじっと坐っていた。

なあ、いいかね、誰もがテキサス西部の牧場で一生暮らすのを死んで天国へいくことの次に幸せと思っているわけじゃない。彼女はあの牧場で暮らしたくない、それだけのことだ。金が儲かるならまた話は別だろう。でも、そうじゃない。

これから儲かるかもしれない。

まあ、それについては議論しようとは思わんがね。とにかく、彼女はまだ若い、今までしかたなく我慢してきた生活を捨てて、もっと人付き合いをしたいんだろう。

もう三十六ですよ。

弁護士はそっくり返った。回転椅子をわずかに回して、人さし指で下唇を軽く叩いた。

彼が悪いんだよ。彼は目の前に置かれた書類のすべてに署名した。自分を窮地から救うためには何ひとつしなかったんだ。しかし、わしからは何もいえなかった。わしは彼に弁護士を雇うようにいった。いった？　いや、頼んだのだ。

ええ、知ってます。

本人から聞いたがウェインは医者にかかるのをやめたそうだな。

少年はうなずいた。ええ。それじゃ、忙しいところすみませんでした。

もっといい話を聞かせてやれないのが残念だよ。なんなら誰かほかの弁護士を紹介してもいい。

いや、いいんです。

今日は学校はどうした？

さぼりました。

弁護士はうなずいた。なるほど、と彼はいった。そうだろうな。

少年は立ち上がって帽子を頭に載せた。ありがとうございました、と彼はいった。

弁護士も立ち上がった。

世の中にはどうにもならんことがある、と弁護士はいった。どうやらこの一件はそのひとつのようだ。

ええ、と少年はいった。

クリスマスのあと彼女はずっといなかった。彼とルイサとアルトゥーロは台所に坐っていた。ルイサが泣き出すに決まっているので彼らはそのことを話題にしなかった。世紀の変わり目からこの牧場にいるルイサの母親には長いこと一言も告げていなかった。だがとうとうアルトゥーロが話さなければならなくなった。ルイサの母親は話を聞きうなずいて目をそらせただけだった。

朝陽が昇るころ彼は清潔なシャツ一枚と靴下一足と歯ブラシや剃刀やひげ剃り用ブラシをいれた革の鞄をさげてハイウェイに立った。この鞄はもとは祖父のもので毛布を裏打ちしたダッキング・コートは父親のものだった。最初に通りかかった車が停まってくれた。彼は乗りこみ鞄を床におろして両手を膝ではさみつけてこすりあわせた。運転手は手をのばしてきてドアが閉まったかどうか確認しそれから長いレバーを引いてギアを一速にいれ車を出した。

ドアの閉まり具合がよくなくてな。で、どこまでいくんだ？

サン・アントニオまで。

おれはブレイディまでしかいかないぜ。

それでもありがたいよ。

牛を買い付けにいくのか？

男は革帯と真鍮の留め金のついた鞄に顎をしゃくった。牛を買い付けにいくのかときいたんだよ。

いや。身の回りのものをいれてるだけだ。

ひょっとしてあんたは牛を買い付けにいくのかと思ったんだ。どのくらいあそこで待ってた？

ほんの何分かだ。

男はダッシュボードについている鈍いオレンジ色に光るプラスチックのボタンを指さした。こいつはヒーターなんだが、あんまりきかなくてな。どうだ、ちっとはあったかいか？

ああ。けっこう気持ちいいよ。

男は明るみはじめた雲行きのあやしい東の空に顎をしゃくった。手のひらを水平にしてゆっくりと目の前にかざした。あれが見えるか？　と男がきいた。

ああ。

男が首を振った。おれは冬が大嫌いだ。あんなおてんとさん、あったって何の役にも立ちゃしねえ。

男はジョン・グレイディを見た。

あんた、口数が少ないな、と男がいった。

あんまり喋らないほうだ。

それがいちばんさ。

ブレイディまでおよそ二時間かかった。

男は車を町はずれまで走らせてから少年を助手席側からおろした。

八七号線をまっすぐフレデリクスバーグまでいくんだ。途中で二九〇号線に折れるなよ、オースティンにいっちまうからな。わかったかい？

ああ。どうも助かったよ。

少年がドアを閉めると男はうなずいて片手を上げ車をUターンさせてきた道を戻っていった。つぎに通りかかった車が停まってくれたので乗りこんだ。

どこまでいくんだい？　と運転手がきいた。

サン・サバ川を渡るとき川面に雪が降っておりエドワーズ高原にも雪が降りバルコンズ高原の石灰岩の岩肌は雪で白く覆われ、彼はワイパーが往復するフロントガラスに灰色の雪片がぱらぱらと降りかかるのを飽かず眺めた。アスファルト道路の両側には半透明の半解けの雪がたまりはじめペダナルズ川を渡る橋の路面は凍結していた。緑色の水が川辺の小暗い木立の前をゆっくりと流れていた。道端のメスキートはヤドリギとからみあってびっしりと繁りまるで樫の低木のように見える。運転手は背中を丸めてハンドルを握り音の出ない口笛を吹いていた。午後三時に激しい吹雪に見舞われているサン・アントニオに着くと少年は車からおりて運転手に礼をいい通りを歩いて最初に出くわしたカフェにはいってカウンター席に腰をおろし隣の椅子に鞄を置いた。小さな紙で作ったメニューを台からとって目を走らせ奥の壁にかけた時計を見た。ウェイトレスが水をいれたコップを彼の前に置いた。

ここもサン・アンジェロと時間は同じかい？　と彼がきいた。

あんたはどうもそんなことを訊きそうだと思ってたわ、とウェイトレスがいった。そんな顔をしてるもの。

どうなのか知らないのかい？

サン・アンジェロへはいっぺんもいったことないのよ。

チーズバーガーとチョコレート・ミルクをおくれ。

あんた、ここへロデオをしにきたの？

いや。

ここも時間は同じだよ、とやはりカウンターに坐っている男がいった。

彼は男に礼をいった。

時間は同じ、時間は同じ、と男はいった。

ウェイトレスは注文を書きとめるとメモ用紙から目を上げた。その人のいうことは信用しないほうがいいわよ。

少年は雪の降る町を歩き回った。あたりは早々と暗くなった。コマース通りの橋の上に立って川に落ちては消えていく雪を眺めた。駐車してある車には雪が積もり通りを走る車の数は次第に少なくなって、ときおりタクシーやトラックが前照灯で降りしきる雪を照らしながらタイヤで柔らかい音をたててゆっくり走り過ぎるだけになった。彼はマーティン通りのＹＭＣＡにチェックインし部屋代を二ドル払って階上にあがった。ブーツを脱いで暖房の放熱器の上に載せソックスを脱いでブーツの隣に置きコートをハンガーにかけてからベッドに寝そべって帽子のひさしを目の上までおろした。

八時十分前になると清潔なシャツを着こんだ彼は金を手にして劇場の切符売り場の前に立っていた。二階席三列目の入場切符を買って一ドル二十五セント払った。

ここは初めてなんだ、と彼はいった。

とてもいい席ですよ、と切符売り場の若い女がいった。

彼女に礼をいって中にはいり切符を案内係に渡すと案内係は赤い絨毯を敷いた階段の処まで彼を導き半券を返した。階段を上がって席を見つけた彼は腰をおろして膝に帽子を置きじっと待った。客席は半分しか埋まっていなかった。照明が暗くなると二階席の客が何人か前のほうに席を移した。やがて緞帳が上がると少年の母親が舞台袖の扉から出てきて椅子に坐っている女に話しかけはじめた。

幕間の休憩時間に彼は席を立って帽子をかぶり階下のロビーにおりて真鍮の板を張った壁の入り込みのなかに立ち煙草を一本巻いてブーツの踵を壁にかけた姿勢で吸った。常連客らしい人々がちらちらと送ってくる視線に気づかないわけではなかった。彼はジーンズの片方の裾を小さく折り返し時折背をかがめて煙草の柔らかい白い灰をその折り返しのなかに落とした。ブーツに帽子という格好の男を見かけるたびに彼が厳粛な面持ちでうなずきかけると、相手もうなずき返してきた。しばらくしてまたロビーの明かりが暗くなった。

　彼は両腕を組んで前の空いた席の背に置きその上に顎を載せた前のめりの姿勢で芝居にじっと見いった。なんとなくこの芝居の筋それ自体にこれからの自分の行く末についての示唆が含まれているような気がしていたがそんなものはなかった。芝居には何の意味もなかった。ふたたび明るくなったとき拍手を受けながら彼の母親が何度も前に出てほかの役者たちも全員出てきて一列に並び手をつないでお辞儀をし、それから緞帳がおりて二度と開かなくなると客たちは腰を上げて通路に出はじめた。彼は劇場が空になってもしばらく坐っていたがやがて立ち上がって帽子をかぶり寒空の下に出ていった。

　翌朝、朝食をとろうと外に出るとあたりはまだ暗くひどく寒かった。トラヴィス公園には雪が半フィート積もっていた。ただ一軒開いていたのはメキシコ風のカフェで彼は炒り卵《ウエボス・ランチエロス》とコーヒーを注文し新聞に目を通した。何か母親についての記事が載っているかと思ったが載ってはいなかった。カフェの客は彼だけだった。ウェイトレスは若い女で彼をじっと見つめていた。彼女が皿を置くと彼は新聞をわきにのけコーヒー・カップを前に押した。

　おかわりする《マス・カフェ》？　と彼女がきいた。

ああ《シ》、たのむ《ポル・ファボール》。

彼女がコーヒーを持ってきた。すごく寒いわね《アーセ・ムーチョ・フリーオ》、と彼女はいった。

ああ、すごく寒い《バスタンテ》。

彼は両手をコートのポケットに突っ込み襟を立てて風を防ぎながらブロードウェイを歩いていった。メンガー・ホテルのロビーにはいると彼は安楽椅子のひとつに腰をかけブーツとブーツを重ねて新聞を広げた。

彼女は九時ごろロビーに出てきた。軽い外套を着た男と腕を組んでホテルから出てタクシーに乗りこんだ。

少年は長いあいだその椅子に坐っていた。やがて立って新聞をたたみフロントに足を運んだ。フロント係が顔を上げて彼を見た。

宿泊名簿にミセス・コールの名前はあるかな？　と彼がきいた。

コールさまですね？

そう。

少々お待ちください。

フロント係がわきを向いて名簿を調べた。首を振った。いいえ、と彼はいった。コールさまという方は載っておりません。

ありがとう、と彼はいった。

二人が三月初めのある日最後に一緒に馬に乗って出かけたときにはすでに暖かくなっていて道端にはメキシカンハットが黄色い花を咲かせていた。二人はマカラックの店で馬から荷物をおろしグレープ・クリーク沿いに牧草地の緩やかな傾斜を上っていった。小川《クリーク》の水は澄み浅瀬の砂利についた緑の藻が水流になびいていた。二人は広々とした平原のメスキートやノパルサボテンの繁みの間でゆっくりと馬を進めた。トム・グリーン郡からコーク郡にはいった。古いスクーノーヴァー道を横切り暗色火成岩の土地に糸杉が点在するでこぼこの多い小山を上っていくと百マイルほど北に淡い青の山脈が雪を戴いているのが見えた。二人は一日中ほとんど口をきかなかった。父親はやや前かがみになって馬に乗り、鞍の角の二インチほど上の処で片手で手綱をつかんでいた。やせた弱々しい体は服の中に埋もれてしまった感じがした。落ちくぼんだ目で風景をまるでよその国で見てきたものによって変容し胡散臭いものになったというように眺めていた。もう二度とその本当の姿を見ることはできないというふうに。あるいはこのほうがもっと悪いがついに本当の姿を見ることができたというふうに。今までもこうだったし、これからもこうだろうという感じで眺めていた。父親よりわずかに前をゆく少年は生まれたときから馬に親しんできたが、そういう風にではなくあたかもかかりに不運と何者かの悪意によって馬のいないおかしな土地に生まれていてもどうにかして馬を発見していたであろうという風に乗っていた。もしもそんな土地に生まれていたら彼はこの世界には何かが欠けていると思いあるいはそこにいる自分は本来の自分ではないと感じて、馬を見つけるまでは何時《いつ》までも何時までも必要な限り捜しつづけ見つけたときにはこれこそ自分の求めていたものだったとただちに知ることだろう。

午後になって彼らが通りかかった古い農家の跡は岩のごろごろしている地卓《メサ》の上にあって、処どころ歯抜けになった杭の列が岩から突き出てこの国では久しい以前から見られなくなった種類の鉄条網がからみついていた。農家になる前は歩哨の詰める小屋だった場所だ。岩のあいだには木でできた古い風車の残骸が散らばっていた。二人はさらに先に進んだ。穴ぼこの多い処は馬からおりて歩き夕方にはなだらかに起伏しながら低くなっていく平原を下り赤土の氾濫原を横切ってロバート・リーの町にはいっていった。

二人は道が空くのを待ってから馬の口を引いて橋を渡った。川は泥で赤く染まっていた。コマース通りを進んで七番通りに折れさらにオースティン通りに出て銀行の前を通り過ぎると馬からおりてカフェの前につなぎ店にはいった。

店の主人が注文をとりにきた。彼は二人の名を呼んだ。父親がメニューから顔を上げた。さあ注文しな、と父親がいった。この親父はここで一時間も待っちゃくれねえぞ。

父さんは何にするんだ？

おれはパイとコーヒーにでもするかな。

パイはどんなのがある？　と少年がきいた。

主人がカウンターのほうを見た。

ちゃんとしたものを食え、と父親がいった。腹が減ってるんだろう。

二人が注文すると主人はコーヒーを運んできてまたカウンターのそばに戻った。父親はシャツのポケットから煙草を出した。

おまえの馬のことだが、ひとに貸すことを考えてみたか？

ああ、と少年がいった。考えてみたよ。

ウォレスなら餌やりや馬房の掃除ぐらいおまえにやらせてくれる。そういう取り決めにしたらいい。

きっと嫌がるよ。

誰が、ウォレスがか？

いや。レッドボウが。

父親は煙草を吸った。少年をじっと見つめた。

れいのバーネットの娘とはまだつきあってるのか？

少年はかぶりを振った。

ふったのか、ふられたのか？

さあ。

ということはふられたな。

ああ。

父親はうなずいた。煙草を吸った。馬に乗った二人の男が表の道を通りかかり少年と父親と彼らが乗ってきた馬をじろじろ見た。父親はいつまでもコーヒーを掻き回していた。だがブラックで飲むのだから掻き回すものは何もなかった。煙草を吸いながらスプーンをあげて紙ナプキンの上に置きカップを持ち上げてちょっと眺めてから飲んだ。目はまだ窓の外に向けていたが何か見るものがあるわけではなかった。

おまえの母親とおれはあんまり気が合わなかったよ。ただあれは馬が好きだった。おれはそれだけで充分だと思った。そこが浅はかだったな。この女は若いから先々いろいろと考え方を改めていくだろうと思ったがそうはならなかった。おれがくだらんことを気にしただけかもしれんがな。だから戦争のせいだけじゃない。戦争が起こる前にも十年連れ添ってたんだから。あいつはこの土地から出ていった。おまえが六カ月から三つぐらいのときまで家を出ていた。今じゃおまえもある程度事情を知ってるだろうがちゃんと話さなかったのは間違いだったよ。おれたちは別居してたんだ。あいつはカリフォルニアへいった。おまえの面倒はルイサがみた。ルイサと祖母ちゃん《アブウェーラ》(ルイサの母親を指す)がな。

父親は少年にちらりと目をやってまた窓の外を見た。

あいつはおれにもきてもらいたがった。

どうしていかなかった？

いったよ。ただ長続きしなかった。

少年はうなずいた。

あいつはおまえがいるから帰ってきた、おれのためじゃなく。結局おれがいいたかったのはこのことだな。

ああ。

主人が少年の夕食と父親のパイを持ってきた。少年は塩と胡椒に手をのばした。目は伏せたままだった。店の主人がコーヒー・ポットを持ってきておかわりを注ぎ向こうへいった。父親が煙草をもみ消しフォークをとりあげてパイを突いた。

あいつのほうがおれよりずっと長生きする。おれはおまえたちが仲直りするのを見ておきたいんだ。

少年は答えなかった。

あいつがいなかったらおれは今頃ここにいないはずなんだ。日本軍の捕虜収容所にいたときおれは何時間もあいつに話しかけた。あいつを何でもできる人間みたいに考えた。おれはあいつにうまく生き延びる見込みのなさそうな戦友のことを話して彼らのことをどうか頼む彼らのために祈ってくれと頼んだ。連中の何人かはおれと同じように生き延びたよ。おれはちょっと頭が狂ってたんだろう。いつもじゃなくても時々はな。だがあいつがいなかったらおれは生き延びることができなかった。間違いなく。このことは誰にも話したことがない。あいつも知らないことだ。

少年は食べた。外は暗くなってきた。父親はコーヒーを飲んだ。二人はアルトゥーロがトラックでやってくるのを待った。最後に父親はこの辺一帯はこれからすっかり変わってしまうだろうといった。

みんなもう自分が安全だとは思っちゃいない、と父親はいった。おれたちはちょうど二百年前のコマンチ族と同じだ。あしたこの土地に何が姿を現わすかわからない。それがどんな色をしてるのかもわからないんだ。


その夜は暖かいといっていいほどだった。彼とロリンズは道に寝そべってアスファルトの熱を背中に感じながら天空の長い黒い斜面をすべり落ちていく星の群れを眺めていた。遠くで扉が音高く閉まった。誰かの呼ぶ声がした。南の山で悲しげに啼いていたコヨーテが黙った。それからまた啼きだした。

おまえを呼んでるのか？　と彼がきいた。

たぶんな、とロリンズがいった。

二人は夜明けの裁判を待つ捕虜のように両手両足を投げ出してアスファルトの上にあおむけに寝ていた。

親父さんには話したのか？　とロリンズがきいた。

いや。

話すつもりはあるのか？

話してどうなるっていうんだ？

明け渡しの期限はいつだ？

六月一日。

じゃそれまで待ってもいいわけだ。

何のために？

ロリンズは片方のブーツの踵をもう片方のブーツの爪先に載せた。天空に上っていこうとするように次々と交互に。おれの親父は十五のときに家出した。もしそうしてなかったら、おれはアラバマで生まれてたよ。

そもそも生まれてなかったかもな。

なんでだ？

おまえのお袋はサン・アンジェロの人だから、親父さんとは出会わなかったかもしれない。

親父はほかの誰かと出会ったさ。

お袋さんもな。

だから？

だから、おまえは生まれなかったかもしれない。

なんでそうなるんだ。おれはどこかで生まれてたさ。

どうやって？

おかしいか？

お袋さんがほかの亭主と子供を作って、親父さんがほかの奥さんと子供を作ったとして、おまえはどっちの子供になるんだ？

どっちでもないな。

そういうことさ。

ロリンズは寝そべったまま星を眺めていた。しばらくしてから、いった。それでもおれは生まれてたさ。姿形はちょっと違ってたかもしれんがな。神さまがそれを望んだなら、おれは生まれてたさ。

望まなかったら生まれてなかった。

おまえの話を聞いてると頭が痛くなってくるよ。

わかってる。おれも頭が痛くなる。

二人はじっと星を眺めていた。

で、どう思う？　と彼がきいた。

わからんな、とロリンズがいった。

そうか。

おれたちが今アラバマにいて、家出してテキサスへやってくるんなら話はわかる。けど、もうおれたちはテキサスにいるわけだろ。だったらおれにはわからん。おまえには出ていく理由がおれなんかよりたっぷりあるだろうがな。

おまえにはずっとここにいる理由があるのか？　誰かが死んだときにおまえに金を残してくれると思ってるのか？

ばかいえ。

そうだろ。そんな人はいないんだ。

扉が閉まる音がした。また声が聞こえた。

もう戻らなきゃ、とロリンズがいった。

ロリンズは立ち上がり片手で尻を叩いて土を払い帽子をかぶった。

おれがいかなくてもおまえはいくのか？

ジョン・グレイディは上体を起こして帽子を頭に載せた。おれはもう出ていっちまったも同然なんだ、と彼はいった。

彼は町で最後にもう一度彼女と顔を合わせた。壊れた銜《はみ》を溶接してもらいにノース・チャドボーン通りにあるカリン・コールの店へいったあとトゥヒグ通りにやってくると彼女がカクタスのドラッグストアから出てきた。通りを渡ろうとすると声をかけられたので立ち止まって待っていると彼女がやってきた。

ずっとわたしを避けてたの？　と彼女がきいた。

彼は彼女を見た。避けるとか避けないとか、そんなことは何にも考えてなかったよ。

彼女はじっと見つめてきた。人の気持ちは動かせないみたいね、と彼女はいった。

それはお互いさまじゃないかな？

あなたとは友だちでいられると思ったのに。

彼はうなずいた。でもどっちでもいいことだよ。おれはもうすぐこの土地からいなくなる。

どこへいくの？

そいつはいえない。

どうして？

どうしてでも。

彼はただ彼女をじっと見つめた。彼女も相手の顔をさぐるように見た。

きみがここでこうしておれと話してるのを見たら、あの男はどういうかな？

あの人は焼き餅なんか焼かないわ。

そりゃいい。得な性格だ。嫌な思いをしなくてすむ。

それ、どういう意味かしら。

べつに意味なんかない。おれ、もういくよ。

わたしのことを憎んでる？

いや。

でも、わたしが好きじゃないのね。

彼は彼女を見た。あんた、うるさい女だな、と彼はいった。それがどうしたってんだ？

気の咎めることがあるんなら、おれに何をいって欲しいかいえよ、いってやるから。

そんなことをいうなんて、あなたらしくないわ。だいいち、わたし気が咎めてなんかいないわ。ただ、あなたとは友だちでいられると思ってただけよ。

彼は首を振った。きみがしてるのはただのお喋りだ、メアリー・キャサリン。おれはもういくよ。

ただのお喋りだから何なの？　何もかもただのお喋りなんじゃないの？

何もかもじゃない。

ほんとにサン・アンジェロから出ていくの？

ああ。

また戻ってくるんでしょ。

くるかもしれない。

わたし、あなたに悪い感情は持っていないわ。

持つ理由がない。

彼女は通りの彼が視線を向けている方向に目をやったがべつに何もなかった。向き直った彼女の目を見ると濡れているようにも見えたがそれは風のせいに違いなかった。彼女は片手を差し出した。はじめ彼には相手が何をしているのかわからなかった。

何もかもうまくいくことを祈ってるわ、と彼女がいった。

彼女の手をとると、彼の手のなかで小さく、懐かしく見えた。彼はこれまで一度も女性と握手したことはなかった。体に気をつけて、と彼女はいった。

ありがとう。そうするよ。

彼は一歩後ろにさがって帽子のつばに手をやりくるりと背中を向けて通りを歩いていった。振り返りはしなかったが通りの突き当たりに建つ連邦ビルの窓に彼女の姿が映り彼が角を曲がって窓から永久に遠ざかるまで同じところに映っていた。

彼は馬からおりて門を開け馬をいれて門を閉ざすと柵沿いに馬の口をとって歩いた。空を背景にロリンズの姿が見えないかとしゃがみこんだがロリンズはいなかった。柵の隅に手綱を放り出して家を見た。馬は空気の匂いをくんとかいで彼の肘に鼻を押しつけてきた。

おまえか、相棒？　とロリンズが囁いた。

おれでなかったらどうする。

ロリンズが馬を引いてやってきて立ち止まり家のほうを振り向いた。

用意はいいか？　とジョン・グレイディがきいた。

いいよ。

誰も怪しんでないか？

ああ。

そうか、じゃあいこう。

ちょっと待ってくれ。荷物をくくりつけないで馬の背中に載せて引いてきたんだ。

ジョン・グレイディは手綱を拾いさっと鞍にまたがった。あっちで明かりがついたぞ、と彼はいった。

くそ。

おまえは自分の葬式にも遅刻するだろうよ。

まだ四時にもならない。おまえが早くきすぎたんだ。

とにかくいこう。納屋にも明かりがついたぞ。

ロリンズが鞍の後ろに毛布をくくりつけにかかった。スイッチは台所にあるんだ、と彼はいった。まだ納屋へははいってない。いや、はいるつもりもないかもしれない。ミルクを一杯飲みにきただけかもしれん。

それとも散弾銃に弾をこめてるところかもしれない。

ロリンズが馬にまたがった。用意はいいか？

おれはさっきから用意ができてる。

二人は柵に沿って馬を進めて広い放牧地に出た。朝の冷気のなかで革がキュッキュッと鳴った。彼らは馬を軽やかに走らせた。家の明かりがどんどん背後に遠ざかった。小高い平原までできて馬を歩かせると周囲の暗闇から夥しい星が湧き出てきて二人をとり囲んだ。鐘などあるはずのないがらんとした夜の平原のどこかで鐘の音が鳴って止み、二人がそこだけ光の全くない真っ黒な丸い台座のような大地を進んでいくと彼らの姿はどんどん星々の只中に運ばれていってついには星空の下をではなく星空の間を進みゆき、二人は新たに暗い琥珀の山のなかに解き放たれた泥棒のように、輝く果樹園にやってきた若い泥棒のように、寒さにもかかわらず上着の前を開けて幾千万の世界から望みの世界を選びとる自由を享受しながら、陽気にしかも慎重に馬を進めていった。

翌日の正午までに彼らは四十マイルほど進んだ。一帯はまだ知っている土地だ。夜に昔のマーク・フューリーの牧場を横切ったときは柵の処で二人とも馬からおり、ジョン・グレイディがやっとこで鉄条網を支柱からはずしてその上を踏むあいだロリンズが二頭の馬を引いて越えさせふたたび鉄条網を支柱にとりつけてやっとこを鞍袋に戻し、馬にまたがってまた先へ進んだ。

こんな土地を馬でいくやつがいるなんて誰が思う？　とロリンズがいった。

誰も思わないな、とジョン・グレイディがいった。

陽が昇ると二人はジョン・グレイディが家から持ってきたサンドイッチを食べ、昼には古い石の貯水槽で馬に水を飲ませてから牛やヘソイノシシの足跡のついた水の涸れた川床をヒロハハコヤナギの木立のほうへ歩かせた。木立の下に寝そべっていた牛の群れが立ち上がって近づく彼らをじっと見つめやがてどこかへ立ち去った。

二人が上着を巻いて枕にし帽子を目の上にかぶせて木陰の乾いた切り藁の上に寝そべっているあいだ馬たちは川床の草を食んだ。

銃は何を持ってきた？　とロリンズがいった。

爺さんの古い親指砕き《サム・バスター》（シングル・アクションの拳銃。撃つ度に親指で撃鉄を起こす必要がある）だけだ。

そんなもの的に当たるのかい？

いや。

ロリンズはにやりとした。おれたち、やっちまったな？

ああ。

追ってくるかな。

何のために？

わからん。ただ、なんだかあっけなさすぎる。

風の音が聞こえ馬の蹄の音が聞こえた。

おれの考えをいおうか、とロリンズがいった。

いってくれ。

どっちでも知ったこっちゃない。

ジョン・グレイディが体を起こしてシャツのポケットから刻み煙草を出し一本巻きはじめた。知ったこっちゃないって何が？　と彼がいった。

紙を唾でしめらせて煙草を口にくわえマッチをとりだして火をつけ煙を吐いてマッチの火を吹き消した。頭をめぐらしてロリンズを見るとロリンズは眠りこんでいた。

二人は午後遅くまた出発した。陽が暮れるころには遠くのハイウェイを走るトラックの音が聞こえてきて長い涼しい夕方の時間二人が小高く隆起した土地に沿って西に馬を進めていくと、不規則な間隔で時おりハイウェイをゆっくりと走っていく車の前照灯が見えた。牧場の道に行き当たってそれを辿っていくとハイウェイに出る門があった。二人は馬を止めた。道路の反対側に門はなかった。左右にゆきかうトラックの前照灯が照らす先にじっと目をこらしたが道路の向こう側の柵に門はなかった。

おまえはどうしたい？　とロリンズがきいた。

さあな。今夜のうちにここを渡りたいがな。

真っ暗闇のなかであの道路を馬に歩かせたくないな。

ジョン・グレイディが前に身をかがめて唾を吐いた。おれもだ、と彼はいった。

だんだん寒くなってきた。風が門をがたがた鳴らし馬は不安げに足ぶみをする。

あの明かりは何だ？　とロリンズがいった。

エルドラドの町だろう。

どのくらい離れてると思う？

十か、十五マイルだ。

おまえ、どうしたい？

二人は水のない川の川床に毛布を敷き鞍をおろした馬を木につないで夜明けまで眠った。

ロリンズが体を起こすとジョン・グレイディはすでに馬に鞍を置き毛布をくくりつけているところだった。あの道路をすこしいくとカフェがある、と彼はいった。朝飯を食いにいかないか？

ロリンズが帽子をかぶりブーツに手をのばした。おれのいいたいことをいってくれるじゃないか。

古いトラックのドアやトランスミッションやパーツが捨ててあるカフェの裏に馬を引いてゆきタイヤのチューブの穴を捜すための金盥で馬に水を飲ませた。メキシコ人がひとりトラックのタイヤを交換している処へジョン・グレイディが近づいていって便所はどこかときいた。メキシコ人は建物の横手へ顎をしゃくった。

彼は鞍袋からひげ剃り道具をとりだして便所にはいってひげを剃り顔を洗い歯をみがき髪をとかした。出ていくと馬は二頭とも木陰のピクニック・テーブルの脚につながれロリンズは店のなかでコーヒーを飲んでいた。

彼も仕切り席についた。もう注文したのか？　ときいた。

おまえを待ってたんだ。

店の主人がコーヒーをもう一杯運んできた。何にするかね、若い衆？　と主人がきいた。

おまえ先にいえよ、とロリンズがいった。

彼が卵三つとハムと豆とビスケットを注文するとロリンズは同じものにホットケーキを加えて注文した。

そんなに食えるのか。

まあ見てろ、とロリンズがいった。

二人はテーブルに両肘をついて窓の外に目をやり南に広がる平原とその向こうの朝陽が影の折り目をつけている山並を眺めた。

おれたちあそこへいくんだな、とロリンズがいった。

彼はうなずいた。二人はコーヒーを飲んだ。主人が重そうな白い陶器の皿に盛った朝食を運んできたあともう一度コーヒー・ポットを手に戻ってきた。ロリンズが卵が真っ黒になるほど胡椒をふりかけた。ホットケーキにバターを塗った。

こりゃまたよっぽど胡椒が好きとみえる、と主人はいった。

主人は二人のカップにコーヒーを注いで調理場に戻った。

あの親父に気をつけててくれ、とロリンズがいった。この真っ黒なやつをどう始末するかおまえに見せてやる。

ぜひ見せてくれ、とジョン・グレイディがいった。

おれ、もういっぺん注文し直そうかな。

店に馬の餌はなかった。二人はオートミールをひと箱買って勘定を払い店を出た。ジョン・グレイディが紙箱をナイフで切り開き二つのホイール・キャップにオートミールをあけて馬に食わせ、そのあいだピクニック・テーブルに坐って煙草を吸った。メキシコ人が馬を見にやってきた。ロリンズより幾つも年上ではない。

どこへいくのかね？　と彼がきいた。

メキシコだ。

何しにいく？

ロリンズはジョン・グレイディを見た。この男、信用していいと思うか？

ああ。信用してよさそうだ。

おれたち官憲に追われてるんだ、とロリンズがいった。

メキシコ人は二人をじろじろ見た。

銀行強盗だ。

メキシコ人は馬に目をやった。銀行強盗なんかやってないさ、と彼はいった。

あんた、あっちの国のことはよく知ってるんだろう？　とロリンズがきいた。

メキシコ人は首を振って唾を吐いた。生まれてこのかた、メキシコにはいったことないんだ。

馬が食べおえると二人はまた鞍をつけカフェの表に導いてハイウェイを横断した。馬の口を引いて側溝に沿って歩かせ門の処へくるとそこをくぐって閉じた。それから馬にまたがって牧場の土の道を走らせた。一マイルほどいくと東に曲がりはじめたのでその道を離れ南の糸杉の生えている起伏のある平原に乗り出していった。

午前半ばにデヴィルズ川に達すると馬に水を飲ませ黒柳の木陰にのびのびと寝転がって地図を見た。ロリンズがカフェでもらってきた石油会社の作った道路地図でその地図を調べてからロリンズは南の低い山地の山と山の切れ目を見やった。地図のアメリカ側には道路や川や町が書きこんであるがリオ・グランデ川から南は真っ白な空白だ。

ここから下は何にも描いてないな、とロリンズがいった。

そうだな。

いっぺんも地図に描かれたことがないんだと思うか？

地図はあるさ。これとは違うやつだ。おれの鞍袋にはいってる。

ロリンズがその地図をとってきて地面に腰をおろし指でこれからいく道筋をなぞった。

彼が顔を上げた。

どうした？　とジョン・グレイディがきいた。

やっぱりあっちには何にもないぜ。

二人は川を離れて涸れ谷を西にたどった。一帯は起伏の多い草ぼうぼうの土地で陽が出ているのに涼しかった。

向こうの国のほうが牛の数は多いんだろうな、とロリンズがいった。

ああ、そうだと思うな。

馬を進めていくと尾根の繁みから野鳩や鶉が驚いて飛び出した。時折は兎も出た。ロリンズが馬からおりて二五－二〇の小型カービン銃を鞍につけた鞘から抜き尾根伝いに歩いていった。ジョン・グレイディは銃声を聞いた。まもなくロリンズが兎をさげて帰ってきて銃を鞘に戻すとナイフをとりだし少し離れた処にしゃがみこんで兎の臓物を抜いた。それから立ち上がりナイフの刃をズボンでぬぐいパチンと閉じてこちらにやってくると馬の腰の毛布をゆわえてある革紐に兎をくくりつけて馬にまたがり二人はまた出発した。

午後遅く彼らは南に伸びる道路を横切り夕方にはジョンソンズ川にたどり着いて川床の

ただひとつの水たまりの近くに荷物をおろし馬に水をやり縄で足かせをして草を食わせた。二人は火をおこし兎の皮を剝いで肉を緑色の木の枝で串刺しにし火であぶった。ジョン・グレイディは黒ずんだズックの袋から小さなほうろうびきの錫のコーヒー・ポットをとりだし水辺にいって水をくんだ。二人は坐って焚き火を見つめ西に黒々と見える山地の上にかかった三日月を見上げた。

ロリンズが煙草を一本巻き燃えさしで火をつけて鞍を枕に仰向けになった。おれが何考えてるかいおうか。

いってくれ。

こういう暮らしには慣れることができそうだよ。

煙草を一口吸って手を横に突き出し人差し指を優雅に動かして灰を落とした。慣れるのにほとんど時間はかからないな。

次の日も一日中起伏の多い丘陵地帯を糸杉が点々と生える低い地卓《メサ》や、岩山の東側の斜面で白い花を咲かせているユッカを眺めながら馬を進めた。夕方にはパンデールの町に通じる道路にいきあたったのでそれを南にたどって町にはいった。

商店兼ガソリン・スタンドを含めて建物は九つ。彼らは商店の前に馬をつないでなかにはいった。二人とも埃まみれで馬と汗と焚き火の匂いをぷんぷんさせロリンズは無精ひげが伸びている。店の奥に坐っている何人かの男が彼らがはいってくると顔を上げまた話を始めた。

二人は肉のショーケースの前に立った。カウンターの向こうにいた女がやって来てケースの後ろに立ちエプロンをとり頭上の電球から下がった鎖を引いた。

何だかおまえ無法者みたいだな、とジョン・グレイディがいった。

おまえだって聖歌隊の指揮者には見えないぜ、とロリンズがいった。

女はエプロンの紐を後ろで結び顔をこちらに向けて白いほうろうびきのショーケースの上から二人を見た。何にするの、兄さんたち？　と彼女はいった。

ボローニャ・ソーセージとチーズとパン一斤とマヨネーズひと瓶を買った。クラッカーひと箱とウィンナ・ソーセージの缶詰一ダースも買った。粉末ジュースを十袋ばかりにベーコンの厚切り一枚に豆の缶詰を数個買い、ひきわり玉蜀黍の五ポンド入り袋とホットソースをひと瓶買った。女は肉とチーズを一枚の紙で包み鉛筆の芯をなめて代金を合計しそれから買った物全部を大きな袋にいれた。

兄さんたち、どこからきたんだね？　と女はいった。

はるばるサン・アンジェロからだ。

ずっと馬できたのかね？

ああ。

へええなんとまあ、と彼女はいった。

朝がきて目が覚めてみると二人は小さな陽干し煉瓦でできた家から丸見えの場所に野宿していた。家のなかから女が出てきて食器を洗った汚れ水を庭にぶちまけた。女は二人にちらりと目をやりまた家のなかにはいっていった。二人が乾かすために柵にかけておいた鞍をおろそうとしていると男が出てきて彼らをじっと見つめた。二人は鞍をつけて馬に乗り道路に出て南をさして出発した。

うちじゃみんなどうしてるかな？　とロリンズがいった。

ジョン・グレイディが身を乗り出して唾を吐いた。そうだな、と彼はいった。たぶんみんなでどんちゃん騒ぎをしてるな。石油を掘り当ててな。今頃は町に繰り出して新しい車やら何やら買いこんでるところだろうよ。

ばかくせえ、とロリンズがいった。

二人は馬を進めた。

居心地悪い思いをしたことあるか？　とロリンズがきいた。

何のことで？

うーん。何のことでもいいさ。居心地の悪い思いだ。

時々あったよ。おまえだっているべきでない場所にいたら居心地悪くなるだろうよ。当然だ。

かりに居心地悪い感じがしてるのになぜだかわからんとするな。するとそいつはいるべきでない場所にいるのにそれに気づいてないってことか？

いったい何の話だ？

わからん。何でもないよ。歌でも歌うか。

彼は歌った。こんな歌だ。寂しいかい、寂しいかい。おれがいっちまったら寂しいかい。

れいのデル・リオのラジオ局、知ってるか？　とロリンズがいった。

ああ、知ってる。

夜、鉄条網を歯でくわえると聞こえるって話だ。ラジオがなくても聞こえるんだと。

そんなこと信じてんのか？

わからん。

やってみたことあるのか？

ああ。一回だけな。

二人は馬を進めた。ロリンズが歌った。フラワリー・バウンダリー・ツリーっていったい何だ？

おまえにはまいるな、相棒。

そそり立つ石灰岩の断崖の下にきてそこを流れる小川の広い砂利敷きの川床を渡った。上流には最近降った雨で水たまりがいくつもできていて二羽の鷺が水面に長い影を落として立っていた。一羽は飛び立ち、一羽は残った。一時間後ペコス川を渡った。浅瀬に馬を乗りいれると、石灰岩の上を流れる水は足が速く澄んでいてやや塩分を含み、馬は目の前の水の流れを見定めながら慎重に広い暗色火成岩の地盤の上で足を運び早瀬の下手でゆらゆらと身をよじりながら朝陽の下で鮮やかな緑を輝かせている藻を見つめていた。ロリンズが鞍の上から身を乗り出して川に手をひたし水の味をみた。石灰の味がするな、と彼はいった。

川を渡りきると柳の木立のなかで馬から降りソーセージとチーズでサンドイッチを作って食べ坐って煙草を吸いながら川の流れを眺めた。誰かおれたちを尾行《つけ》てくるやつがいるな、とジョン・グレイディがいった。

姿は見たか？

まだだ。

馬に乗ってるのか？

ああ。

ロリンズが川の向こう岸の道をうかがった。通りがかりの人間じゃないのか？

それなら今頃川べりに姿を見せてるはずだ。

違う方向へいったのかもしれない。

どこへだ？

ロリンズが煙草をふかした。何の用だと思う？

さあな。

で、おまえはどうしたいんだ？

このまま前に進もう。姿を現わすかもしれないし現わさないかもしれない。

二人は川原から上がりくつわを並べて埃っぽい道を進み高台に登ると、そこから南に広がる草と野生の雛菊に覆われた起伏の多い地方を一望した。西に一マイルほど離れた灰色にかすむ草原に下手な手術の跡のように鉄条網を張り渡した支柱の列があり、その向こうにいる一群れの羚羊が一匹残らずこちらを見ていた。ジョン・グレイディは馬を横向きにして後方の道を振り返った。ロリンズは待った。

まだいるか？　とロリンズがきいた。

ああ。どこかにいる。

二人がさらに馬を進めると台地の裾の扇状地に広がる湿地にやってきた。右手に糸杉が密生した林がありロリンズがそちらへ顎をしゃくって馬の足をゆるめた。

あのなかで待ち伏せしてみるか？

ジョン・グレイディがきた道を振り返った。よし、と彼はいった。もう少し進んでから引き返してこよう。足跡がここで途切れてたらどこへいったか悟られちまうからな。

よし。

さらに半マイル進んでから道からはずれ糸杉の林まで戻ってきて馬から降り馬をつなぎ

地面に坐りこんだ。

一服やる時間はあるかな？　とロリンズがいった。

煙草を持ってるんなら一服やるさ、とジョン・グレイディがいった。

坐って煙草を吸いながら道を見つめていた。長いこと待ったが誰もやってこなかった。ロリンズは仰向けに寝転がって帽子を顔の上に載せた。眠りゃしないよ、と彼はいった。休憩するだけだ。

ロリンズが寝入ってからだいぶたった頃ジョン・グレイディが彼のブーツを蹴った。ロリンズが体を起こして帽子をかぶり周囲を見た。馬に乗った男がひとり道をやってきた。まだかなり離れているが馬に乗っていることはわかった。

男は次第に近づいてきてやがて百ヤードほどのところにきた。つばの広い帽子に胸当てのついたオーバーオールという格好だった。男は馬の足をゆるめて二人のほうをまっすぐに見た。それからさらに近づいてきた。

まだ子供だぜ、とロリンズがいった。

なんとすごい馬だな、とジョン・グレイディがいった。

まったくだ。

おれたちを見つけたと思うか？

いや。

で、おまえはどうしたい？

少し先にいかせてからおれたちも道に出て後からついていく。

相手がほとんど見えなくなるまで待ってから二人は馬をつないだ縄を解き鞍にまたがって林から道に出た。

二人がたてた音を聞きつけて前をいく子供が振り返った。帽子をぐいとあみだに押し上げて馬の足を止めこちらを見た。二人は道の両側に分かれて近づいていった。

おれたちを追ってるのか？　とロリンズがいった。

十三歳ぐらいの少年だった。

いや、と少年はいった。追ってなんかいない。

なぜあとをつけてくるんだ？

あとなんかつけてやしない。

ロリンズはジョン・グレイディを見た。ジョン・グレイディは少年を見つめている。遠くの山に目を転じまた少年を見て最後にロリンズを見た。ロリンズは鞍の前橋に両手を置いた。おれたちのあとをつけてないだと？　と彼はいった。

これからラングトリーへいくんだ、と少年がいった。おれはあんたたちが誰なのか知らない。

ロリンズがジョン・グレイディを見た。ジョン・グレイディは煙草を一本巻きながら少年と少年の衣服と少年の馬を吟味した。

その馬はどこで手にいれた？　と彼はいった。

おれの馬だ。

ジョン・グレイディは煙草をくわえてシャツのポケットからマッチを一本とりだし爪にこすりつけて火をつけ煙草につけた。その帽子もおまえのか？　と彼はきいた。

少年は目の上のひさしを見上げた。それからロリンズに目をやった。

おまえは幾つだ？　とジョン・グレイディがきいた。

十六だよ。

ロリンズが唾を吐いた。嘘つきやがれ。

あんたに何がわかるんだ。

おまえが十六でないのがわかるんだよ。一体どこからきた？

パンデールから。

ゆうべパンデールでおれたちを見かけたんだな？

ああ。

おまえは何してるんだ、家出か？

少年が二人を交互に見た。そうだとしたら？

ロリンズがジョン・グレイディを見た。さあ、どうするかね？

さあてな。

その馬をメキシコで売っぱらうのもいいな。

そうだな。

この前みたいに墓を掘るのはごめんだぜ。

なにいってやがる、とジョン・グレイディがいった、あれはおまえがいい出したんだ。

おれは放っといて禿鷹に食わせとけといったはずだぜ。

どっちがこいつを撃つか銭を投げて決めるか？

いいとも。投げてくれ。

どっちだ、とロリンズがいった。

表。

硬貨が宙でくるくる回った。ロリンズはそれを受けとめて手首の外側に叩きつけ相棒が見える処まで差し出して手のひらをどけた。

表だ、とロリンズがいった。

よしライフルをよこせ。

不公平だな、とロリンズがいった。おまえが撃つのはこれで連続四回目だ。

じゃおまえやれよ。一回貸しにしといてやる。

馬を抑えてくれ。銃に慣れてないかもしれん。

あんたらふざけてるだけさ、と少年がいった。

なんでそういいきれる？

人なんか撃ったことないくせに。

手始めにおまえを撃つかもしれんじゃないか？

あんたらふざけてるだけだ。ちゃんとわかってるよ。

ああ、そうだろうよ、とロリンズがいった。

おまえ誰に追われてるんだ？　とジョン・グレイディがきいた。

誰にも追われてない。

その馬が追われてるんだろう、ええ？

少年は答えなかった。

おまえほんとにラングトリーへいくところか？

そうだ。

おれたちについてくるなよ、とロリンズがいった。まきぞえ食ってブタ箱にはいるのはごめんだからな。

これはおれの馬だ、と少年がいった。

小僧、とロリンズがいった、誰の馬だろうと知ったこっちゃない。ただおまえのじゃないことは確かだよ。いこうぜ、相棒。

二人は馬の首を前に向けて顎の下を軽くたたき速歩でふたたび道を南にたどりはじめた。振り返らなかった。

もっと口答えすると思ったがな、とロリンズがいった。

ジョン・グレイディは煙草の吸い殻を前方に投げた。あのケツの痩せたひよっこはまだまだつきまとってくるよ。

正午までに彼らは道からはずれ広い草原を渡って南西に向かっていた。鉄の貯水槽で馬に水を飲ませる二人の頭上で古いＦ・Ｗ・アクステル式の風車が風にきしみながらゆっくりと回った。南に目をやると楡の木立のなかに牛の群れがいた。二人はラングトリーの町にはいらず夜川を渡ろうと話しあった。陽射しが暖かいので彼らはシャツを洗い濡れたまま身につけて馬に乗りまた先に進んだ。振り返ると北東の方角にもときた道が何マイルも先まで見えていたが人影はなかった。

その日の夕方二人はパンプヴィルの町のすぐ東を走るサザン・パシフィック鉄道の線路を越え半マイル進んだところで野宿した。馬の体をブラシでこすり木につないで火をおこす頃には真っ暗になっていた。ジョン・グレイディは鞍を火のそばに縦に置いてから平原に出て耳をすました。紫の空を背景にパンプヴィルの町の給水塔が見えた。そのわきには三日月がかかっていた。百ヤードほど離れた処で草を踏む馬の群れの足音が聞こえた。それらを除けば平原は青くしんと静まりかえっていた。

翌日の午前半ばに彼らは国道九〇号を横切って牛が点々と散らばって草を食んでいる牧草地にやってきた。遠く南のほうでは曖昧模糊とした微光を放ちながら動く雲のあいだからメキシコの山並が山の幽霊のように見え隠れしていた。二時間後にリオ・グランデ川に到達した。二人は低い崖になっている土手に腰をおろして帽子を脱ぎ川を眺めた。水は黄褐色に濁り下流に早瀬があるのが音でわかった。眼下の砂州には柳と葦がびっしりと繁茂し対岸の崖は鳥の糞で汚れ穴だらけで無数の燕が休むことなく飛び回っていた。その向こうにはまたしても荒野が広がっていた。二人は首をめぐらして顔を見あわせ帽子をかぶった。

川岸を上流に遡り一本の小川が合流している地点にくるとその小川におりて本流の砂州まで出てゆき、馬に乗ったまま川の流れと周囲の地形を検討した。ロリンズが煙草を一本巻き片脚を鞍の前橋の上にあげて煙草を吸った。

おれたち誰に見られちゃまずいんだ？　とロリンズがいった。

誰にも見られないほうがいいんじゃないか？

あっちには人の隠れられる場所はなさそうだがな。

向こうからこっちを眺めても同じことをいうだろうよ。

ロリンズは煙草を吸った。答えなかった。

あそこの浅瀬なら渡れるな、とジョン・グレイディがいった。

ならさっそく渡ろうじゃないか？

ジョン・グレイディは身を乗り出して川面に唾を吐いた。何でもおまえのしたいとおりにするけどな、と彼はいった。安全策をとることで話がついてるはずだぜ。

渡るんならさっさと渡りたいな。

おれもだ、相棒。顔を振り向けてロリンズを見た。

ロリンズがうなずいた。いいだろう、と彼はいった。

二人はまた小川を遡り砂州の上で馬から降りて鞍をはずし馬を流れのそばの草地につないだ。それから柳の木陰に坐ってウィンナ・ソーセージとクラッカーを食べ小川の水で溶かした粉末ジュースを飲んだ。メキシコにもウィンナ・ソーセージはあると思うか？　とロリンズがきいた。

午後遅くジョン・グレイディは小川の土手にあがり帽子を手に平坦な平原にたたずんで草が風に吹かれてなびいている北東の方角を見やった。一マイルほど先で人を乗せた馬が走っていた。彼はそれをじっと見つめた。

野営地に戻ってくると彼はロリンズを起こした。

どうした？　とロリンズがいった。

誰かがこっちへくる。たぶんあの小僧だ。

ロリンズが帽子をきちんと頭にかぶり土手にあがって眺めやった。

あいつかどうかわかるか？　とジョン・グレイディがいった。

ロリンズがうなずいた。彼は身をかがめて唾を吐いた。

やつはともかくとしてあの馬は見間違えようがない。

向こうに見られたか？

さあな。

こっちへ向かってくるだろう。

たぶん見られただろうな。

逃げたほうがいいような気がするぜ。

ロリンズはジョン・グレイディに目を戻した。どうもあのガキは油断ならない気がするよ。

おれもだ。

見かけほどうぶじゃなさそうだ。

やつの様子はどうだ？　ジョン・グレイディがきいた。

馬に乗って走ってる。

こっちへ戻ってこい。ひょっとしたらまだ見られてないかもしれない。

あいつ、止まったぞ、とロリンズがいった。

で、どうした？

また走り出したよ。

二人は例の少年がくるのなら待とうという気になった。まもなく馬が二頭ともひょいと頭をもたげて下流のほうをじっと見つめた。砂利を踏む音とかすかな金具の音がして、人の乗った馬が川原におりてくるのがわかった。

ロリンズがライフルを手にとり二人で小川を下って本流のほうへ歩いていった。例の少年が大きな鹿毛の馬を砂州からわずかに浅瀬に乗りいれて川の対岸を見ていた。振り向いてこちらの姿を認めると少年は親指で帽子のつばを押し上げてあみだかぶりにした。

まだ渡ってないのは知ってたよ、と彼はいった。向こう岸のメスキートの繁みで鹿が二匹草を食ってるからな。

ロリンズは砂州にしゃがみこみ両手でライフルをつかんで体の前に立て腕に顎を載せた。

さあておまえをどうしてくれようかな？　と彼はいった。

少年は彼を見てそれからジョン・グレイディを見た。メキシコへいけば誰もおれを追ってこないよ。

おまえが何をしでかしたかによるぜ、とロリンズがいった。

何にもしてやしない。

おまえ名前は何だ？　とジョン・グレイディがきいた。

ジミー・ブレヴィンズ。

嘘っぱちだ、とロリンズがいった。ジミー・ブレヴィンズってのはラジオ番組をやってる男だぜ。

同姓同名だよ。

誰に追われてるんだ？

誰にも。

なぜわかる？

誰にも追われてないからわかる。

ロリンズはジョン・グレイディを見てそれからまた少年を見た。おまえ、食い物は持ってるか？

いや。

金は？

いや。

役立たずめ。

少年は肩をすくめた。馬が一歩前に出てまた止まった。

ロリンズは首を振り唾を吐き川に目をやった。おい、ひとつだけ答えろ。

いいよ。

一体なんでおれたちがおまえを連れていかなくちゃいけないんだ？

少年は答えなかった。身動きもせずただ傍を流れていく濁った水と暮れはじめた陽のなかで砂州に落ちる柳の細長い影を眺めていた。南の青い山脈を眺めオーバーオールの肩帯を引き上げ胸当てに片手の親指を引っかけて顔を彼らのほうに向けた。

おれがアメリカ人だから、と少年は答えた。

ロリンズがぷいと横を向いて首を振った。

三人は四分の一の月の下《もと》、青白いほっそりした裸で馬に乗り川を渡った。脱いだジーンズに逆さにしたブーツとシャツと上着と髭剃り道具をいれた袋と弾薬を詰めこみベルトで腰の処をしぼり両脚をゆるく首に巻いて帽子だけをかぶり、馬を砂州の水際まで導いて腹帯をゆるめてまたがり裸足の踵で駆りたてて水のなかに進めた。

川の中ほどまでくると馬は泳ぎはじめ、鼻を鳴らしながら首を水面から高くもたげ、尾を後ろにたなびかせた。斜めに下流に流されながら三人の裸の乗り手は前かがみになって馬に話しかけ、ロリンズは片手で銃を高く差し上げ、一列になって異国に侵入する匪賊のように川を渡っていった。

対岸の柳の木立のなかにはいった三人はさらに一列に浅瀬を上流に遡り細長い砂州に上がって帽子を脱ぎ振り返ってあとにしてきた国を眺めた。誰も口を開かなかった。突然三人は砂利の上で馬を疾走させてはまた反対側に駆けさせ、帽子を振りながら笑い声を上げ馬を止めてその肩をぽんぽん叩いた。

おっといけない、とロリンズがいった。こんなことしてる場合か？

月明かりのなかで湯気を上げている馬の上で三人はお互いを見た。それから黙って馬を降り首に巻いたズボンをはずし服を着て馬を引いて柳の生えた川岸の段丘を登り平原に出てから馬に乗り丈の低い藪が繁るコアウイラ州の乾燥地帯を南に進んだ。

三人はメスキートの生えた平地のはずれで野宿し朝になるとベーコンに豆にひきわり玉蜀黍と水で作った玉蜀黍パンを料理して坐って食べながら周囲の土地を眺めた。

この前飯を食ったのはいつだ？　とロリンズがきいた。

こないだだよ、とブレヴィンズがいった。

こないだね。

ああ。

ロリンズは少年を観察した。おまえの名前はほんとはブリヴェットじゃないだろ？

ブレヴィンズだよ。

おまえ、厄介もの《ブリヴェット》って何だか知ってるか？

何なのさ。

ブリヴェットってのは五ポンド用の袋にいれた十ポンドの糞のことさ。

ブレヴィンズは嚙むのを中断した。西に目をやって木立のなかから朝陽の射す平原に出てきた牛の群れを眺めていた。それからまた嚙みはじめた。

あんたらまだ自分の名前をいわないね、と彼はいった。

おまえがきかないからさ。

しつけがいいからきかなかったのさ。

ロリンズはこの野郎という目で少年を見てそっぽを向いた。

ジョン・グレイディ・コールだ、とジョン・グレイディがいった。こっちはレイシー・ロリンズ。

少年はうなずいた。さらにもぐもぐ嚙みつづけた。

おれたちはサン・アンジェロからきたんだ、とジョン・グレイディがいった。

いっぺんもいったことないな。

二人は少年がどこからきたのかいうのを待ったが少年は何もいわなかった。

ロリンズがちぎった玉蜀黍パンで皿をぬぐいそのパンを食べた。かりにだ、と彼がいった、おまえのあの馬を誰かに撃たれないような目立たない馬と交換しようといったらどうする？

少年はジョン・グレイディを見てまた牛のいるあたりに目を戻した。おれは馬を交換しない、と彼はいった。

じゃ、おれたちに守ってもらいたくないんだな？

自分の身は自分で守れるよ。

ああ、そうだろうさ。きっと銃も持ってるんだろう。

少年はしばらく黙っていた。それからいった。銃は持ってる。

ロリンズが顔を上げた。それからまた玉蜀黍パンで皿をぬぐった。どんな銃だ？　と彼はいった。

三二－二〇のコルトだ。

嘘つけ、とロリンズがいった。それじゃライフルじゃねえか。

少年は食べおえると草をむしって皿をぬぐった。

見せてくれよ、とロリンズがいった。

少年は皿を置いた。ロリンズを見てそれからジョン・グレイディを見た。それからオーバーオールの胸当てのなかに手をいれて拳銃をとりだした。手のひらの上でくるりと一回転させてから上下を逆さにし握りのほうをロリンズに差し出した。

ロリンズは少年を見てそれから拳銃を見た。皿を草の上に置いて銃を受けとり手のひらの上でひっくり返した。古いコルト・ビズリーでグッタペルカの握りはよく使いこまれてチェック模様がすり減っている。金属部分は鈍い灰色。ひっくり返して銃身に刻まれたスクリプトを読んだ。32－20とある。ロリンズはちらりと少年を見てから親指でローディング・ゲートをパチンと開き撃鉄を半分起こして弾倉を回しイジェクター・ロッドを使って弾丸をひとつ手のひらに落としてしげしげ見た。それからまた弾倉にこめてゲートを閉じ撃鉄をもとに戻した。

こんな銃どこで手にいれた？　と彼はきいた。

店で買ったんだ。

撃ったことはあるのか？

ああ、あるよ。

的に当たるのか？

少年は銃をよこせと手を差し出した。ロリンズは手のひらで重みを測るような仕草をしたあと握りを先にして渡した。

何か投げてくれたら当ててみせる、と少年がいった。

嘘っぱちだ。

少年は肩をすくめて拳銃をオーバーオールの胸当てのなかにいれた。

何を投げりゃいい？　とロリンズがきいた。

何でもいい。

投げたものに当てるってんだな。

ああ。

嘘っぱちだ。

少年が立ち上がった。皿をオーバーオールの脚でこすりながらロリンズを見た。

札入れを空中に投げてみなよ、穴をあけてやるから、と彼はいった。

ロリンズが立ち上がった。尻のポケットから札入れをとりだした。少年はかがんで草の上に皿を置きまた拳銃をとりだした。ジョン・グレイディはスプーンを皿に載せて地面に置いた。三人はこれから決闘でも始めようとするように朝の長い光の射す平原に歩み出た。

少年は太陽を背にして拳銃を脚の横に垂らした。ロリンズが首をめぐらしてジョン・グレイディににやりと笑いかけた。札入れを親指と人差し指でつまんでいる。

用意はいいか、アニー・オークリー？　と彼がいった。

いつでもいいよ。

下手投げで投げあげた。札入れはくるくると回りながら宙に上り、青を背景とする小さな点となった。二人はそれを注視し、少年が撃つのを待った。少年が撃った。札入れが風景の上を横ざまに跳んで開き被弾した鳥のようにキリキリと舞い落ちた。

銃声はすぐに広大な沈黙のなかに消えた。ロリンズは草原を歩いて身をかがめ札入れを拾い上げてポケットにしまった。

そろそろいこうぜ、と彼はいった。

さあて、どうするかな、とジョン・グレイディがいった。

いこう。早くこの川から離れたほうがいい。

馬をつかまえて鞍をつけ少年が焚き火を踏み消すと三人は馬に乗って出発した。間隔をあけて馬を並べ蛇行する川べりの低木林地に沿った広い砂利の平地を進んだ。三人とも初めて足を踏みいれる国の風景を無言で眺めた。メスキートの繁みのてっぺんから鷹が一羽舞い降りてきて湿地をかすめ飛びふたたび上昇して東に半マイル離れた木にとまった。三人がその木のそばに差しかかると鷹はまたもとの所へ戻っていった。

その銃はペコス川で会ったときも懐へいれてたわけだな？　とロリンズがきいた。

少年は不釣り合いに大きい帽子の下から相手を見た。ああ、と彼はいった。

三人は馬を進めた。ロリンズが身を乗り出して唾を吐いた。そいつでおれを撃ちゃよかったのに。

少年も唾を吐いた。あんたらに撃たれるとは思ってなかったからな、と彼はいった。

三人はノパルサボテンとクレオソートの木に覆われた低い丘を進んだ。陽がまだ昇り切らないうちに馬の踏んだ跡のある道に出てそれを南にくだってレフォルマの町にはいった。三人は町の通りにもなっている荷馬車の通路を一列に進んでいった。五、六軒ほどの泥の煉瓦で作った低い家はみな今にも崩れそうに傾いでいた。それから壁を粘土で固めた藁ぶき小屋が数棟と馬の囲い柵があって頭の大きな馬が神妙な顔で目の前を通る三頭の馬を見送った。

三人は降りて馬をつなぎ泥煉瓦でできた小さな店にはいった。ひとりの少女が部屋の真ん中に据えた鉄のストーブのそばの背もたれのまっすぐな椅子に坐って戸口からの明かりで漫画本を読んでいたが顔を上げて彼らを見るといったん漫画に目を落としてまた顔を上げた。彼女は立ち上がって店の奥の緑のカーテンを吊った戸口にちらりと目をやり本を椅子に置いて土間の床をこちらにやってきてカウンターの前に立った。カウンターの上には素焼きの水瓶が三つ置いてあった。二つは空だが三つ目はラードの容器についていた錫の蓋がしてあってその蓋にはほうろうびきの柄杓の柄に合わせた切れ込みがはいっている。少女の背後の壁には棚が三、四段あって缶詰や布や糸や菓子が並べてあった。奥の壁ぎわには松の板でできた手製の食料貯蔵箱が置かれていた。その上の泥の壁にはカレンダーが細い木の釘でとめてあった。あとはストーブと椅子があるだけで他には何もない。

ロリンズが帽子を脱いで腕でひたいを拭いまた帽子を頭に載せた。彼はジョン・グレイディを見た。飲み物があるかどうかきいてくれよ。

飲みものはあるかい《ティエーネ・アルゴ・ケ・トマール》？　とジョン・グレイディがきいた。

ええ《シ》、と少女がいった。水瓶の処へいって蓋を開けた。馬で旅をする三人はカウンターの前に立ってそれを見た。

そいつは何だい？　とロリンズがいった。

りんご酒《シドロン》よ、と少女がいった。

ジョン・グレイディは少女を見た。英語、話せる《アブラ・イングレス》のか？　ときいた。

いいえ《オー・ノ》、と彼女はいった。

で、何なんだ？　とロリンズがきいた。

りんご酒《サイダー》だ。

ロリンズは水瓶をのぞきこんだ。もらおうじゃないか、と彼はいった。三杯くれ。

何ですか《マンデ》？

三杯だ、とロリンズがいった。三つ《トレス》。指を三本立てた。

ロリンズは札入れを出した。少女が後ろの棚に手をのばしてタンブラーを三個とりカウンターの上に置き柄杓をとって淡い褐色の液体をすくいとってタンブラーに満たすとロリンズが一ドル札をカウンターに置いた。紙幣の両端に穴があいていた。ロリンズとブレヴィンズがタンブラーをとりジョン・グレイディは札入れに顎をしゃくった。

札入れのど真ん中を撃ち抜いたようだな？

ああ、とロリンズがいった。

ジョン・グレイディもタンブラーをとり三人で飲んだ。ロリンズは何か考えこんでいた。いったいこいつが何なのか知らないが、と彼はいった。カウボーイにはぴったりの味だな。もう一杯ずつおかわりしようぜ。

三人がタンブラーを置くと少女がおかわりを注いだ。いくらだ？　とロリンズがきいた。

少女はジョン・グレイディを見た。

いくらだ《クワント》？　とジョン・グレイディがきいた。

全部《パラ・トド》でですか？

そう《シ》。

一《ウノ》ペソ五十《シンクエンタ》センターボ。

いくらだって？　ロリンズがいった。

一杯、だいたい三セントだ。

ロリンズはさっきカウンターに出した紙幣を押した。父ちゃんに何か買ってやりな、と彼はいった。

少女はカウンターの下の煙草をいれた箱からメキシコの小銭をいくつか出してカウンターの上に置き顔を上げた。ロリンズが空のタンブラーを置き注いでくれと手振りで告げ新たな三杯分を加えた勘定で釣りを受けとると三人はめいめいタンブラーを手に外に出た。

三人は店の前の柱と木の枝の屋根だけのあずまやがつくる陽陰に腰を降ろしてりんご酒をすすりながら死んだように動きのない真昼の小さな十字路を眺めた。泥の小屋。埃をかぶった竜舌蘭の繁みとその背景の荒涼たる岩山。店の前の粘土の地面に掘られた溝を下水がちょろちょろと流れ轍《わだち》ででこぼこになった道には山羊が一頭いて三人の馬を眺めている。

電気なんか引かれてないんだろうな、とロリンズがいった。

彼は飲み物をすすった。道路の先を見やった。

自動車だって一台もないいんじゃないか。

こいつも何で作ったかわかったもんじゃない、とジョン・グレイディ。

ロリンズがうなずいた。タンブラーを陽にかざして中身を揺らしじっと見つめた。こりゃサボテン・ジュースみたいなものかな？

さあな、とジョン・グレイディがいった。けっこう効くじゃないか？

ああ、そうだな。

小僧にはもう飲ませんほうがいいかもな。

おれはウィスキーだって飲んだことあるんだ、とブレヴィンズがいった。こんなものどうってことないさ。

ロリンズが首を振った。メキシコくんだりまできてサボテン・ジュースを飲んでるわけか、と彼はいった。今頃故郷《くに》ではみんな何といってるかな？

そうか出ていったかね、てとこだろ、とジョン・グレイディがいった。

ロリンズは両足を前に投げ出してブーツを重ね帽子を片方の膝の上に載せ見知らぬ土地を眺めうなずいた。出てきちまったなあ、ええ？　と彼はいった。

彼らは馬に水をやって苦しくないように腹帯をゆるめてやり、一列に埃を蹴立てながらでこぼこ道を南に下った。道には牛やヘソイノシシや鹿やコヨーテの足跡がついていた。

午後遅くまた別の集落に差しかかったが三人は止まらず先に進んだ。道には水が流れた跡の深い筋がつき筋は溝につながっていたが、その溝にはかなり以前の旱魃で死んだ牛の死体が、黒いぱりぱりに乾いた皮のこびりついた骨となって転がっていた。

ほんとにこんな国が気にいったのか？　とジョン・グレイディがきいた。

ロリンズは身を乗り出して唾を吐き答えなかった。

夕方三人は小さな牧場にやってきて柵のそばで馬の足を止めた。母屋の背後に小屋がいくつか建ち、囲い柵のなかに馬が二頭いた。庭に白いドレスを着た少女がふたり出ていた。ふたりは馬に乗った男たちを見るとくるりと背を向けて家のなかに走りこんだ。男がひとり出てきた。

こんばんは《ブエナス・タルデス》、と男がいった。

男は門から柵の外に出てきて入ってあっちで馬に水を飲ませるといいと身振りをした。はいって《パーサレ》、はいって《パーサレ》、と彼はいった。

彼らはニスを塗った松材のテーブルで石油ランプを点して食事をした。まわりの泥の壁には古いカレンダーと雑誌から切り抜いた写真が貼ってあった。ひとつの壁には錫板に聖母を描いて額にいれた祭壇の飾り衝立がかけてある。その下には壁に打ちこんだ楔二つで支えられた板があって黒ずんだ燃え残りのろうそくがはいった小さな緑色のグラスが置かれていた。三人のアメリカ人は肩をつき合わせるようにしてテーブルの一辺に並びその向かいに二人の少女が坐って息を殺して三人を見つめていた。家の女主人はうつむいて食べ主人は冗談をいいながら三人に皿を回した。一同は豆とトルティーヤと山羊肉入りのチリを素焼きの器から柄杓でよそって食べた。三人がほうろうびきのカップをとってコーヒーを飲むと男は器を押してよこしさかんに身振りをした。どんどんおあがり、と彼はいった。デベン・コメール《デベン・コメール》
主人は北に三十マイル離れたアメリカのことを知りたがった。子供のころ一度だけ、アクーニャの町で川をへだてて見たことがあるといった。兄弟たちがそこで働いている。テキサスのユーヴァルドに叔父がしばらく住んでたがたぶんもう死んでるだろう。

皿の物をきれいに平らげたロリンズが女主人に礼をいいジョン・グレイディがそれを通訳すると女主人はにっこり微笑んで上品にうなずいた。ロリンズが二人の少女に指を切り離したりくっつけたりする手品を見せているとブレヴィンズが皿の上でナイフとフォークを交差させて口をふきながら後ろにそっくり返った。坐っているベンチには背もたれがないためブレヴィンズは激しく両腕を振りながら後ろの床に倒れ、はずみでテーブルを蹴って皿をガチャガチャ鳴らしロリンズとジョン・グレイディが坐っている長椅子をひっくり返しそうになった。二人の少女はぱっと立ち上がって大喜びで手を叩きながら黄色い声を上げた。ロリンズはテーブルをつかんで持ちこたえて床に転がっている少年を見おろした。何やってんだ、おまえは、と彼はいった。こいつの無作法を許してやってください。

ブレヴィンズがもがきながら立ち上がろうとし、この家の主人だけが手を貸した。

大丈夫《エスタ・ビエン》かね？　と彼がきいた。

なに大丈夫ですよ、とロリンズがいった。馬鹿はケガしないっていいますから。

女主人は前に身を乗り出して倒れたカップをひとつ起こし、娘たちを黙らせた。悪いと思って表情は崩さないが目が笑っているのはブレヴィンズにもわかった。ブレヴィンズはベンチを跨いでまた坐った。

もう、出かけるだろ？　と彼は囁いた。

おれたちはまだ食べおわってないぜ、とロリンズがいった。

ブレヴィンズはそわそわと落ちつかない様子であたりを見回した。こんなとこに坐ってられないや、と彼はいった。

頭を垂れてしゃがれ声でいった。

なんで坐ってられない？　ロリンズがいった。

笑われるのは嫌いだ。

ロリンズが二人の少女を見た。また腰を降ろして目をまんまるに開きまじめくさった顔をしていた。何いってやがる、と彼はいった。子供に笑われたぐらいで。

笑われるのは嫌いなんだよ、とブレヴィンズは囁いた。

主人も女主人も気づかわしげにロリンズとブレヴィンズを見守っている。

笑われたくなきゃずっこけるなってことよ、とロリンズがいった。

ちょっと失礼、とブレヴィンズがいった。

ベンチを跨いでテーブルを離れ帽子を手にとって頭に載せると部屋から出ていった。主人は心配そうな顔をジョン・グレイディのほうに寄せどういうことか小声できいた。二人の少女は皿に目を落としてじっと坐っていた。

あいつひとりでいっちまうと思うか？　とロリンズがいった。

ジョン・グレイディは肩をすくめた。いかないだろ。

主人夫婦は二人のどちらかが立ってあとを追うのを待っているようだったが、どちらも席を立たなかった。ただコーヒーを飲んでいるだけなのでしばらくすると女主人は腰を上げて皿を片づけはじめた。

ジョン・グレイディが瞑想にでもふけるような格好で地面に坐りこんでいるブレヴィンズを見つけた。

そこで何してるんだ？　と彼がきいた。

何も。

なかへ入ったらいいだろう。

おれは平気だ。

今夜は泊めてくれるそうだ。

いって寝てくれ。

おまえはどうする気だ？

おれは平気だ。

ジョン・グレイディはじっと彼を見つめた。そうか、と彼はいった、好きにしろ。

何も答えない相手をそこへ残してジョン・グレイディは立ち去った。

二人が寝た部屋は家の奥の間で干し草か藁の匂いがした。狭く窓がなく床の上に藁布団とズックの布が敷かれその上にサラーペ（男性が外套として用いる幾何学模様の毛布）がかぶせてあった。主人が持ってきたランプを受けとって礼をいうと主人は頭を下げて低い戸口から出ておやすみなさいといった。ブレヴィンズのことは尋ねなかった。

ジョン・グレイディがランプを床に置き二人は藁布団の上に坐ってブーツを脱いだ。

ああ、疲れたぜ、とロリンズがいった。

わかってるよ。

あの親父、この辺での働き口のことは何といってた？

カルメン山脈を越えた向こうにでかい牧場がいくつかあるそうだ。三百キロぐらい先に。

そいつはどれぐらいの距離だ？

百六十か、百七十マイルだな。

おれたちをお尋ね者と思ってる様子か？

さあな。もしそうならご親切なことだ。

まったくだ。

あの親父は砂糖菓子の山みたいにいってたな。湖がたくさんあって川が流れてて草原があるそうだ。今まで見てきた景色からは想像できないがな、違うか？

おれたちに早く出ていってもらいたいんじゃないのか。

かもしれない、とジョン・グレイディがいった。帽子を脱いで仰向けになりサラーペをかぶった。

一体あいつはどうする気なんだ、とロリンズがいった。外で寝ようってのか？

だろうな。

朝になったらいないかもな。

かもしれん。

ロリンズは目を閉じた。ランプの油を使っちまうなよ、と彼はいった。家のなかは真っ暗だぞ。

もうすぐ消すよ。

ジョン・グレイディは耳をすました。何の音もしなかった。おい、何してる？　と彼がきいた。

なんにも。

彼は目を開けた。ロリンズのほうを見た。ロリンズはサラーペの上に札入れを広げて置いていた。

何やってんだ？

おれの運転免許証を見せてやろうと思ってな。

こっちじゃ必要のないものだぜ。

玉突き場の会員証もある。こいつも手にいれたんだ。

寝ろよ。

これを見てくれ。野郎、ベティ・ウォードの眉間をぶち抜きやがった。

なんでそんなものがはいってるんだ？　あの女が好きだったとは知らなかったな。

彼女がくれた。学校時代の写真だ。

朝になると二人は前夜と同じテーブルで卵と豆とトルティーヤをたっぷり腹に詰めこんだ。誰もブレヴィンズを呼びにいかず彼のことを口にもしなかった。昼食を布に包んで持たせてくれた女主人に礼をいい主人と握手して涼しい朝の空気のなかに出た。囲い柵のなかにブレヴィンズの馬はなかった。

ひょっとしておれたちツイてるのかね？　とロリンズがいった。

ジョン・グレイディはどうだかという風に首を振った。

二人は馬に鞍を置き主人に食事代を払おうと申し出たが主人が顔をくしゃっと顰《しか》めて手を振ったのでまた握手して主人の気をつけてという声を聞きながら馬に乗り轍ででこぼこの道を南にたどりはじめた。犬が追ってきたがしばらくして立ち止まり二人を見送った。

朝の空気はひんやりと新鮮で木を燃やす煙の匂いがした。最初の登り坂を上りつめたところでロリンズが忌々しそうに唾を吐いた。あれを見ろよ、と彼がいった。

ブレヴィンズの乗った大きな鹿毛の馬が横向きに道をふさいでいた。

二人は馬の足をゆるめた。野郎、いったいどうしたんだろ？　とロリンズがいった。

まだガキなんだ。

くそ、とロリンズがいった。

近づいていくとブレヴィンズが笑いかけてきた。少年はくちゃくちゃ嚙んでいた煙草を身を乗り出して吐き出し手首の内側で口をふいた。

何にやにやしてんだ？

おはよう、とブレヴィンズがいった。

その煙草、どうした？　ロリンズがきいた。

あの親父にもらったんだ。

あの親父にもらった？

ああ。何してたんだい、遅かったじゃないか。

二人がブレヴィンズの馬の両側を通って先に進みブレヴィンズがあとに残された。

何か食い物は持ってるかい？　とブレヴィンズがきいた。

おかみさんが昼の弁当を持たしてくれたよ、とロリンズがいった。

それは何？

知らん。まだ見てない。

ちょっと見てみないか？

おまえの腹はもう昼飯時なのか？

ジョー、食い物をくれるようにいってくれよ。

この男の名前はジョーじゃない、とロリンズがいった。それにだ、かりにエヴリンって名前だとしても、朝の七時に昼飯なんか食わせてくれるもんか。

くそ、とブレヴィンズはいった。

三人は正午まで馬を進め正午を過ぎてもなお馬を進めた。道沿いには荒野以外に何もなくその荒野にはおよそ何もなかった。聞こえるのは道をゆく馬の蹄の規則正しい音とときおりブレヴィンズが煙草を吐き出す音だけだった。ロリンズは片脚を鞍に上げその膝に寄りかかってもの思わしげに煙草を吸いながら風景を眺めていた。

ヒロハハコヤナギの繁みが見えたような気がする、と彼がいった。

おれもそんな気がする、とジョン・グレイディがいった。

彼らは狭い湿地のはずれの木立の下で昼食をとった。馬は湿った草地に立って静かに水を飲んだ。食べ物の包みを地面に置いて四角い木綿の布をほどきまるでピクニックにでもきたようにめいめいにケサディヤスやタコスやビスコチョスをつまみ、木陰で両肘をついて寝そべり足を前に伸ばして交差させ、もぐもぐと嚙みながら馬を眺めた。

昔だったら、とブレヴィンズがいった、この辺はコマンチが隠れて待ちぶせするのにちょうどいい場所だったろうな。

待ってるあいだにトランプかチェッカーでもしてたんだろうな、とロリンズがいった。おれの見たところ、ここらは一年にひとり通りかかりゃいいほうだぜ。

昔はもっと旅人がいたんだ、とブレヴィンズがいった。

ロリンズは灼熱の陽に焼かれる土地を険しい目で見た。いったいおまえが昔の何を知ってるっていうんだ？　と彼はいった。

おまえら、もう食わないのか？　ジョン・グレイディがきいた。

もう腹がパンパンだ。

ジョン・グレイディは弁当がらを包むと立ち上がって服を脱ぎ裸で草の上を歩いて馬のそばを通り過ぎ水にはいって坐りこんで腰まで浸かった。それから両腕を広げて仰向けに寝ると姿が見えなくなった。馬がそちらを見つめていた。ジョン・グレイディは水の中から体を起こして髪をかき上げ両目をこすった。それからただじっと坐っていた。

その夜三人は道から少し離れた川原で野宿することにして火をおこし砂地に坐って薪の炎を見つめていた。

ブレヴィンズ、おまえ、カウボーイなのか？　とロリンズがきいた。

カウボーイの仕事は好きだよ。

そりゃ誰だって好きさ。

この世で一番だとはいわない。でも、馬に乗るのはけっこう上手いんだ。

ほう？　ロリンズがいった。

そこにいる人も上手いけどな、とブレヴィンズはいった。焚き火の向こうのジョン・グレイディに顎をしゃくった。

なんでわかる？

上手いから上手いんだ。

この男はやっと馬に乗るのを覚えたばかりだといったらどうだ？　娘っ子に乗れないような馬には乗ったことがないといったら？

あんたはおれをからかってるんだ、というよ。

じゃ、この男は今までおれが見たなかで一番上手いといったら？

ブレヴィンズが焚き火のなかに唾を吐いた。

疑ってるのか？

いや、疑いやしない。ただ、ほかに誰を見てるかによる。

おれはブーガー・レッドが馬に乗るのを見たことがあるぞ。

ほんとに？　とブレヴィンズ。

ああ。

で、この人のほうが勝つと思うのかい？

ああ、思うとも。

勝つかもしれないけど、勝たないかもしれないな。

おまえは何にも知らないやつだな、とロリンズがいった。ブーガー・レッドは大昔に死んでるんだよ。

そいつに構うなよ、とジョン・グレイディがいった。

ロリンズはブーツを重ねてジョン・グレイディのほうへ顎をしゃくった。この男としては、おれのいうとおりだといったら自慢することになるからな、そうだろ？

こいつはほら吹きだ、とジョン・グレイディがいった。

ほら、聞いたか？　とロリンズがいった。

ブレヴィンズは火のほうへ顎を突き出して唾を吐いた。なんでそう簡単に誰かが一番だなんていえるのかわからないよ。

いえないさ、とジョン・グレイディがいった。この男は何も知らないんだ。

上手いやつは大勢いる、とブレヴィンズがいった。

そのとおりさ、とロリンズがいった。いくらでもいるさ。でも一番上手いやつは一人しかいない。それがたまたま、そこに坐ってる男なんだ。

構うなというのに、とジョン・グレイディがいった。

べつに苛《いじ》めてやしないぜ、とロリンズがいった。どうだい、おれはおまえを苛めてるか？

いいや。

じゃ、そこにいるジョーに苛められてないといえよ。

もういったよ。

いいから構うなって、とジョン・グレイディがいった。


つづく数日間彼らは山をいくつも越え草一本生えていない尾根の切れ目で馬の足を止めてこの国の南のほうを見晴かすと地には一日の最後の影がいく筋も走りやがて風も西の太陽も血のように赤くなって幾重にも重なる雲塊のなかにはいり空の裾に接する遠くの山並が淡い灰色から淡い青になりついに無と化した。

例の天国はどこにあると思う？　とロリンズがきく。

ジョン・グレイディは風で頭を冷やすために帽子を脱いでいる。そういう場所はいってみないと何があるかわからない、と彼はいった。

たっぷりいろんなものがあるんだろうな。

ジョン・グレイディはうなずいた。だからおれはここまできたんだ。

そいつはわかってるよ、相棒。

彼らは北の斜面の急速に寒くなっていく青い影の世界を降りていった。岩のごろごろした涸れ谷に生えたトネリコの木。柿の木、ヤマゴムの木。一羽の鷹が彼らのすぐ下から飛び立ち次第に濃くなっていく靄のなかを旋回しながら降りてゆき彼らは鐙《あぶみ》から足をはずし慎重に馬を進めてジグザグの頁岩《けつがん》の山道を降りた。真っ暗になると彼らは砂利の堆積した岩棚で馬から鞍を降ろし野宿したがその夜今まで聞いたこともないようなもの、三度の長い遠吠えが南西の方角から聞こえてあとはしんと静まり返った。

いまの聞こえたか？　とロリンズがきいた。

ああ。

狼だな？

そうだな。

ジョン・グレイディは毛布にくるまり仰向けに寝て四分の一の月が山の端へわずかに傾いているあたりを眺めた。曙のように青く微光する昴《すばる》が世界の上方に広がる暗闇のなかへと昇ってゆき、それに率いられてオリオン座や御者座や署名のようなカシオペア座といったあらゆる星々が燐光を帯びた闇のなかを夜の海の魚網のように引き上げられてゆく。彼は長いあいだほかの二人の寝息を聞きながら自身の周囲をとりまく野生を、自身の内側にある野生を見つめていた。

夜は冷えこみ陽はまだ出ないが空が白み初めたころに目を覚ますとブレヴィンズがもう

起きて火をおこし薄着の体を丸めてあたっていた。ジョン・グレイディは毛布から這い出してブーツをはき上着を着て、眼下の暗闇のなかから形を成しはじめた新しい風景を眺めにいった。

三人はコーヒーの残りを全部飲み真ん中に瓶詰めのホットソースを一筋たらした冷えたトルティーヤを食べた。

あとどのくらいこの道をいくんだと思う？　とロリンズがきいた。

おれは心配はしてないよ、とジョン・グレイディがいった。

そこにいるおまえさんの相棒はちょっと心配そうな顔をしてるぜ。

もうあんまり手持ちのベーコンが残ってないからさ。

おまえも同じだろ。

三人は自分たちの下から太陽が昇るのをじっと見ていた。岩棚で草を食んでいた馬もみな頭を上げてそれを見つめた。ロリンズはコーヒーを飲み干しカップを振るとシャツのポケットに手をいれて煙草をとりだした。

いつか陽の昇ってこない日がくると思うか？

ああ、とジョン・グレイディがいった。裁きの日だ。

そいつはいつだと思う？

主がこの日と決めた日だ。

裁きの日か、とロリンズはいった。そういうのを全部信じてるのか？

さあな。いや、たぶん信じてるよ。おまえはどうだ？

ロリンズは煙草を口の端にくわえ火をつけてマッチを捨てた。さあな。ひょっとしたらな。

あんたが不信心者なのは知ってたよ、とブレヴィンズがいった。

何にもわかっちゃいないくせに、とロリンズがいった。それ以上でかい面するのはやめて黙ってろ。

ジョン・グレイディは立ち上がって焚き火のそばへ戻り鞍の角をつかみ毛布を肩にかけて二人のほうを振り返った。さあ、いこうぜ、と彼はいった。

午前半ばには山から降りきってサイドオーツ・グラーマやバスケットグラスのなかに竜舌蘭が点在する広い草原を進んだ。ここで三人は初めて馬に乗ったほかの人間を目にして馬の足を止め、空の荷台を負わせたラバの群れを率いる三人の男が平原の一マイル先から近づいてくるのをじっと見ていた。

ありゃ何だと思う？　とロリンズがいった。

こんなふうに止まってても仕方ない、とブレヴィンズがいった。こっちが見つけたんなら向こうも見つけたはずだ。

そりゃ一体どういう意味だ？　とロリンズがいった。

あの連中が止まるのを見たら、あんたどう思う？

こいつのいうとおりだ、とジョン・グレイディがいった。前に進もう。

それは山にチノグラスを採りにいく男たちだった。こんな場所で馬に乗ったアメリカ人に出会って驚いたのか驚かないのか表情には全く現われなかった。男たちのひとりが自分の兄が妻と二人のもう大きくなった娘を連れて山にはいったが見なかったかと訊いたが三人は何も見ていなかった。男たちは馬を止め黒い目をゆっくりと動かして三人の風体を検分した。しかし男たちこそ相当ひどい身なりで、半ばボロを纏《まと》っているといってよく、帽子には脂と汗のしみが点々とつき、ブーツには牛の生皮で継ぎはぎがしてあった。鞍褥の四角い木部が革でこすれてすり減った古い鞍に跨がった彼らは玉蜀黍の皮で煙草を巻き火打ち石と鉄と空薬莢に詰めたひとつまみの綿毛を使って火をつけた。彼らのひとりはよく使いこまれた古いコルトを抜け落ちないようにゲートを開けたままでズボンに差しており三人とも煙と獣脂と汗の匂いをぷんぷん放ってこの土地の風景に劣らず荒々しく異様に見えた。

テキサスからきたのかね《ソン・デ・テーハス》？　と彼らがきいた。

そうだ《シ》、とジョン・グレイディが答えた。

男たちはうなずいた。

ジョン・グレイディは煙草を吸いながら彼らを眺めた。外見はみすぼらしいが馬の乗り方は堂々としたものでジョン・グレイディは彼らの黒い目を凝視して何を考えているか見透かそうとしたが何もわからなかった。男たちはこの土地とその気候のことを話し山の上はまだ寒いといった。誰も馬から降りて話そうとはいい出さなかった。男たちは周囲の土地をまるで悩みの種だというように眺めていた。何かを決断しかねているといった顔つきだった。後ろに引かれたラバたちは歩みを止めたときほとんど即座に立ったまま眠りこんでいた。

一行の頭は煙草を吸いおえると吸い殻を捨てた。そじゃ《ブエノ》、と彼はいった。わしたちは出《バモ》かけるよ《ノス》。

三人のアメリカ人にうなずきかけた。気をつけてな《ブエナ・スウエルテ》、と彼はいった。長い歯輪の拍車を馬にあてて男たちは出発した。後からついていくラバたちは道で止まっている馬を眺めながらこの一帯には蠅がいる気配もないのに尻尾を振り振り通り過ぎていった。

午後になって三人は南西から流れてくる小川の澄んだ水を馬に飲ませた。彼らも川にはいって水を飲み水筒に満たしてしっかりと栓をした。平原のおそらく二マイルほど離れた処に数頭の羚羊が、どれも頭を上げて立っていた。

三人は馬を進めた。平らな谷底には良質の牧草が生えており飴色や亀の甲羅色や斑模様をした牛たちが彼らの目の前の赤鉄の木立の間をたえず動きあるいは東のほうへ伸びている古い地質の隆起に沿って立ち、通り過ぎる馬上の三人をじっと見つめた。その夜は低い山の中で野営してブレヴィンズが拳銃でしとめたジャックウサギを料理した。ブレヴィンズはポケットナイフで血抜きをしたあと皮をはがずに砂地に埋めその上で火をおこした。

これはインディアンのやり方だと彼はいった。

ジャックウサギを食ったことはあるのか？　とロリンズがきいた。

ブレヴィンズが首を振った。いや、ない、と彼はいった。

こういうやり方で食うんならもっと木をくべたほうがいいぞ。

これで大丈夫だ。

今まで食ったなかでいちばん変なものは何だ？

いちばん変なものか、とブレヴィンズはいった。たぶんそいつは牡蠣だろうな。山の牡蠣《マウンテン・オイスター》（子牛などの睾丸）か、本物の牡蠣か？

本物の牡蠣だ。

どんなふうに料理するんだ？

料理なんかしない。殻つきのまんま食べるんだ。ホットソースをかけて。

そいつを食ったって？

食ったよ。

どんな味がした？

だいたいあんたが想像してるような味さ。

三人はじっと火を見ていた。

おまえ、どこからきたんだ、ブレヴィンズ？　とロリンズがきいた。

ブレヴィンズはロリンズを見てまた火に目を戻した。ユーヴァルド郡からだ、と彼はいった。サビナル川のそばだ。

何で出てきた？

あんたは？

おれは十七だ。どこでも好きなとこへいけるんだよ。

おれもだ。

ジョン・グレイディは両足を投げ出して重ね、鞍に寄りかかって煙草を吸っていた。おまえ、前にも家出したことがあるだろう？　と彼はいった。

ああ。

そのときはどうなった、捕まったのか？

ああ。オクラホマのアードモアでボーリングのピンを立てる仕事をしてたときにブルッグに咬まれちまって脚の肉が日曜に焼くローストビーフみたいに食いちぎられて、そこが膿んできたんで雇い主が医者のところへ連れてってくれたんだがそこで狂犬病だ何だと大騒ぎになって、結局ユーヴァルド郡へ送り返されちまったんだ。

オクラホマのアードモアなんかで何してたんだ？

ボーリングのピンを立ててたのさ。

なんでまたそんなとこへいった？

ユーヴァルドに、ユーヴァルドの町にショーがくることになっててておれも見にいこうと金を貯めてたら座長がタイラーの町でわいせつなショーをやって刑務所にぶちこまれて中止になったんだ。ストリップをやらせたそうだ。タイラーへいってみるとポスターに次は二週間後にオクラホマのアードモアでやるって書いてあったからおれはそこへいったんだ。

ショーを見にわざわざオクラホマまでいったのか？

そのために金を貯めたからどうしても見たかった。

それでショーは見たのか？

いや。そこでも中止になった。

ブレヴィンズはオーバーオールの片方の裾をまくり上げて脚を火にかざした。

かわりにくそ犬に咬まれちまった、と彼はいった。どうせならアリゲーターにでも咬まれたほうがましだったよ。

なんで今度はメキシコへきた？　ロリンズがきいた。

あんたと同じ理由さ。

そりゃどんな理由だ？

ここならまず見つからないからさ。

おれはべつに追われちゃいないぜ。

ブレヴィンズはオーバーオールの裾を降ろして木の枝で火をつついた。おれはあのくそ野郎にもうおまえに鞭で打たれるのはごめんだといってやったんだ。

親父にか？

親父は戦争から帰ってこなかった。

じゃ、義理の父親か？

ああ。

ロリンズが前に乗り出して焚き火のなかへ唾を吐いた。まさか撃ったんじゃないだろうな？

撃ってやりたかったよ。でも、向こうもそれを知ってた。

一体ブルドッグがボーリング場で何してたんだ？

ボーリング場で咬まれたんじゃない。その当時ボーリング場で働いてただけだ。

一体、何をしてて犬に咬まれた？

べつに。何にもしてなかったよ。

ロリンズがまた身を乗り出して火のなかに唾を吐いた。咬まれたとき、どこにいたんだ？

あんたはいろいろ訊きすぎるよ。それから晩飯を作ってる処へ唾を吐くのはやめてくれ。

何だと？　とロリンズがいった。

晩飯を作ってる処へ唾を吐くのはやめてくれといったんだよ。

ロリンズはジョン・グレイディを見た。ジョン・グレイディは笑い出した。晩飯だと？　とロリンズはいった。あのガリガリのやせっぽちの畜生が晩飯だと。

ブレヴィンズはうなずいた。分けてほしくないんならそういってくれ。

砂地のなかから湯気を上げながら出てきた物は墓から掘り出したひからびたミイラのように見えた。ブレヴィンズはそれを平らな岩にのせて皮をはぎ肉を骨からそぎ離して三人の皿に載せホットソースをたっぷりかけてから残り物のトルティーヤで巻いた。三人はくちゃくちゃ嚙みながら互いに顔を見合わせた。

うん、とロリンズがいった。そんなに悪くない。

そうさ、とブレヴィンズがいった。ほんというと、まさかあんたらに食えるとは思ってなかったけどね。

ジョン・グレイディが嚙むのをやめて二人を見た。それからまた嚙み出した。おまえらのほうがこの土地に長くいるみたいだな、と彼はいった。一緒にきたはずなのに。

次の日南へ下る道で三人は北の国境に向かう少人数のみすぼらしい隊商と何度か出会った。風雨にさらされた褐色の顔の男たちに率いられて木の枝で作った背負子《しょいこ》に灯台草や山羊などの毛皮や竜舌蘭から作った縄やソトルと呼ばれる発酵飲料をいれた筒や缶を山のように積んで背中に革帯で縛りつけられたロバが縦一列によたよたと歩いていった。彼らは豚の皮の袋や灯台草からとれる蠟をひいたズックの袋に牛の角の飲み口をつけた容器に水をいれて運んでいて中には女や子供を連れた者もいたが、馬に乗った三人組がやってくるとロバを肩で押して藪のなかにいれて道を譲ってくれ挨拶する三人に微笑みかけ三人がいってしまうまでうなずいていた。

三人は隊商から水を買おうとしたが三人とも小銭をあまり持っていなかった。ロリンズはある男に五十センターボで半センターボ分の水を買いたいと申し出たが男は三人の水筒を一杯に満たすだけの水を持っていなかった。夕方近く彼らはソトルを水筒一本分買い前後に受け渡しして交代で飲んだがまもなく三人ともかなり酩酊した。ロリンズは自分が飲んだあと水筒の栓をきゅっと締め革紐でぶら下げて後ろを振り返りブレヴィンズに投げようとして止めた。ブレヴィンズの馬は空の鞍を載せて歩いていた。ロリンズは呆けたような目で馬を見ていたがやがて自分の馬を止め先頭をいくジョン・グレイディに声をかけた。

ジョン・グレイディが振り返って馬を止めこちらをじっと見た。

やつはどこだ?

わからん。どっか後ろのほうでぶっ倒れてるんだろう。

二人は引き返した。ロリンズが乗り手のいない馬の手綱を引いた。ブレヴィンズは道の真ん中に坐りこんでいた。帽子はかぶっていた。フー、と二人の姿を見ていった。酔っぱらっちまったよ。

馬上の二人はブレヴィンズを見おろした。

馬に乗れるか？　とロリンズがきいた。

熊に森でクソできるかって訊いてるようなもんだ。ああ、乗れるさ。落ちたときだって乗ってたんだ。

覚束ない足で立ち上がりまわりを見回した。千鳥足で二人の馬のあいだにやってきて手探りした。これがわき腹、鞍、ロリンズの膝、と。おれをおいていっちまったかと思ったよ、と彼はいった。

この次はおいてってやるよ、このチビめ。

ジョン・グレイディが手綱をとって馬を抑えている間にブレヴィンズがふらつきながら跨がった。手綱をおくれよ、とブレヴィンズはいった。これでもおれさまはカウボーイだぞ。

ジョン・グレイディが首を振った。ブレヴィンズは手綱をとり落としそれを摑もうとして馬の肩に沿ってすべり落ちそうになった。なんとか踏みとどまって手綱をとり体を起こして馬の口をぐいと引いた。正真正銘、腕っこきの荒馬乗りときたもんだ、と彼はいった。

ブレヴィンズが踵を馬のわき腹に食いこませると馬は一瞬腰を落としてからぱっと前に飛び出し彼は後ろに飛んで道に落ちた。バカがという顔でロリンズが唾を吐いた。こんな野郎、ここへ転がしとこうぜ、と彼はいった。

さっさと馬に乗れ、とジョン・グレイディがいった、ふざけるのはやめろ。

陽が暮れかかるころ北の空が一面に暗くなり彼らがゆく荒涼とした土地は目の届くかぎり灰色一色に変わった。三人は上り坂になった道の頂点で止まり馬の首を並べて後ろを振り返った。暗雲がのしかかるように聳え立ち風が汗に濡れた彼らの頬を冷やした。三人は鞍の上でがっくり肩を落としかすんだ目で互いを見た。黒い雷雲の屍衣に包まれて遠くのほうで音もなく光る稲妻は鋳物工場で煙越しに見る溶接の光に似ていた。それはあたかも暗色の鉄でできた世界にできた傷を修復している現場のように見えた。

どえらいのがくるぞ、とロリンズがいった。

こんなとこでぐずぐずしてられない、とブレヴィンズがいった。

ロリンズが笑い声をあげて首を振った。いまのを聞いたかよ、と彼はいった。

一体、どこへ逃げるっていうんだ？　とジョン・グレイディがきいた。

わからない。でも、どっかへ逃げなきゃ。

なんでここにいたんじゃだめなんだ？

雷が落ちるからだ。

雷？

ああ。

なんだいきなり素面《しらふ》になりやがって、とロリンズがいった。

おまえ、雷が怖いのか？　とジョン・グレイディがきいた。

おれの上に落ちるに決まってるんだ。

ロリンズがジョン・グレイディの鞍の角にさがっている水筒に顎をしゃくった。もうこいつに飲ませるな。アルコールが頭にきて譫言《うわごと》をいってやがる。

そういう血筋なんだ、とブレヴィンズがいった。おれの爺さんはウエスト・ヴァージニアの鉱山で昇降機に乗ってるとき死んだんだが雷は爺さんが上に上がってくるのも待たずに地下百八十フィートまで迎えにきた。何べんも水をぶっかけて昇降機を冷やしてから、爺さんともう二人の死体を出したんだ。ベーコンみたいにこんがり焼けてたそうだ。それからおれの親父の兄貴は一九〇四年にバトソン鉱山で起重機から振り落とされた。木ででてきた機械なのに雷が落ちて十九にならないうちに死んだんだ。母方の大叔父は——いいかい、母方だぜ——馬に乗ってるときにやられて馬の毛は一本も抜けてなかったのに即死してベルトの留め金が溶けてくっついちまったからベルトを切らなきゃいけなかったし、おれと四つしか違わない従兄弟は納屋から出て庭を歩いてるときにやられて体のかたっぽうが麻痺しちまっておまけに歯の詰め物が溶けて顎が開かなくなっちまったんだ。

いったとおりだろ、とロリンズがいった。完全にイカれちまった。

二人には何がどうしたのかわからなかった。ブレヴィンズは身をよじり何かモゴモゴいいながら口を指さしている。

そんなバカくせえ嘘話、聞いたこともねえ、とロリンズがいった。

ブレヴィンズには聞こえていなかった。玉の汗がひたいに浮いていた。父方のべつの従兄弟がやられたときは頭の毛が火事になったんだ。おまけに小銭がポケットを焼いて地面に落ちて草に火がついた。おれももう二回やられたせいでこっちの耳が聞こえない。父方からも母方からも焼け死ぬように生まれついてるんだ。金物はぜんぶ体から離したほうがいい。どこに落ちるかわからないぞ。オーバーオールの留め金。ブーツの釘。

で、一体どうしようってんだい？

ブレヴィンズは険しい目を北に向けた。あれに追っつかれないように逃げるんだ、と彼はいった。それしかない。

ロリンズはジョン・グレイディを見た。それから身を乗り出して唾を吐いた。あのな、と彼はいった。絶対にとはいわないが、あれはじきに晴れ上がるよ。

嵐から逃げ切るなんてできないんだ、とジョン・グレイディがいった。一体、どうしたってんだ？

それしかないんだ。

ブレヴィンズがそういうや否や乾いた木の枝を踏みつけたような最初の雷鳴が三人の耳に届いた。ブレヴィンズは帽子を脱ぎシャツの袖でひたいを拭うと手綱をたぐりチラリと絶望的な一瞥を背後にくれたと思うと帽子で馬の尻を叩いた。

二人は彼が遠ざかるのを見送った。ブレヴィンズは帽子をかぶろうとしてとり落とした。帽子は道に転がった。それでもブレヴィンズは両肘を振りたてながら馬を駆り目の前の平原の彼方にどんどん小さく滑稽なほど小さくなっていった。

あの野郎、おれはもう知らねえからな、とロリンズがいった。手を伸ばしてジョン・グレイディの鞍の角から水筒をとり馬を少し前に進めた。やつはどうせ道に転がってるだろうが、馬はどこまでいくと思う？

ロリンズはさらに馬を前に進め、酒を飲みながら独言をいった。馬がどこまでいくか教えてやろうか、と後ろに向かって叫んだ。

ジョン・グレイディもあとに続いた。馬の足もとから行く手の道に砂埃が渦巻いた。まっすぐこの国から飛び出していくんだ、とロリンズが叫んだ。そうさ。そして今度の金曜日に地獄へいく。あの馬がいく先はそこだ。

二人は馬を進めた。風に雨粒が混じりはじめた。ロリンズは道に転がっているブレヴィンズの帽子の上を踏んでいこうとしたが馬はよけて通った。ジョン・グレイディは片足を鐙からはずして体を乗り出し馬から降りずに帽子を拾い上げた。背後から雨が幻の流浪の民のように近づいてくる音が聞こえた。

ブレヴィンズの馬が鞍をつけたまま道端の柳の木立のなかの一本につながれていた。ロリンズが雨のなかで馬を止めてジョン・グレイディを見た。ジョン・グレイディが木立のなかに乗りいれて涸れ谷の壌土《ローム》に点々とついている足跡を辿っていくとやがて谷が尽きて扇状地へと続く段丘の手前で枯死しているヒロハハコヤナギの根方に蹲《うずくま》っているブレヴィンズを見つけた。汚れた不釣り合いに大きなパンツしか身につけていない。

一体、何やってんだ？　とジョン・グレイディがいった。

ブレヴィンズは痩せた白い肩をそれぞれ反対側の手でぎゅっと摑んでいた。坐ってるだけだ、と彼はいった。

ジョン・グレイディは平原に目をやって陽の最後の残りが当たっている南の低い丘を見た。身を乗り出してブレヴィンズの足下に彼の帽子を落とした。

服はどうした？

脱いだ。

そんなことはわかってる。どこへやった？

向こうへ置いてきた。シャツにも真鍮のホックがついてる。

土砂降りになったら、ここへは水が汽車みたいにどっと流れてくるぞ。それを考えてみたか？

あんたは雷に打たれたことないからな、とブレヴィンズがいった。どんな感じか知らないんだ。

ここに坐ってたら溺れるんだぞ。

いい。溺れたことはまだ一遍もないから。

じゃ、ずっと坐ってるつもりか。

ああ、そうするつもりだ。

ジョン・グレイディが両手を膝に置いた。そうか、と彼はいった。じゃ、もうなんにもいわないよ。

雷鳴が北の空に長々と轟いた。大地が震えた。ブレヴィンズは両腕で頭を抱えこみジョン・グレイディは馬に回れ右をさせて涸れ谷を引き返した。大粒の雨が足の下の濡れた砂に溝を作っていった。もう一度ブレヴィンズを振り返った。同じ姿勢で坐っていた。この風景のなかでただひとつ不可解な要素だった。

どこにいた？　とロリンズがきいた。

あっちに坐ってる。合羽を出したほうがいいぞ。

はなっからあの野郎は頭のネジが弛んでると思ってた、とロリンズがいった。一目見てすぐわかったよ。

雨が激しさを増した。ブレヴィンズの馬が馬の亡霊のような姿で篠つく雨に打たれていた。二人は道からはずれて涸れ谷のやや上流にある木立のほうへゆき突き出た岩の下に避難して、馬が逃げないよう手綱を握ったまま両脚を雨のなかに突き出して坐った。馬は足踏みをし首を振り稲妻が光り風がアカシアやパロヴァーディの繁みを引き裂くように吹き雨があたり一帯を鞭打った。どこか雨のなかで馬が走る音が聞こえそれからただ雨の音だけになった。

いまのが何だかわかるよな？　とロリンズがいった。

ああ。

一杯飲むか？

いや、やめとくよ。なんか気持ちが悪くなってきた。

ロリンズはうなずいて飲んだ。おれもそんな感じになってきた、と彼はいった。

陽が落ちる前に嵐は勢いを失い雨はほとんどやんだ。二人は濡れた鞍を降ろして馬の脚を縛り外に出てめいめい別々の藪にはいって両足を広げ両膝をしっかり摑んで嘔吐した。草を食べていた馬がぱっと頭を上げた。それは彼らが一度も聞いたことのない音だった。灰色の黄昏のなかでその嘔吐する音は荒れ野に放たれた何か下品な仮の姿をした生き物の呼ぶ声の谺《こだま》のように聞こえた。存在の芯のところに刺さった不完全でいびつな何かの声。美の女神の目の奥底で不気味に笑う秋の水たまりに映るゴルゴンのようなもの。

夜が明けると二人は馬をつかまえて鞍を置き濡れた毛布をくくりつけ道まで引いていった。

さあ、どうする？　とロリンズがきいた。

小僧の様子を見にいってやろう。

放っといていっちまう手もあるぜ。

ジョン・グレイディは馬に乗ってロリンズを見おろした。馬のないあいつをここへ放っとくわけにもいかないだろう、と彼はいった。

ロリンズはうなずいた。ああ、と彼はいった。まあそうだろうな。

涸れ谷を下ったジョン・グレイディはきのう別れたときと同じ格好で歩いてくるブレヴィンズに出会った。馬を止めた。ブレヴィンズはブーツの片方を手に持ち、裸足で通り道を選びながらやってきた。そして顔を上げてジョン・グレイディを見た。

服はどうした？　とジョン・グレイディがきいた。

流されちまった。

おまえの馬は逃げたぞ。

知ってる。一遍、道に出てみた。

これからどうする気だ？

わからない。

酒の悪魔にひどい目に合わされたようじゃないか。

デブ女に乗られたみたいに頭が痛い。

ジョン・グレイディは新しい陽の光に輝いている朝の砂漠を見やった。それから少年を見た。

おまえ、ロリンズにすっかり愛想づかしされたぞ。わかってるだろうな。

馬鹿にしてる相手の助けがいつか必要になることもあるんだ、とブレヴィンズがいった。

一体、そんなことをどこで覚えた？

知らない。ただ、いってみたかっただけだ。

ジョン・グレイディは首を振った。手を伸ばして鞍袋の口を開け着替えのシャツを出してブレヴィンズに投げた。

陽で丸焼けにならないうちにそいつを着ろ。おれはおまえの服がその辺にないかちょっと見てきてやる。

すまないな、とブレヴィンズがいった。

ジョン・グレイディはしばらく川を下ったがやがて引き返してきた。ブレヴィンズはシャツを着こんで砂の上に坐っていた。

ゆうべはどのくらい水が出た？

いっぱい出たよ。

そのブーツの片っぽうはどこで見つけた？

木にひっかかってた。

ジョン・グレイディは涸れ谷から砂利の扇状地に上り馬を止めてあたりを見回した。ブーツは見当たらなかった。戻ってみるとブレヴィンズはさっきと全く同じ格好で坐っていた。

　もう片っぽうはどこにもないようだな。

　そうだと思ってたよ。

　ジョン・グレイディが手を下に差し出した。さあ、いこう。

　下着姿のブレヴィンズをひょいと引き上げて自分の後ろに坐らせた。ロリンズのやつ、おまえを見たらギャーギャーいうぞ。

　ブレヴィンズを見たロリンズはあきれて物もいえない様子だった。

　服をなくしちまったそうだ、とジョン・グレイディがいった。

　ロリンズは馬の向きを変えてゆっくりと道のほうへ進んだ。ジョン・グレイディたちもあとに従った。三人とも無言だった。しばらくして道に何か落ちる音がしたのでジョン・グレイディが見るとブレヴィンズのブーツが転がっていた。振り返るとブレヴィンズは帽子のつばの下からじっと前方を見据えているのでそのまま馬を進めた。馬たちは軽快な足取りであちこち影の落ちた道をゆき、傍でワラビの繁みが湯気をたてていた。まもなく一行はウチワサボテンの群生する場所にやってきたがサボテンの葉には嵐に吹き飛ばされてきた小さな鳥が幾羽も突き刺さっていた。名も知らぬ灰色の鳥たちは不格好な飛翔の形で張りつきあるいは羽をひっかけられてぶら下がっていた。まだ息のある鳥もいて通りかかった馬のほうに身をよじり頭をもたげて何か叫んだが馬上の三人は通り過ぎていった。太陽が空に昇るとアカシアとパロヴァーディと道にはみ出した草が緑色に燃えオコティーヨが赤い炎を上げて、土地が新しい色を身に帯びた。まるで雨が電気であり、その電気が大地の回路に流れたかのようだった。

馬に跨がった三人は正午に眼前の東西に横たわる低い地卓《メサ》のでこぼこしたふもとにある蠟の製造所にやってきた。澄んだ小川が流れておりメキシコ人たちは地面に炉を掘って周囲に岩を並べその上にボイラーを載せていた。ボイラーは亜鉛メッキをした給水タンクの下半分を転用したもので、これをここまで運んでくるのにメキシコ人たちはタンクの底に穴をあけて木の心棒を通し口のほうにも放射状の木枠を作ってその中心で心棒を受け馬数頭に引かせて東に八十マイル離れたサラゴサから荒れ野を転がしてきたのだった。荒れ野には草が踏みつけられた跡が弧を描いてまだ歴然と残っていた。三人が製造所に馬を乗りいれたときはちょうど数頭のロバが蠟の原料である灯台草を山ほど背負って地卓《メサ》から降りてきたばかりでメキシコ人たちはロバをつないでおいてまず自分たちで食事をしていた。十人ほどの男たちはほとんどがパジャマのような格好のボロを着て柳の木陰にしゃがみ素焼きの皿からスプーンで食べ物を口に運んでいた。彼らは顔を上げたが食べるのは中断しなかった。

こんにちは《ブエノス・ディーアス》、とジョン・グレイディが声をかけた。男たちが気の抜けたような声を合わせて返事をした。ジョン・グレイディが馬から降りると男たちは見知らぬ男の足下に目をやりそれから互いに顔を見合わせて食事を続けた。

何か食べるものありませんか《ティエーネン・アルゴ・ケ・コメール》？

一人か二人がスプーンで火のほうを指した。ブレヴィンズが馬からすべり降りたとき彼らはまた顔を見合わせた。

三人が鞍袋から食器を出しジョン・グレイディが黒くなった調理袋から小さなほうろうびきのコーヒー・ポットをとりだして木の柄がついた古いフォークと一緒にブレヴィンズに渡した。それから焚き火のそばにいって皿に豆とチリを盛り火にかけた鉄板の上から焦げたコーン・トルティーヤを二つずつとって柳の下の男たちから少し離れた処に腰をおろした。初めブレヴィンズは両足を前に投げ出したが地面の上であまりに白くむき出しに見えるのを恥じたのか結局尻の下に敷いて借り物のシャツの裾をひっぱって両膝を隠した。

三人は食べた。男たちはほとんど食べおえてみな柳の木にもたれかかり煙草を吸いながら控え目な音でゲップをしていた。

おれの馬のこと訊いてみてくれるかい？　とブレヴィンズがいった。

ジョン・グレイディは思案顔で口を動かしていた。ま、あれだな、と彼はいった。もしあの馬がここにいるんなら、あの連中にはおれたちの馬だとわかるはずだな。

連中が自分らのものにする気だっていうのかい？

もうあの馬はとり戻せないぜ、とロリンズがいった。今度どこかの町に着いたらおまえは例の拳銃を売って服とバスの切符を買ってどこだか知らんがもといた処へ帰るんだな。ま、バスが走ってりゃの話だが。そこに坐ってるおまえの友だちならおまえを馬に乗せてメキシコ中走り回ってくれるかもしれんが、おれはごめんだからな。

銃はもうないよ、とブレヴィンズがいった。馬が持ってっちまった。

なんてこった、とロリンズがいった。

ブレヴィンズは食べた。しばらくして顔を上げた。おれがあんたに何をした？　と彼はきいた。

べつになんにも。だからこれからも何もするな。そこが肝心なとこだ。

そう苛めるな、レイシー。坊やが馬をとり戻す手助けをしてやったってバチは当たらないだろう。

おれはただ事実を話してるだけだ。

事実ならやつだってわかってるよ。

そんなふうにゃ見えん。

ジョン・グレイディはトルティーヤの最後の一切れで皿を拭いそのトルティーヤを腹に収めてから皿を置き煙草を巻きはじめた。

これじゃ足りねえな、とロリンズがいった。もうちょっとおかわりをもらっても平気かな？

平気だよ、とブレヴィンズがいった。いってくるといいよ。

誰がおまえに訊いた？　とロリンズがいった。

ジョン・グレイディはマッチをとろうとポケットに伸ばした手を止めて立ち上がり男たちの前にいってしゃがみこみ火を貸してほしいと頼んだ。二人がポケットから手製のライターを出しそのうち一人が石を打つ処へジョン・グレイディは顔を近づけて煙草に火を移しうなずいた。ジョン・グレイディがボイラーやまだロバに積んだままの灯台草のことを尋ねると男たちは蠟作りのことを話し一人が立って小さな灰色の塊をとってきて彼に手渡した。見かけは洗濯石鹸のようだった。ジョン・グレイディは爪で少し削りとり匂いをかいだ。それから石鹸を目の前にかざして眺めた。

これでいくらになるかね《ケ・バーレ》？　と彼がきいた。

男たちは肩をすくめた。

だいぶ手間がかかる《エス・ムーチョ・トラバーホ》だろうな。

かなり《バスタンテ》ね。

胸に刺繡のある汚れたチョッキを着た痩せた男が値踏みをするように目を細めてジョン・グレイディを見つめていた。ジョン・グレイディが蠟を返すとその男がおい、といって首をぐいと倒した。

ジョン・グレイディがそちらに顔を向けた。

あれはあんたの弟かい《エス・ス・エルマーノ》、おんなじ金髪だけど《エル・ルビオ》？

ブレヴィンズのことだった。ジョン・グレイディはかぶりを振った。いや《ノ》、と彼はいった。

じゃ、誰なんだい《キエン・エス》？　と男がきいた。

ジョン・グレイディは空き地の向こうに目をやった。ブレヴィンズは料理当番からもらった豚脂《ラード》を陽に灼けた脚にすりこんでいた。

どこかの小僧さ《ウン・ムチャーチョ》、それしかわからない《ノ・マス》、とジョン・グレイディはいった。

どこかに親類でもいるのかね《アルグン・パレンテスコ》？

いや《ノ》。

じゃ、知り合いは《ウン・アミーゴ》。

ジョン・グレイディは紫煙を吸いこみブーツの踵で灰を落とした。いない《ナーダ》、と彼はいった。

会話がとぎれた。チョッキの男はジョン・グレイディをじっと眺めてから空き地の向こうのブレヴィンズに視線を移した。それからジョン・グレイディにあの小僧を売る気はないかと持ちかけた。

ジョン・グレイディはしばらく答えなかった。値段を思案していると相手は思ったかもしれなかった。男たちは返事を待った。ジョン・グレイディが顔を上げた。いや、と彼はいった。

いくらなら売る《ケ・バーレ》？　と男がいった。

ジョン・グレイディはブーツの底で煙草をもみ消して腰を上げた。

食い物を分けてくれてありがとう《グラシアス・ポル・ス・オスピタリダー》、と彼はいった。男は蠟と交換してもいいと申し出た。

ほかの者がみなその男のほうを向いた。それからジョン・グレイディを見た。

ジョン・グレイディは男たちを観察した。悪人面はしていないがそれだけでは安心できない。踵を返して空き地を横切り自分の馬に歩み寄った。ブレヴィンズとロリンズも立ち上がった。

なに話してた？　とブレヴィンズがきいた。

べつに何も。

おれの馬のことは訊いてくれたかい？

いや。

どうして？

連中のところにはいないよ。

あの男は何をいってたのさ？

なんにも。さあ、皿をしまえ。出かけるぞ。

ロリンズは空き地の向こうで坐っている男たちを見た。地面に垂れている手綱をとって鞍に投げ上げた。

一体どうした、相棒？　と彼はいった。

ジョン・グレイディは馬に乗って向きを変えた。男たちを振り返りそれからブレヴィンズを見た。ブレヴィンズは皿を手に立っていた。

なんでおれを見るんだい？　と彼はいった。

そいつを袋にいれてさっさと後ろに乗れ。

まだ洗ってない。

いったとおりにしろ。

数人の男が腰を上げた。ブレヴィンズが皿を袋に詰めこむとジョン・グレイディは手を伸ばして一息にブレヴィンズを馬上に引き上げた。

馬の首をめぐらすと三人は蠟製造所をあとに南に下る道に出た。ロリンズはちょっと後ろを振り返ってから馬の走りを速足に落としジョン・グレイディが追いつくと並んで狭いでこぼこ道を進んだ。誰も口を開かなかった。製造所から一マイルほど離れたころブレヴィンズがチョッキを着た男は何をいったのかと訊いたがジョン・グレイディは答えなかった。ブレヴィンズがなおも食い下がるとロリンズが後ろを振り返った。

おまえを売ってくれといったんだよ、と彼はいった。やつがいったのはそういうことさ。

ジョン・グレイディはブレヴィンズを見なかった。

三人は黙って先に進んだ。

何だってこいつにいったんだ？　とジョン・グレイディがいった。いう必要はないだろうに。

彼らはその夜ラ・エンカンタータ山脈の裾野にある低い丘で野営して黙って焚き火のまわりに坐った。火に照らされたブレヴィンズの骨張った脛は青白く埃をかぶり豚脂《ラード》を塗ったところに枯れ草がくっついていた。パンツはぶかぶかで汚くまさにくたびれて病気になった哀れな奴隷のように見えた。ジョン・グレイディが下に敷く毛布を貸してやるとブレヴィンズはそれにくるまり火のそばに横になってことりと寝入ってしまった。ロリンズが首を振って唾を吐いた。

まったく情けない野郎だぜ、と彼はいった。おれのいったことを考えてみたか？

ああ、とジョン・グレイディはいった。考えてみたよ。

ロリンズは火の赤い中心をじっと見つめた。おれにはわかってるんだ。

何が。

そのうちきっと悪いことが起きる。

両膝を抱えて、ジョン・グレイディはゆっくりと煙草をふかした。

困ったことになったもんだ、とロリンズがいった。まったく。

次の日の正午にこれまで迂回してきた低い貧弱な山地の麓にあるエンカンタ―ダという町にはいったが、そこで最初に目にはいったのがダッジの車のボンネットを開けて首を突っこんでいる男の尻ポケットから突き出ているブレヴィンズの拳銃だった。最初に見つけたジョン・グレイディはまずいものを見てしまったと思った。

あそこにおれの銃がある、とブレヴィンズが声を上げた。

ジョン・グレイディは後ろに手を伸ばして馬から引きずり降ろさんばかりの勢いでブレヴィンズのシャツをつかんだ。

黙ってろ、馬鹿、と彼はいった。

何が黙ってろだよ、とブレヴィンズがいった。

一体、どうしようってんだ?

ロリンズが追いついて馬を並べた。知らんぷりして進め、と鋭く囁いた。まったくとんでもねえガキだ。

一軒の家の玄関先からこちらを見ている子供たちをブレヴィンズが肩越しに振り返って見た。

あの馬がこの町にいるとしたら、とロリンズがいった、それが誰のものになってるか、ディック・トレイシーに訊かなくたってわかるだろうよ。

どうする?

わからん。とにかくこの道からはずれるんだ。もう手遅れかもしれんがな。どこか安全な場所にこいつを降ろして、おれたち二人で様子を探ってみるか。

それでいいか、ブレヴィンズ？

よくてもよくなくても関係ねえや、とロリンズがいった。こいつには口出しさせないぜ。おれの助けが欲しいんなら黙っててもらうからな。

ロリンズが先に立って馬を進め三人は通りとは名ばかりの粘土の道を引き返した。振り返るんじゃない、ちくしょう、とジョン・グレイディはいった。

二人はブレヴィンズに水筒を与えてヒロハハコヤナギの木陰に降ろし人に見られないようにしろといいおいてゆっくりと馬で町に戻った。町中を走っている轍ででこぼこの道をいくとやがて人気《ひとけ》のない泥の家の壁をくり抜いただけの窓から例の馬が顔を出しているのが目にはいった。

止まるなよ、とロリンズがいった。

ジョン・グレイディはうなずいた。

ヒロハハコヤナギの木陰に戻ってみるとブレヴィンズがいなくなっていた。ロリンズは埃の巻き立つ荒涼とした風景を眺め渡した。それからポケットの煙草を探った。

おれの考えをいってていいか、相棒。

ジョン・グレイディは身を乗り出して唾を吐いた。いいよ。

おれはどんな馬鹿なことをやらかすのにもその前に腹を決めてやってきた。腹を決めるってのは馬鹿なことじゃない。やるかやらないか選ぶってことだ。おれのいってることがわかるか?

ああ。わかるような気がするよ。で、何がいいたいんだ?

つまりだ。これが最後のチャンスだってことだよ。今がな。今を逃したら二度とチャンスはない、保証する。

やつを放っていくのか?

そういうことだ。

おまえがあいつだったら?

おれはあいつじゃない。

仮にそうだったら?

ロリンズは煙草を口の隅にねじこみポケットからむしり取るようにして出したマッチを親指の爪で擦って火をつけた。そしてジョン・グレイディを見た。

おれはおまえを見捨てないしおまえもおれを見捨てない。そいつは分かりきったことだ。

やつが厄介なことになってるのは分かってるのか?

分かってる。野郎がてめえで招いたことだ。

二人はじっと馬上に坐っていた。ロリンズは煙草を吸った。ジョン・グレイディは鞍の前橋に両手を交差させて置きその手を凝視している。やがて彼は顔を上げた。

そりゃできない。

わかったよ。

どういう意味だ？

それでいいってことだよ。おまえができないってんなら、できないんだ。おまえがそういうのは分かってたよ。

そうか。おれには分かってなかったよ。

二人は鞍を降ろして馬をつなぎヒロハハコヤナギの木陰の枯れ葉の上に横になってしばらく眠った。目が覚めたときにはほとんど真っ暗になっていた。ブレヴィンズが坐って二人を見ていた。

おれが悪党でなくてよかったね、と彼はいった。あんたらが寝てる隙に何もかももらっていくことだってできたんだ。

ロリンズが首を回して帽子の下から彼を見てまた首をもとに戻した。ジョン・グレイディが上体を起こした。

何かわかったかい？　とブレヴィンズがきいた。

おまえの馬はこの町にいるよ。

見たの？

ああ。

鞍はあったかい？

そいつは見なかった。

おれは全部とり返すまでどこへもいかない。

そうら始まった、とロリンズがいった。いい気なもんだぜ。

あの人、何いってんだい？　とブレヴィンズがいった。

気にすんな、とジョン・グレイディはいった。

自分のものなら違うことをいうよ、きっと。取り戻すっていうに決まってる、そうだろ？

もういいってのに。

よく聞け、脳タリン、とロリンズがいった。その男がいなきゃ、おれはとっくにおまえとおさらばしてるんだ。あの涸れ谷におまえを放っといたよ。いや、そうじゃねえ。ペコス川でおさらばしてたよ。

おれたちはおまえの馬を取り戻してやろうと思ってる、とジョン・グレイディがいった。

それが気にいらないいんならそういえ。

ブレヴィンズは地面を見つめている。

こいつにはどうだっていいんだよ。おれにはちゃあんと分かってら。こんな馬泥棒は撃たれて死んじまったって仕方ないんだ。自業自得さ。

盗んだんじゃない、とブレヴィンズがいった。あれはおれの馬だ。

口じゃ何とでもいえら。どうするつもりなのかこの男に説明しろよ、どうせ大した考えはないだろうよ。

わかったよ、とブレヴィンズはいった。

ジョン・グレイディはじっとブレヴィンズに目を注いだ。馬を取り戻したら、おれたちとは別々の方向にいくんだぞ。

わかった。

約束するな？

けっ、こいつの約束なんざ、とロリンズ。

約束するよ、とブレヴィンズがいった。

ジョン・グレイディはロリンズを見た。ロリンズは顔に帽子を載せていた。ジョン・グレイディはブレヴィンズに目を戻した。よし、わかった、と彼はいった。

ジョン・グレイディは立ち上がって毛布をとってきて一枚をブレヴィンズに渡した。

これから寝るの？　とブレヴィンズはいった。

そうだ。

飯は食ったのかい？

ああ、とロリンズがいった。食ったとも。おまえはまだ食ってないのか？　おれたちはステーキをまず一枚ずつ食って、三枚目を半分こしたんだよ。

ちぇっ、とブレヴィンズはいった。

三人は眠りやがて月が沈むころ暗闇のなかで起き上がって煙草を吸った。ジョン・グレイディは星を眺めた。

いま何時ごろだと思う、相棒？　とロリンズがいった。

故郷《くに》じゃあ、四分の一の月は夜中の零時に沈む。

ロリンズは煙を吐いた。やれやれ。おれはもう一眠りするよ。

そうしな。起こしてやるから。

ああ。

ブレヴィンズも眠りに落ちた。ジョン・グレイディは東に横たわる黒い柵のような山並の裏から天空が迫り上がっていくのを眺めていた。町のあるあたりは真っ暗だった。犬一匹啼《な》かなかった。ジョン・グレイディは目の粗い毛布にくるまって眠っているロリンズを見てこの男のいっていることは全部正しいがそれでもどうしようもないことだと思い、世界の北の端では北斗七星が回転し夜の長い時間が過ぎていった。

二人を起こしたときは夜明けまで一時間ぐらいに迫っていた。

用意はいいか？　とロリンズがきいた。

ああ、いい。

馬に鞍を置いたジョン・グレイディはブレヴィンズに馬をつなぐのに使うロープを渡した。こいつを結んで頭絡を作れ、と彼はいった。

わかった。

シャツの下に隠しとけ、とロリンズがいった。誰にも見られるな。

見られないよ、とブレヴィンズがいった。

甘く考えるな。もう明かりがひとつ点ってる。

いくぞ、とジョン・グレイディがいった。

馬を見つけた通りに明かりのついている家は一軒もなかった。彼らはゆっくりと馬を進めた。道端で眠っていた犬がぱっと起き上がって吠えはじめたがロリンズが石を投げるふりをするとそそくさと逃げ出した。馬のいた家のそばまでくるとジョン・グレイディは馬から降りて歩いて近づき窓を覗きこんでまた戻ってきた。

ここにはいない、と彼はいった。

舗装していない狭い通りは死んだように静まりかえっていた。ロリンズが身を乗り出して唾を吐いた。くそっ、と彼はいった。

ほんとにこの家かい？　とブレヴィンズがいった。

この家だ。

少年は馬から降りて裸足でそっと家まで近づきなかを覗いた。それから窓によじ上って屋内に忍びこんだ。

あいつ、何しやがるんだ？　とロリンズがいった。

あの野郎。

二人は待った。少年は戻ってこない。

誰かくるぞ。

犬が二、三匹吠え出した。ジョン・グレイディは馬に乗り道を引き返して暗がりで止まった。ロリンズもついてきた。町じゅうの犬が啼き出した。明かりがひとつついた。

これまでだな、ええ？　とロリンズがいった。

ジョン・グレイディが相棒を見た。ロリンズはカービン銃を膝の上にまっすぐ立てている。けたたましい犬の声がする家々のほうから叫び声がひとつ上がった。

ここの連中にどんな目に合わされると思う？　ロリンズがいった。え、そいつを考えてみたか？

ジョン・グレイディは前に身を乗り出して馬の肩に片手を置き話しかけた。ふだん神経質では全くない馬が苛々した足踏みを始めた。ジョン・グレイディは明かりの見えた家のほうに目をやった。闇のなかで馬が鼻を鳴らした。

あのきちがいめ、とロリンズがいった。とんでもねえきちがい野郎め。

突然あたり一帯が大騒ぎになった。ロリンズが馬の向きを変えると馬は足を踏み鳴らしながら飛び上がるのでライフルの銃身で尻を叩いた。馬が腰を落とし後足の蹄で土を掻いたとき、あの大きな鹿毛の馬に乗った下着姿のブレヴィンズがすぐ後ろにけたたましく吠える数頭の犬を従えて馬ごと突き抜けてきたオコティーヨの柵の残骸を蹴散らしながら道に飛び出してきた。

馬は軽快な足取りでロリンズの馬のわきを駆け抜けた。ブレヴィンズは片手でたてがみをもう片手で帽子をしっかり摑んでいる。猛り狂った犬たちが突進してくるとロリンズの馬は棒立ちになり身をよじって首を振りブレヴィンズの大きな鹿毛はくるりともときた方向に向き直ったがそのとき暗闇のどこかから拳銃の銃声が三つ等間隔にパン、パン、パンと鳴った。ジョン・グレイディはブーツの踵を馬に当て上体を低くしてロリンズとともに馬を疾駆させた。青白い脚で馬の胴を締めつけシャツの裾をなびかせたブレヴィンズが二人を追い抜いた。

小高い丘のてっぺんの分かれ道にきたとき背後からまた三つの銃声が聞こえた。三人は向きを変え南に伸びる主道に曲がって町を駆け抜けた。小さな窓のいくつかにはすでに明かりが点っていた。彼らは馬を全速力で疾走させ低い山地に上っていった。東の空が明るくなり風景の形が現われはじめていた。町の南一マイルほどの処で二人はブレヴィンズに追いついた。ブレヴィンズは馬の首をこちらに向けて二人と二人の背後に伸びる道に目を注いでいた。

止まって、とブレヴィンズはいった。ちょっと耳をすましてごらんよ。

二人は激しく喘ぐ馬を鎮めにかかった。このくそ野郎め、とロリンズがいった。

ブレヴィンズは答えなかった。馬からすべり降りて道に這いつくばり音を聞いた。それから立ち上がってまた馬に乗った。

くそ、と彼はいった、まだ追ってくる。

馬でか？

ああ。この際はっきりいうけど、あんたらにはおれの馬についてこれない。追われてるのはおれだから、おれだけがこの道をいく。やつらは道の土埃のあとを追ってくるだろうから、あんたらは道からはずれて進むといい。道のずっと先のほうで落ち合おう。

二人が賛成も反対もしないうちにブレヴィンズは頭絡を摑んで馬の向きを変え道を全速力で走り去った。

やつのいうとおりだ、とジョン・グレイディがいった。おれたちはこの道からはずれたほうがいい。

わかった。

二人は真っ暗ななかを繁みを踏み分けながら、なるべく低い処を選び、明るみはじめた空に姿が浮かび上がらないよう丘のふもとに沿って馬を進めた。

わざわざ蛇に馬を咬ませようとしてるようなもんだぜ、とロリンズがいった。

もうすぐ明るくなる。

そしたら撃たれるんだ。

まもなく数頭の馬が道を走る音が聞こえた。それからさらに数頭やってきた。そしてしんと静かになった。

移動したほうがいいぜ、とロリンズがいった。ほんとに、すぐに陽が昇る。

ああ、わかってる。

やつら、引き返してきたときにおれたちが道からそれたのに気づくかな?

あれだけ大勢で踏み荒らしたんなら大丈夫だろう。

あの野郎が捕まったらどうなる?

ジョン・グレイディは答えない。

おれたちがどっちへいったかベラベラ喋るだろうよ。

たぶんそれはないよ。

わかるもんか。横目でじろっと睨んでやりゃ野郎なんざイチコロだ。

そんなら先に進むか。

おまえはどうか知らんが、おれはもう馬をおいてでも逃げたい気分だな。

どうしたいのかいってくれ。

くそ、とロリンズがいった。ほかにどうしようもない。夜が明けたらどうなるか見てみようぜ。そのうちどこかで馬に食わせる穀物が手にはいるかもしれん。

かもな。

二人は馬の足をゆるめて丘の稜線に上った。灰色一色の風景のなかに動くものは何もなかった。二人は馬から降り稜線に沿って歩いた。矮性樫の藪のなかで小鳥が囀りはじめた。

おれたちどのくらい飯を食ってないかな？　とロリンズがいった。

そんなこと考えもしなかったよ。

おれも今ふっと思ったんだ。撃たれると食欲なんてふっとぶからな、そうだろ？

ちょっと静かにしろ。

何だ？

いいから。

二人は耳をすました。

何も聞こえんぞ。

何人か馬でやってくる。

道をか？

わからん。

何か見えるか？

いや。

先に進もうぜ。

ジョン・グレイディは唾を吐きじっと立って耳をすましていた。それから彼らは先に進んだ。

陽が昇る直前二人は涸れ谷の砂利の川床に馬を残して小さな丘の上に登りオコティーヨの繁みの間に腰をおろして後にしてきた東北の方角を眺めやった。目前の山の稜線に沿って鹿が数頭草を食べながら移動していた。それ以外には何も見えなかった。

道は見えるか？　とロリンズがきいた。

いや。

二人はじっと坐っていた。ロリンズがカービン銃を膝のわきに立てポケットから煙草をとりだした。おれは一服やるぜ、と彼はいった。

東の空から長い光の筋が扇形に伸び血のように赤い膨れ上がった太陽が地平線の上に昇ってきた。

向こうを見ろ、とジョン・グレイディがいった。

何だ。

向こうだ。

二マイルほど先で土地の隆起した処を人を乗せた馬が走っていた。一頭、二頭、三頭。

それからかき消すように見えなくなった。

どっちへ向かってた?

いやそいつはわからんが、おれにいい考えがある。

ロリンズは煙草を手にじっと坐っていた。おれたち、このくそみたいな国でくたばるんだな、と彼はいった。

いいや、そうじゃない。

連中にここまで追ってこれると思うか?

わからん。できないって理由はないな。

ひとつ教えてやるよ、相棒。仮にここまでおれたちを追いつめたとしても、連中はこのライフルを乗り越えていかなくちゃいけないのさ。

ジョン・グレイディは相棒を振り返りそれからまた馬に乗った男たちが消えた地点に目を戻した。おれは撃ち合いをしながらテキサスに戻るのはいやだな。

おまえの銃はどこにある?

鞍袋のなかだ。

ロリンズは煙草に火をつけた。こんどあのくそガキに会ったら、おれがこの手で殺してやる。やるといったらおれはやるぜ。

いこうか、とジョン・グレイディがいった。まだ連中との距離はだいぶあいてる。グズグズしてる暇に先に進んだほうがいい。

陽を背中に浴びながら西に向かって馬を進めると馬と人の影が森の影のように長く目の前に伸びた。この辺一帯は古い溶岩層でできた土地で二人は起伏のある黒い砂利の平原の端を通ってたえず背後に注意を配った。追っ手の姿がまた見えたが、予想していたより南のほうにいた。そのあともう一度見えた。

連中の馬が疲れてなかったらもっと速く追ってくるだろうな、とロリンズがいった。だろうな。

午前半ばに低い火山の火口に達すると二人は馬をもときた方向に向けて止めじっと坐って眺めた。

どう思う?　とロリンズがいった。

そうだな、おれたちがあの馬を持ってないことを連中は知ってる。そいつは確かだ。そして連中もおれたちと同じようにこんな土地をいくのが嫌になってるかもしれん。

きっとそうだな。

二人はしばらくじっとしていた。動くものは何もなかった。

諦めたようだな。

おれもそう思う。

じゃ、先へ進もう。

午後も時間が進むと馬の足がふらついてきた。二人は帽子に水をくんで馬に飲ませ自分たちもひとつ残った水筒の水を飲み干しまた馬に跨がって出発した。追っ手の姿はもう見えなかった。夕方近く彼らは川原に白い岩がごろごろしている深い涸れ谷の対岸に野宿している羊飼いの一団に遭遇した。この場所を土地の古い種族に倣って敵から身を守るという見地から選んだらしい羊飼いたちは対岸をゆくジョン・グレイディたちを鹿爪《しかつめ》らしい目で追った。

どう思う？　とジョン・グレイディがいった。

止まらずに先へいこうぜ。おれは何となくこの辺の人間に興味がなくなってきたよ。

おまえのいうとおりだろうな。

一マイルほど進んでから川原に降りて水を捜した。水はどこにもなかった。二人は馬から降りてその口を引いて、人馬もろとも覚束ない足取りで次第に濃くなってゆく闇のなかへはいってゆき、ロリンズはやはり銃を手にして、砂地に残った鳥や野豚の無意味な足跡を目でたどっていた。

夜の帳《とばり》が降りると二人は馬を数フィート離れた処につないで地面に毛布を敷き腰をおろした。焚き火もたかず、ただ黙然と坐っていた。しばらくしてロリンズがいった。羊飼いから水をもらうべきだったな。

水は朝になりゃ見つかるさ。

いまが朝ならいいがな。

ジョン・グレイディは答えなかった。

おれのジュニアは一晩中腹を立てて唸りながら騒ぐだろうな。喉が渇くとどうなるか、おれはちゃんと知ってるんだ。

あいつらはおれたちが気がふれたと思ってるよ。

ほんとに気がふれたんじゃないのか？

あいつ、捕まったと思うか？

さあね。

おれは警察に届けようと思うんだ。

二人は毛布にくるまって横になった。暗闇のなかで馬が落ち着かなげに足踏みした。

やつのことでいえることが一つだけある、とロリンズがいった。

誰のことで？

ブレヴィンズだ。

何だ？

あのくそいまいましいチビはてめえの馬を盗られたら黙っちゃいないってことだ。

朝になると二人は馬を川床に残して陽の出を拝みがてら周囲の様子を見るために土手に登った。川原での一夜はひどく寒かったので陽が昇るとそちらに背中を向けて腰をおろした。北のほうで細い煙が一筋風のない大気のなかにのぼっていた。

あれは羊の牧場だと思うか？　とロリンズがいった。

そうだといいがな。

引き返して、きのうの連中が水と食い物をくれるかどうか確かめてみるか？

そいつはいやだな。

おれもだ。

二人は土地の風景を眺めた。

ロリンズが立ち上がりライフルを手に歩き出した。しばらくすると彼は帽子にノパルサボテンの実を何個かいれて戻ってきて平たい岩の上に転がしナイフで皮をむきはじめた。

どうだ、食わないか？　と彼はいった。

ジョン・グレイディがやってきてしゃがみこみ自分のナイフを出した。夜の寒さの名残りで実はまだ冷たく二人は指を血のように赤い汁で染めながら皮を剝きかぶりついて小さな堅い種を吐き出し指に刺さったトゲを抜いた。ロリンズが腕を振って周囲の土地を示した。平穏無事って感じだな、ええ？

ジョン・グレイディはうなずいた。最大の問題は追っ手と鉢合わせしてもおれたちには分からないってことだ。連中の馬すらよく見てないんだ。

ロリンズが唾を吐いた。向こうもおんなじ問題を抱えてるよ。おれたちを知らないんだから。

連中には分かるさ。

ああ、とロリンズがいった。そのとおりだな。

もちろん、ブレヴィンズの抱えてる問題に比べりゃおれたちのなんて大したことはない。やつの場合は馬を赤く塗って角笛を吹きながら走り回ってるようなもんだ。

まったくだ。

ロリンズはナイフの刃をズボンで拭って折りたたんだ。もう野郎のことではほとほとくたびれたよ。

変な話だが、やつのいってることは正しいんだ。あれはやつの馬だ。

いや、べつの人間の馬だな。

けどメキシコ人のでないことは確かだ。

ああ。だがやつには証明する方法がない。

ロリンズはナイフをポケットにしまい帽子にサボテンのトゲが残っていないか調べにかかった。見てくれのいい馬ってのは見てくれのいい女みたいなもんだ、と彼はいった。いつだってよけいな面倒を引き起こしやがる。男に必要なのはただやることをやってくれる馬や女だ。

そんなことどこで聞いてきた？

知らんよ。

ジョン・グレイディもナイフをしまった。しかし、と彼はいった。ここはほんとに広いな。

ああ。広い。

あいつ、今頃どこにいることやら。

ロリンズはうなずいた。おまえが前に何ていったか教えてやろうか。

何だ？

あのケツの痩せたひよっこはまだまだつきまとってくるといったんだ。

二人は一日中広い平原を南下した。昼すぎに、陽干し煉瓦の水槽の底にたまっている泥水を見つけた。夕方低い山の鞍部を越えるときビャクシンの木立から若い一本角の雄鹿が飛び出しロリンズが後ろの鞘からライフルを抜いて構え撃鉄を起こし撃った。手綱を離したので馬は腰をかがめ横に飛びすさりぶるぶる震えたがロリンズが降りて小さな鹿が見えた場所へ走り寄ると鹿は地面に流した自分の血のなかで死んでいた。ジョン・グレイディがロリンズの馬を引いてやってきた。頭蓋骨の基部を撃ち抜かれた鹿の目がみるみる濁っていった。ロリンズは排莢しレバーを引いて新しい弾薬を送りこむと撃鉄を親指でおろして顔を上げた。

たいした腕だ、とジョン・グレイディがいった。

いや、今のはただのまぐれ当たりだ。ただ銃を取り上げて撃っただけだ。

それでもたいした腕だ。

ナイフを貸してくれ。せっかくの鹿肉を台なしにしちまったらおれは間抜けもいいとこだ。

二人は肉を冷やすために処置を終えた鹿をビャクシンの木に吊るし斜面で薪を拾い集めた。それから火をおこし先が叉に分かれた木の枝を何本か地面に差してパロヴァーディの茎を水平に渡し炉の支度を整えるとロリンズが鹿の皮を剝ぎ肉を細切りにして茎のグリルの上に載せ煙でいぶした。薪が燃え尽きると背中の肉を二本の緑色の枝で串刺しにしその枝を岩で支えて炭の上にかざした。こうして二人は肉が茶色になるのを眺め炭の上に落ちた脂がジューッと音をたてながら上げる煙の匂いを嗅いだ。

ジョン・グレイディは馬の処へいって鞍を降ろし脚を縛って草を食いにいかせてやり毛布と鞍を持って戻ってきた。

いいものがあるぞ、とジョン・グレイディがいった。

何だ？

塩だ。

パンがあるといいがな。

穫れたての玉蜀黍にジャガイモにアップルパイはどうだ？

馬鹿いってんじゃないぜ。

肉はもうできたか？

いや。まあ坐れ。そんなとこに突っ立ってられると焼けるものも焼けない。

二人はヒレ肉を一切れずつ食べ茎の上の肉を裏返して仰向けに寝転がり煙草を巻いた。

ブレアの処のカウボーイらが仔牛の肉を向こうが透けて見えるほど薄く切るのを見たことがあるよ。連中が一頭分の肉を一枚のペラペラの長い帯みたいにむいて焚き火のまわりに差した串の上に洗濯物みたいに広げると夜知らないやつが見たら何だか分からないようなものができあがった。心臓が透けて見える何かの生き物みたいだった。夜に連中が肉をひっくり返して火の加減を見るとき連中が肉の内側で動き回るのも透けて見えた。また夜中に起きて見てみると肉は風に飛ばされて野っぱらでボーボー燃えてた。血みたいな真っ赤な炎を上げてな。

この肉は杉の木みたいな味になるな、とジョン・グレイディがいった。

わかってる。

コヨーテが南の稜線付近でキャンキャン啼いていた。ロリンズは身を起こして煙草の灰を焚き火のなかに落としまた仰向けになった。

死ぬってどういうことか考えることあるか？

ああ。たまにな。おまえは？

うん。たまにある。天国ってあると思うか？

ああ。おまえはどうだ？

わからん。うん。あるかもしれないな。地獄を信じないで天国だけ信じることはできると思うか？

たぶん何でも信じたいものだけ信じりゃいいのさ。

ロリンズがうなずいた。死んだらどうなるかと考えるだろ、と彼はいった。そしたらもうきりがないな。

一緒に信心しようっていってるのか？

いや。ただ、信心したらおれの暮らしももっとましになるかなと、ときどき思うだけだ。

おれと別れる気でいるんじゃないだろうな？

それはないといったはずだ。

ジョン・グレイディはうなずいた。

腸《わた》の匂いでピューマが寄ってくると思うか？　とロリンズがいった。

くるかもな。

おまえ、見たことあるか？

いや。おまえは？

死んだやつならある、ジュリアス・ラムゼイがグレープ・クリークで犬をけしかけて獲ったやつだ。やつが木に登って枝で叩き落として犬どもと嚙み合いさせたそうだ。

その話、ほんとだと思うか？

ああ。たぶんほんとだよ。

ジョン・グレイディはうなずいた。あの男なら考えられるな。

コヨーテが悲しい声で遠吠えして静かになりそれからまた吠えた。

神様は人間をじっと見守ってくれてると思うか？　とロリンズがいった。

ああ。きっとそうだと思うな。おまえは？

ああ。おれもそう思う。この世はそんなふうになってるのさ。誰かがアーカンソーだかどこだかつまらん土地で目を覚ましてくしゃみをひとつするかしないかのうちに戦争だの災害だのと大変なことが起こったりする。一寸先は闇で何が起こるかわからない。けどきっと神様にはわかってるはずだ。でなきゃおれたちは一日だって生きちゃいけない。

ジョン・グレイディはうなずいた。

あの野郎、まさか連中に捕まってないよな？

ブレヴィンズか？

ああ。

さあな。おまえ、厄介払いできて喜んでるんじゃないのか。

野郎がひどい目に合えばいいとは思っちゃいない。

おれもだ。

やつの名前はほんとにジミー・ブレヴィンズだと思うか？

わかるもんか。

夜中にコヨーテの声で目が覚めた二人は暗がりのなかで彼らが鹿の骨のまわりに集まり、猫のように喚きながら争い合う声をしばらく聞いていた。

まったくくそうるせえやつらだな、とロリンズがいった。

立ち上がって焚き火のなかから棒切れを一本とりだし怒鳴り声とともに投げつけた。しんと静かになった。ロリンズは火を整え枝で作ったグリルの上の肉をひっくり返した。だが毛布にくるまるころにはふたたび騒ぎがはじまっていた。

二人は次の日一日じゅう山地を西に進んだ。ゆく途々《みちみち》燻製にして半乾きの状態にした肉切れを切り取っては口に運んで噛み黒く汚れ脂でべとつく手を馬の鬐甲《きこう》（両肩甲骨間の隆起）でぬぐい水筒をかわるがわる前後に受け渡ししながら賛嘆の目で風景を眺めた。南のほうでは嵐が生まれていて地平線近くをゆっくりと動いていく分厚い雲の塊が長い真っ黒な巻きひげを雨のなかに何本か垂らしていた。その夜平原を見おろす岩棚に野宿した二人は地平線のあちこちで稲妻が閃いて文目《あやめ》も分かぬ闇のなかに遠くの山並が何度も何度も浮かび上がるのを眺めた。翌朝平原を横切って進むうちに砂漠のなかに澱んで動かない水を見つけた二人は馬に水を飲ませ自分たちも岩の上にたまった雨水を飲み、それから休まずにだんだん涼しくなってゆく山の上に登っていくとやがてその日の夕方に山の頂から眼下に何日か前に話に聞いた土地が開けているのを見た。深い紫色の靄のなかに広々とした草地が広がり西の方角では水鳥の群れが日没前の雲の下の深紅色をした隙間を燃える海を泳ぐ魚群のように薄い層をなして北に向かって飛び、目の前に広がる平原には陽を金色に照りかえす土埃の薄布を透して牛を追う牧童《バケーロ》らの姿が見えた。

二人は山の南斜面で野宿することにし突き出した岩の庇《ひさし》の下の乾いた土の上に毛布を広げた。ロリンズは馬をつなぐと近くに転がっていた一本丸ごと枯れた木を引きずってきて寒さに備えて大きな焚き火を焚いた。真っ暗な夜の平原の五マイルほど離れた辺りにまるでこちらの焚き火が湖の黒い水に映ったかのような牧童らの燃やす焚き火が見えた。夜半には雨が降り焚き火がシューシューと音をたて馬が暗闇から出てきて赤い目を動かしたり瞬きしたりし、やがて朝がきてもひどく寒く灰色に曇った空に陽はなかなか顔を出さなかった。

昼前に二人は平原に降り見たこともない種類の牧草の上で馬を進めていた。草の上には家畜の群れの通り道が水の流れた跡のようについており午前半ばには西に移動していく群れが目にはいり一時間後に追いついた。

牧童らは馬の乗り方から二人の職業を知り二人を旦那《カバイエーロ》がたと呼び煙草を交換しようと持ちかけこの地方のことを二人に話した。牧童らは家畜の群れを追って西に進み小川を幾つかと川をひとつ渡りヒロハハコヤナギの広い林を通り抜けて羚羊や尾白鹿を追い出したりしながらどんどん移動してゆき夕方近くになってようやく柵につき当たると家畜を南へ誘導しはじめた。柵の向こう側には道が一本通っており昨夜の雨でタイヤや馬の蹄の跡がついていたがその道を馬に乗ったひとりの若い娘がやってくると牧童らは話をやめた。娘はイギリス風の乗馬靴に乗馬ズボンに青い乗馬服という姿で手には乗馬鞭を持ち乗っているのは黒いアラブ種の乗用馬だった。川を渡って湿地を走ってきたらしく馬の腹や鞍の汚れよけの下部や乗馬靴が濡れていた。娘はつばの広いてっぺんが平らな黒いフェルトの帽子をかぶりその下に流れ落ちる黒い髪を腰のあたりで揺らして近くにきたとき顔をこちらに向けてにっこりと微笑み鞭で帽子のつばに触れると牧童たちはひとりまたひとりと彼女に気がつかないふりをしていた者までが帽子のつばに手をやった。やがて彼女は馬を軽駆けで走らせて道の向こうに消えた。

ロリンズは牧童頭の顔を見やったが男は素知らぬ顔で馬を前に進めていった。ロリンズは歩様をゆるめて後ろの一団に混じりジョン・グレイディと並んだ。

いまのかわいい娘を見たか？　と彼がいった。

ジョン・グレイディは答えなかった。彼はまだ娘が走り去った道を眺めていた。そこには何もなかったがそれでもやはり眺めていた。

一時間後傾きはじめた陽の光を浴びながら二人は牧童らが牛を囲いにいれるのを手伝っ

た。牧場長が屋敷のほうから馬でやってきて歯をせせりながら指示をするでもなく作業を眺めていた。作業が終わると牧童頭ともうひとりの牧童が二人を牧場長の前に連れてゆき名前は後回しにして一言紹介し、そのあと五人で牧場長の家の裸電球がぶら下がる台所にゆき鉄製のテーブルにつくと改めて牧場長が二人に牧場の仕事をどれくらいのみこんでいるかを詳しく尋ねたが二人が何か答えるたびに牧童頭はそれが本当であることを請け合いもうひとりの牧童もそのとおりとうなずくのだったが、さらに牧童頭はこの二人の白人には自分たちもまだ気づいていない資質があるはずだといい、牧場長が疑念を漏らすのをそんなことは誰にでもわかることだとばかりに手の一振りで退けた。牧場長は椅子にもたれかかって二人をしげしげと見た。結局二人が名前とその綴りを告げ牧場長がそれを帳面に書きこんで一同立ち上がって握手を交わし、暗くなりはじめた表に出ると月がすでに昇りはじめ牛が啼き声をあげており窓にともる黄色い明かりが見慣れぬ世界に暖かみと形を与えていた。

二人は鞍をはずして馬を囲いにいれると牧童頭について飯場へいった。それはなかが二部屋に分かれた細長い陽干し煉瓦の小屋で屋根はトタンぶきで床はコンクリート。片方の部屋には木か鉄の寝台がずらりと並べてあった。小さなストーブも置いてあった。もう一方の部屋には長いテーブルとベンチが置かれ薪を使うコンロがしつらえてあった。またコップや錫の食器を収めた古い食器棚もあった。それから石鹼石でできた流しと亜鉛メッキをしたサイドボード。男たちはすでにテーブルについて食事を始めており、二人ははいっていってサイドボードの処へゆきカップと皿をとってコンロの前に立ち自分で豆とトルティーヤと仔牛の肉のこってりしたシチューをよそってテーブルにいくと牧童らがうなずきかけ、片手で食事を続けながら片手を大きく振ってここへ坐れと招き寄せた。

食事のあと二人がテーブルで煙草を吸いコーヒーを飲んでいると牧童らがアメリカのことをあれこれ尋ねたが質問はどれも馬や牛のことで二人のことではなかった。なかには友人や親類がアメリカにいる者もいたがほとんどの者にとって北のほうにある国は噂にのみ聞く場所にすぎなかった。これはどうにも不可解だった。誰かが石油ランプをテーブルに持ってきて明かりをつけると間もなく発電機が止まってコードでぶら下がっている裸電球がすっとフィラメントのオレンジ色の筋だけになりやがてそれも消えた。牧童らは質問に答えるジョン・グレイディの言葉に注意深く耳を傾け厳粛な面持ちでうなずきながらも今自分が聞いている話について何か意見を持っていると思われないよう気をつけていたが、それは彼らが自分の仕事に熟達した人間によくあるように自分で直接見聞きしていないことについて知ったかぶりするのを極度に軽蔑していたからだった。

牧童らはブリキの桶の石鹼滓の浮いた水に食器を浸してから寝室に移り石油ランプを部屋の隅に置いてめいめいにベッドの錆びたスプリングの上にマットレスを敷いて毛布を広げ服を脱いでランプを消した。二人は疲れていたが牧童らが眠りこんだあとも長いこと暗闇のなかで起きていた。馬と革と男の匂いがぷんぷんする部屋で牧童らがたてている深い寝息が聞こえ遠くのほうで新たに囲いにいれられた牛たちがまだ眠りにつかずに啼いているのが聞こえた。

気のいい連中みたいだな、とロリンズが囁いた。

ああ、おれもそう思うよ。

古いセンターファイア型の鞍を見たか？

ああ。

連中はおれたちを逃亡者だと思ってるかな？

おれたち、そうじゃないのか？

ロリンズは答えなかった。しばらくして彼はいった。外で牛の声がしてるのはいいもんだな。

ああ。おれもそう思う。

牧場長、牧場主のことはあんまり話さなかったな。

そうだな。

さっきのは牧場主の娘だと思うか？

まあ、そうだろうな。

大した土地だな、ここは？

ああ。そうだな。もう寝ろよ。
相棒？
うん。
昔のカウボーイはこんなふうだったんだろうな？
ああ。
おまえ、どのくらいここにいたいと思ってる？
百年ぐらいだ。もう寝ろよ。

2

ヌエストラ・セニョーラ・デ・ラ・プリシマ・コンセプシオン牧場（聖母マリアの無原罪の宿りという意味の名）はコアウイラ州はクワトロ・シエネガス盆地の山際に広がる広さ一万一千ヘクタールの大牧場だった。西は標高九千フィートのアンテオホ山脈に接しているが南と東は盆地の広々とした平坦な土地の一部を占め自然の湧水や清らかな小川で充分潤っている上に湿地や浅い池や湖も点在していた。湖や小川にほかのどこにも見られない種類の魚が棲み鳥や蜥蜴《とかげ》も昔からここにしかいない残存種であるのは四方が延々と広がる砂漠に取り囲まれているからである。

ラ・プリシマ・コンセプシオン牧場はメキシコのこの地方で一八二四年の入植者法によって所有を認められた六平方リーグ（約九千ヘクタール）を完全に保持しているごく少数の牧場のひとつであり持ち主のドン・エクトル・ローチャ・イ・ビヤレアルは所有地に実際に住んで

いる少数の牧場主のひとりで、その土地は百七十年前から彼の一族のものだった。ドン・エクトルは今年四十七歳で一族が新世界に渡ってきて以来その年齢に達した初めての男子相続人であった。

彼はこの土地に一千頭を越える家畜を飼っていた。メキシコ・シティにも邸宅があり妻はそこに住んでいる。彼は自家用飛行機を自分で操縦した。彼は馬を愛していた。その朝彼が馬に乗って牧場長の家にやってきたときには四人の友人と数人の雑役夫と固い木の荷台を背負ったロバ二頭を引き連れており、ロバの荷台のひとつは空で、もうひとつには昼食をとるための道具が積んであった。数頭のグレーハウンドが一行のお供をしており体はすらりとして銀色で馬の脚の間を声もたてずに水銀のように滑らかに走り回り馬は全く平気な顔をしていた。牧場主が大声で呼ばわると家のなかからシャツ姿の牧場長が現われ二人でふたことみこと言葉を交わすと牧場長はうなずき牧場主は友人たちに声をかけてふたたび馬を進めた。一行が牧童の飯場のそばを通り過ぎて門から外に出て山手に向かう道をたどりはじめたときには数人の牧童が囲いから馬を出してきて鞍をつけ作業に取りかかろうとしていた。ジョン・グレイディとロリンズは小屋の戸口でコーヒーを飲んでいた。

そら、あれが牧場主だ、とロリンズがいった。

ジョン・グレイディがうなずきコーヒーの澱《おり》を土の上に捨てた。

どこへいくんだろうな？　とロリンズがいった。

たぶんコヨーテ狩りにいくんだ。

銃は持ってないぜ。

ロープを持ってるだろう。

ロリンズは相棒を見た。おれをおちょくってんのか？

そんなことはない。

じゃあその狩り、見てみたいもんだな。

おれもだ。さあ、用意はいいか？

初めの二日間二人は囲いのなかで牛に焼き印を押したり耳に印をつけたり去勢や角切りや予防接種といった作業をした。三日目に牧童らが野生の三歳馬を何頭か地卓《メサ》から連れてきて囲いにいれたので夕方ロリンズとジョン・グレイディはそれを見にいった。一塊になって囲いの反対側の柵に寄りそっている馬は多種多様で、栗芦毛に月毛に鹿毛のほか斑が数頭いて大きさも体格もいろいろだった。ジョン・グレイディは囲いの門を開けロリンズとともになかにはいりまた門を閉めた。馬たちは恐怖にかられて互いの体の上にのしかかりながら移動して群れが柵沿いに左右に割れた。

こんな怖がりの馬を見たのは初めてだぜ、とロリンズがいった。

おれたちが何なのか知らないんだ。

おれたちが何なのか知らないって？

たぶんそうだよ。きっと今まで人間なんか見たことがなかったんだ。

ロリンズが背をかがめて唾を吐いた。

あのなかに欲しい馬はあるか？

ああ、あるな。

どれだ？

あの黒っぽい鹿毛を見ろ。あそこだ。

見たよ。

もういっぺんよく見てみろ。

あいつの目方は八百ポンドになりそうにないぜ。

いや、なるよ。あの腰と後脚を見ろ。いい牧場馬になるぞ。あっちの栗芦毛を見ろ。

あの繋《つなぎ》（脚の球節と蹄の間の部分）の細長い野郎か？

うん、まあ、ちょっとそうだな。わかった。じゃ、べつのほうの栗芦毛だ。右から三番目の。

白い斑《ふ》のはいったやつか？

ああ。

なんかちょっとおれには変な馬に見えるよ。

そんなことあるもんか。色が変わってるだけだ。

色はどうでもいいってのか？　足が白いんだぞ。

あれはいい馬だよ。頭を見てみろ。それと顎も。どっちも尻尾がふさふさ伸びてることを忘れるな。

ああ。まあな。ロリンズは納得がいかないという顔で首を振った。おまえ、前はもっと馬を見る目が厳しかったぜ。しばらく見てないせいじゃないのか。

ジョン・グレイディはうなずいた。ああ、と彼はいった。そうだな。けど、どういうのがいい馬かは忘れちゃいないさ。

馬たちはまた囲いのいちばん遠い処にかたまり目をぐるぐる回しながら頭を上下にふって互いに首をこすりつけあった。

あいつらにとっていいことがひとつある、とロリンズがいった。

何だい。

こいつらを馴らせるメキシコ人はいないってことさ。

ジョン・グレイディはうなずいた。

二人は馬をじっと眺めた。

何頭いる？　とジョン・グレイディがいった。

ロリンズがざっと見渡した。十五。十六。

おれは十六。

じゃ、十六だ。

おれとおまえで四日で全部馴らせると思うか。

どこまで馴らすかによるな。

一応おとなしく人を乗せるところまでだ。そう、六回ずつ鞍をつけて乗る。方向転換と停止ができて、鞍をつけるあいだじっとしてるようになるまでだ。

ロリンズはポケットから煙草を出して帽子をあみだに押し上げた。

おまえ、何考えてんだ？　と彼がきいた。

あの馬を馴らすことさ。

なんで四日なんだ？

できると思うか？

ここの連中は馴らしたての馬を使うつもりか？　四日で馴らした馬なんて四日でもとに戻っちまうとおれは思うがな。

そもそも馬が足りないから山から連れてきたんだ。

ロリンズは紙の真ん中をへこませてそこに煙草の葉を置いた。ようするにこいつらはおれたちの持ち馬（通常牧童一人あたり五、六頭）になるってことか？

おれはそうにらんだよ。

つまり、おれたちはメキシコのちゃちな道具で馴らした強情な馬を乗り回すことになるわけだ。

そういうことだな。

ロリンズはうなずいた。で、どうやる、片側足かせか？

ああ。

ここにそれだけのロープがあると思うか？

さあ、わからない。

へとへとに疲れるぜ。いっとくけど。

夜ぐっすりと眠れるよ。

ロリンズは煙草を口にくわえマッチを捜した。おれにまだ話してないことで、ほかにわかってることは？

アルマンドがいうにはここの牧場主はあの山一帯に馬をたくさん放してるそうだ。

何頭くらいだ。

四百頭ほどいるらしい。

ロリンズは相棒を見た。マッチをすって煙草に火をつけマッチを捨てた。一体何のためだ？

戦争前に馬の生産を始めたそうだ。

馬の種類は？

メディア・サングレス。

一体何だ、そりゃ？

おれたちのほうでいうクォーター・ホースだ（米国で改良された短距離レースではサラブレッドより速く走る強壮な馬）。

へえ？

あの栗芦毛、とジョン・グレイディはいった、足は悪くても間違いなくビリー・ホース（クォーター・ホースのこと）だよ。

あいつらはどこからきたんだと思う？

クォーター・ホースの先祖はみな同じさ。ホセ・チキートって馬から出た。

リトル・ジョーか？

ああ。

全部同じ一頭から？

同じ一頭からだ。

ロリンズは何か考えこむ様子で煙草を吸った。

あの馬はメキシコに売られたんだ、とジョン・グレイディはいった。ここの牧場主が山の上に放してる牝馬の群れはシーアランが改良して作ったトラヴェラー・ロンダの系統から出た馬だ。

　ほかにわかることは？

それだけだ。

じゃ、大将に話しにいこうぜ。

帽子を手に台所に立つ二人をテーブルについている牧場長がじっと見つめた。

調教師《アマンサドーレス》か、と彼はいった。

そうです《シ》。

二人《アンボス》ともかね、と彼はいった。

ええ《シ》、二人《アンボス》とも。

牧場長がうしろにもたれた。金属のテーブルを指で小刻みにたたいた。

囲いに馬が十六頭いるでしょう《アイ・デイエシセイス・カバーヨス・エン・エル・ポトレーロ》、とジョン・グレイディがいった。あれを四日で馴らしてみせますよ《ポデーモス・アマンサールロス・エン・クワトロ・ディーアス》。

二人は顔と手を洗って夕食をとるために飯場に戻った。

牧場長、なんていったんだ？　とロリンズがきいた。

うるさいことをいってきたな、といったよ。丁寧ないいかたでだがな。

ようするにだめだといったのか？

そうじゃないと思う。まあ、話だけは聞いておくってとこだろう。

二人は日曜の朝早く野生の若駒の調教にとりかかろうと、まだ薄暗いうちに前夜洗濯して乾ききっていない服を着こみ星が沈んでしまう前に戸外の囲いに出ていって、四十フィートのマゲイ繊維のロープを肩にかけたまま冷たい豆を包んだ冷たいトルティーヤをコーヒーなしで齧った。それからめいめい鞍下毛布とボサレアと呼ばれる鉄の鼻勒のついた調教用の頭絡を持ちジョン・グレイディは夜敷いて寝たきれいなズックの袋とすでに鐙《あぶみ》を短くしてある自分のハムリーの鞍を持っていった。

二人は囲いの外に立って馬の群れを見た。馬たちは灰色の朝の光のなかで灰色の姿を動かしたり止めたりしていた。門の外の地面には綿やマニラ麻や編んだ生皮やマゲイ繊維や竜舌蘭の繊維から馬の毛で編んだ古い縄や手編みの撚縄まで、あらゆる素材のロープが積んであった。柵のそばには前の日の夕方小屋で二人が縄を結んで作っておいた十六本の無口頭絡が積み重ねてある。

こいつらは地卓《メサ》で選り出されてきたわけだな？

そういうことだろうな。

いったい牝馬をどうしようってんだ？

この牧場で乗るんだろう。

あれだな、とロリンズはいった。これでメキシコ人が馬を厳しく扱う理由がわかったよ。こういうじゃじゃ馬どもを相手にしなくちゃいけないからだな。

ロリンズは首を振りトルティーヤの最後のひとかけらを口に押しこむとズボンで手をふ

きワイヤーをほどいて囲いの門を開けた。

ジョン・グレイディがあとからはいり鞍を地面に置いていったん外に出るとロープと頭絡の束をひと摑み持ってきてしゃがみこみ選り分けた。ロリンズは立ったままロープを巻きはじめた。

おまえとしては、どの馬から始めたってべつに構わないんだろうな、とロリンズがいった。

そのとおりだよ、相棒。

やっぱり袋でこすってやるのか？

ああ。

おれの親父はいつもいってたぜ、馬を馴らすのは乗るのが目的だから調教ってのはとにかく鞍をつけて乗り回しゃいいんだって。

ジョン・グレイディがにやりと笑った。おまえの親父は腕のいい調教師だったっけ？

親父が自分でそういってるのは聞いたことがなかったな。しかし、手ごわいのを乗りこなすのを一、二回確かに見たよ。

これからもっと見せてやるさ。

初めの馴らしは二回ずつやるのか？

なんのために？

一回だけで信じるやつは見たことないし、二回で信じないやつも見たことがないからな。ジョン・グレイディはにっこり笑った。ちゃんと信じさせてやるさ、と彼はいった。まあ見てろよ。

いまからいっとくがな、相棒。こいつらには手こずるぞ。

ブレアの口癖はなんだったかな？　性悪の若駒にゃ勝てん、か？

性悪の若駒にゃ勝てん、だ、とロリンズはいった。

馬たちはすでに動揺しはじめていた。ロリンズが最初に群れから飛び出した馬の首に投げ縄の輪をかけ両前脚を縛ると馬はどさりと大きな音をたてて地面に倒れた。異常を嗅ぎつけたほかの馬たちは一塊になって首をこちらに振り向けた。若駒がもがきながら立ち上がる前にジョン・グレイディが首の上にまたがり頭を引きつけて骨張った長い顔を自分の胸に押しつけると鼻腔の暗い井戸のなかから熱い甘い息があふれ出してきて別世界からの便りのように顔や首にかかった。馬の匂いではなかった。馬である以前に彼らがそうである野生動物の匂いだった。馬の顔を胸に抱えこみもものの内側に馬の動脈が力強く送り出す血を感じることができ馬の怯えを嗅ぎとることができた彼は、馬の目の上に手をかぶせて撫でてやり、低い声で休むことなくこれから自分が何をするつもりなのかを囁きつづけ恐怖心をこすり落とすためにさらに目の上を撫でた。

ロリンズは首にかけた片側足かせ用のロープを一本とって輪縄にし後脚の繫《つなぎ》にかけて引

き絞りその後脚を引っ張ってロープの反対側の端を両方の前脚に仮に結びつけた。ロリンズは初めに首にかけた投げ縄をはずして放り出し無口頭絡を手にとって二人がかりで馬の鼻面と耳にかぶせジョン・グレイディが親指を馬の口に滑りこませた隙にロリンズが縄の銜《はみ》を嚙ませてそれから二本目のロープをもう一方の後脚にかけた。ついでロリンズは両方のロープの端を頭絡に結びつけた。

用意はできたか？　とジョン・グレイディがきいた。

できた。

ジョン・グレイディは鼻面を離して立ち上がり馬から離れた。馬はもがきながら立ち上がり向きを変えて片方の後足を鋭く後ろに蹴り出したもののくるりと半回転してどうと倒れた。立ち上がって蹴りまた倒れた。三度目に立ち上がったときには足で蹴りながら踊りを踊るように首を小さく振った。馬は動きを止めた。数歩歩いてまた止まった。それから後足を後ろに大きく蹴り出してまた倒れた。

馬はしばらく何か考えるようにじっと伏せていたがやがて立ち上がると一瞬静止したあとその場で三度跳ねそれからまた動きを止めて二人をにらみつけた。ロリンズは投げ縄を手にとってまた巻きはじめていた。ほかの馬たちは興味津々という顔で囲いの遠い処で見守っている。

こいつらときたら便所の鼠より凶暴だな、と彼はいった。

いちばん凶暴そうなやつはどれかいってみろ、とジョン・グレイディがいった、今度の日曜には仕上げたやつを見せてやるよ。

どこまで仕上げたやつだ？

おまえが満足するほど仕上げたやつだ。

嘘こけ、とロリンズがいった。

囲いのなかに片側足かせのロープを張られて鼻息も荒く辺りを睨んでいる馬が三頭できあがる頃には囲いの門のそばに牧童が何人か集まってくつろいだ姿勢でコーヒーを飲みながら見物しはじめた。午前半ばには八頭が足かせをつけられたが残りの八頭は鹿のように警戒心を強め、柵沿いにばらばらに立ったり一カ所にかたまったり大気が熱くなるにつれて潮が満ちるように広がっていく埃の海のなかを駆け回りながらも、自分たちの流動的な集合的自我をいま疫病のように蔓延しつつある個体ごとに孤立した無力な麻痺状態に変えていく作業が容赦ないものであることをゆっくりと悟りはじめていた。やがて小屋のなかから牧童が全員出てきて見物を始め昼までには十六頭の野生馬すべてが頭絡に結びつけられた片側足かせのロープを張られてんでんばらばらの方向を向いて統一意志を破られてしまった。子供が遊び半分に縛り上げた動物のようになった馬たちはどこからかやってきて頭のなかに住みついた何かの神の声のような調教師の声をまだ耳のなかに響かせながら未知なるものを待っていた。

二人が昼食をとりに小屋にはいると牧童らはある種の敬意をもって彼らを遇するように思われたがそれが自分たちの功績への敬意であるか無謀な精神異常者への労《いたわ》りであるかは判然としなかった。誰も二人にあれらの馬をどう思うかと訊いたり調教の方法について質問したりしてこなかった。午後ふたたび囲いの処に出ていくと二十人ばかりの人間が馬を眺めていた――女、子供、若い娘、男たち――みんな二人が戻ってくるのを待っていた。

いったいこの連中どっからきたんだ？　とロリンズがいった。

さあな。

サーカスがきたって噂が町じゅうに広まったのかな？

二人は人々にうなずきかけながら囲いにはいり門を閉めた。

もう選んだか？　とジョン・グレイディがきいた。

ああ。いちばん凶暴なのはあそこにいるあの間抜け面とおれはみた。

芦毛か。

芦毛もどきだな。

肉づきのいいのを選んだな。

凶暴そうなのを選んだんだ。

ロリンズが見守るなかジョン・グレイディはその馬に近づいてゆき頭絡に十二フィートのロープを結びつけた。それから馬を引いて囲いの外に出し調教用の囲い柵のなかにいれた。ロリンズは馬が怯えて飛びのくか後脚で棒立ちになると思ったがそうはならなかった。ズックの袋とロープを持って近づいてゆきジョン・グレイディが馬に話しかけているあいだに前脚をロープで縛り頭絡の端をつかんでジョン・グレイディにズックの袋を渡し馬を抑えると、それから十五分ほどジョン・グレイディは袋を馬の胴体の上や下でひらひらさせたりそれで頭をこすったり顔にかぶせたりそれぞれの脚を上下に撫でたり脚の間を通したりして始終馬に話しかけながら体をすりつけ寄りかかった。それから鞍をつける作業にはいった。

なんでそうやって馬の体を撫でてやるといいのかね？　とロリンズがいった。

知らないな、とジョン・グレイディがいった。おれは馬じゃないからな。

ジョン・グレイディは鞍下毛布を拾い上げて馬の背に乗せ皺をのばしてからしばらく馬の体をさすりながら話しかけていたがやがて背を屈めるとすでに腹帯を装着して向こう側の鐙を角にひっかけてある鞍を取り上げて馬の背に乗せ何度か揺すぶってしっかりと固定した。馬は身じろぎもしなかった。彼はしゃがみこみ馬の腹の下で腹帯の両端を引っ張って締めた。ひょいと後ろに動いた馬の耳のなかへ何事か囁きこみもう一度腹帯を締め直してから馬の体に寄りかかりまるで相手が凶暴でも危険でもないかのように話しかけた。ロリンズは囲い柵の門のほうに目をやった。五十人あまりの人々がこちらを見ていた。地面に坐りこんで弁当を広げている者がいた。赤ん坊を抱いている父親もいた。ジョン・グレイディは鞍の角にかけた鐙をはずして向こう側に垂らした。それからまた腹帯を締め直して留め金をとめた。よし、と彼はいった。

しっかり抑えてろ、とロリンズがいった。

ジョン・グレイディが馬を抑えているあいだにロリンズは頭絡から片側足かせのロープをはずし膝立ちになってそのロープを前足を縛ったロープに結びつけた。それから二人で頭絡を馬の頭からはずすとジョン・グレイディが調教用の頭絡を取り上げてそっと馬の鼻面につけ縄の銜《くつわ》を嚙ませ項革《うなじかわ》をかぶせた。手綱をたぐり寄せて馬の首に掛けうなずくとロリンズが跪いて前脚のロープをはずし輪縄をゆるめやがて後脚を縛っていたロープもぱらりと落ちた。ロリンズは馬から離れた。

ジョン・グレイディは片足を鐙にかけ馬の肩に自分の体をぴったり押しつけて話しかけそれからはずみをつけて鞍に跨がった。

馬はぴたりと動きを止めた。一度空気の具合を確かめるように片方の後足をさっとうしろに突き出してまた止まりついで横とびに跳んで身をくねらせ両方の後足を蹴り出したあと動きを止めて鼻を鳴らした。ジョン・グレイディがブーツの踵であばらに触れると馬は前に歩き出した。手綱を引くと向きを変えた。ロリンズがくそという顔で唾を吐いた。ジョン・グレイディはまた馬の向きを変えて戻ってきた。

えらくだらしのない馬じゃねえか？　とロリンズがいった。こんなことで高い金を払って見にきたお客が納得すると思うか？

暗くなるまでに十六頭のうち十一頭に乗った。全部が全部すんなりといったわけではなかった。囲い柵の外では誰かが焚き火をたき百人からの見物人が集まっていて、なかには南に六マイル離れたラ・ベーガという町や、さらに遠い処からやってきた者もいた。ジョン・グレイディは最後の五頭に焚き火の明かりが届く処で乗り、馬は火に照らされて踊り、身を翻し、目を赤く光らせた。調教が終わって囲いに戻された馬たちはじっと立ち尽くしあるいは地面に引きずった端綱を互いに踏まぬよう気をつけて歩き回りながら痛む鼻を非常に優雅で上品な動きで下に振っていた。その日の朝には振りたてた壺のなかをぐるぐる転がるビー玉のように囲いのなかを走り回っていた荒々しく狂乱した野生馬の面影はほとんどなく、暗がりのなかでまるで仲間の一頭がいなくなったか自分のなかで何かが失われたとでもいうように互いに低いいなき声を交わしていた。

二人が暗がりのなかを小屋に戻っていくとき焚き火はまだ燃えていて誰かがギターを弾きべつの誰かがハーモニカを吹いていた。焚き火のまわりの人々から離れるまでにそれぞれべつの三人の見知らぬ男がメスカル酒（竜舌蘭から造る醸造酒）の瓶を差し出して一口飲めといった。

食堂には誰もいず二人はコンロにかけた鍋から料理をよそってテーブルについた。ロリンズがジョン・グレイディをじっと見た。ジョン・グレイディは木偶のように無表情な顔で食べ物を嚙みベンチの上で軽くゆらりゆらりと体を揺らしている。

だいぶ疲れたみたいだな、相棒？　とロリンズがいった。

いや、とジョン・グレイディがいった。五時間前は疲れてたがな。

ロリンズがにやりと笑った。もうコーヒーは飲むなよ。眠れなくなるぜ。

夜明けに外に出てみると焚き火はまだくすぶり地面に四、五人の男が寝ていて、そのなかには毛布をかぶっている者もいない者もいた。囲いのなかの馬が一頭残らず門を開けてはいってくる二人をじっと見つめた。

乗った順番を覚えてるか？　とロリンズがきいた。

ああ。覚えてる。おまえもあそこにいる友だちを覚えてるだろう。

ああ、あの野郎はわかるよ。

ジョン・グレイディがズックの袋を持って近づいていくとその馬は向きを変えて速歩で歩いた。馬を柵沿いに歩かせておきロープを拾い上げて首にかけると馬は立ち止まって身震いし彼はそこへ近づいて話しかけながら袋で体を撫ではじめた。ロリンズは柵の外へ鞍下毛布と鞍と頭絡をとりにいった。

その日の夜十時までにジョン・グレイディは十六頭の馬全部に乗りロリンズもそれぞれ一度ずつ乗った。火曜日にまた同じように乗り水曜日の早朝に最初に馴らした馬に鞍をつけてジョン・グレイディが乗りまだ陽の出ないうちに囲いの門へ近づいていった。

そこを開けてくれ、とジョン・グレイディがいった。

おれも一頭鞍をつけて伴走するよ。

時間がないぞ。

そいつがおまえを茨の上に放り出したら時間ができるだろうよ。

まあおれは振り落とされないようにしよう。

おれにもこの素晴らしい馬のどれかに鞍をつけて乗らせろって。

わかったよ。

ジョン・グレイディはロリンズの乗る馬を引いて囲いから出るとロリンズが門を閉めて馬に鞍を置いて乗るのを待った。若駒は神経質に足踏みし蟹のように横歩きをした。

それじゃまるで盲人を手引きする盲人だな？

ロリンズがうなずいた。あれとおんなじだ、親父のとこで働いてたTボーン・ワッツ爺さんの息が臭いとみんながいった。すると爺さんは全然息をしてないよりましだろうといった。

ジョン・グレイディがにやりとして馬にブーツの踵をあてて速足で前進させ二人は道に出た。

午後の半ばまでにまた全部の馬を乗りおえたジョン・グレイディはロリンズが囲いのなかで馬の世話をしているあいだロリンズが選んだ小さな芦毛に乗って平原に出た。牧場から二マイルほど離れて菅と柳と野生のスモモの生えている小さな湖の岸辺を走っていると黒い馬に乗った例の娘が彼を追い越していった。

背後に蹄の音がしたときに振り返ろうとしたがすぐに後ろの馬の歩様が変わるのに気づいた。振り返らずにいるとやがてアラブ馬が彼の馬の横に並び、首を弓なりにして歩みながら片目を野生馬に向け警戒の色ではなくかすかな嫌悪の色を浮かべた。彼女は五フィートほど前に出ると整った顔をこちらに向け彼の顔をまともに見た。彼女は青い目をしており彼にうなずきかけたのかあるいは彼の乗っている馬をもっとよく見ようとわずかに顎を引いただけなのか、水平にかぶったつばの広い黒い帽子がかすかに傾き、長い黒髪がほんの少し持ちあがった。追い越してしまうと黒い馬はまた歩様を変えたが、彼女の騎乗は見事というほかなく、肩幅の広い上体をぴんと伸ばして馬を速歩で駆っていった。芦毛は止まって前足を大きく広げて拗ねてしまいジョン・グレイディはその背にじっと坐って彼女を見送った。もう少しで声をかけようとしたのだがあの目を見たとき心臓がひと打ちする一瞬のあいだに世界が永久に変わってしまった。彼女は湖畔の柳の木立の向こうに消えた。小鳥が一群れ飛び立ちかぼそい声をあげながらジョン・グレイディの頭上を飛び過ぎていった。

その夕方、アントニオと牧場長が様子を見に囲いにやってきたときジョン・グレイディはロリンズを乗り手にして芦毛に後ずさりを教えていた。牧場長は歯をせせりながらアントニオと一緒にじっと見物していた。アントニオも鞍をつけられて立っている二頭に乗り、囲い柵のなかを往復させたり急に止まらせたりしてみた。彼は馬から降りるとうなずき彼と牧場長は囲い柵のほかの馬をざっと見て立ち去った。ロリンズとジョン・グレイディは顔を見合わせた。馬から鞍を降ろして群れに帰し鞍やロープを持って小屋に戻り夕食をとろうと手を洗った。牧童らはみなテーブルについていた。二人はコンロにかけた鍋から食べ物をよそいカップにコーヒーを注ぎテーブルへやってきてベンチを跨いで腰を降ろした。テーブルの真ん中にトルティーヤを盛って上にタオルをかぶせた素焼きの皿があったがジョン・グレイディがそれを指さして取ってくれと頼むとテーブルの両側から手が伸びて皿を持ち儀式をおこなうような感じでこちらに回してきた。

三日後二人は山に上がった。牧場長は料理と馬の世話をする雑役夫をひとりとジョン・グレイディたちとあまり年の違わない若い牧童を三人つけてくれた。雑役夫はルイスという名の足の悪い老人でトレオンとサン・ペドロとのちにはサカテカスの戦いに参加したことがあり、牧童らは土地の出身で、うち二人はこの牧場で生まれた若者だった。モンテレイ辺りですらいったことのある若者は三人のうちひとりだけだった。荷役馬に食料と炊事テントを積みひとり三頭ずつ引いて山にはいり高地の森や百合の花が咲く松林や馬たちが隠れにいく涸れ谷で野生馬を狩り高い地卓《メサ》の上で蹄の音を響かせて追い立て十年前に石の谷間に作った門つきの柵にいれると、閉じこめられた馬たちは囲いのなかを駆けめぐり甲高くいななき石の斜面に攀《よ》じ登ろうと試みては互いの体にのしかかり嚙みつき蹴り合いそのあいだジョン・グレイディは汗と埃と狂騒のなかを縄を手に歩いたが馬たちはまるで馬の形で現われた何か邪悪な夢のようだった。彼らはその夜地卓《メサ》の頂上の岬のような部分に野営して強い風に吹かれた炎が闇のなかで前後左右に首をふる焚き火を囲み、ルイス老人が語るこの国とこの国に生きる人々についてのまたこの国で死んだ人々と彼らがどんな風に死んだかについての物語に耳を傾けた。老人は生涯馬を愛してきた男で彼も彼の父親も二人の兄弟も騎馬隊にはいって戦い父親と兄弟は騎馬戦のさなかに死んだが彼らはみな他のどんな人間よりもビクトリアノ・ウエルタ（後で話に出てくる将軍）を軽蔑し他のどんな邪悪な行為よりもウエルタの成したことを軽蔑した。老人がウエルタに比べればユダなどキリストと何ら変わらないというと年若い牧童のひとりは顔をそむけべつのひとりは祈りの文句を唱えた。老人はまた戦争はこの国を荒廃させたがちょうど祈禱師が蛇に咬まれたら蛇の肉を食えと教えるように人々は戦争の傷を癒すのは戦争だと信じているという。自分がメキシコの砂漠で戦った戦闘の話をし自分の体の下で殺された何頭かの馬のことを語って馬の魂は人が思っている以上に人の魂を映す鏡だといい馬もまた戦争が好きなのだといった。馬はただ後から好きになるだけだという人もいるがどんな生き物も心がそれを受け入れる形になっていなければ好きになるはずがない。自分の父親は馬に乗って戦争に出かけた者でなければ本当の意味で馬はわからないといったがそうであって欲しくないと思いはしてもどうもそうらしいと老人はいった。

最後に老人は自分は馬の魂を見たことがあるがそれは見るからに恐ろしいものだといった。それは一頭の馬の死に立ち会ったときにある種の条件がそろうと見えるがそれというのも馬という生き物は全体でひとつの魂を共有しており一頭一頭の生命はすべての馬たちをもとにしていずれ死すべきものとして作られるからだ。だから仮に一頭馬の魂を理解したならありとあらゆる馬を理解したことになると老人はいう。

一同はじっと坐って煙草を吸いながら赤い炭がひび割れてゆく焚き火の中心部を見つめていた。

じゃあ、人間はどうなんだろう？《イ・デ・ロス・オンブレス》　とジョン・グレイディがきいた。

老人は答え方を捜して口を色々な形にした。しばらくたってようやく彼は人間同士のあいだには馬のような魂のつながりはなく人間は理解できるものだという考え方はたぶん幻想だろうといった。ロリンズが下手なスペイン語で馬にも天国はあるのかと訊くと老人は首を振り振り馬には天国など必要ないと答えた。しばらくしてジョン・グレイディがもし地上から馬が一頭もいなくなったらもう新しい生命を補充できなくなるから馬の魂も滅びるのかと尋ねると、老人はただ地上に馬が一頭もいなくなるなどということは神様がお許しにならないからそれについて何かをいうのは無意味だと答えただけだった。

彼らは牝馬の群れを追って涸れ谷や小川づたいに山から降り盆地の湿原を横切って牧場の囲いに馬をいれた。彼らはこの仕事を三週間つづけ四月の末には囲いのなかの牝馬は八十頭を越え、そのほとんどが馬具に馴れ、何頭かはすでに乗用馬として選り出されていた。この頃には牛の駆り集め《ラウンドアップ》が始まり牛の群れが毎日外の平原から牧場の牧草地へと移されてゆき、牧童のなかには二、三頭しか使える馬がない者がいたにもかかわらず新しい馬は囲いのなかにいれられたままだった。五月二日の朝赤いセスナ機が南から飛んできて牧場の上を旋回したあと機体を傾けて高度を落とし木立の向こうからすべり降りてきた。

その一時間後ジョン・グレイディは帽子を手に牧場主の屋敷の台所に立っていた。流しで女がひとり食器を洗い男がひとりテーブルについて新聞を読んでいた。女はエプロンで手をふくと屋敷のどこかべつの場所へゆき数分後にまた戻ってきた。ちょっと待ってね《ウン・ラティート》、と彼女はいった。

ジョン・グレイディはうなずいた。ありがとう《グラシアス》、と彼はいった。

男が立ち上がって新聞を折りたたみ台所を横切り木のまな板と骨抜き用ナイフと油砥石を持ってきて新聞紙の上に置いた。そのとき戸口にドン・エクトルが現われて足を止めジョン・グレイディに視線を向けた。

ドン・エクトルは肩幅は広いが細身の男で髪には白いものがかなり混じりスペイン北部人のように背が高く肌の色も淡かった。牧場主が台所にはいってきて自己紹介するとジョン・グレイディは帽子を左手に持ちかえ二人は握手した。

マリア、コーヒー《カフェ・ポル・ファボール》をたのむ、と牧場主はいった。

牧場主が戸口を手で示すとジョン・グレイディは台所を横切って大広間にはいった。家のなかは涼しく静かで蠟と花の香りがした。廊下の左側には丈の高い箱型の振り子時計が置かれていた。胴の扉の奥で真鍮のおもりがかすかに動き振り子がゆっくりと揺れていた。ジョン・グレイディが振り返ると牧場主はにっこり笑い食堂に通じる戸口に手を振った。

はいりたまえ《パーサレ》、と彼はいった。

二人は長いペルシャ胡桃のテーブルについた。部屋の壁は青いダマスク織りのタペストリーと人や馬を描いた絵で埋まっていた。壁際には胡桃材のサイドボードが置かれコンロ付き卓上鍋やデカンターなどが載っており出窓で猫が四匹日なたぼっこをしていた。ドン・エクトルは後ろに手を伸ばしサイドボードから陶器の灰皿をとってテーブルに置き、シャツのポケットからイギリスの煙草を入れた小さな錫の煙草入れをとりだして蓋を開けジョン・グレイディに勧めるとジョン・グレイディは一本とった。

ありがとうございます《グラシアス》、と彼はいった。

牧場主は煙草入れを二人のあいだに置くとポケットから銀のライターをとりだし若者の煙草に火をつけそれから自分のに火をつけた。

ありがとうございます《グラシアス》。

ドン・エクトルは薄い紫の煙をゆっくりとテーブルの上に吹き流してにっこり微笑んだ。

さてと《ブエノ》、とドン・エクトルがいった。英語で話そうか。

それでよろしければ、とジョン・グレイディがいった。

アルマンドから聞いたが、たいへん馬に詳しいそうだな。

多少のことはわかってるつもりです。

牧場主は何か考えこむような面持ちで煙草を吸った。相手がもっと何かいうのを待つという風だった。台所で新聞を読んでいた男がコーヒー・ポットとカップとミルクと砂糖の壺と皿に載せたビスコチョス（スポンジケーキ）を銀の盆で運んできた。男は盆をテーブルに置くとすっと体を起こし牧場主が礼をいうとまた部屋から出ていった。

ドン・エクトルはカップを二つテーブルに置きコーヒーを注いで盆のほうにうなずきかけた。砂糖や何かは自分で適当にいれてくれたまえ、と彼はいった。

どうも。おれはブラックで飲みますから。

きみはテキサス人だったな。

ええ、そうです。

牧場主はまたうなずいた。コーヒーを一口飲んだ。彼は足を組みテーブルに対して斜めに向かっていた。チョコレート色をした仔牛皮のブーツの先をわずかに曲げそれからジョン・グレイディに向き直ってにっこりと笑った。

一体どうしてこんな処へきたんだね？　と彼はきいた。

ジョン・グレイディは相手の顔を見た。テーブルの端に目をやり日なたぼっこをしている猫の影が猫のかたちに切り抜いた紙のようにどれも心もち斜めにかしいで一列に並んでいるのを眺めた。彼はもう一度牧場主を見た。

ちょっとこの国が見たくなって。相棒もそうだと思います。

失礼だがきみは何歳かね？

十六です。

牧場主は眉をあげた。十六か、と彼はいった。

ええ。

牧場主はまたにっこり微笑んだ。わたしが十六のときにはひとには十八だといったものだが。

ジョン・グレイディはコーヒーをすすった。

きみの友達も十六なのかね？

十七です。

しかし、きみのほうが兄貴分なわけだ。

兄貴分も何もないです。ただ友だちなんです。

なるほど。

牧場主は盆を手で押した。さあ、遠慮なくおかわりしてくれ、といった。

ありがとうございます。でも、いま朝飯を食ってきたばかりなので。

牧場主は煙草の灰を陶器の灰皿に落としまた後ろにもたれた。

あの牝馬の群れについてはどう思う？

なかに何頭かいいのがいます。

うむ。きみはスリー・バーズという名の馬を知っているかな？

サラブレッドですね。

その馬を知っているかね？

ブラジル・グランプリに出た馬だったと思います。たしかケンタッキー産でいまはアリゾナ州ダグラスのヴェイルとかいう人の持ち馬だと聞いてます。

そうだ。その馬はケンタッキーのパリスという町のモンテレイ・ファームで生まれた。わたしは最近同じ母馬から出たその馬の半兄弟を買ったんだ。

そうですか。いまその馬はどこにいるんですか？

搬送途中《アン・ルート》だ。

どこですって？

搬送途中なんだ。メキシコ・シティから。牧場主はにっこり笑った。種馬として使うつもりなんだがね。

競走馬を生産するんですか？

いや。乗用馬を作ろうと思っている。

この牧場で使うために？

そうだ。

例の牝馬たちにその牡馬の種をつけるんですね？

そのとおり。きみの意見はどうだ？

おれに意見はありません。馬の生産者は何人か知っていて、経験豊富な人たちですが、ほとんど自分の意見はいわないようです。ただサラブレッドからいい牧場馬ができる例があることは知ってます。

そのとおりだ。きみは肌馬をどれくらい重視する？

種馬とおんなじぐらいです。おれの意見では。

ほとんどの生産者は種馬を重視するがね。

ええ。そうですね。

牧場主は微笑んだ。わたしもたまたまきみと同じ意見なんだ。

ジョン・グレイディは身を乗り出して煙草の灰を灰皿に落とした。おれと意見が合う必要はないでしょう。

ない。きみもわたしと意見が合う必要はない。

そうですね。

地卓《メサ》の上にいる野生馬のことを話してくれ。

まだ優秀な牝馬が何頭かいるかもしれませんがそう数は多くないと思います。残りはおれにいわせればクズです。そこそこの牧場馬になるやつならもう少しいるかもしれない。いろんな作業を一通りこなせる馬なら。種類は昔スパニッシュ・ポニーと呼ばれてたやつです。チワワ・ホースともいいます。古いバルブ種の血がはいってます。馬体は小さく軽量で牛を群れから分けるのに使うには後脚の筋肉が貧弱ですが投げ縄で捕まえる分には……。

彼はそこで言葉を切った。膝に置いた帽子に目を落としててっぺんのへこみを指でなぞってから、顔をあげた。おれ、あなたがご存じのことばかり話してますね。

牧場主はコーヒー・ポットをとって二人のカップに注いだ。

クリオーヨとは何か知ってるかね？

ええ。それはアルゼンチンの馬です。

サム・ジョーンズとは誰だかわかるかな？

それが馬の名前なら知ってます。

クローフォード・サイクスは？

それもアンクル・ビリー・アンソンの馬です。その馬のことなら生まれたときから聞かされてきました。

わたしの父親がミスター・アンソンから馬を何頭か買っているんだ。

アンクル・ビリーとおれの爺さんは友だちだったんです。生まれた日も三日しかちがわなかった。あの人はリッチフィールド伯爵の七番目の息子でした。奥さんは舞台女優でした。

きみはクリストヴァルの出なのか？

サン・アンジェロです。というか、サン・アンジェロが一番近い町でした。

牧場主はジョン・グレイディをじっと見た。

ウォレスの書いた『アメリカの馬』という本は知ってるかね？

ええ。隅から隅まで読みました。

牧場主はまた後ろにもたれた。猫が一匹起き上がってのびをした。

きみはテキサスから馬でここまできたわけだな。

そうです。

きみときみの友だちは。

ええ。

二人だけできたのか？

ジョン・グレイディはテーブルに視線を落とした。斜めにゆがんだ一匹の紙の猫が寝そべっている紙の猫のあいだを歩いた。また視線を上げた。ええ、おれと相棒だけできました、と彼はいった。

牧場主はうなずき煙草の火をもみ消して椅子を後ろに押した。きたまえ、と彼はいった。ちょっと馬を見せよう。

二人はそれぞれの寝台に腰を降ろして向かい合い前に身を乗り出して両肘を膝に置き組み合わせた手に目を落としていた。しばらくしてロリンズが口を開いた。顔は上げなかった。

おまえにとってはいい機会だよ。断わる理由はないと思うな。

おまえがいやならやめてもいいんだ。おれもここにいる。

べつにおまえはどこか遠くへいくわけじゃない。

これからも一緒に仕事する機会はある。山へ馬を捕まえにいくときなんかは。

ロリンズがうなずいた。ジョン・グレイディはじっと相棒を見つめた。

いやならそういってくれ、おれは断わってくる。

いやという理由はないようだ、とロリンズはいった。おまえにとってはいい機会だ。

朝食をとったあとロリンズは囲いで馬の世話をした。昼に飯場に戻ってみるとジョン・グレイディのマットレスが枕元に巻き上げられ荷物がなくなっていた。ロリンズは食事の前に手を洗おうと小屋の裏に出た。

厩舎はイギリス風で機械で製材した薄い羽目板は白く塗られ丸屋根があってそのてっぺんには風見がついていた。ジョン・グレイディが割り当てられたのはいちばん奥の部屋で馬具置き場の隣だった。干し草置き場をへだてた向かいの部屋には牧場主の父親の代からいる年寄りの馬丁が住んでいた。ジョン・グレイディが自分の馬を引いて厩舎にはいっていくと老人が出てきて馬を眺めた。彼は馬の足を見た。それからジョン・グレイディを見た。それからまた自分の部屋にはいって扉を閉めた。

午後新しくはいった牝馬の一頭の世話を厩舎の外の囲い柵でしていると老人が出てきて彼をじっと見る。ジョン・グレイディがこんにちはと挨拶すると老人はうなずいて同じ挨拶を返した。老人は牝馬をじっと見ていた。ずんぐりしてるな、といった。老人がレチョ《ずんぐり》ンチャ《している》といったのがジョン・グレイディにはわからずどういう意味かと訊くと老人は両腕で樽のかたちを作ってみせたのでジョン・グレイディは孕んでいるという意味だと思いいや孕んじゃいないよと答えると老人は肩をすくめてまた厩舎に戻っていった。

牝馬を引いてまた厩舎にはいると老人は黒いアラブ馬に腹帯をつけていた。あの若い娘がこちらに背を向けて立っていた。牝馬の影が干し草置き場の扉に落ちたとき娘が振り返ってこちらを見た。

こんにちは《ブエナス・タルデス》、と彼はいった。

こんにちは《ブエナス・タルデス》、と娘もいった。彼女は馬の腹の下を撫でて帯の締め具合を確かめた。ジョン・グレイディは干し草置き場の戸口にじっと立っていた。娘は背を伸ばして手綱を馬の首にかけ鐙に片足をかけて鞍に跨がり馬の向きを変えて干し草置き場を歩かせ厩舎の外に出ていった。

その夜彼が寝台に寝ていると屋敷のほうから音楽が聞こえてきたがやがてまどろみながら馬のことを思い広々とした平原のことを思いまた馬のことを思った。地卓《メサ》の上にいるまだ野生のままの馬たちは二本足で歩く人間というものをまだ見たことがなく彼のことも彼の生活のことも知らないがその馬たちの魂のなかに彼は永久に住みつきたいと思った。

一週間後雑役夫をひとりと牧童二人を伴って地卓《メサ》に上ったが牧童らが毛布にくるまって寝てしまうと彼とロリンズは崖の縁近くにおこした焚き火にあたりながらコーヒーを飲んだ。ロリンズが刻み煙草をだすとジョン・グレイディが紙巻煙草の箱をとりだして振った。ロリンズは自分の煙草をしまった。

紙巻なんてどこで手にいれた？

ラ・ベーガの町で。

ロリンズはそうかとうなずいた。焚き火のなかから燃えさしをとって煙草に火をつけるとジョン・グレイディも顔を近づけてきて自分の煙草に火をつけた。

彼女、メキシコ・シティの学校へいってるんだって？

ああ。

年はいくつだ？

十七。

ロリンズはうなずいた。どんな学校へいってるんだ？

知らない。名門の私立高校かなんかだろう。

おつにすました学校のことだな。

ああ、おつにすました学校だ。

ロリンズは煙草を吸った。まあ、おつにすました娘だよな、と彼はいった。

そんなことないさ。

ロリンズは立てかけた鞍にもたれ両足を火に向けてじっと坐っていた。右のブーツの踵がとれたのをU字釘で細革に打ちつけてあった。彼は煙草を見た。

まあ、さっきもいったことだが、今いったってやっぱりおまえはおれのいうことを聞きゃしないだろうな。

ああ。そうだな。

おまえ、夜は嬉しくて泣きながら寝てるんだろうな。

ジョン・グレイディは答えなかった。

もちろんあの娘がつき合ってる男たちは自動車は当然として自分の飛行機なんかも持ってるような連中だろうぜ。

たぶんおまえのいうとおりだろうな。

おまえがそういうのを聞いて嬉しいよ。

だからってどうにもならない、そうだろ？

ロリンズは煙を吸いこんだ。二人は長いあいだ黙っていた。やがて彼は吸い殻を火の中に投げた。おれはもう寝るよ、とロリンズはいった。

ああ、とジョン・グレイディがいった。それがいいようだ。

二人は毛布を広げジョン・グレイディはブーツを脱いで自分のわきに立て毛布にくるまった。薪はすでに炭になっており仰向けになった彼がそれぞれの位置を占める星辰と頭上を覆う黒い天蓋の桁に沿って走る熱い物質の帯を眺め両手のひらを体の両側の地面に置いて地球にぎゅっと押しつけると冷たい炎を上げて燃える黒い天蓋のなかで彼自身がゆっくりと世界の中心に動いてゆき、手のひらの下でその世界全体がぴんと張りつめ震え巨大な生きた存在として動くのが感じられた。

彼女の名前はなんていうんだ？　暗闇のなかでロリンズがきいた。

アレハンドラ。彼女の名前はアレハンドラだ。

次の日曜の午後彼らは新しく調教した馬に乗ってラ・ベーガの町へ出かけた。二人とも牧場の剪毛工に頼んで羊の毛を刈る鋏で散髪してもらってうなじが傷跡のように白くなっていたが彼らはことさらに帽子をまぶかにかぶり喧嘩ならいつでも買うというように左右に視線を投げながらゆるい速歩で馬を進めていった。二人は五十セントを賭けて道で馬の駆け比べをしてジョン・グレイディが勝ち次に馬を交換してまたロリンズの馬に乗ったジョン・グレイディが勝った。二人が馬を疾走させたり速足で進めたりすると馬は汗をかきしゃがみこんだり道を激しく蹴ったりし、野菜をいれたかごやチーズクロスで包んだ桶を持って歩いている農夫らが道の際に寄ったり道端の草やサボテンの繁みのなかにはいって目をまんまるにして見つめる前を、馬上の二人の若者は走り過ぎ馬は口から泡をふき歯嚙みをし二人の若者は互いに耳慣れない言葉で呼びかわしながら彼らに与えられた空間にはとうてい収まりそうにないある種の抑制した怒りに駆られて通り過ぎていったがしかし通り過ぎたあとに残るものはまったくもとのままだった。埃、陽の光、囀る一羽の鳥。

町にただひとつのよろず屋にはいって棚の上にたたんで置いてあるいちばん上等のシャツを振り広げると埃が積もったのか陽が当たって灼けたのかあるいはその両方か四角く色の褪めた部分があった。二人はロリンズの長い腕に袖が合うシャツをあれこれ探し、店員の女がロリンズの伸ばした腕にあてがったが、女はすぐにもとどおり折りたたんでとめ直せるようにお針子のように口にピンをくわえていて、こんな腕に合うシャツなどあるだろうかというように首を振っていた。二人はジーンズを一本ずつ持って店の奥の部屋にはいり試着したがそこは寝室として使われているらしく寝台が三つありコンクリートの床はかつて緑に塗られていたらしかった。二人は寝台のひとつに腰をかけて所持金を勘定した。

このズボン、十五ペソってことは、いくらなんだ？

二ペソが二十五セントと覚えとけばいいんだ。

おまえが覚えといてくれ。いくらだ？

一ドル八十七セント。

へえ、とロリンズがいった。おれたち、懐は暖かいんだな。五日たったら給料が出るし。

靴下と下着を選び買うもの全部をカウンターの上に置くと店員が合計額を計算した。それから店員は商品をふたつの紙包みにして紐でしばった。

いくら残った？　とジョン・グレイディがきいた。

四ドルちょっとだ。

ブーツも買えよ。

ちょっと足りないかもしれん。

足りない分は出してやる。

ほんとか？

ああ。

今夜のお楽しみの資金もいるんだぜ。

二ドルぐらいは残る。さあ、買えよ。

あの可愛い娘にソーダ水をおごってやりたくなったらどうする？

四セントもありゃ足りるさ。いいから買えって。

ロリンズはべつにいいんだがなという顔で店のブーツを物色した。ひとつをとって、片足をあげてサイズを合わせてみた。

こいつはえらく小さいや。

こっちのはどうだ。

黒か？

そうさ。べつにいいだろう。

ロリンズはそのブーツをはいて店内を歩いてみた。店員がうんうんとうなずいた。

どんな具合だ？　とジョン・グレイディがいった。

べつに悪くはないよ。踵の低いのが慣れるまで気になるだろうがな。

ちょっと踊ってみろよ。

なんだと？

踊りのステップを踏んでみろ。

ロリンズは店員を見てそれからジョン・グレイディを見た。くそ、と彼はいった。まぬけが踊るのを見物しようってのか。

その場で何回かやってみろ。

ロリンズが古い木の床の上で素早くナインステップ・ストンプを踏み巻き上げた埃のな

かでにやにや笑った。

上手、上手《ケ・グワポ》、と店員の女がいった。

ジョン・グレイディはにやりと笑いポケットに手をいれて金をさぐった。

手袋を買うのを忘れてるな、とロリンズがいった。

手袋？

ああ。お楽しみのあとはまた仕事が待ってるんだぜ。

ちがいない。

古臭いマゲイの縄で両手がぼろぼろになっちまった。

ジョン・グレイディは自分の手を見た。店員に手袋のありかを訊いてそれぞれ一組ずつ買った。

カウンターの前に立って店員が手袋を包むのを待った。ロリンズは自分のブーツを見おろしていた。

大将は厩舎にすべすべした上等のマニラ麻の縄を置いてるんだ、とジョン・グレイディはいった。すきをみて、こっそり一本持ってきてやる。

黒のブーツか、とロリンズがいった。悪くないじゃないか？　いっぺん悪漢をやってみたかったんだ。

　夜は涼しくなったが穀物倉庫の両開きの扉は開け放たれ入場券を売る男は扉のすぐ内側の木の高い台に載せた椅子に坐っていたが、そのせいで男は施し物でもするような格好で上体をかがめて金を受け取ったり切符を渡したり途中で外に出て戻ってきた者が差し出す半券を点検したりしていた。陽干し煉瓦造りの古い建物の外壁には後でつけ加えられたものも含めて控え壁がずらりと並び窓はなく全ての壁が傾いてひび割れていた。フロアの両側には電球をずらりと吊るした紐が張り渡され電球には色を塗った紙袋がかぶせてあったが塗った刷毛のあとが透けて見え赤青緑のそれぞれの色はくすんでほとんど同じようにしか見えなかった。床は掃かれていたがそれでも穀物の種や藁が少し落ちておりフロアの奥には穀物をいれる木箱の上で少人数の楽隊が背後に張った敷布を反響板がわりに演奏していた。舞台の下には色紙をちりめん状にして作った花の合間に電球をいれた果物の缶詰の空き缶が置かれていて一晩中鬱屈したような薄暗い明かりを点していた。空き缶の口には色つきのセロファンが張られその光が敷布の上に投げかける奇怪な悪魔じみた演奏者たちの影が煙草の煙のなかで影絵芝居のように躍り、その上の薄暗い処を二匹の雀蛾が囀りながら弧を描いて飛び回っていた。

　ジョン・グレイディとロリンズと牧場で働くロベルトという名の若者は建物の明かりがちょうど届かなくなる辺りで自動車や馬車のあいだに立って一パイントの薬瓶にいれたメスカル酒をまわし飲みしていた。ロベルトが瓶を目の前にかかげて明かりに透かした。

可愛い娘っ子たちに《ア・ラス・チカス》、と彼はいった。

ロベルトは酒を飲み瓶を渡した。ジョン・グレイディとロリンズも飲んだ。三人は紙袋にいれた塩を手首に載せてなめロベルトが瓶の口に玉蜀黍の穂軸の栓をして瓶を停めてあるトラックのタイヤの後ろに隠し今度はチューインガムをまわした。

用意はいいか《リストス》？　とロベルトがきいた。

いいぞ《リストス》。

彼女はサン・パブロ牧場の背の高い若者と踊っていて青いドレスを身につけ口が赤かった。ジョン・グレイディとロリンズとロベルトはほかの若者と一緒に壁ぎわに立ち踊っている連中を眺め反対側の壁ぎわに立っている若い娘たちを眺めた。ジョン・グレイディは人ごみを縫って歩いていった。藁と汗とコロンの強い匂いがあたりに満ちていた。敷布の下ではアコーデオン奏者が楽器ととっくみあい足を床に叩きつけて裏拍子でリズムをとりながら後ろに下がりかわりにトランペット奏者が前に出た。踊っている相手の肩の上に見えている彼女の目がジョン・グレイディの上を通り過ぎた。黒い髪はアップにして青いリボンでまとめうなじは磁器のように青白かった。ふたたびこちらを向いたとき彼女はにっこり微笑んだ。

初めて触れる彼女の手は小さく腰は細く彼女は臆することなく正面から彼の顔を見て微笑み顔を肩につけてきた。二人は電球の下で回った。トランペットの長い音が踊り手一人ひとりのそして全体の動きを導いた。小さな蛾が紙袋をかぶせた電球のまわりを飛び回り雀蛾がコードの下に降りてきてぱっと輝いたかと思うと弧を描いてふたたび暗がりのなかへと昇っていった。

　彼女がおもに学校の教科書で覚えた英語で話す言葉をジョン・グレイディは一言一言吟味してはそこに自分の望みにかなった意味が含まれていないかと考え、頭のなかで何度も繰り返してみてはまた自問した。彼女はきてくれて嬉しいといった。

　くるといいましたよ。

　ええ。

　二人は向きを変え、トランペットが高く鳴った。

　こないと思ったんですか？

　彼女はさっと彼の顔をふりあおいでにっこり笑い目を輝かせた。その反対《アル・コントラリオ》よ、と彼女はいった。きっときてくれるとわかってたわ。

　楽隊の演奏が小休止にはいると二人は飲み物の屋台に足を運びジョン・グレイディが紙コップいりのレモネードをふたつ買って外に出て夜気にあたった。道を歩いていくとほかにも二人づれの男女が何組か歩いていてすれ違うときに今晩はと声をかけあった。空気はひんやりと冷たく土と香水と馬の匂いがした。彼女は彼の腕をとり笑い声をあげ彼を逆方《モハ》向の不法入国者《ード・レベルソ》と呼びこういう奇特なひとは大事にしなければといった。彼は自分の身の上を話した。祖父が死に牧場が売られたことを話した。二人はコンクリートの低い貯水槽に腰かけ彼女は靴を脱いで膝の上に置き素足を土の上で交差させ暗い水に指をひたして模様をかいた。彼女は自分はこの三年間メキシコ・シティの学校の寄宿舎にはいっているといった。母親はメキシコ・シティに住んでいてその家には日曜ごとに食事をしにいくがときには街に出て二人だけで食事したり芝居やバレエを見にいったりする。母親は牧場での暮らしが寂しくてしかたがないというが都会にいても母親には友だちがほとんどいないような気がする。

わたしがしょっちゅうここへきたがるから母は腹をたててるわ。自分より父親が好きなんだろうって。

そうなんですか?

彼女はうなずいた。ええ。でも、だからここへくるわけじゃないの。とにかく、母はそのうちきっと考え方も変わるというわ。

ここへくることについて?

いろいろなことについて。

彼女はジョン・グレイディを見て微笑んだ。はいりましょうか?

ジョン・グレイディは明かりのついた舞踏会場に目をやった。音楽が始まっていた。

彼女は立ち上がり片手を彼の肩にかけて靴をはいた。

あなたを友だちに紹介するわ。ルシアに紹介してあげる。ものすごくきれいな子よ。楽しみにしてて。

きっと、あなたほどきれいじゃないな。

まあ。言葉には気をつけなくちゃいけないわ。それに、それは本当じゃないわ。あの子のほうがきれいだもの。

彼女の香水の匂いをシャツの胸につけたままジョン・グレイディはひとりで牧場に帰った。ロリンズとロベルトの馬はまだ舞踏会場の外につながれていたが二人の姿は見えなかった。ジョン・グレイディが自分の馬の縄をといたときあとの二頭が首を振り向け低くいないて先にいくといいといった。広場の車が次々とエンジンをかけて出発し人々がぞろぞろと歩くなか調教したての馬をまず明るい場所から道路に引き出してそれから跨がった。町から一マイルほどの処で後ろから若い男が大勢乗った車が猛スピードでやってきたので手綱を引いて道の端によけると馬はまぶしいヘッドライトに浮き足立って躍り車の男たちは通り過ぎざまジョン・グレイディに何か囃したてひとりがビールの空き缶を捨てた。後足で立ちよろめき空を蹴る馬の首を抱えこんで何でもない何でもないと話しかけやがてまた道をたどりはじめた。車が巻きあげた埃は行く手の狭いまっすぐな道の目の届くかぎりずっと先まで残り、星明かりに照らされてあたかも地中にとぐろを巻いていた巨大な物が体を伸ばしながら現われたかのようにゆっくりとのたくっていた。ジョン・グレイディは馬がよく自制して感心だったと思い道々そのように馬に語りかけた。

牧場主はその馬を現物を見ずに代理人を通じてレキシントンの春の競りで買わせ牧場まで連れてくるのにアルマンドの弟アントニオを使いにやっていた。アントニオがインターナショナルの一九四一年式平台型トラックで自家製の金属トレーラーを引いて出かけてからすでに二カ月がたっていた。ドン・エクトルがそれぞれ英語とスペイン語で書いて署名した二通の手紙と銀行の茶封筒にドルとペソの大金をいれて紐でしばったものとヒューストンとメンフィスの銀行で換金できる一覧払い為替手形を持っていった。アントニオは英語を話せず読み書きもできなかった。帰ってきたとき封筒とスペイン語の手紙は持っていなかったが英語の手紙は残っていて便箋は折り目にそって三つにちぎれ端が折れコーヒーの染みや血とおぼしきものも含めたそのほかの染みで汚れていた。彼はケンタッキーで一度、テネシーで一度、テキサスで三度留置場にはいっていた。屋敷の庭にトラックを乗りいれると足をひきずるようにして勝手口までやってきて扉を叩いた。マリアにいれてもらい帽子を手にしたまま立っているとマリアが牧場主を呼びにいった。台所にはいってきた牧場主がアントニオと厳粛な握手をかわし元気かと訊くとアントニオは元気ですと答え牧場主にちぎれた手紙と紙幣の残りとカフェやガソリン・スタンドや食料品店や留置場で受け取った領収証とポケットにあったものを含めた小銭とトラックの鍵を渡し最後にピエドラス・ネグラスのメキシコ税関が発行した通関証明書と馬に関する書類と売渡証書をいれて青いリボンで結んだ細長いマニラ封筒を差し出した。

ドン・エクトルは金や領収証や書類をサイドボードの上に置き鍵をポケットにいれた。

彼はトラックの調子はよかったかときいた。

ええ《シ》、とアントニオはいった。ものすごく馬力のあるトラックでさ《エス・ウナ・トローカ・ムイ・フエルテ》。

それはよかった《ブエノ》、と牧場主はいった。それで《イ》、馬《エル・カバーヨ》は？

ちょっと旅で疲れてますが《エスタ・ウン・ポコ・カンサード・デ・ス・ビアーヘ》、とてもいい馬ですよ《ペロ・エス・ムイ・ボニート》。

そのとおりだった。毛は濃い栗色で体高は五フィート四インチ体重はおよそ千四百ポンドでサラブレッドにしては筋肉質で骨太だった。その馬が五月の三週目に同じトレーラーでメキシコ・シティから運ばれてきてジョン・グレイディと牧場主が厩舎へ見にいったときジョン・グレイディは馬房の扉を開けて馬にさっさと歩み寄り体に寄りかかって撫でながらスペイン語で優しく話しかけた。牧場主は彼に馬について何の注意も与えなかった。ジョン・グレイディは馬のまわりを歩き回りなおも話しかけた。前足を手にとって蹄を調べてみた。

もう乗ってみましたか？　と彼はきいた。

もちろんだ。

おれも乗ってみたいですね。お許しがあれば《コン・ス・ペルミーソ》。

牧場主はうなずいた。ああ、と彼はいった。もちろんいいとも。

ジョン・グレイディは馬房から出て扉を閉め牧場主と二人並んで牡馬を見た。

気にいったかね《レ・グスタ》？　と牧場主がきいた。

ジョン・グレイディはうなずいた。これはすごい馬ですよ、といった。

それから数日間牧場主は牝馬を調教している囲い柵にやってきてジョン・グレイディと一緒に馬のあいだを歩いたがジョン・グレイディがいろいろな問題点を論じると牧場主は考えこみ一定の距離だけ離れて振り返り領いてはまた考えこみ地面をにらみながら離れて新鮮な視点から見られる地点にくると、そこから眺める馬が新しい姿を見せていればと願うように改めて顔を上げるのだった。牧場主が馬の姿勢にも体の各部の釣り合いにもさして評価できる点が見いだせないときはジョン・グレイディもその判断に従うことが多かった。しかしどんな馬でも二人がこのごろ肝心な点《ラ・ウニカ・コサ》と呼ぶようになったひとつの資質があれば弁護してやることができるのでありその資質とは——それさえあればたいていの欠点は大目に見てよいほどのもので——要するに家畜に興味を示すということだった。ジョン・グレイディは牝馬のうち乗用馬に仕立てる上で有望なものを選んで調教し扇状地に広がる放牧場につれていって湿地の周縁の青々とした草地にいる牝牛や仔牛を見せそれらの間を歩かせてみた。すると牝馬のなかには牛に興味を持ち放牧場を離れるときに振り返って見るものすらいる。ジョン・グレイディはそういう家畜への興味という性質も品種改良できると主張した。牧場主はいくぶん懐疑的だった。それでも二人の間には口にはしないが意見の完全に一致している点が二つあったのであり、それは神は人が牧畜に使うようにと馬を創られたことと家畜以外に人間が正当に所有しうる財産はないということだった。

　彼らは新しく買いいれた牡馬を牝馬の群れとは離して牧場長の厩舎にいれておきやがて牝馬の受胎期がくるとジョン・グレイディはアントニオと一緒に種付けの作業にかかった。二人は三週間のあいだほとんど毎日ときには日に二度種付けをしたがアントニオは牡馬を大いに敬い愛して親父さん《カバーヨ・パードレ》と呼びジョン・グレイディと同じようにさかんに話しかけしばしば色々な約束をし決して馬に嘘をつかなかった。アントニオの足音を聞きつけると馬は後足立ちになって藁の上を歩き回るのだがアントニオはそんな馬のそばに立って低い声で牝馬がどんな風か説明してやるのだった。彼は二日つづけて同じ時間に種付けすることはせずまたジョン・グレイディと共謀して種馬をうまく発情させるには毎日乗り運動をさせる必要があると牧場主にいってくれた。ジョン・グレイディがこの牡馬に乗りたかったからだ。本当のことをいえば乗っているところを人に見てもらいたかったからだ。いや乗っているところを彼女に見てもらいたかったからだ。

　まだ暗いうちに屋敷の台所へいってコーヒーを飲み小さな野鳩だけが果樹園で目覚めている空気がまだひんやりと冷たい夜明けに牡馬に鞍をつけ厩舎の横手に出てくると馬は躍り跳ねるような足取りで颯爽と土を踏みこんで首を弓なりに曲げる。彼らは太陽が昇ってくるあいだ湿地に沿った道を進み湖の縁の道を進み浅い処にいる鴨や鷺鳥やアイサを驚かせたが舞い上がった水鳥は盆地のなかでいちばん低いこの辺りの場所からはまだ見えない太陽の光を受けてふいに金色に閃いた。

　ときにはまだ馬の体が震えやまないうちにずっと湖の端のほうまで走らせて馬にスペイン語で石板にこそ刻まれていないがほとんど聖書の文句のような戒めの言葉を何度も何度も語りかけるのだった。あの牝馬たちの指揮官はおれだ《ソイ・コマンダンテ・デ・ラス・イエグワス》、と彼はいう、おれひとりだけだ《ヨ・イ・ヨ・ソロ》。おれのこの手がなきゃおまえには何も手にはいらない《シン・ラ・カリダー・デ・エスタス・マーノス・ノ・テンガス・ナーダ》。食い物も水も子供も《ニ・コミーダ・ニ・アグワ・ニ・イホス》。このおれが《ソイ・ヨ・ケ・トライ》山から牝馬をつれてきてやるんだ《ゴ・ラス・イエグワス・デ・ラス・モンターニャス》、若い牝馬を《ラス・イエグワス・ホベネス》、さかりのついた野生の牝馬を《ラス・イエグワス・サルバーヘス・イ・アルディエンテス》。ジョン・グレイディが両膝ではさむ肋骨の穹窿の内側では、暗い色の肉でできた心臓が誰の意志でか鼓動し血液が脈打って流れ青みを帯びた複雑な内臓が誰の意志でか蠢き頑丈な大腿骨と膝と関節の処で伸びたり縮んだり伸びたり縮んだりする亜麻製の太い綱のような腱が全て誰の意志でか肉に包まれ保護されて、蹄は朝露の降りた地面に穴をうがち頭は左右に振りたてられピアノの鍵盤のような大きな歯の間からは涎が流れ熱い眼球のなかで世界が燃えていた。

　早朝の馬の散歩を終えて朝食をとりに台所へ戻ってくるとマリアが大きなニッケルのかまどに薪をくべたり御影石の調理台で生パンをこねたりと忙しくたち働いていたが時おり家のどこかで彼女の歌う声が聞こえたりたったいま台所のすぐ外の廊下を通ったとでもい

うようにヒヤシンスの微かな匂いがしたりした。カルロスが牛をつぶす朝にはジョン・グレイディが屋根付き廊下を歩いてくると決まってタイル張りの床に何匹もの猫がそれぞれの定位置に陣取っていたが、あるとき彼が一匹抱きあげて中庭《パティオ》へ通じる門の処に立って毛衣を撫でていると中庭で彼女がライムの実を拾い集めているのを見かけたことがありそのとき彼はしばらく猫を抱いたまま立っていたがやがてタイルの床に降ろしてやると猫はすぐにもといた場所に戻ってゆき彼は台所にはいって帽子を脱いだ。そして時には彼女も朝の乗馬に出かけることがありそんな時彼は廊下を隔てた食堂に彼女がひとりいてカルロスがコーヒーと果物つきの朝食の盆を運んでいくのを知っていたしそのあと北の低い山に上れば二マイルほど離れた低い湿地沿いの道や湖の向こうのまばらに木の生えた草地に馬を進める彼女を見おろすことができたし、ある時には藺草《いぐさ》の生い繁る湖の浅い処に馬を引いてゆく彼女と出くわしたことがあったがその時彼女は膝の上までスカートをたくし上げ翼の赤いハゴロモガラスが鳴き声をあげながら輪をかいて飛びかう下で立ち止まりかがんで白い睡蓮の花を摘み、そのあいだ黒い馬は背後で湖に足をひたし犬のようにおとなしく待っていた。

ラ・ベーガの町で踊った夜から彼女とは一度も口をきいていなかった。彼女は父親とメキシコ・シティへゆき父親がひとりで戻ってきた。彼女のことを訊ける相手はいなかった。この頃には彼は鞍をつけず裸足で乗って牡馬を運動につれていくようになり、交尾を終えたばかりで両足を開いたまま頭を垂れすさまじい速さで息を出し入れして痙攣するように震えている牝馬をまだアントニオが抑えている間にもジョン・グレイディはブーツを脱ぎ捨てて牡馬にぱっと跨がった。彼が素足の踵を樽のような胴の下につけて厩舎から出ると牡馬は泡汗をかき滴をぽたぽた落としながら無口頭絡をつけただけの体で半きちがいのように湿地沿いの道を駆け馬の汗の匂いがジョン・グレイディの体についた牝馬の匂いと混じり牡馬の濡れた皮膚の下で動脈が脈打ちジョン・グレイディは前かがみになって馬の首に顔を近づけ低い声で猥褻な言葉をかけるのだった。そんな風にして飛び出していったある日の夕方思いがけずもジョン・グレイディは湿地沿いの道を黒いアラブ馬に乗って牧場に戻ってくる彼女と出会った。

　彼が手綱を引きしめると牡馬は立ち止まり体を震わせながら泡汗を飛ばして首を左右に振りたて足踏みをした。彼女も馬を止めた。ジョン・グレイディは帽子をとり、シャツの袖でひたいを拭うと先に通ってくださいという手振りをし帽子をかぶって牡馬を道沿いの萱の繁みにいれ目の前を通る彼女が見えるようにまた道のほうを向かせた。彼女が馬を進めてそばまでやってくると彼は帽子のつばに人差し指をあてて会釈しそのまま彼女が通り過ぎるのを待ったが彼女はそうしなかった。馬を止めて彼のほうにまっすぐ顔を向けた。湖面が照り返す縺《もつ》れた光の束が馬の黒い皮膚の上で戯れた。ジョン・グレイディは彼女に見つめられながら汗を噴き出している牡馬の上で街道の追いはぎのようにじっとしていた。

彼女は相手がなにかいうのを待っていたが自分が何といったのかジョン・グレイディはあとで思い出そうと努めることになる。そのとき彼には自分の言葉に彼女が微笑んだことだけはわかっていたがそれは彼が望んだ反応ではなかった。彼女は首をめぐらして遅い午後の太陽を映してぎらぎら光っている湖面に目をやりそれからまたジョン・グレイディと牡馬に視線を戻した。

わたしも乗りたい、と彼女はいった。

えっ？

わたしもその馬に乗りたいの。

彼女は黒い帽子のつばの下からまっすぐ視線を送ってきた。

ジョン・グレイディは湖畔で風になびいている菅をそこを見ればどうすればいいかわかるとでもいうように眺めやった。それから彼女を見た。

いつ？　と彼がきいた。

いつって？

いつ乗りたいんです？

いまよ。いまその馬に乗りたいの。

ジョン・グレイディは自分がそれに乗っていることに驚いたように馬を見おろした。

鞍をつけてませんよ。

ええ、わかってるわ、と彼女はいった。

彼は両足の踵を馬の体に押しつけ同時に手綱を少し引いて落ち着きのない気難しい馬に見せようとしたが馬はじっとしていた。

旦那さまがどういうだろう。お嬢さんのお父さんがです。

彼女は哀れむような微笑みを浮かべたが実際は哀れみなど含まれてはいなかった。黒い馬から降りて手綱を馬の首にひっかけそれに背を向けて彼のほうを向いた。

降りて、と彼女がいった。

ほんとに乗る気ですか？

ええ。さあ、早く。

彼は地上にすべり降りた。両脚の内側が熱く濡れていた。

その馬はどうする気です？

わたしのかわりに厩舎まで乗っていって。

屋敷の誰かに見られますよ。

アルマンドの厩舎へつれていって。

おれを困らせるつもりなんですね。

あなたはもう困ったことになってるわ。

彼女は手綱を輪にして鞍の角にかけこちらにやってきて彼から牡馬の手綱を受けとり片

手を彼の肩にかけた。彼は心臓が高鳴るのを感じた。かがんで両手を組み合わせ鐙のかわりにしそこへブーツの踵を乗せた彼女をぐいと持ち上げると彼女は牡馬の背に収まって彼を見おろしブーツの踵を馬の腹にあてると湖沿いの道を軽やかに駆けさせてやがて見えなくなった。

ジョン・グレイディはアラブ馬に乗ってゆっくりと牧場に戻った。陽はなかなか沈まなかった。彼は彼女がすぐに追いつくだろうしそうすればまた馬を取り替えることができると思ったが彼女はやってこず赤い夕陽のなかで黒い馬の口を引いてアルマンドの家の前を通り過ぎ裏手の厩舎につれてゆき頭絡をはずし腹帯をゆるめ鞍をつけたまま無口頭絡をつけて干し草置き場の横木につないでおいた。家に明かりはなくたぶん留守だろうと彼は思ったが家の表の道に出たとき台所に電灯がついた。彼は足を速めた。背後で扉が開く音がしたが彼は振り返らなかったし扉を開けた者も彼に声をかけなかった。

メキシコ・シティへ戻っていく前に最後に見かけたとき彼女は北の空にたれこめる雨雲と頭上に厚く重なってゆく暗雲を背景に背筋の伸びた毅然とした馬上姿で山から降りてきた。顎の下で紐を結んだ帽子をぐっと引き下ろした彼女が黒い髪を肩の辺りで激しく躍らせながら馬を進めていくと背後の黒い雲を貫いて稲妻が音もなく地に落ちそれでも全く無頓着に低い丘を降りてくると最初の雨粒が風に吹かれて高台の放牧場を濡らしさらに葦の繁る淡彩の湖に降りかかってやがて背筋の伸びた毅然とした姿勢で馬を進める彼女をとらえて荒れ模様の夏の風景のなかに封じこめた。このとき、馬も、乗り手も、大地も空も現実のものなのに、全てがまるで夢のなかの事物のように見えた。

ドウェーニャ・アルフォンサ（ドウェーニャは女主人の意）は牧場主の娘の大叔母であるとともに名付け親で彼女がいるおかげで牧場の生活ぶりに旧世界とのつながりが残り古風な伝統が保持されていた。図書室にある本は革装の古いものを除いてすべて彼女のものだったしピアノも彼女のものだった。客間に置かれた幻灯機やドン・エクトルが部屋のイタリア製の衣装簞笥にしまってある口径の違う二丁のグリーナー散弾銃は彼女の兄のものであり、ヨーロッパ諸国の首都で撮った写真で一緒に写っているのも彼女の兄で、彼女と義理の姉は白い夏のドレスを身につけ兄は三つ揃いのスーツにネクタイを締めパナマ帽をかぶっている。黒い口ひげ。黒いスペイン人の目。貴族然とした風格。客間に何枚かかかっている油絵のうちもっとも古いものは彼女の曾祖父の肖像画で古い磁器のように暗色の上塗りがひび割れたその絵は一七九七年にトレドで描かれたものだった。いちばん新しい絵は裾の長いガウンをまとって正装した彼女自身の全身像で一八九二年にロサリオで祝った初聖体の折りに描かせたものである。

ジョン・グレイディは一度も彼女に会ったことがなかった。せいぜい廊下を歩いている姿をちらりと見る程度だった。彼女がこちらを知っていることがわかったのは牧場主の娘がメキシコ・シティに戻った一週間後のことで夜チェスをしないかと招かれたときだった。新しいシャツとジーンズに着替えて屋敷の台所へいくとマリアがまだ夕食の食器を洗っていた。マリアは振り返って帽子を手に立っているジョン・グレイディを見た。きたわね《ブエノ》、待ってらっしゃるわよ《テ・エスペーラ》、と彼女はいった。

ありがとうと彼はいい台所を横切って廊下に出て食堂の戸口に立った。ドウェーニャ・アルフォンサがテーブルの席から立ち上がった。彼女はごくわずかにうなずいた。こんばんは、と彼女はいった。どうぞ、おはいりになって。わたしがセニョリータ・アルフォンサです。

濃い灰色のスカートにひだ飾り付きの白いブラウスを身につけ白髪を後ろで束ねた彼女は学校の教師のようだったが実際に教職についていたこともあった。英語にはイギリス風のアクセントがあった。彼女が手を差し出すとジョン・グレイディは思わず前に進み出てその手をとりそうになったがふと相手は右側の椅子を勧めているだけだと気づいた。

こんばんは、と彼はいった。ジョン・グレイディ・コールです。

さあ、どうぞおかけになって、と彼女はいった。きてくださって嬉しく思います。

ありがとうございます。

ジョン・グレイディは椅子を引き出して腰かけ帽子を隣の椅子の上に置いてチェス盤に目をやった。彼女は盤の二つの角に両手の親指をあててそっと彼のほうへ押した。盤はぺルシャ胡桃材と鳥目木楓材を継ぎ合わせて縁に真珠を象眼したもので駒は象牙と黒い角を刻んで作ってあった。

甥はやらないのですよ、と彼女はいった。わたしがこてんぱんにやっつけますから。こてんぱんに、といいますね？

ええ、いうと思います。

彼女もジョン・グレイディと同じく左利きで駒は左手で動かした。薬指と小指がなかったがジョン・グレイディがそれに気づいたのは対戦がかなり進んでからだった。クイーンをとられると彼女は敗北を認めにっこり笑って彼の腕を誉め少しくやしそうにチェス盤を手で示した。二回目の対戦がかなり進んでジョン・グレイディがすでに両方のナイトとビショップのひとつをとっていたとき彼女が二度続けて駒を動かしたので彼ははっとした。彼はじっと盤を見つめた。ふと相手はこちらがここで対戦を放棄するかどうか試しているのだと思い確かに自分もそうしようかと考えてみたことに気づき自分でそう気づく前に彼女が気づいていたことを悟った。彼は椅子の背にもたれて盤を見た。彼女はこちらにじっと目を据えている。彼は前に乗り出してビショップを動かし続く三手で王手をかけた。

わたしがばかでした、と彼女はいった。あのクイーン側のナイト。あれが命取りになった。

はあ。たいへんお上手ですね。あなたもお上手ですよ。

彼女はブラウスの袖を少しまくって小さな銀の腕時計を見た。ジョン・グレイディはじっとしていた。いつもの就寝時間から二時間すぎていた。

もう一局やりましょうか？　と彼女がきいた。

ええ、いいですよ。

彼女は彼が一度も見たことのないオープニングを使った。最後に彼はクイーンを失って負けを認めた。彼女はにっこり笑って彼の顔を見た。カルロスがお茶の盆を持ってきてテーブルに置くと彼女はチェス盤をわきに押しやって盆を自分の目の前に引き寄せカップと皿を降ろした。ケーキを載せた皿がひとつにクラッカーと数種類のチーズを載せた皿がひとつそれに銀の匙をそえたブラウン・ソースの小さな鉢があった。

クリームはおいれになる？　と彼女がいった。

いいえ、けっこうです。

彼女はうなずいた。そしてお茶を注いだ。

今度あのオープニングを使ってもうまくいかないでしょうね、と彼女はいった。

あんなのは初めて見ました。

そうでしょう。あれはアイルランドのチャンピオンのポロックが考えたものです。彼はあの手をキングズ・オウン・オープニングと名付けました。ひょっとしてあなたが知ってるのではないかとひやひやしましたよ。

また見せていただきたいですね。

ええ。もちろんいいですとも。

彼女は盆を二人の真ん中に押しやった。どうぞ、ご自由におつまみになって。

いや、よしておきます。遅い時間にものを食べるとばかげた夢を見るんです。

彼女は微笑んだ。盆から小さなリネンのナプキンをとって広げた。

わたしもしょっちゅうおかしな夢を見ます。でも、それは食事のしかたとは無関係なようね。

そうですか。

夢というものは長生きするようですね。わたしがこの頃見るのは若い娘のころによく見た夢です。現実のものではないのに不思議な持続性がある。

その夢に何か意味があると思いますか？

彼女は驚いた顔をした。もちろんですよ、と彼女はいった。あなたはそうは思わないのですか？

いや、おれにはわかりません。あなたの頭のなかのことだから。

彼女はまた微笑んだ。あなたが気を悪くしてそういってるとは考えないことにしましょう。チェスはどこで覚えたの？

父が教えてくれました。

きっとお父さまはとても上手だったのね。

おれの知ってる範囲ではいちばんでした。

お父さまに勝ったことは？

ときどきあります。父が戦争にいって戻ってきたあとときどき勝てるようになったんですがもう父にはやる気がなかったみたいです。いまは全然やりません。

それは残念ですね。

ええ。ほんとうに。

彼女はまたカップにお茶を注いだ。

わたしは銃の暴発事故で指をなくしました、と彼女はいった。鳩を撃っているときに。右側の銃身が破裂したんです。十七のときに。いまのアレハンドラの年。べつにどうということはないのだけれど。人は好奇心を抱くのね。まあむりもないことだけれど。あなたの頬の傷はきっと馬につけられたものでしょうね。

ええ、そうです。おれの不注意でした。

彼女はジョン・グレイディを見たが冷たい目ではなかった。にっこり笑った。傷というものには自分の過去が実在したことを思い出させてくれる不思議な力があります。あとに傷を残したできごとは決して忘れることはない、そうじゃありませんか？

そうですね。

アレハンドラはメキシコ・シティの母親の処で二週間過ごします。それから、夏のあいだここにいる予定です。

ジョン・グレイディは唾をのんだ。

見かけはどうあれ、わたしはとくに古風な女というわけじゃありません。わたしたちはここで小さな世界のなかで暮らしています。閉鎖的な世界です。アレハンドラとわたしは考え方がまったく違います。鋭く対立しているといっていいでしょう。あの子は同じ年の頃のわたしにそっくりだからときどきわたしは昔の自分と闘っているような気がするほどです。わたしは今となってはどうでもいいような理由で不幸な子供時代を過ごしました。でもわたしと姪に共通しているのは……。

彼女はぷつりと言葉を途切らせた。皿とカップをわきに移した。磨きあげられたテーブルの木の肌に丸く残った湯気のあとがゆっくりと縁から消えて跡形もなくなった。彼女は視線を上げた。

わたしには忠告してくれる人がいませんでした。いてもわたしはいうことをきかなかったかもしれません。わたしは男の世界で育ちました。だから大人になってからも男の世界で生きていくのだろうと思ったけれどそうはならなかった。それからわたし自身が反抗的な人間だったから反抗的な人間はすぐにわかるのでしょうね。ただわたしはものごとが台無しになることを願う人間だとは思いません。わたしに害をなそうとする事柄だけは別かもしれないけれど。ひとを束縛するものの名前は時代とともに変わる。かつては慣習や権威だったろうけどいまでは精神的なひ弱さがとって代わっている。でもそれらに対するわたしの態度は変わってはいません。まったく変わってはいないのです。

おわかりかしら、わたしは結局のところアレハンドラに共感を覚えずにはいられないのです。あの子が最悪の我儘をしているときでも。でもあの子を不幸にするわけにはいきません。後ろ指をさされる娘にすることはできません。ひとに噂される娘にするわけにはいかないのです。それがどういうものかわたしは知っています。あの子はかしらを上げて毅然としていればどんなことでも無視できると考えています。理想の世界でなら暇人たちの噂話など歯牙にかける必要はないかもしれません。でもわたしは現実の世界ではどうなるかを見ています。そこではとても重大な結果を招くのです。血が流れるかもしれません。人死にすらないとはいえません。わたしは自分の身内にそれが起こるのを見ました。アレハンドラがたんなる外聞や古い因襲の問題とみなしている事柄は……。

ドウェーニャ・アルフォンサは相手を突き放して話に結末をつけるために指の足りない手をさっと一振りした。それからまた両手を組み合わせて彼を見た。

たとえあなたのほうが年下だとしても草原で二人だけで馬に乗るのはよくありません。このことを耳にしてからわたしはアレハンドラに話そうかどうしようか考えたけれど結局やめておくことにしました。

彼女は後ろにもたれた。廊下の箱時計の振り子の音がジョン・グレイディの耳に聞こえた。台所からは物音ひとつ聞こえてこなかった。彼女はじっと彼を見つめていた。

おれにどうしろとおっしゃるんですか？　と彼がきいた。

若い娘の評判を傷つけないで欲しいのです。

そんなつもりはもともとないです。

彼女は微笑んだ。あなたを信じましょう、といった。ただ、これだけは理解しておいてください。ここはあなたにとって外国です。この国ではいまだに評判が女のすべてなのです。

わかりました。

決して赦されることはないのですよ。

なんですか？

決して赦されることはないのです、女は。男なら名誉を失っても挽回することができるでしょう。でも女にはできません。赦されないのです。

二人は身じろぎもせず坐っていた。彼女はジョン・グレイディを注視していた。ジョン・グレイディは四本の指で隣の椅子に置いた帽子のてっぺんを叩いていたがやがて顔を上げた。

おれにはなんだかそれは正しくないように思えます。

正しくない？　と彼女はいった。ええ、それはそのとおりですね。彼女は忘れ物を思い出したというように片手を宙にさまよわせた。でも、と彼女はいった。これは正しい正しくないの問題じゃないのです。理解してください。こういうことをいう資格があるかどうかの問題なのです。この件についてはわたしには何かをいう資格があります。わたしにはその資格があるのです。

廊下の時計が時を刻んでいた。彼女はじっと彼を見つめていた。彼は帽子を手にとった。でも、そんなことをいうのに何もここへ招いてくださらなくてよかった。まったくそのとおりです、と彼女はいった。だからお招きするのはやめようかとよほど思いました。

地卓《メサ》の上で二人は北の空に広がる雷雲を眺めていた。陽が沈む頃には雷光が乱れ散った。眼の下の荒涼とした草原に点々と散らばる暗い翡翠色をした小さな池の群れはもうひとつの空がかいま見える穴のようだった。西の空にはさまざまな色の層が重なり合い金槌で鍛造したような雲の下は血を流したように真っ赤だった。やがて不意に空全体に紫色の覆いがかぶさった。

二人は雷に微震する地面にあぐらをかいて坐り古い柵を壊して作った薪を焚き火にくべていた。鳥の群れが濃い灰色に沈んだ山のほうからやってきて地卓《メサ》の崖の端をかすめて飛び去り北のほうでは燃えるマンドラゴラ（二叉に分かれた根が人体に似た有毒植物）のように稲妻が何本も大地の縁に根を降ろした。

大叔母さんはほかになんといった？　とロリンズがきいた。

いまいったので全部だ。

大将に頼まれたのかな。

誰に頼まれたのでもない、自分の考えで話したんだと思うよ。

おまえがお嬢さんに目をつけてると思ったんだな。

たしかにおれはあの娘に目をつけてるよ。

あのでかい牧場にも目をつけてるのか？

ジョン・グレイディはじっと火を見た。さあな、と彼はいった。そんなことは考えたこともない。

ああ、そうだろうさ、とロリンズはいった。

ジョン・グレイディはロリンズを見て、また火を見つめた。

お嬢さんはいつこっちへ戻るんだ？

一週間ほどしたらくる。

しかし、お嬢さんがそれほどおまえに興味を持ってるなんて証拠はあるのかね。

ジョン・グレイディはうなずいた。おれにはわかる。彼女と話をすればわかる。

最初の雨粒が焚き火の上で音をたてた。ジョン・グレイディはロリンズを見た。

おまえ、ここへきたことを後悔してないか？

まだしてないよ。

ジョン・グレイディはうなずいた。ロリンズは立ち上がった。

合羽をかぶらないか、それとも雨に濡れて坐ってるつもりか？

いま出す。

もう出したよ。

二人は雨合羽を着た。フードの下から夜に話しかけるように話した。

大将がおまえを気にいってるのは知ってる、とロリンズはいった。しかし、だからといっておまえが娘にいいよるのを黙って見てるとはかぎらない。

ああ、わかってる。

おまえはいい札を持ってるわけじゃない。

ああ。

おれにはおまえがここをクビになって出ていきたがってるとしか思えないな。

二人はじっと火を見つめた。有刺鉄線が焼けて柵からはずれてとぐろを巻きそのとぐろを巻いた針金が火に包まれて薪のあいだで真っ赤に焼けてぽっぽっと脈打った。暗がりのなかから馬たちが焚き火の明かりの輪の端まで出てきて降りしきる雨のなかで黒っぽいなめらかな毛肌と夜のなかで赤く燃える目をして立った。

大叔母さんになんて返事をしたか、まだ聞いてなかったな、とロリンズがいった。

なんでもいうとおりにすると答えたよ。

どうしてくれといわれた？

よくわからない。

二人は黙って火を見つめた。

おまえ、はっきり約束したわけか？　とロリンズ。

わからない。約束をしたのか、しなかったのか。

したか、しなかったかのどっちかだろう。

おれだってそう思う。でも、わからないんだ。

五日後の夜厩舎の寝台で眠っていると扉を叩く音がした。彼は起き上がった。部屋の外に誰かいた。板の継ぎ目から明かりが漏れている。

ちょっと待って《モメント》、と彼はいった。

立って暗がりのなかでいそいでズボンをはき扉を開けた。アレハンドラが干し草置き場で懐中電灯を足もとに向けて立っていた。

どうしたんだ？　と彼は囁いた。

わたしよ。

彼女はそれを証明するとでもいうように懐中電灯を上げた。彼は何をいっていいかわからなかった。

いま何時。

知らない。十一時かそこらでしょう。

向かいの狭い廊下沿いにある馬丁の部屋の扉を見やった。

エステバンが目を覚ますよ、と彼はいった。

それならわたしを部屋にいれて。

彼が一歩後ろに下がると彼女は衣ずれの音をさせ豊かな髪と香水の匂いを引きつれてはいってきた。彼はさっと扉を閉めて手のひらの下の方で木のかんぬきを叩いて差し部屋のなかに向き直って彼女と対面した。

明かりはつけないほうがいいだろうな、と彼はいった。

平気。どうせ牧場長は留守だもの。ねえ、大叔母に何をいわれたの？

もう聞いてるだろう。

もちろん聞いてるわ。で、何をいわれたの？

坐らないか？

彼女は後ろを振り返り寝台に横向きに腰を降ろして片足を尻の下に折りこんだ。つけたままの懐中電灯を寝台の上に置きついで毛布の下に押しこむと部屋のなかは柔らかな光に浸された。

きみと一緒にいるところをひとに見られるなといわれたんだ。外で。

アルマンドがわたしの馬をあなたが連れて戻ったことを教えたのよ。

知ってる。

わたしはこんな扱いは受けないわ、と彼女はいった。

柔らかな光のなかで彼女は舞台の上の女優のような見馴れぬものに見えた。彼女は何かを払いのけるように片手を毛布の上でさっと動かした。そして目を上げて彼の顔を見た。下から光のあたった彼女の顔は青白く厳粛でその目は暗い影をたたえたくぼみのなかに隠れているが瞳だけはきらりと光っていた。彼女の喉が光のなかで動くのが見えた。彼は彼女の顔とその姿全体のなかにこれまで見たことのない何かを見たがその何かの名前は悲しみだった。

あなたは味方だと思っていた、と彼女がいった。

どうすればいいのかいってくれ、と彼はいった。きみのいうとおりにする。

夜の湿気で扇状地の道には昼間ほど埃はたたず二人は馬に鞍を置かずに頭絡だけつけて、並んで常足で進めた。馬の口を引いて門を出てからまた跨がり並んで扇状地の道に馬を進めると月は西の空にかかりどこかの犬が剪毛作業小屋に向かって吠え犬小屋にいるグレーハウンドがそれに応じて吠え返したが、その門を閉めたとき彼は振り返って両手を組み合わせその上に彼女に足をかけさせて黒馬の裸の背に乗せると門につないだ牡馬の縄を解き門の横木に足をかけて一気に跨がったのであり、馬の向きを変えて二人並んで扇状地の道を進んでいくと西の空には月が針金でつるした白いリネンのようにかかりどこかで犬が吠えた。

こうして二人はしばしば夜明け近くまで一緒に出かけその後彼は牡馬を厩舎の馬房にいれ屋敷の台所へいって朝食をとりその一時間後に厩舎でアントニオと落ち合い牧場長の家の前を通って牝馬の群れが待っている囲い柵まで歩いていくのだった。

夜になると二人は牧場から二時間ほど馬に乗って西の地卓《メサ》に上りときには彼が焚き火をたくことがあったがそんな折りには牧場の門についているガス灯が黒い水の上に浮かんでいるように見え、またときには下界だけが別の一点を中心に回転しているかのようにそのガス灯が動いているように見え、また二人は何百もの星が地上に落ちるのを見た。彼女は彼に父親の一族の話やメキシコの話をした。帰る途中二人が馬に乗ったまま湖にはいると馬は立ち止まって胸の辺りまできた水を飲みそこに映った星をゆらゆらと揺らし山で雨が降る夜は空気が湿気を帯びていつもより暖かくなったが、ある夜彼が彼女を残したまま菅や柳の生えた湖の岸辺を進んでゆき馬からすべり降りてブーツと服を脱ぎ湖の深みに向かって歩いていくと目の前に映った月がどんどん逃げてゆき暗闇のなかで鴨がやかましく鳴いた。水は黒く暖かく彼が振り向いて水のなかで両腕を伸ばすと水はあくまで黒く絹のようにさらさらとしていたがその黒い静かな水面の向こうの彼女が馬のそばに立っている岸に目をやると彼女は衣服を脱ぎ捨ててさなぎのように青白い、青白い裸身を現わし、水のなかにはいってきた。

中ほどで彼女は後ろを振り返った。水のなかに佇んで震えていたが寒い夜ではないから寒さで震えているのではなかった。呼ぶな。声をかけるな。彼女がこちらにたどり着くと彼は手を差し出し彼女はその手をとった。水に浸かった彼女はあくまで青白くまるで燃えているようだった。暗い森で炎をあげる狐火のように、冷たく燃えていた。月のように冷たく燃えていた。黒い髪が彼女の周囲に浮いていた。解けた髪が水にふんわりと浮いていた。もう片方の腕を彼の肩にかけてきて西の空の月を見た彼女に話しかけるな声をかけるなと思ううちに彼女が顔を彼に向けた。時間と肉体を盗むゆえに、裏切り行為を犯すゆえに一層増す甘美さ。菅の茎のあいだで一本足を立てて眠りについている鶴がほっそりした嘴を羽の下から抜きとり二人を見た。わたしが欲しい《メ・キエーレス》？　と彼女がいった。ああ、と彼はいった。彼は彼女の名を呼んだ。ああ欲しい、と彼はいった。

彼は体を洗い髪をとかしきれいなシャツを身につけて厩舎から出てきて飯場の外の屋根付き廊下でロリンズと一緒に木箱に腰をかけ煙草を吸いながら夕食を待っていた。小屋のなかで牧童らががやがやと話し笑っていたがやがて静かになった。二人の牧童が戸口にやってきた。ロリンズは道路の北のほうを見やった。五人のメキシコ人の騎馬警察隊員が一列になってやってくるところだった。彼らはカーキ色の制服を着て立派な馬に乗り腰にガンベルトを巻いて拳銃を差し鞍に取りつけた鞘にカービン銃を差していた。ロリンズは立ち上がった。ほかの牧童らも戸口に出てきてそちらを眺めやった。一行が小屋のそばに差しかかると隊長格の男が屋根付き廊下に出ている男たちや戸口に立っている男たちに視線を投げた。一列に馬をつらねて北からやってきた五人の男たちは牧場長の家の前を通り過ぎて姿を消し、下手のタイルで屋根を葺いた牧場主の屋敷に向かって黄昏のなかを進んでいった。

暗くなってからジョン・グレイディが厩舎に戻っていくと屋敷の向こう側のペカンの木立の下にあの五頭の馬がつながれていた。五頭とも鞍をつけたままで朝にはいなくなっていた。つぎの日の夜彼女は彼の寝台にやってきてそれから九夜続けてしのんできたが、さっと部屋にはいると扉を閉めてかんぬきをかけ何時だかわからないが扉の板の隙間から漏れる明かりを背にこちら向きになり服を脱ぎひんやりとした柔らかい裸の体を狭い寝台に寝ている彼のわきにすべりこませて香水の香りを漂わせ豊かな黒髪を彼の上に落として何の警戒もしなかった。どうなってもいい、どうなってもいいと彼女はいうのだった。叫び声が漏れないようにと彼がその口に手をあてると彼女は手のひらの下のほうに歯を食いこませて血をにじませた。ついに一睡もできない彼の胸に顔をつけて眠り東の空が明るみはじめると起きて屋敷の台所にいってただ早起きをしただけという風に朝食をとった。

それから彼女は首都へ戻っていった。その翌日の夕方厩舎にはいったとき干し草置き場でエステバン老人とすれ違ったので声をかけたが老人は返事もせず彼の顔も見なかった。体を洗い牧場主の屋敷へいって台所で夕食をとり食べたあと牧場主と一緒に食堂のテーブルについて血統登録帳をつけたが牧場主は彼に繁殖牝馬について質問して記録をつけそれから椅子にゆったりもたれて葉巻をふかしながら鉛筆でテーブルの縁を叩いた。牧場主が視線を上げた。

よし、と牧場主はいった。グスマンはどのくらい進んだ？

その、まだ二巻目に進んでいません。

牧場主は微笑んだ。グスマンはすばらしいよ。きみはフランス語は読めないのか？

ええ、読めません。

フランス人どもはなかなか馬をよく知っている。きみはビリヤードはやるのか？

はあ？

きみはビリヤードをやるかね？

ええ、少しは。プールといってますが。

プールか。そうだったな。どうだ、やるか？

ええ。

よし。

牧場主は登録帳を閉じて椅子を後ろに押し立ち上がった。ジョン・グレイディもあとについて廊下に出て客間を通り抜け図書室にはいってその奥にある羽目板張りの両開きの扉の前に立った。牧場主が扉を開いて二人ではいると、暗い部屋は黴と古い木の臭いがぷんとにおった。

牧場主が飾り房のついた鎖を引くと天井から下がった凝った装飾の錫のシャンデリアに明かりがついた。シャンデリアの下には脚をライオンの形に刻んだ暗色の木でできた古風なビリヤード・テーブルが置いてあった。テーブルには黄色い油布がかぶせてありシャンデリアは二十フィートある天井からやや長めのごく普通の鎖で吊り下げられていた。部屋の奥には彫刻と彩色を施した非常に古い祭壇がありその上の壁には木を刻んで色を塗った等身大のキリスト像がかかっていた。牧場主がこちらに向き直った。

わたしはめったにやらないんだ、と彼はいった。まさかきみは名人じゃなかろうね？

とんでもない。

カルロスにテーブルを水平にするよう頼んでおいた。この前ゲームをしたときにはだいぶ傾いていたのでね。さて、うまくやってくれたかな。きみ、そちらの端を持ってくれたまえ。カバーをはずそう。

テーブルの両側に立ち布を真ん中に向かって折りたたみもう一度折りたたみ持ち上げてテーブルの上から取りのけたあと二人が歩み寄った。牧場主が布を受け取り少し離れたところに並んでいる何脚かの椅子の上に置いた。

見てのとおり、ここは以前礼拝堂だった。きみは迷信深いほうかな?

いえ。そうは思いません。

聖性を取り除く儀式をやるつもりだったんだ。司祭がきて何か唱えるんだがね。そういうことはアルフォンサがよく知っている。台はもうかなり以前から置いているがここはまだやっぱり礼拝堂だ。司祭にきてもらって礼拝堂でなくしてもらっていないから。わたし個人はそんなことが可能なのか疑問に思っている。神聖なものはいつまでも神聖なはずじゃないか。もちろん、ここではもう何年も前からミサはおこなっていないがね。

何年ぐらい前からですか?

牧場主は部屋の隅にあるマホガニーの棚のなかや外に立てかけたキューを選んでいた。彼は振り返った。

わたしはこの礼拝堂で初聖体を拝領したんだ。それがここでした最後のミサじゃなかったかな。一九一一年だったと思うが。

彼はまたキューのほうを向いた。わたしは司祭にそういうことはさせないつもりなんだよ、と彼はいった。礼拝堂の聖性を取り除くなど、とんでもない。なぜそんなことをしなくちゃならない？　わたしは神がここにいるという感じが好きなんだ。わたしの家にいるという感じが。

牧場主は球をラックに詰めてジョン・グレイディに手球を渡した。球は象牙で年月を経て黄ばみ素材の肌理が見えていた。ジョン・グレイディが球をブレークしてポケット・ゲームをやり牧場主が楽勝した。彼はキューにチョークをつけながら滑らかな動きでテーブルのまわりを歩き回りスペイン語で落とす球の番号を宣言した。球の配置とテーブルの表面の状態をじっくり検討しながらゆっくりとプレーし革命やメキシコの歴史について語りドウェーニャ・アルフォンサやフランシスコ・マデロ（一八七三〜一九一三。メキシコ革命の口火を切った政治家。一九一一年にポルフィリオ・ディアスの独裁政権を倒して大統領に就任したが一三年にウエルタ反革命政権に倒され殺された）のことを語った。

マデロはパラスで生まれたんだ。この州の町だ。わたしたちの一族は一時期彼の一族とたいへん近しい関係にあった。アルフォンサはフランシスコの弟と婚約したかもしれなかった。どのくらい可能性があったかわたしにはわからない。どうせわたしの祖父は許さなかっただろう。向こうの一族は政治的にかなり過激な意見を持っていたからね。しかしアルフォンサはもう子供じゃなかった。好きにさせてやればよかったのに結局許されずそこにどういういきさつがあったかは知らないがアルフォンサは決して自分の父親を赦そうとはしなかったし父親もそれをひどく悲しんだが、結局、憎まれたままで死んでしまったんだ。四番《エル・クワトロ》。

牧場主は上体をかがめてねらいをつけ四番の球をテーブルの端から端まで走らせてポケットに沈めると身を起こしてキューの先にチョークを塗った。

もちろん、その後の成り行きをみればそれでよかったのかもしれない。あの一族は滅んだからね。兄弟は二人とも殺された。

牧場主はテーブルをじっと見つめた。

マデロと同じようにアルフォンサはヨーロッパで教育を受けた。そして同じようにああいう思想を学んだんだ。ああいう……。

牧場主はアルフォンサがしたのと同じ手の振り方をした。

彼女はそういう思想をずっと貫き通してきた。十四番《カトルセ》。

身をかがめ球を突き体を起こしてキューにチョークを塗った。彼は首を振った。われわれの国はふつうの国じゃない。メキシコはヨーロッパ諸国とはちがう。とても複雑だ。マデロのお祖父さんはわたしの名付け親だった。ドン・エバリスト。それやこれやでわたしの祖父はドン・エバリストに忠実だった。それはたいして難しいことではなかった。すばらしい人物だったからね。たいへん情に厚い人だった。そしてディアスの政権に忠実だった。にもかかわらずだ。フランシスコが著書を発表したときドン・エバリストはどうしても自分の孫が書いたとは信じなかった。もっとも、その本にはそれほど恐ろしいことは書いてなかったがね。たぶん若い裕福な農園主が書いたということで、衝撃的だったのだろうね。七番《シェテ》。

牧場主は身をかがめて球を突き七番の球をサイド・ポケットに落とした。そしてテーブルのまわりを歩いた。

彼らはフランスで教育を受けた。彼も弟のグスターボも。ほかの人たちもそうだった。若い人たちはみんな。そうしていろいろな思想を身につけて帰ってきた。持ち帰った思想はさまざまでお互い意見が合うことはほとんどなかったようだ。これはどういうことだと思うかね？　彼らの親は進んだ国の思想を学ばせようと留学させたわけだろう？　それで彼らはヨーロッパへいって学んできた。ところが戻ってくると、いってみれば、旅行鞄を開けても同じものは何一つはいってなかったというわけだ。

牧場主は重々しく首を振った。球の配置を見て困っているといった風だった。

みんな事実の面については意見は一致したんだ。人の名前。建物の名前。ある種のできごとが起こった日付。しかし、思想となると……。わたしの世代の人間はもっと用心深くてね。理性で人間の本性が変えられるということを信じていないんじゃないかな。そういうのはいかにもフランス臭い考え方だね。

牧場主はキューにチョークをつけて移動した。身をかがめて球を突き体を起こして新たな球の配置を眺めた。

優しい騎士よ心せよ。理性より大いなる怪物はなし。

そういってジョン・グレイディの顔を見て微笑みテーブルを見た。

これはもちろんスペイン流の考え方だ。わかるかな。ドン・キホーテ的な思想だね。しかしセルバンテスですらメキシコのような国を想像することはできなかった。アルフォンサはわたしがアレハンドラを向こうへやりたがらないのは身勝手だという。まあ、そのとおりかもしれない。そのとおりかもしれないがね。十番《ディエス》。

向こうとはどこですか？

牧場主は球を突くためかがみこんだ。それからまた身を起こして客を見た。フランスだよ。あの子をフランスにやれというんだ。

彼はまたキューにチョークをつけた。そしてテーブルの上を子細に検討した。

わたしの知ったことかね？　ええ？　あの子は勝手にいくよ。わたしが何様だというんだね？　ただの父親だ。父親なんて無に等しい存在だよ。

牧場主は身をかがめて球を突いたが今度ははずし彼はテーブルから一歩後ろに下がった。

ほら、と彼はいった。見ただろう？　ビリヤードにも悪い影響が出る。こういうことを考えるとね。フランス人どもがわたしの家にはいりこんできて、このゲームを台無しにしたというわけだ。彼らほど邪悪な連中はいない。


真っ暗な自分の部屋の寝台に寝たジョン・グレイディは枕を抱きそこに顔を押しつけて

彼女の匂いをむさぼり脳裏に彼女の顔と声を再現しようとした。彼女がいった言葉をなかば声に出して囁いてもみた。どうすればいいかいって。あなたのいうことはなんでもする。それは彼のほうからもいったことだった。彼の裸の胸に顔をうずめて泣く彼女を彼は抱きしめたがいうべき言葉もなくなすすべもなく朝になると彼女は出ていったのだった。

　翌日の日曜日アントニオに一緒に夕食をとろうと彼の兄の家へ招かれ食事がすむと二人で台所の外の屋根付き廊下に坐り煙草を巻いて吸いながら馬のことを話した。それからべつのことも話した。ジョン・グレイディが牧場主とビリヤードをしたことを話すとアントニオは――メノー派教徒の古い椅子の籐の部分をズックに替えたものに坐り帽子を膝に載せて両手を組み合わせ――その話をそれにふさわしい重々しさで聞き、煙草の先の火に目を落として何度もうなずいていた。ジョン・グレイディは木立を透かして、白い壁と赤い陶製の瓦の牧場主の屋敷を眺めやった。

　どうなんだろう《ディーガメ》、とジョン・グレイディはいった。どっちが情けないと思う《クワル・エス・ロ・ペオール》、貧乏なの《ケ・ソイ・ポブレ》とアメリカ人であるのと《オ・ケ・ソイ・アメリカーノ》?

　アントニオは首を振った。金の鍵がありゃどんな扉でも開けられる《ウナ・ヤーベ・デ・オロ・アブレ・クワルキエール・プエルタ》、と彼はいった。

　アントニオはジョン・グレイディを見た。煙草の先から灰を落としてたぶんあんたはおれの考えが知りたいんだろうといった。そうして助言してもらいたいんだろう。けど、あんたに助言することは誰にもできないよ。

あんたのいうとおりだ《ティエーネス・ラソン》、とジョン・グレイディはいった。そしてアントニオを見た。彼女が戻ってきたらおれは誠実に話してみるつもりだ、といった。彼女の気持ちを訊いてみるつもりだ。

アントニオが彼を見た。それから屋敷に目をやった。けげんそうな顔でお嬢さんは家にいるよといった。いまこっちにいるんだ。

なんだって《コモ》?

ああ《シ》。お嬢さんはこっちにいる《エーヤ・エスタ・アキ》。きのうからな《デスデ・アイエール》。


彼は夜明けまでまんじりともしなかった。干し草置き場の静寂に聞きいっていた。寝藁に横たわった馬が身動きをした。その寝息が聞こえた。朝、飯場へ歩いていって朝食をとった。食堂の戸口にいたロリンズが彼をじろじろ眺めた。

おまえ、さんざん乗り回されて汗もふいてもらってない馬みたいだな、と彼はいった。

二人はテーブルについて食べた。ロリンズは後ろにもたれてシャツのポケットから煙草を出した。

おまえが用件を話すのを待ってるんだぜ、と彼はいった。おれはそろそろ仕事にいかなくちゃならない。

おまえに会いにきただけだ。

なんで。

理由なんかいらないだろう？

ああ。いらないよ。ロリンズはマッチをテーブルの裏ですって煙草に火をつけマッチを振って皿に載せた。

おまえ、自分のしてることがわかってりゃいいがな、と彼はいった。

ジョン・グレイディはコーヒーを飲み干してカップをステンレスの皿のそばに置いた。ベンチの隣に置いた帽子をとって頭に載せ腰を上げて食器類を流しに運んだ。

おれが向こうの厩舎へいくことを、おまえ怒っちゃいないといったな。

おまえがあっちへいったことは怒っちゃいない。

ジョン・グレイディはうなずいた。ならいい、といった。

ロリンズはジョン・グレイディが流しにいきそれから戸口に向かうのを目で追った。振り返って何かいうだろうと思ったがジョン・グレイディはそうはしなかった。

一日中牝馬たちの世話をしてその夕方ジョン・グレイディは飛行機のエンジン音を聞いた。厩舎から出て空を見上げた。飛行機は木立の向こう側に姿を現わして夕陽のなかに上昇し機体を傾けて旋回しふたたび水平になると南西の方角を指して飛び去った。誰が乗っているのかは見えなかったがそれでも機影が消えるまで見つめていた。

二日後彼とロリンズはまた地卓《メサ》に上がった。二人はくたくたになるまで馬を乗り回して高地の谷間から野生の馬を追い立て夜は以前ルイス老人と野営したのと同じアンテオホ山の南側に野営して豆と焼いた山羊の肉をトルティーヤでくるんで食べブラック・コーヒーを飲んだ。

もうここへくることはあんまりないだろうな？　とロリンズがいった。

ジョン・グレイディはうなずいた。ああ、そうだろうな、と彼はいった。

ロリンズはコーヒーをすすり火を見つめた。すると突然三匹のグレーハウンドが前後して駆けてきて焚き火のまわりを走り回った。あばらの上でぴんと皮が張った骸骨のような体は青白く目は火を照り返して赤く光った。ロリンズは思わず腰を浮かしてコーヒーをこぼしそうになった。

なんだこいつら、と彼はいった。

ジョン・グレイディも立ち上がって暗闇を透かし見た。犬たちは現われたときと同じく唐突に姿を消した。

二人は立ったままじっと待った。誰もやってこなかった。

なんだったんだ、とロリンズがいった。

彼は焚き火から少しだけ離れて耳をすました。それからジョン・グレイディを振り返った。

声をかけてみるか？

いや。

犬だけでここまで登ってくるはずはないぜ、と彼はいった。

わかってる。

大将がおれたちを追ってきたんだと思うか？

そうならおれたちの居場所はすぐわかるはずだ。

ロリンズは焚き火のそばに戻った。コーヒーのおかわりを注いで立ったまま耳をすました。

たぶん大勢連れてきてるんだ。

ジョン・グレイディは答えなかった。

わからないか？　とロリンズがいった。

朝二人は牧場主が友人を連れてきたのかもしれないと野生馬をいれておく囲いまでいったが誰もいなかった。つぎの日もそのつぎの日も牧場主の姿を見ることはなかった。その三日後二人は若い牝馬を十一頭追って山を降りた。陽が暮れるころ牧場に着いて馬の群れを囲いにいれ飯場へ夕食を食べにいった。牧童らが何人かまだテーブルについてコーヒーを飲んだり煙草を吸ったりしていたがやがてひとりまたひとりといなくなった。

翌朝空が白みはじめるころ拳銃を手にした二人の男がジョン・グレイディの部屋にはいってきて懐中電灯を彼の目にあて起きろと命じた。

彼は起き上がった。両足を床に降ろした。懐中電灯を持った男は真っ黒な影にしか見えなかったが拳銃を構えているのははっきりわかった。アメリカ軍制式のコルトの自動拳銃だった。彼は目の上に手をかざした。干し草置き場にはライフル銃を持った男たちが何人か立っていた。

一体誰だ？《キエン・エス》　と彼がきいた。

男は光の輪をさっとジョン・グレイディの足もとに向け靴をはいて服を着ろといった。

彼は立ってズボンをはき腰をおろしてブーツをはいてシャツを手でつかんだ。

いくぞ、《バモノス》と男がいった。

ジョン・グレイディは立ち上がってシャツのボタンをとめた。

銃はどこへ置いてある？《ドンデ・エスタン・スス・アルマス》　と男がきいた。

銃なんか持ってない。《ノ・テンゴ・アルマス》

男が後ろに控えている男に何かいうと二人が前に出てきてジョン・グレイディの私物を調べはじめた。木箱にいれたコーヒー豆をぶちまけ衣類や洗面道具を足でかき回しマットレスをひっくり返して床に放り出した。男たちは脂じみて黒ずんだカーキ色の制服を着ており汗と焚き火の煙の匂いがした。

おまえの馬はどこだ？《ドンデ・エスタ・ス・カバーヨ》

二番目の馬房にはいってる。《エン・エル・セグンド・プエスト》

さあ、いくぞ《バモノス・》、いくぞ《バモノス》。

男たちのあとについて干し草置き場を横切り馬具置き場にはいって自分の鞍と鞍下毛布をとった。その頃には干し草置き場に引き出されたレッドボウがしきりに足踏みをしていた。干し草置き場に戻ってくるときエステバンの部屋の前を通ったが老人が起きている気配はなかった。男たちが懐中電灯で照らすなかで鞍をつけ一同がすでに薄明るい表に出るとほかにも馬が何頭かいた。警官のひとりはロリンズのライフルを持っておりそのロリンズは自分の馬に前かがみで乗り前で両手首を縛られていて手綱は地面に垂れていた。

ジョン・グレイディがライフルで前に突き出された。

一体何なんだ、相棒？　と彼がいった。

ロリンズは答えなかった。身を乗り出して唾を吐き目をそらした。

しゃべるな《ノ・アブレ》、と隊長がいった。いくぞ《バモノス》。

ジョン・グレイディが馬に跨がると男たちは彼の手首を縛りその手に手綱を渡して全員が馬に乗り一行は馬の向きを変え二列縦隊で屋敷の門から出ていった。飯場の前にくると小屋には明かりがついていて牧童らが戸口に立ったり屋根付き廊下にしゃがみこんだりしていた。彼らは一行が通り過ぎるのをじっと眺めていた。先頭に隊長と副隊長、そのうしろに二人のアメリカ人、そのうしろに六人が制服に制帽の格好でカービン銃を鞍の前橋に横向きに寝かせてつづき、扇状地の道をたどり北の山地を指して馬を進めていった。

3

一日中馬に乗って、一行は低い丘を上り山地にはいって馬の上れないような北の地卓《メサ》の裾野に沿って進み四カ月ほど前にジョン・グレイディとロリンズがはじめて横切った土地にやってきた。わき水が出る場所で昼の休みをとることにして誰かが残していった焚き火の黒くなった冷たい薪のまわりにしゃがみこみ新聞紙に包んだ冷たい豆とトルティーヤを食べた。ジョン・グレイディはトルティーヤは牧場の台所でもらってきたのかもしれないと思った。新聞はモンクローバで発行されたものだった。彼は縛られた手でゆっくりと食べ物を口に運び把手がはずれたあとの穴から水が漏れてろくに飲めない錫のカップで水を飲んだ。手錠の内側がこすれてニッケルめっきがはがれ真鍮が現われていて彼の手首はすでに血の気がなく毒々しい緑色を帯びていた。食べながら少し離れてしゃがんでいるロリンズに目をやったがロリンズは視線を合わせようとしなかった。彼らはヒロハハコヤナギの木立の陰でしばらく午睡をし起きるとまた水を飲み水筒や瓶に満たして先へ進んだ。

　彼らが横断している土地はよそよりも季節の変化が早くアカシアの花が満開で山は雨があがったばかりで涸れ谷の縁にぼうぼうと生い繁る草は長い黄昏どきに馬を進める一行の目に青々として見えた。風景のことで何かいう以外は警官らは互いにあまり話をせずアメリカ人には一言も口をきかなかった。一行は長くつづく夕焼けのなかを行進し暗くなっても進みつづけた。警官たちはだいぶ前にライフルを鞘に収め鞍の前橋に寄りかかる楽な姿勢で馬に乗っていた。十時ごろ彼らは馬を止めて荷物を降ろし焚き火をたいた。囚われの身の二人が手を前で縛られたまま錫の食器類や木炭と一緒に砂の上に坐らされると警官らはかなり使いこんだ青い御影石模様のほうろうびきのコーヒー・ポットと同じ素材でできたシチュー鍋をとりだし一同はコーヒーを飲みながら白っぽい繊維の多いイモのようなものと、何かの動物の肉と、何かの鳥の肉のごった煮を食べた。どれも筋が多く、酸っぱかった。

　その夜両手を鎖でめいめいの鞍の鐙につながれた二人は、毛布一枚でできるだけ暖がとれるように縮こまって寝た。翌朝は陽が昇る一時間前に出発したがそれが二人にはありがたかった。

　こうして三日が過ぎた。三日目の午後にはまだ記憶に新しいエンカンタータの町に着いた。

二人は狭い並木道の鉄のベンチに並んで坐らされた。警官の二人がライフルを持ってやや離れた処に立ち年齢のまちまちな子供が十人ぐらい埃っぽい道に立って二人をじっと見ていた。なかに十二歳ぐらいの女の子が二人いて顔を見ると恥ずかしそうに目をそらせスカートの裾をぎゅっと握った。ジョン・グレイディが女の子たちに煙草をくれないかと声をかけた。

警官らがじろりとにらんだ。ジョン・グレイディがさらに手で煙草を吸う仕草をしてみせると女の子たちは走って逃げてしまった。ほかの子供たちは動かなかった。

女たらしもかたなしだな、とロリンズがいった。

おまえは煙草、いらないのか?

ロリンズは両方のブーツのあいだにゆっくりと唾を吐きそれからまた顔を上げた。あの子らが煙草をくれるわけないだろう、と彼はいった。

賭けるか。

一体何を賭けるんだ?

煙草を賭けよう。

どういうことだ?

さっきの女の子が持ってくる煙草を賭けるんだ。もし持ってきたら、おまえの分もおれがもらう。

持ってこなかったら、おまえはおれに何をくれる？

持ってこなかったら、おれの分をおまえにやる。

ロリンズは並木道の先のほうを見やった。

おまえのケツを鞭でひっぱたいてやりたいよ。

こういう状況から抜け出すつもりだったら、二人一緒にその方法を考えたほうがいいんじゃないか？

こういう状況に落ちこんだのも二人一緒だからか？

悪いことがあるときいっぺんに始まって、しかもそいつが全部ひとのせいだ、なんて考えるなよ。

ロリンズは答えなかった。

おれに八つ当たりするな。ちゃんと話そうじゃないか。

わかったよ。おまえ、捕まったとき連中になんていった？

何もいわない。いってどうなるんだ？

ああ、そのとおりさ。どうにもなりゃしない。

何がいいたいんだ？

おまえは、大将を起こしてきてくれっていわなかったろう？

ああ。

おれはいった。

そしたら連中どうした？

ロリンズは身を乗り出して唾を吐き口をぬぐった。

もう起きてるといったよ。大将はとっくにお目覚めだとな。そうして笑いやがった。

大将がおれたちを売ったと思うのか？

おまえはそう思わないのか？

わからない。もしそうなら、デマを信じたんだ。

それとも、ほんとのことを信じたかだ。

ジョン・グレイディは自分の手を見おろしていた。

おれは正真正銘、金箔つきの阿呆だ、と認めたらそれで気がすむか？

おれはそうは思っちゃいないよ。

二人は黙りこんだ。しばらくしてジョン・グレイディが顔を上げた。

おれにはもうつぐないようがない。けど、泣きごとをいっても始まらない。それから、誰かを責めたってそれで気分がよくなるわけでもない。

おれだって気分はよくならないさ。ただ、おれはおまえに忠告しようとした。それがいいたいだけだ。なんべんも忠告しようとしたんだ。

わかってる。ただ、理屈じゃどうしようもないことがあるんだ。何がどうあれおれはおまえと一緒にあの川を渡ったときのおれと同じ人間だ。あのときのおれが今のおれだしおれには今のままでいるしか能がない。おれはおまえにこっちで死ぬことは絶対ないなんて約束しなかった。最後までついてくるようにおまえに約束させたこともない。これには契約も何もない、いやになったら別れりゃいい。おまえはおれと一緒にいてもいいし別れてもいい。おれはおまえと別れないが、おまえがどうしようと構わない。おれがいいたいのはそれだけだ。

おまえと別れる気はないよ、とロリンズはいった。

わかった。

しばらくしてさっきの二人の女の子が戻ってきた。背の高いほうが差し出した手のひらに煙草が二本載っていた。

ジョン・グレイディは警官らを見た。彼らは女の子たちにこっちへこいと手招きし煙草を見てうなずいた。女の子たちはベンチに近づいてきて二人の囚人に煙草と何本かのマッチを渡した。

とっても優しいな《ムイ・アマーブレ》、とジョン・グレイディはいった。どうもありがとう《ムーチャス・グラシアス》。

二人は一本のマッチでそれぞれの煙草に火をつけジョン・グレイディは残りのマッチをポケットにいれて女の子たちを見た。女の子たちは恥ずかしそうな笑みを浮かべた。

アメリカ人なの《ソン・アメリカーノス・ウステーデス》？　と彼女らがきいた。

ああ《シ》。

どろぼうなの？《ソン・ラドローネス》

そうだよ《シ》。有名などろぼうだよ《ラドローネス・ムイ・ファモーソス》。山賊《バンドレーロス》なんだ。

女の子たちがはっと息をのんだ。まあ、すてき《ケ・プレシオーソ》。そこで警官らがもう離れろといい手を振って追い立てた。

二人は膝に肘をついて前かがみになり煙草を吸った。ジョン・グレイディはロリンズのブーツを見た。

あの新しいブーツはどうした？　と彼はきいた。

小屋へ置いてきた。

ジョン・グレイディはうなずいた。二人は煙草を吸った。やがて隊長やほかの警官が戻ってきて番をしていた二人に声をかけた。彼らが立てと合図するとジョン・グレイディたちは腰を上げて子供たちのほうへじゃあな、とうなずきかけ通りを歩いていった。

一行は町の北のはずれまできて波形トタン屋根に泥でできた空っぽの鐘吊り塔がついた陽干し煉瓦の建物の前で止まった。泥をこね天日で乾かして作った煉瓦の壁には昔塗ったしっくいのあとが鱗のようについている。彼らは馬から降りてかつては学校の教室であったらしい広い部屋にはいった。一方の壁には細長いでっぱりと枠がありもとは黒板がそこにあったことをうかがわせた。床は細長い松の板張りで表面には長年に渡って砂でこすれてできた跡がつき両側の壁の窓ガラスは何枚かが割れてそこに同じ一枚の大きな看板から切りとった四角いトタン板が張られており明かりを透す窓ガラスに混じって不完全なモザイク模様を描いていた。部屋の隅に置かれた灰色の鉄製の机には今はいってきた警官らと同じカーキ色の制服を着て首に黄色い絹のスカーフを巻いた体格のいい男が坐っていた。男は無表情に囚われの二人を見た。男が軽く頭を倒して建物の奥をしめすと警官のひとりが壁にかけた鍵束をとり二人を連れて草ぼうぼうの庭を通って鉄で縁どりした重い木の扉をつけた石造りの小屋までいった。

扉には目の高さの処に鉄格子をはめた四角いのぞき窓があけられていた。警官のひとりが古い真鍮の南京錠をはずして扉を開いた。そしてベルトからべつの鍵束をとった。

手錠をこっちへ《ラス・エスポーサス》、と警官がいった。

ロリンズが手首を差し出した。警官が手錠をはずすとロリンズはなかにはいりジョン・グレイディもあとにつづいた。扉はうなるようにきしり鈍い音をたてて閉まった。扉ののぞき穴からはいる光を除いて部屋のなかは真っ暗で二人は毛布を抱えて立ったまま目が馴れるのを待った。床はコンクリートで空気は排泄物の臭いがした。しばらくすると牢屋の奥で声がした。

桶に気をつけてくれ《クイダード・コン・エル・ボテ》。

桶を踏むなとさ、とジョン・グレイディがいった。

そんなものどこにある？

知らない。とにかく踏むなよ。

おれには見えないぞ。

べつの声が闇のなかから聞こえてきた。こういった。あんたたちだね？

ジョン・グレイディはのぞき穴からの光で顔の一部をいくつかの四角に区切られたロリンズを見た。それからゆっくりと向き直った。目が痛んだ。なんてこった、と彼はいった。

ブレヴィンズか？　とジョン・グレイディがきいた。

ああ。おれだ。

ジョン・グレイディは慎重に部屋の奥へ足を運んだ。床に投げ出された一本の脚がとぐろを巻きはじめた蛇のようにずるずると引っこんだ。ジョン・グレイディはしゃがみこんでブレヴィンズを見た。ブレヴィンズが身動きして光の断片がその歯にあたった。まるでにやりと笑っているように見えた。

銃を持ってなきゃこんな目には合わなかったよ、とブレヴィンズがいった。

おまえ、いつからここにいる？

わからない。もうだいぶになるな。

ロリンズが奥の壁までやってきてブレヴィンズを見おろした。やつらにおれたちを追えといっただろう？　と彼はいった。

そんなことはしない、とブレヴィンズはいった。
ジョン・グレイディがロリンズを見上げた。
連中はおれたちが三人なのを知ってたよ、と彼はいった。
ああ、とブレヴィンズ。
嘘つけ、とロリンズがいった。連中は馬さえ取り返したらおれたちを追うはずがない。
こいつがまた何かしたんだ。
あれはおれの馬なんだ、とブレヴィンズがいった。
ブレヴィンズの姿が見えてきた。痩せこけてボロを着て汚かった。
馬も鞍も銃もおれのものだ。
ロリンズもしゃがみこんだ。三人とも黙りこんだ。
おまえ、何をしたんだ？　とジョン・グレイディがきいた。
誰でもするようなことしかしちゃいない。
何をした？
そんなことはわかりきってる、とロリンズ。
あんたら、ここへ戻ってきたんだね？
ああ、このくそったれめ、戻ってきたんだよ。
このばか野郎。いったい何をした？　あれからどうなったか話してみろ。

話すことなんかない。

ああ、そうだろうぜ、とロリンズがいった。話せるようなことはひとつもないだろうよ。

ジョン・グレイディは首をねじった。そしてロリンズの向こうを見た。老人がひとり壁にもたれて坐りじっとこちらを見ていた。

この若い男はなんの罪でここへいれられたんだ《デ・ケ・クリーメン・ケーダ・アクサード・エル・ホーベン》？　とジョン・グレイディがきいた。

老人はまばたきした。人殺《アセシナート》しだよ、といった。

殺したのはひとりか《エル・ア・マタード・ウン・オンブレ》？

老人はまたまばたきした。指を三本たてた。

なんていったんだ？　とロリンズがいった。

ジョン・グレイディは答えなかった。

なんていったんだ？　このじじいが何をいったかぐらいわかってるぞ。

小僧が三人殺したといってる。

嘘っぱちだ、とブレヴィンズがいった。

ロリンズがゆっくりとコンクリートの床に尻をつけて坐った。

もう終わりだ、と彼はいった。おれたちはもう死ぬ。こんなことになると思ってたよ。はじめてこのガキに会ったときから。

そんなことといってたってしょうがない、とジョン・グレイディがいった。

死んだのはひとりだけだった、とブレヴィンズがいった。

ロリンズが頭を上げてブレヴィンズを見た。それから立ち上がって部屋の反対側へゆきそこでまた坐りこんだ。

桶に気をつけてくれ《クイダード・コン・エル・ボテ》、と老人がいった。

ジョン・グレイディがブレヴィンズのほうを向いた。

おれはあの人に何も迷惑はかけてない、とブレヴィンズがいった。

事情を話してみろ、とジョン・グレイディがいった。

ブレヴィンズは東に八十マイル離れたパラウという町でドイツ人一家に雇われ二カ月後に稼いだ金を持ってそこを出て砂漠を横切り泉のほとりで馬をつなぎこの国の者と同じ服に着替えて歩いてこの町にはいり町にひとつきりしかない店の前に二日のあいだ坐っているとズボンからビズリーのすり減ったグッタペルカの握りを突き出した例の男が通りかかった。

で、おまえ、どうしたんだ？

あんた、煙草持ってないよな？

持ってない。何をしたんだ？

持ってないと思ったよ。

何をした？

ああ、嚙み煙草をひとつまみくれりゃ、何をくれてやってもいいけどな。

何をしたんだ？

後ろからそっと近づいてズボンから抜きとってやった。そういうことだよ。

そうして撃ったんだな。

やつが向かってきたんだ。

ふん、向かってきただと。

ああ。

それで撃ったのか。

ほかにどうすればいいだと、とジョン・グレイディがいった。

あんな野郎、撃ちたかなかった。そんなことは考えちゃいなかった。

で、どうしたんだ？

泉の馬をつないだ処へ戻ったとき、やつらに追いつかれた。ひとりがショットガンでねらったから、おれは馬から撃ち落とした。

それから？

弾がなくなった。全部撃っちまったんだ。おれの手抜かりだった。銃にこめた分しか持ってなかったんだ。

おまえが撃ったのは騎馬警察か？

ああ。

死んだのか？

ああ。

暗闇のなかで二人はしばらく黙っていた。

ムニョスで弾を買っとけばよかったよ、とブレヴィンズがいった。この町へくるまえに。金ならあったんだ。

ジョン・グレイディはブレヴィンズを見た。自分が何をやらかしたかわかってるんだろうな？

ブレヴィンズは答えなかった。

連中はおまえをどうする気だといってた？

刑務所へ送るんだろう。

刑務所なんかへ送りっこないな。

なぜ？

おまえはそんなにツイちゃいないよ、とロリンズがいった。

おれはまだ吊るされる年じゃない。

年ぐらいやつらは適当にでっち上げるさ。

この国に死刑はないよ、とジョン・グレイディがいった。あいつのいうことを真に受けるな。

おまえ、やつらがおれたちを追うって知ってたろう？　とロリンズがいった。

ああ、知ってたよ。だからどうしろってんだ、電報でも打つのか？

ジョン・グレイディはロリンズがどう答えるかと思ったがロリンズは何もいわなかった。のぞき窓の鉄格子の影が斜めにひしゃげた石蹴り遊びの枠のように奥の壁に映っていた。ジョン・グレイディは毛布を折りたたんで尻に敷き壁にもたれかかった。

ときどき出してもらえるのか？　外を歩き回れるのか？

わからない。

わからないってどういう意味だ？

おれは歩けないから。

歩けない？

そういったろ。

なんで歩けないんだ、とロリンズがいった。

やつらに両足ともつぶされちまった。

三人は沈黙に落ちた。誰も口を開かなかった。まもなく暗くなった。部屋の反対側にいる老人が鼾《いびき》をかきはじめた。遠くで人の声がしていた。母親が子供を呼んでいた。この名状しがたい夜のどこかでカントリー歌手のほとんど断末魔の叫びのような裏声を安ラジオが流していた。

その夜ジョン・グレイディは高地の平原にいる馬たちの夢を見たがそこには春の雨に誘われて若草と野生の花が萌えいで草原は目の届くかぎり青と黄に色どられその夢のなかで彼は駆けまわる馬たちに混じりその夢のなかで彼自身も馬とともに走り、彼が若い牝馬や仔馬を追うと豊かな鹿毛色や栗色が陽に輝き仔馬は母馬と並んで走り花を踏み散らして陽光のなかに金粉のような花粉の靄を漂わせ、彼と馬たちが高い地卓《メサ》を駆けると大地に蹄の音が響きわたり彼らは流れ向きを変え走り馬たちのたてがみと尾は泡のように体から吹き流れ高地には彼ら以外にはなにも存在しないかのようで、彼らはみな自分たちのあいだからひとつの音楽が沸き起こったというようにひとつの響きとなり牡馬も仔馬も牝馬も恐れを知らず彼らがそのなかで駆け回るひとつの響きは世界そのものであり言葉で言い表わす術はなくただ礼賛するほかないものだった。

朝二人の警官がやってきて扉を開けロリンズに手錠をかけて外に連れ出した。ジョン・グレイディが立ち上がってどこへ連れていくのかときいたが警官は答えなかった。ロリンズは振り返りもしなかった。

署長は机についてコーヒーを飲みながらモンテレイからとりよせた三日遅れの新聞を読

んでいた。署長は顔を上げパスポート《パサポルテ》を、といった。

パスポートは持ってないんだ、とロリンズがいった。

署長がロリンズの顔を見た。眉を上げてわざとらしく驚いてみせた。パスポートは持ってない、と彼はいった。身元を証明するものはあるかね？

ロリンズは手錠をかけられた手を左の尻ポケットへ持っていった。ポケットには届いたがなかに手をいれることはできなかった。署長が顎をしゃくると警官のひとりが前に進み出てロリンズのポケットから札入れを抜きとり机越しに署長に手渡した。署長は椅子の上でそっくり返った。手錠をはずしてやれ《キタ・ラス・エスポーサス》、と彼はいった。

警官は鍵束をさっと突き出してロリンズの手首をつかみ手錠をはずすと後ろに下がって鍵束をベルトに戻した。ロリンズは手首をさすった。署長は汗がしみて黒くなった革の札入れを手に載せてひっくり返した。表を見て裏を見て顔を上げてロリンズを見た。それから札入れを開いてカードを出しベティ・ウォードの写真を出しアメリカの紙幣を出しメキシコの紙幣を出したが傷んでいないのは最後のものだけだった。署長は出したものを机の上に並べて椅子の背にもたれ両手を組んで両方の人差し指で顎を叩きながらまたロリンズを見た。ロリンズは外で山羊が啼く声を聞いた。子供らの声も聞こえた。署長は片方の人差し指を小さくくるりと回した。向こうをむけ、と彼はいった。

ロリンズはそうした。

ズボンを降ろせ。

なんだって？

ズボンを降ろすんだ。

どうして？

署長がまた指で何かの合図をしたらしく警官が前に進み出ながら尻のポケットから革製の警棒を抜きロリンズの後頭部に打ちつけた。部屋のなかに真っ白な光が満ちて膝がぐらつきロリンズは両手で空につかみかかった。

気がつくとざらざらした木の床に顔を押しつけて倒れていた。倒れるところは覚えていなかった。床は埃と穀物の臭いがした。体を押し上げるようにして立ち上がった。男たちはじっと待っていた。ほかにする仕事は何もないようだった。

立ち上がったロリンズは署長と正面から向き合った。胃がむかついた。

素直に協力しろ、と署長はいった。そうすれば痛い目に合わなくてすむ。さあ、向こうをむけ。ズボンを降ろすんだ。

ロリンズは署長に背中を向けてベルトの留め金をはずしズボンを膝のあたりまで降ろしそれからラ・ベーガの店で買った安物のパンツを降ろした。

シャツの裾を上げろ、と署長がいった。

上げた。

こっちを向け、と署長がいった。

向き直った。

ズボンを上げろ。

ロリンズはシャツの裾を降ろし下着とズボンをさっと引き上げてベルトの留め金をとめた。

署長は札入れから出した運転免許証をつまんで眺めていた。

生年月日は？　と署長がきいた。

一九三二年九月二十六日。

住所は？

アメリカ合衆国、テキサス州、ニッカーボッカー、ルート・フォー通り。

背丈。

五フィート十一。

体重。

百六十ポンド。

署長は運転免許証で机を叩いた。そしてロリンズを見た。

物覚えがいいな。で、この男はどこにいるんだ？

この男って？

署長は免許証を掲げた。この、ロリンズという男だ。

ロリンズは唾をのみこんだ。見張りの警官を見てそれからまた署長を見た。おれがロリンズだ、と彼はいった。

署長は悲しげな笑みを浮かべた。そして首を振った。

ロリンズは両腕をわきにだらりと垂れたまま立っていた。

なぜおれじゃないというんだ？　と彼はいった。

なぜここへきた？　と署長がきいた。

どこへ？

ここへだ。この国へだ。

働きにきたんだ。おれたちは牧童《ソモス・バケーロス》だ。

英語で話すんだ。牛を買いつけにきたのか？

ちがう。

なるほど。許可証も持ってない、そうだな？

ただ、働きにきただけだ。

ラ・プリシマ牧場へ？

どこでもよかった。仕事さえあれば。

給料はいくらだった？

月に二百ペソもらってた。
おんなじ仕事をして、テキサスではいくらとれるかね。
さあ。月に百ってとこかな。
百ドルか。
ああ。
八百ペソだな。
そんなとこかな。
署長はまた笑みをもらした。
なんでテキサスから出てきた?
べつに理由はない。出てくる必要はなかった。
本当の名前はなんだ。
レイシー・ロリンズ。
ロリンズは腕でひたいをぬぐいすぐにその仕草を後悔した。
ブレヴィンズはおまえの弟だな。
いや。あいつとおれたちはなんの関係もない。
盗んだ馬の数はどれだけだ。
馬なんか盗んじゃいない。

おまえたちの馬には焼き印が押してないぞ。

アメリカから乗ってきたんだ。

税関の証明書はあるか？

いや。テキサスのサン・アンジェロからここまで乗ってきた。だから証明書はない。でも、たしかにおれたちの馬だ。

どこで国境を越えた？

テキサスのラングトリーから。

殺した人間の数は何人だ。

誰も殺しちゃいない。生まれてこのかた物を盗んだこともない。本当だ。

どうして銃を持ってる。

獲物をとるためだ。

ネモノ？

獲物だ。狩りをするんだ。狩り《カサドール》だ。

そうか、おまえは猟師か。それで、ロリンズはどこにいるんだ。

ロリンズは涙が出そうになった。あんたの目の前にいるよ、くそ。

人殺しのブレヴィンズの本名はなんだ？

知るもんか。

いつごろから知り合いなんだ。

知り合いじゃない。あいつのことは何も知らない。

署長は尻で椅子を後ろに押して立ち上がった。上着の襟をひっぱって皺をのばしロリンズを見た。おまえはばかだな、と彼はいった。なんで自分からすすんでいやな目に合いたがるんだ？

小屋のなかに戻されたロリンズはへなへなと床にくずおれほんのいっとき坐っていたがやがてゆっくりと前に倒れて横向きに転がった。警官が人差し指を曲げてジョン・グレイディにこいと合図しジョン・グレイディはふいに射してきた光に目を細めながら半身を起こした。それから立ち上がってロリンズを見おろした。

あのくそ野郎ども、とジョン・グレイディはいった。

向こうが聞きたがってるとおりをしゃべるんだ、相棒、とロリンズが囁いた。かまうもんか。

いくぞ《バモノス》、と警官がいった。

おまえ、どう話したんだ？

おれたちは馬泥棒で人殺しだってな。おまえもそう話すことになる。

警官がなかに踏みこんでジョン・グレイディの腕をつかみ小屋の外にひっぱり出した。

もうひとりの警官が扉を閉め南京錠をがちゃりとかけた。

オフィスにはいると署長がさっきと同じように机についていた。髪は櫛でとかし直してあった。ジョン・グレイディは署長の前に立った。部屋のなかには署長が坐っている机と椅子のほかには奥の壁ぎわに金属の折りたたみ椅子が三脚あるだけでそれが不気味な空虚さをかもし出している。そこに坐っていた人間がたったいま出ていったばかりというように。あるいはくるはずの人間がまだこないというように。折りたたみ椅子の上の壁にはモンテレイの種会社が作ったカレンダーが釘でとめてあり部屋の隅には金属の鳥籠がバロック様式のランプのようにスタンドから吊り下げてあった。

署長の机の上にはほやが黒くなったガラスの石油ランプと灰皿とナイフで削った一本の鉛筆が置かれていた。手錠をはずせ《ラス・エスポーサス》、と署長がいった。

警官が前に出て手錠の鍵をはずした。署長は窓の外を見ていた。机の鉛筆をとって下の歯にコツコツとあてた。それから正面を向いて鉛筆で机を二回叩き鉛筆を置いた。静粛にと木槌を叩く裁判長のようだった。

おまえの友だちはすっかりしゃべったぞ、と署長がいった。

ジョン・グレイディは顔を上げた。

いますぐ全部話してしまうほうが身のためだ。そうすれば、いやな思いをせずにすむからな。

相棒を痛めつける必要はなかったんだ、とジョン・グレイディがいった。おれたちはブレヴィンズのことは何も知らない。あの小僧がおれたちについてきたんだ。あの馬のことも知らない。嵐の日にブレヴィンズから逃げてこの町にやってきた。そこからひと悶着起きたんだ。おれたちはいっさい無関係だ。おれたちは三カ月のあいだラ・プリシマ牧場のセニョール・ローチャに雇われて働いてた。あんたらはあそこで嘘八百を並べたんだろう。だがレイシー・ロリンズはトム・グリーン郡でいちばんの正直な男だ。

あいつは悪漢スミスだ。

あいつの名前はスミスじゃない、ロリンズだ。それに悪漢じゃない。おれは小さいころから知ってる。一緒に育っておんなじ学校へ通ったんだ。

署長は椅子の背にもたれかかった。シャツの胸ポケットのボタンをはずしポケットの底を指で押して箱をとりださずに煙草を一本抜きとりまたボタンをかけた。軍服ふうに仕立てたシャツはぴっちりと身についてポケットの煙草の輪郭がくっきりと浮き出ていた。前に身を乗り出して上着からライターをとりだし煙草に火をつけた。ライターを机の鉛筆の横に置き指一本で灰皿を引き寄せまたそっくり返った。それぞれの腕をひじ掛けの上でまっすぐに立て火のついた煙草を耳もと数インチの処に持ってきたがそんな姿勢で坐る男をジョン・グレイディは見たことがなかった。ほかの場所でほかの人間がやっているのを見たならあるいは格好がいいと思ったかもしれない。

年はいくつだ。

十六。あとひと月ちょっとで十七だ。

人殺しのブレヴィンズはいくつだ。

知らない。やつのことは何も知らない。自分じゃ十六といってる。おれは十四ぐらいだと思う。十三かもしれない。

まだ毛も生えてないよ。

え？

まだ毛が生えてないんだ。

そんなことは知らない。興味はない。

署長の顔が曇った。煙草をぷかぷかふかした。それから手のひらを上に向けて机の上に置き指をパチリとはじいた。

札入れを出せ《デメ・ス・ビイエテーラ》。

ジョン・グレイディは札入れを尻ポケットから出し前に進み出て机の上に置いて後ろに下がった。署長は彼を見た。前に手をのばして札入れを手にとり後ろにもたれかかってそれを開き紙幣や紙切れをとりだした。何枚かの写真も。全部を机の上に広げて署長は目を上げた。

運転免許はどこだ？

持ってない。

破って捨てたんだろう。

持ってない。もとから持ってないんだ。

人殺しのブレヴィンズは身元証明の書類を持ってない。

そうだろうな。

なぜやつは持ってないんだ。

服をなくしたんだ。

服をなくした？

そうだ。

やつはなぜこの町へ馬を盗みにきた？

あれはあいつの馬だ。

署長は後ろにそっくり返って煙草を吸った。

あの馬はやつのじゃない。

あんたはなんにも知っちゃいない。

なんだと《コモ》？

おれの知るかぎり、あれはやつの馬だ。やつがテキサスからあれに乗ってメキシコへきたのをおれは知ってる。一緒に川を渡ったんだ。

署長は黙ってしばらく椅子の腕を指で小刻みに叩いていた。それから、信じられんな、と彼はいった。

ジョン・グレイディは言葉を返さなかった。

おまえのいってることは事実じゃない。

署長は椅子をわずかに回転させて窓の外に目をやった。

事実じゃない、とまた彼はいった。そして肩越しに振り返って囚人を見た。

真実を述べる機会はここでしかない。この場でしかな。三日たったらサルティーヨへ移送するがそこへいけばもう機会はない。永久にない。そうなると真実はべつの種類の人間の手に委ねられることになる。わかるか。ここで真実をいうか。それとも永久にそれを失うか。ここから出たらもう手遅れだ。真実をいうには遅すぎる。そこからはべつの種類の人間が事件を扱う。そのときの真実はどんなものになるかな？　そのときの真実は？　あとで悔むことになるぞ。いまにわかるがな。

真実はひとつしかない、とジョン・グレイディはいった。本当に起こったことが真実だ。誰かが口から出まかせにいったことじゃなく。

おまえはこの町が好きか？

べつにきらいじゃない。

ここはとても穏やかな町だ。

ああ。

この町には穏やかな人々が住んでいる。誰もがいつも穏やかだ。

署長は前に身を乗り出して灰皿で煙草をもみ消した。

そこへ人殺しのブレヴィンズがやってきて馬をたくさん盗み人を大勢殺した。いったいなぜだ？　悪いことはひとつもしないおとなしい少年がこの町へやってきたとたんにあんなことをしたと、そういうのか？

署長は後ろにもたれてさっきと同じように悲しげに首を振った。

そうじゃない、と彼はいった。指を一本ふりながら、そうじゃない。

ジョン・グレイディをじっと見据えた。

真実はこうだ。やつはおとなしい少年なんかじゃなかった。もともと普通とはちがった少年だった。もともとな。

警官らはジョン・グレイディを小屋に戻し今度はブレヴィンズを連れていった。ブレヴィンズは歩くには歩いたがひどく不自由そうだった。かけられた南京錠が数回揺れて止まるとジョン・グレイディはロリンズの目の前にしゃがみこんだ。

具合はどうだ？　とジョン・グレイディがきいた。

大丈夫だよ。おまえはどうだ？

おれはなんともない。

で、どうなった？

べつにどうもならない。

やつにどう話した？

おまえのことをおおぼら吹きだといっておいた。

シャワー室へは連れていかれなかったのか？

ああ。

ずいぶん長いことといってたじゃないか。

ああ。

やつは白いコートを釘にかけてるんだ。そいつをとって着て腰のところを紐で縛るんだ。

ジョン・グレイディはうなずいた。それから老人を見やった。老人は英語がわからないにもかかわらずさっきからこちらをじっと見ていた。

ブレヴィンズは病気だ。

ああ、知ってる。おれたちはサルティーヨへ送られるらしい。

サルティーヨに何があるんだ？

さあな。

ロリンズは壁に寄りかかった。目を閉じた。

大丈夫か？　とジョン・グレイディがきいた。

ああ、大丈夫だよ。

どうもやつはおれたちと何か取り引きしたがってるようだ。

あの署長か？

あの署長だ。署長だか何だか知らんが。

どんな取り引きだ？

おれたちが黙ってる。そういう取り引きだ。

まるでおれたちに選択の余地があるみたいだな。黙ってるって何をだ？

ブレヴィンズのことだ。

ブレヴィンズの何について黙ってるんだ？

ジョン・グレイディは扉の小さな四角い光を見てそれから坐った老人の頭の上で斜めにひしゃげている四角を見た。それからロリンズに目を向けた。

たぶんやつらは殺すつもりだ。ブレヴィンズを殺すつもりなんだ。

ロリンズはしばらく黙っていた。顔をそむけて頬を壁につけて坐っていた。ふたたびジョン・グレイディに目を向けたときその目は濡れていた。

殺さないかもしれない、と彼はいった。

おれは殺すと思う。

ええ、くそ、とロリンズはいった。くそったれのくそ野郎どもめ。

戻ってきたブレヴィンズは隅に坐りこんだまま動かなくなった。ジョン・グレイディは老人と話をしていた。老人の名はオルランドといった。彼は自分が何の罪で捕らわれているかも知らなかった。書類に署名すれば出してやるといわれたが彼には書類が読めず誰も読み聞かせてはくれなかった。もうどのくらいここにいるのかすら知らなかった。わかるのは冬からはいっているということだけだった。ジョン・グレイディと老人が話しているあいだに警官がやってきて老人は口をつぐんだ。

警官らは扉の鍵を開けなかにはいって桶をふたつとほうろうびきの皿を重ねたものを床に置いた。ひとりが水の桶を覗きこみもうひとりが隅の汚物桶をとって出ていった。警官らはやり馴れた家畜の世話をするように気のはいらぬ様子をしていた。警官らがいってしまうと囚人らは桶のまわりにしゃがみジョン・グレイディがみんなに皿を手渡した。皿は五枚あった。まるであとひとり誰かはいる予定だとでもいうようだった。スプーンもフォークもないので彼らはトルティーヤで桶のなかの豆をすくった。

ブレヴィンズ、とジョン・グレイディがいった。おまえも食うか？

腹はへってない。

少しでも食ったほうがいいぞ。

あんたらで食べてくれよ。

ジョン・グレイディは豆を空いた皿に盛り皿の縁にそってトルティーヤを折り立ってブレヴィンズの処へ持っていってまた戻ってきた。ブレヴィンズはじっと皿を膝に載せていた。

しばらくして彼はいった。あんたら、おれのことをどう話した？　ジョン・グレイディはブレヴィンズを見た。

ロリンズが嚙むのをやめてジョン・グレイディを見た。

ほんとのことをいったよ。

そうか、とブレヴィンズ。

おれたちが何をしゃべったかで、何か変わるとでも思ってるのか？　とロリンズがいった。

おれを助けてやろうとしてくれてもよかったのにな。

ロリンズがジョン・グレイディを見た。

おれに有利なことをいってくれてもよかったのに、とブレヴィンズがいった。

有利なことだと、とロリンズがいった。

なんの損もしないはずだ。

うるせえなこの野郎、とロリンズがいった。黙ってろ。あと一言でもしゃべりやがったら、そこへいっててめえの痩せたケツをぶっとばしてやる。聞こえたか？　一言でもしゃべったらそうしてやる。

やつのことはほっとけよ、とジョン・グレイディがいった。

くそいまいましいチビめ。向こうでふんぞり返ってる男がおまえの正体を知らねえとでも思ってるのか？　おまえを見る前からお見通しだったんだよ。おまえが生まれる前からな。くそったれが。くそったれめが。

ロリンズはほとんど泣きそうになっていた。ジョン・グレイディが彼の肩に手をかけた。もうなんにもいうな、レイシー、と彼はいった。なんにもいうな。

午後警官たちがやってきて汚物の桶を置き皿と食べ物の桶を持っていった。

牧場の馬はいまごろどうしてると思う？　とロリンズがいった。

ジョン・グレイディは首を振った。

馬、と老人がいった。馬《カバーヨス》。

ああ《シ》。馬《カバーヨス》だ。

四人は暑い沈黙のなかで坐って町から聞こえてくる音を聞いていた。馬が何頭か道を通っていった。ジョン・グレイディが老人に連中にひどい目に合わされるのかと訊いたが老人は手を一振りして否定した。連中は自分にはあまり構わないのだと老人はいった。そんなことをしてもやつらには面白くない。年寄りが乾いた声でうめくのを聞いても。年寄りが痛がるのは珍しくも何ともないのだと彼はいった。

三日後彼らは牢から出され早朝の陽射しにまばたきしながら中庭ともと学校の建物を通り抜けて表の通りに出た。そこにはフォードの一トン半の平床型トラックが駐まっていた。

汚いなりをして無精ひげを伸ばした彼らは毛布を抱えて立っていた。しばらくして警官のひとりがトラックに乗れと手で合図した。もうひとりが建物から出てくると彼らは前と同じ使いこまれてすり減った手錠をかけられ荷台の前のほうに転がっているスペア・タイヤのなかに巻いて置いてある牽引用の鎖につながれた。署長も出てきて朝陽のなかで足の重心を変えてゆっくり体を揺らしながらコーヒーを飲んでいた。パイプ白土で磨いた革のガンベルトを腰に巻き左側につけたホルスターに撃鉄を起こした四五口径の自動拳銃が握りを前に向けて差してあった。署長が声をかけると警官らは腕を振りフロント・バンパーの上に乗っていた男がエンジン室から顔を出して身ぶりをまじえて何かいいそれからまたボンネットの陰にかくれた。

あの男、いまなんていったんだ？　とブレヴィンズがきいた。

誰も答えなかった。荷台の前のほうには包みや荷箱と並んで軍用の五ガロンのガソリン缶がいくつか積んであった。町の住人がつぎつぎとやってきては包みと紙切れを運転手に渡し運転手は無言で紙切れをシャツのポケットにつっこんだ。

あそこにおまえの女の子たちがいるぞ、とロリンズがいった。

見えてるよ、とジョン・グレイディがいった。

女の子たちはぴったりと寄り添い、ひとりがもうひとりの腕にしがみついて、二人とも泣いていた。

一体どういうことなんだ、あれは？　とロリンズがいった。

ジョン・グレイディは首を振った。

女の子たちがじっと立って眺めているあいだにトラックに荷物が積みこまれライフルを肩にかついだ警官たちは坐って煙草を吸っていたが一時間後ようやくエンジンがかかってボンネットが閉じられ鎖でつながれた囚人たちを軽く揺すぶってトラックが狭い未舗装の道を走り出し埃と排気ガスをもうもうと立てて視界から消えていったときにも女の子たちは立っていた。

トラックの荷台には囚人たちと一緒に三人の警官が乗っていたがいずれもこの町出身のまだ年端もいかない若者たちで身に合わないアイロンのかかっていない制服を着ていた。彼らは囚人と口をきいてはいけないと命じられているのか用心深く目を合わせないようにしていた。道路を進んでいくトラックの上から、家の戸口に立っている知り合いに、神妙な面持ちでうなずきかけたり片手を上げたりした。署長は運転手の隣に坐っていた。トラックを追ってくる何匹かの犬を追い払おうと運転手が左右に鋭くハンドルを切ると荷台の警官らはあわてて手近な物につかまり運転手が運転台の後ろの窓のなかで振り返って大声で笑うと若い警官らも笑いながら互いに小突き合いそれからまたライフルを抱えて厳粛な顔でじっと坐っていた。

細い通りを走って目のさめるような青い色に塗った家の前で停まった。署長が窓から身を乗り出してクラクションを鳴らした。やがて扉が開いて男がひとり出てきた。チャルロ（メキシコに入植したスペイン人の牧場経営者）のような服をかなり優雅に着こなしたその男がトラックの助手席側に回りこんでくると署長が車から降り男が乗ったあとからまた坐席に上がって扉を閉め車を出させた。

さらに道路を走っていくと町はずれの家と囲い柵と泥でできた家畜小屋を通り過ぎ浅い小川に乗りいれて渡ったがゆっくりと流れる川の水は油が浮いているように虹色に光りトラックのタイヤに引きずられた水がもとへ戻る前にすでに川面の乱れはおさまっていた。トラックは難渋しながら川床から岩のごろごろした道路に這い上りそれから水平になって午前半ばの単調な陽射しのなか砂漠を横切りはじめた。

ジョン・グレイディたちはトラックの下から砂埃がもうもうとわき起こり道の上にたちこめてゆっくりと周囲の砂漠に漂ってゆくのを眺めていた。ざらざらした樫の板を張った荷台の上で激しく揺りたてられながら折りたたんだ毛布の上に体を載せておこうと努めた。分かれ道にくるとトラックはクワトロ・シエネガスの町を経由して南に二百五十マイル離れたサルティーヨに通じる道を選んだ。

ブレヴィンズは毛布を広げて両腕を頭の下に敷きあおむけに寝ていた。砂漠のうえの雲も鳥もない混じりけなしの青い空をじっと見つめていた。口を開いたときブレヴィンズの声は背中からつたわる荷台の震動でぶるぶる震えていた。

ああ、と彼はいった、こいつは長い旅になりそうだ。

二人はブレヴィンズを見た。それから互いに顔を見合わせた。そのとおりだともそうでないともいわなかった。

あの爺さん、まる一日かかるっていってたからな、とブレヴィンズがいった。おれは訊いてみたんだ。そしたらまる一日かかるっていった。

正午前に国境の町ボキヤスから南下してくる幹線道路に出てそれを南にたどった。サン・ギィエルモ、サン・ミゲール、タンケ・エル・レベスといった町を通り過ぎた。熱いでこぼこの道ですれちがった数少ない自動車は埃と小石の嵐を巻き上げ荷台の男たちは腕に顔をぎゅっと押しつけていた。オカンポで車を停めて荷箱と手紙を少し降ろしてからエル・オーソに向けて出発した。昼すぎにトラックは道端のカフェの前に停まり警官らも車から降りて銃を持って店にはいっていった。ジョン・グレイディたちは鎖につながれたまま荷台に坐っていた。草も生えていない死んだような土の庭先で子供たちが遊びを中断してこちらを見て痩せた白い犬がちょうどこんな車がくるのを待っていたというようにやってきて後ろのタイヤに長々と小便をひっかけまた戻っていった。

警官らは笑い声を上げ煙草を巻きながら店から出てきた。ひとりがオレンジ・ソーダの瓶を三本持ってきて囚人たちに渡し飲みおえるまで待っていた。戸口に署長が現われると二人の警官がトラックの荷台に上がった。瓶を返しにいった警官が店から出てきてついでチャルロ服を着た男それから運転手が出てきた。全員が車に乗ると署長が戸口の陽陰から出てきて砂利を踏んで車に乗りこみ一行はまた出発した。

　クワトロ・シエネガスで舗装道路に乗りトレオンを指して南下した。警官のひとりが同僚の肩につかまって立ち上がり振り返って道路標識を見た。その警官は腰をおろすと囚人たちをちらりと見てそれから外の風景をじっと眺めたがそのあいだにトラックはだんだんにスピードを上げた。一時間後トラックは舗装道路からはずれ、ゆるやかに起伏する平原についた未舗装の道路をがたごとと走ったが、そこはこの地方によく見られる広い荒れ地で夜になると涸れ谷から蠟色の野生化した牛が異民族の一群のようにやってきて草を食んだ。北の空に雷を含んだ夏の入道雲が聳えたっておりブレヴィンズは地平線を眺めて細い針金のような稲妻を見つめ風向きを知るために埃の動きを見ていた。トラックは陽の光に色が抜けて真っ白に見える水のない川の広い砂利の川床を横切り草地によじ登って、タイヤの高さほどある草に車体の底をガサガサとこすられながら黒檀の木立にはいり巣作りをしている鷹のつがいを追い立て、やがて四角く配置された陽干し煉瓦の家と羊をいれる囲いの残骸からなる牧場の跡へやってきて停止した。

　荷台にいる者は誰も動かなかった。署長がドアを開けて車から降りた。いくぞ《バモノス》、と彼はいった。

　警官らが銃を持って荷台から降りた。ブレヴィンズは廃屋にきょろきょろと視線を走らせた。

ここはどこだ？　と彼はいった。

警官のひとりがライフルをトラックに立てかけ鍵束から鍵を選んで囚人たちの手錠をつないだ鎖をはずし鎖を荷台の上に放り出してライフルをとりあげ降りろと身ぶりで合図した。署長が警官のひとりを周囲の偵察にやりそれが戻ってくるまで一同はじっと待っていた。チャルロはトラックのボンネットに寄りかかり片手の親指を腰のベルトにはさんで煙草を吸っていた。

ここで何するんだ？　とブレヴィンズがいった。

知らないよ、とジョン・グレイディがいった。

運転手はまだ降りてこなかった。座席にぐったりともたれて帽子を目の上に引きおろし眠っているようにも見えた。

小便してえな、とロリンズがいった。

ロリンズとジョン・グレイディが草むらのなかへ歩いていくとブレヴィンズも足を引きながらついてきた。誰も三人を見ていなかった。トラックに戻ってきた警官が署長に報告し署長がその警官のライフルをとってチャルロに渡すと男は猟の持ち場に立つように重さを測るような感じで両手で銃を持った。三人の囚人はてんでんばらばらに戻ってきた。ブレヴィンズが少し離れた処に坐りこむとチャルロがそちらを見て口から煙草をとり草むらに捨てて踏みつけた。ブレヴィンズは立ち上がりジョン・グレイディとロリンズが立っている荷台の後部へやってきた。

あいつら、何する気なんだ？　とブレヴィンズがいった。

ライフルを持たない警官がトラックの後部へやってきた。

いくぞ《バモノス》、と彼はいった。

荷台にもたれていたロリンズが体を起こした。

ちびだけだ《ソロ・エル・チコ》、と警官がいった。いくぞ《バモノス》。

ロリンズはジョン・グレイディを見た。

何をする気なんだ？　とブレヴィンズがいった。

何もしやしないよ、とロリンズがいった。

ロリンズはジョン・グレイディを見た。ジョン・グレイディは何もいわなかった。警官が手を伸ばしてブレヴィンズの腕をつかんだ。いくぞ《バモノス》。

ちょっと待ってくれ、とブレヴィンズがいった。

みんな待ってるんだ《エスタン・エスペランド》、と警官がいった。

ブレヴィンズは腕をもぎはなして地面に坐りこんだ。警官の顔が曇った。彼は署長が立っているトラックの前部に目をやった。ブレヴィンズはブーツの片方を足からもぎとりなかに手をつっこんだ。汗のしみた黒い中底をひっぱりだして捨てまた手をつっこんだ。警官がかがんでブレヴィンズの細い腕をつかんだ。そしてブレヴィンズを引き上げた。ブレヴィンズは腕を振ってもがきながらジョン・グレイディに何か渡そうとした。

ほら、と彼は押し殺した声でいった。

ジョン・グレイディはブレヴィンズを見た。そいつをどうしろってんだ？　と彼はいった。

受けとってくれ、とブレヴィンズがいった。

そしてジョン・グレイディの手に汚れて皺くちゃになったペソの札束を押しつけた。警官が腕を邪険に引いてブレヴィンズをひったてた。ブーツが地面に落ちた。

待ってくれ、とブレヴィンズがいった。ブーツを拾わせてくれ。

だが警官はブレヴィンズの背中を手荒に押しブレヴィンズは足をひきながら歩き出して一度だけ振り返って無言の恐怖の表情を浮かべそれから署長とチャルロと一緒に空き地を歩き木立へ向かっていった。署長は片方の腕をブレヴィンズの腰に回したり背中のくぼみにあてたりしていた。まるで親切な忠告者といった風だった。チャルロはライフルを持って後ろからついてゆきブーツを片方だけはいたブレヴィンズはびっこをひきながらちょうどずっと以前に雨が降ったつぎの朝どこからとも知れない涸れ谷の下流からやってきたときのような姿で黒檀の木立のなかに消えた。

ロリンズはジョン・グレイディを見た。口をきゅっと結んでいた。ジョン・グレイディは男たちに取り囲まれてびっこをひきひき木立のなかに消えてゆく小さなぼろぼろの姿を見送った。人の怒りを燃え上がらせるだけの実質がその姿には不足しているように思われた。人に行動を起こさせる原動力となるものがないように思われた。

何もいうな、とロリンズがいった。

わかった。

一言もいうんじゃないぞ。

ジョン・グレイディは首をめぐらしてロリンズを見た。それから警官たちを見ていま自分たちのいる場所、見馴れぬ大地、見馴れぬ空を見た。

わかった、と彼はいった。何もいわない。

しばらくすると運転手が車から降りてきて牧場の廃屋を見物にいった。残った二人の囚人と皺くちゃの制服を着た三人の警官はじっとしていた。ひとりだけライフルを持たない警官はタイヤのそばにしゃがんでいた。彼らは長いあいだ待っていた。ロリンズは上体を前にかがめ両方の拳を荷台の上に置いてそこへひたいを押しつけぎゅっと目を閉じた。しばらくして彼はまた身を起こした。そしてジョン・グレイディを見た。

ただ連れていって撃つだけじゃないんだ、と彼はいった。くそったれ。ただ連れていって撃ちゃいいじゃないか。

ジョン・グレイディは相棒を見た。そのとき拳銃の発射音が黒檀の木立の向こうから聞こえてきた。大きな音ではなかった。ポンという響きのない音だった。それからもう一回聞こえた。

木立のなかから出てきた署長は手錠を手にしていた。いくぞ《バモノス》、と彼は叫んだ。警官らが動き出した。ひとりが後輪のハブに乗って腕を伸ばし荷台に投げ出してある鎖をとった。運転手も廃屋から出てきた。

助かったんだ、とロリンズが囁いた。おれたち助かったんだ。

ジョン・グレイディは答えなかった。帽子のつばを前に引きおろそうとしてもう帽子をかぶっていないことを思い出すと向き直ってトラックの荷台に上り坐って鎖でつながれるのを待った。ブレヴィンズのブーツの片方がまだ草むらに転がっていた。警官のひとりがそれを拾い上げてもっと草深い処へ投げた。

寄り道した牧場からもとの平原に戻るころには日は暮れかかり長い陽光が草原や浅い湿地帯に射してところどころに黒いくぼみを作っていた。小さな鳥たちが涼しくなった平原に餌をとりにきて草の上で鮮やかな色を閃かせ太陽を背に黒い影になっている鷹は枯れ木の頂上にとまって小鳥が飛んでくるのを待っていた。

夜十時に到着したサルティーヨの町では住民はみな戸外に出ており、カフェは満員だった。トラックが教会の向かいの広場に停まると、署長は車から降りて通りを渡った。黄色い街灯の下では老人たちがベンチに坐って靴を磨かせており花壇にはいるなと警告する立て札が立っていた。屋台の商人は果汁を凍らせたアイスキャンデーを売り顔に白粉をはたいた若い娘らが二人ずつ手をつないで歩きながら黒い目をきょろきょろさせて肩越しに振り返った。ジョン・グレイディとロリンズは毛布を体に巻きつけて坐っていた。二人に注意を払う者は誰もいなかった。しばらくすると署長が戻ってきてトラックに乗りこみ一行はまた出発した。

トラックが通りを走り戸口に薄暗い明かりのついたアパートや小さな家や店の前で停止するうちに積んであった荷物はあらかたなくなり新しい荷物がいくつか積みこまれた。カステラル通りにある古い監獄のどっしりとした門扉の前に着いたときにはもう真夜中を過ぎていた。

二人は消毒液の臭いがする石の床の部屋にいれられた。警官らが手錠をはずして立ち去ったあとは二人とも乞食のように毛布を肩にまとい壁に寄りかかって坐りこんだ。長いあいだそうして坐っていた。ふたたび扉が開くと署長がはいってきて天井からぶら下がったただひとつの電球ののっぺりと死んだような光のもとで二人を見た。署長は拳銃を身に帯びていなかった。署長が顎で合図すると扉を開けた警官が部屋から出て扉を閉めた。

署長は腕を組み親指を顎の下にあてて二人をじっと見つめていた。二人の囚人は彼の顔を見上げ、足を見、それから目をそむけた。署長は長いあいだじっと立っていた。まるで三人で何かを待っているようだった。停止した列車の乗客のように。だが署長はべつの宇宙に住む人間でありそれは彼自身が選択した宇宙でふつうの人々が住んでいる世界の外にあった。それは他から取り消されることのない行為をなす人間に特権的に与えられた宇宙であり他のより小さな世界をすべて内包しつつそれら小さな世界のどれへも通じることのない宇宙だった。というのも選択という言葉はその地位と同じものであって一度選べばもうその世界を去ることはできないからだ。

署長はゆきつ戻りつした。それから足を止めた。彼はチャルロ風の服の男が牧場跡の黒檀の林のなかでついかっとなってしまったといい人殺しのブレヴィンズの手にかかって殺されたのがあの男の弟であの男は金を払って自分で解決しようとしておれがちょっと骨を折って協力してやったのだといった。

あの男がおれの処へきたんだ。おれがあの男に持ちかけたんじゃない。向こうがきたんだ。やつは正義はないのかといった。一族の名誉がかかってるといった。みんな本当にそんなものを求めてると思うか？　そんなものを欲しがるやつはそういないとおれは思ってる。

だからおれは驚いた。おれは驚いたよ。しかしこの国には死刑はない。それならほかの方法で解決をするしかない。こういうことを話すのはおまえたちもほかの方法で解決をすることになるからだ。

ジョン・グレイディが顔を上げた。

ここへきたアメリカ人はおまえらが初めてじゃない、と署長はいった。ここへはいったアメリカ人は。ここにはおれの友だちが何人かいるがおまえらはその人たちと取り引きすることになる。いいか、対応を誤るなよ。

おれたちは文無しだ、とジョン・グレイディはいった。取り引きなんかするつもりはない。

気の毒だがすることになる。おまえは何も知らないんだ。

おれたちの馬はどうした？

いまは馬の話なんかしちゃいない。馬のことは後回しだ。いずれ正当な所有者を見つけなくちゃならんがな。

ロリンズが暗い目でジョン・グレイディをにらんだ。よけいなことをしゃべるな、と彼はいった。

しゃべってもいい、と署長はいった。みんなが互いに理解し合ったほうがいい。おまえらはここにはいられない。この場所には。ここにいると死ぬことになる。それからべつの面倒なことも起こる。書類がなくなる。人が行方不明になる。ここへ誰かが捜しにきてももういないかもしれない。書類も見つからない。そういうことだ。わかるな。そんな面倒を望むやつは誰もいない。ここに誰それがいたと誰にいえる？　身柄がないんだ。どこかのきちがいが、神はここにいるなどという。だが、神がここにいないことは誰でも知ってる。

署長は手を伸ばして扉を拳で叩いた。

あいつを殺すことはなかったはずだ、とジョン・グレイディがいった。

なんだ《コモ》と？

あいつを連れて帰るべきだった。トラックへ連れて帰るべきだった。やつを殺すことはなかったんだ。

扉の外で鍵束が鳴った。扉が開いた。署長はなかば闇に沈んだ廊下にいる姿の見えない誰かに向かって片手を上げた。

ちょっと待て《モメント》、と署長がいった。

またこちらに向き直って二人をしげしげと眺めた。

ひとつ話をしてやろう、と彼はいった。おれはおまえが気にいったからな。おれがおまえのように若かったころの話だ。わかるか。そのころのおれはいろんなことを覚えたかったからいつも年かさの男たちにくっついていた。さて聖ペテロの祭りの夜にヌエボ・レオン州のリナーレスという町でおれはそういう年かさの男たちと一緒にメスカル酒を飲んでいた——メスカル酒は知ってるな？——それである女がいてみんなでその女の処へいって順番にやった。おれが最後だった。で、おれがこの女の処へいくと女はあんたとはやらないあんたは若過ぎるからとか何とかいった。

こういうとき男はどうする？　わかるか。すごすご戻っていくわけにはいかん。その女とやらなかったのはすぐにばれるからだ。真実はいつも単純だからだ。男が何かしにいってやらずに戻ってくることはできん。なぜやらなかった？　気が変わったのか？　いや、男は気が変わったりしないものだ。

署長は拳を固めて持ち上げた。

もしかしたら年かさの連中が女に嫌だといえといったのかもしれん。あとでおれを笑いものにしようとな。金をやるか何かしてだ。だがおれは淫売にばかにされたりはしない。おれが戻ってきたとき笑うやつはいなかった。わかるか。いつだってそれがおれのやりかただった。おれがいった先でおれを笑うやつは誰もいない。おれがいけばみんな笑うのをやめるんだ。

二人は看守のあとから石の階段を四つ昇り鉄の扉をくぐって鉄骨でできた狭い通路に出た。看守が振り返り扉の上についた電球の光を受けてにやりと笑った。看守の背後には夜の空と荒涼とした山並があった。眼下には監獄の中庭が見えた。

ここは顯哥の巣と呼ばれてるんだ《セ・ヤーマ・ラ・ペリケーラ》、と彼はいった。

二人は看守のあとについて通路を歩いた。通り過ぎる暗い檻のなかでは何か悪意に満ちた生き物がじっと考えこんだり眠ったりしているような気配がした。中庭を四角く囲む監房棟の反対側の通路ではある聖人の絵の前に一晩中点されているろうそくの明かりで監房の鉄格子がぼんやりと見えていた。三ブロック離れた教会の塔の鐘の音がひとつだけ、深い東洋的な荘厳さで鳴った。

二人は最上階の隅の監房にいれられた。鉄格子の扉が金属音をたてて閉まりかんぬきがかけられると二人の耳には通路を戻ってゆく看守の足音が聞こえ鉄の扉が閉まる音が聞こえそれから何も聞こえなくなった。

二人は手錠を鎖で壁につながれたまま鉄の寝台の脂じみた汚いノミのいる薄いマットレスのようなものの上で眠った。朝がくると四つの鉄骨のはしごを降りて中庭に出てほかの囚人らに混じって朝の点呼を受けた。点呼は各階ごとにおこなわれたが一時間以上たっても二人の名は呼ばれなかった。

おれたちはここにいないようだな、とロリンズがいった。

朝食は実の少ないポソレ（煮込み料理）だけで食事がすむと中庭に追い出され二人は自分の身を守らなければならなかった。最初の日は一日中喧嘩をし夜がきてやっと監房にいれられたときには二人とも血まみれでへとへとに疲れ果てロリンズの鼻は折られてひどく膨れ上がっていた。監獄はさながら四方を壁に囲まれた小さな村でなかではいつも賑やかに物々交換や売買がおこなわれラジオや毛布からマッチやボタンや靴の釘まであらゆる品物が取り引きされていたがこの取り引きをめぐってたえず権力争いが繰り広げられているのだった。そして通貨制度が経済社会を支えるようにこの世界の根底には欠乏と暴力という基盤がありそこでは徹底した平等の原則のもとに全ての個人がためらわずに人が殺せるかどうかというただひとつの物差しで測られるのだった。

二人は眠り朝がくるとまた同じことが繰り返された。背中合わせになって戦い倒れた相棒を助け起こしてまた戦った。昼食時ついにロリンズは食べ物が嚙めなくなった。やつら、おれたちを殺す気だ、と彼はいった。

ジョン・グレイディは錫の缶にはいった豆に水を足してすりつぶし粥のようなものを作ってロリンズの口に押しこんだ。

いいかよく聞け、とジョン・グレイディがいった。おれたちに手を下す必要はないとやつらに思わせるな。聞いてるか？　おれはやつらがこっちを殺しにくるよう仕向ける。おれはもうそれ以外はいやだ。殺るか、殺られるかだ。中間はない。

おれの体で痛まない処はどこもないんだぜ。

わかってる。わかってるが、そんなことはどうでもいい。

ロリンズはつぶした豆をすすった。そして缶の縁を透かすようにジョン・グレイディを見た。おまえ、アライグマみたいな顔してるぜ、と彼はいった。

ジョン・グレイディはにやりと顔をゆがめた。おまえは自分がどんな顔してると思ってるんだ？

知るもんか。

アライグマならまだありがたいと思えよ。

おれは笑えないんだ。顎の骨が折れたみたいだ。

おまえの骨はどこも折れちゃいない。

くそ、とロリンズがいった。

ジョン・グレイディはにやりとした。あそこでおれたちをじいっと見てる野郎が見えるか？

ああ、あのくそ野郎なら見えてるよ。

こっちを見てるやつだぞ。

見えてるって。

これからおれがどうするかわかるか？

さっぱりわからんな。

立ってやつの処へいって、口を殴ってやる。

なんとね。

見てろよ。

そりゃなんのためだ？

やつがこっちへくる手間を省いてやるんだ。

三日目が終わる頃にはもうこれまでかと思われた。二人とも半裸体になりジョン・グレイディは不意をつかれて砂利を詰めた靴下で殴られて下の歯が二本抜け左目が完全にふさがった。四日目は日曜日で二人はブレヴィンズにもらった金で服を買い石鹸を買ってシャワーを浴びトマト・スープの缶をひとつ買って短くなったろうそくの上にかざして温めロリンズの古いシャツの袖を巻きつけて取っ手にし二人で交互に飲んだ。やがて太陽が監獄の西の壁の向こうに沈んだ。

おい、うまくいくかもしれんな、とロリンズがいった。

安心するのはまだ早い。一日一日、気をいれていかないと。

ここから出るのにいくらいると思う？

さあな。大金がいるだろうな。

おれもそう思うよ。

まだ例の署長の友だちとやらからは何ともいってこないしな。たぶんこっちが保釈金を積めるだけの金を持ってるかどうか確かめるまで待ってるんだろう。

ジョン・グレイディは缶をロリンズのほうへ突き出した。

あとはおまえにやるよ、とロリンズがいった。

飲めよ。どうせ一口分しかない。

ロリンズは缶を受けとって飲み干し水を少量いれて振りそれを飲んだ。彼は空になった缶をぼんやり見つめた。

おれたちを金持ちだと思ってるんなら、なんでもっと待遇をよくしない？　とロリンズがいった。

さあな。おれにわかるのはあの署長がここを仕切ってるんじゃないってことだ。やつははいってくるやつと出ていくやつを護送するだけだ。

かもな。

壁の高い処にとりつけてある照明灯がついた。中庭で動いていた人影がぴたりと止まりやがてまた動き出した。

そろそろ喇叭が鳴るな。

まだ二、三分ある。

こんな場所があるとは知らなかったよ。

たぶんこの世にはどんな場所だってあるんだろうさ。

ロリンズはうなずいた。しかしこういうのだけは想像もしてなかったよ。

砂漠のどこかで雨が降っているようだった。クレオソートの木の匂いが風に運ばれてきたのでそれがわかった。ある金持ちの囚人が料理人と護衛つきで亡命した独裁者のように暮らしているという監獄の敷地の一角にシンダー・ブロックを積んで即席に作った小屋に明かりがともった。小屋には網戸がついておりその背後を人影がいったりきたりしていた。屋根の上には洗濯紐が張られその金持ちの囚人の衣類が万国旗のように夜の微風に優しく揺られていた。ロリンズがその明かりに顎をしゃくった。

やつを見たことあるか？

ああ。一回だけ。夕方、戸口に立って葉巻を吸ってるところをな。

おまえ、ここの連中が話す妙ちきりんな言葉を少しは覚えたか？

少しはな。

プーチャってのはなんだ？

しけもくのことだよ。

テコラータは？

おんなじだ。

たかがしけもくに一体いくつ名前があるんだ？

さあな。パパソーテってなんだか知ってるか？

いや、なんだ？

偉いさんだ。

あそこに住んでる野郎のことだな。

ああ。

おれたちは二人のよそ者《ガバーチョ》ってわけだ。

白人野郎《ボリーヨ》だ。

ペンデホか。

ペンデホは誰にでも使えるよ、とジョン・グレイディ。ただのまぬけって意味だからな。

そうか？　じゃ、おれたちはこの刑務所でいちばんのペンデホだな。

反対する気はないよ。

二人は黙りこんだ。

何を考えてる？　とロリンズがきいた。

ここから出るまで、どのくらいけがをするかとな。

ロリンズがうなずいた。二人は明るい照明の下で動く囚人たちを見つめた。

何もかもあのいまいましい馬のせいだ、とロリンズがいった。

ジョン・グレイディは身を乗り出してブーツのあいだに唾を吐きまた体を起こした。馬に罪はないよ、と彼はいった。

その夜二人は監房の鉄の寝台に見習い僧のように横たわって沈黙と同じ階のどこかで誰かがかいている鼾と遠くから微かに聞こえてくる犬の吠える声と沈黙と沈黙のなかでまだ起きているお互いがたてる寝息に耳をすました。

おれたち、えらくしぶといカウボーイじゃないか、とロリンズがいった。

ああ。そうかもな。

やつらはいつだっておれたちを殺せたぜ。

ああ。そうだな。

その二日後例の偉いさん《パパツーテ》の使いが二人を呼びにきた。夕方に長身痩軀の男が中庭を横切ってきて二人が坐りこんでいる前にしゃがみ一緒にきてくれといい立ち上がってまた大股で歩き出した。男は振り返って二人があとからついてくるかどうかを確かめることすらしなかった。

どうする？　とロリンズがいった。

ジョン・グレイディはぎこちなく立ち上がり片手でズボンの尻の埃を払った。

さあ立てよ、と彼はいった。

金持ちの囚人の名はペレスといった。彼の住居はひと部屋で真ん中に錫めっきの折りたたみテーブルと四脚の椅子が置いてあった。一方の壁際には小さな鉄の寝台がありひとつの隅には食器棚と皿を並べた棚とバーナーの三つついたガスこんろがあった。ペレスは小さな窓から中庭を眺めていた。くるりとこちらを向いたペレスが二本の指をひらりと動かすと二人を迎えにきた男は後ろに下がり小屋から出て扉を閉めた。

わたしの名はエミリオ・ペレスだ、と男がいった。さあ。かけてくれ。

二人はテーブルの下から椅子を引き出して坐った。床は板張りだが釘は打っていない。ブロックを積み上げた壁にはモルタルが塗られておらず屋根は皮がついたままの材木を並べてその上にトタン板を敷いてあるだけだった。五、六人の人夫が半時間で解体して材料を整理できる程度の普請だった。とはいえ電気は引いてあるしガス暖房器も備えつけてある。カーペットも敷いてある。壁にはカレンダーから切りとった写真が貼ってあった。

坊やたち、と男がいった。だいぶ喧嘩を楽しんでるようだな、ええ？

ロリンズが何かいいかけるのをジョン・グレイディが遮った。ああ、と彼はいった。たっぷり楽しんでるよ。

ペレスは微笑んだ。四十ぐらいの男で白髪まじりの髪と口ひげはしなやかでよく手入れされていた。ペレスも椅子を引き出し作為の匂うくつろいだ物腰で背もたれを跨ぎ越して腰をおろし前に身を乗り出して両肘をテーブルについた。テーブルは緑に塗ってあったがそのペンキの下からは酒の商品名が部分的に透けて見えていた。ペレスは両手を組み合わせた。

ずいぶん戦ったもんだな、と彼はいった。ここへきてどのくらいになる？

一週間ぐらいだ。

いつごろまでいる予定かね？

もともとここへくる予定なんかなかったよ、とロリンズがいった。どうせおれたちの予定なんてなんの意味もないんじゃないか。

ペレスはにっこり笑った。アメリカ人はあまりここに長く滞在しないんだよ、と彼はいった。ときどき何カ月かをここで過ごすことはあるがね。だいたい二、三カ月だ。それから彼らは出ていく。ここでの暮らしはアメリカ人にはそれほど快適じゃないらしい。あんまりお気に召さないようだ。

あんたにはおれたちをここから出すことができるのか？

ペレスは両手を左右に広げて肩をすくめた。ああ、と彼はいった。もちろん、できるとも。

じゃどうして自分は出ないのかな、とロリンズがいった。

ペレスは椅子の背にもたれかかった。またにっこり笑った。それから両手を追い立てられた鳥のようにぱっと体から離す仕草をしたがこれは彼の全体的に抑制した雰囲気と奇妙に調和していた。まるでこれがアメリカ人特有の仕草でありきみたちにはわかるだろうとでもいいたげだった。

わたしには政敵がいるのだよ。ほかに理由はない。はっきりいっておこう。わたしはここでたいして快適な暮らしはしていない。わたし自身に関して取り引きをするにはお金が必要だがそれは途方もない大金なのだ。たいそう巨額の金なのだ。

あんたは空の井戸を掘ろうとしてるよ、とジョン・グレイディがいった。おれたちは文無しなんだ。

ペレスは深刻な顔で二人を見た。

お金がないならどうやってここから出るつもりかね？

そいつを教えて欲しい。

教えることは何もないね。お金がないんじゃどうしようもない。

じゃ、たぶんおれたちはここから出ていけないんだろうな。

ペレスは二人をしげしげと眺めた。それからふたたび前に乗り出して両手を組んだ。どう説明しようかと考えこむような顔つきをした。

これは深刻な問題なんだよ、と彼はいった。ここでの生活がどんなものかきみたちはわかっていない。きみたちはみんなが喧嘩するのは物を手にいれるためだと思ってる。靴の紐とか煙草とか。そういったものをめぐっての生存競争だと。それはうぶな考え方だ。うぶって意味はわかるな？　うぶな考え方なんだよ。真実はそんな処にはない。ここで暮していくからには独立独歩の人間ではいられない。きみたちにはここの状況がわかっていない。そもそも言葉すら話せない。

こいつは話せるぜ、とロリンズがいった。

ペレスは首を振った。いいや、と彼はいった。話せないね。まあ一年もいればわかるようになるかもしれんがね。しかしきみたちは一年ももたないだろう。きみたちには時間がないんだ。きみたちが誠意を見せてくれなきゃわたしだってきみたちを助けることができない。わかるかね？　助けることはできないんだよ。

ジョン・グレイディはロリンズを見た。もういいだろ、相棒？

ああ。もういい。

二人は椅子を後ろに押して立ち上がった。

ペレスは二人を見上げた。まあ坐ってくれたまえ、と彼はいった。

坐ってもしかたないな。

ペレスは指でテーブルを小刻みに叩いた。きみたちは愚かだ、と彼はいった。非常に愚かだよ。

ジョン・グレイディは扉の把手に手をかけたまま立ち止まった。振り返ってペレスを見た。ジョン・グレイディの顔は形が変わり顎はゆがみ目はまだ腫れ上がってふさがったままですもものように紫色だった。

いったいどうなるのか教えてくれないか？　と彼はいった。誠意を見せろとあんたはいう。でも見せないとどうなるのかおれたちは知らないんだから、教えてくれてもいいだろう？

ペレスは腰を上げなかった。後ろにもたれて二人を見た。

教えられないよ、と彼はいった。これが真実だ。わたしに保護を求めてくる人間にならある種のことを教えてやれる。ではそうでない人間はどうか？

ペレスは手の甲で小さく何かを払いのける仕草をした。

ほかの連中はかやの外だ。果てしもなくつづく不安定な世界に生きることになる。たぶん神様なら彼らがどうなるかご存じだろう。だがわたしにはわからない。

翌朝中庭を横切っているときロリンズがナイフを持った男に襲われた。初めて見る男でナイフもスプーンを削って作った手製のものではなく黒い角とニッケルの柄がついたイタリア製の飛び出しナイフで男がそれを腰の高さに構えてロリンズのシャツめがけて三度切りつけてくるとロリンズは自ら血を流して戦う拳闘の試合のレフリーを自分で務める男のように肩を丸め両腕を広げて三歩後ろに飛びすさった。三度目の攻撃を受けたあとロリンズは身を翻して走った。片手を腹にあて濡れたシャツが肌にはりつくのを感じながら走った。

ジョン・グレイディがやってきたときロリンズは背中を壁にもたせかけて坐り腹の上で両腕を交差させて寒いというように上体を前後に揺らしていた。ジョン・グレイディは膝立ちになり腹に載せた腕をどけようとした。

ちょっと見せてみろ。

あのくそ野郎。あのくそ野郎。

見せてみろって。

ロリンズは後ろにもたれかかった。ああ、くそ、と彼はいった。

ジョン・グレイディは血でぐっしょり濡れたシャツをまくり上げた。

そんなにひどくない、と彼はいった。そんなにひどくないよ。

ジョン・グレイディは手でロリンズの腹をさぐり血が出ている場所を探した。いちばん下の傷がいちばん深く筋膜の外側を切断していたが腹膜までは届いていなかった。ロリンズは傷を見おろした。そんなによくもないぜ、と彼はいった。くそ野郎め。

歩けるか？

ああ、歩ける。

こいよ。

ええ、くそ、とロリンズはいった。くそ野郎。

こいよ、相棒。ここに坐ってちゃだめだ。

ジョン・グレイディは手を貸してロリンズを立たせた。

くるんだ、と彼はいった。つかまえててやるから。

二人は四角い通路を歩いて看守の詰め所までできた。看守が非常門の向こうからこちらを見た。ジョン・グレイディを見てついでロリンズを見た。男が門を開けてくれたのでジョン・グレイディはロリンズを看守たちの手に委ねた。

看守たちはロリンズを椅子に坐らせて刑務所長を呼びにいった。血のしずくがぽた、ぽたとゆっくり石の床に落ちていた。ロリンズは両手で腹を押さえていた。しばらくして誰かが彼にタオルを渡した。

それ以後ジョン・グレイディはなるべく刑務所のなかを歩き回らないようにした。たえず周囲の人間に目を配りこちらを見返してくるどれも同じような目のなかからナイフを持った男が現われるのを待ち構えた。だが何も起こらなかった。囚人のなかにはジョン・グレイディが気安く話せる相手がわずかながらいた。ひとりはユカタン半島からきた年配の男で囚人のどの派閥にも属していないが皆から一目置かれていた。もうひとりはシエラ・レオン出身のインディオだった。それからバウティスタという名字の兄弟がいた。彼らはモンテレイで警官をひとり殺しその死体を燃やしたが、兄のほうが警官の靴をはいていたために捕まった。彼らは口をそろえてペレスには計り知れない権力があるといった。あいつは監獄に閉じこめられていない夜は外に出かけるのだという者もいた。町には女房や家族がいる。妾までいるともいわれている。

　ジョン・グレイディは看守たちからロリンズの様子を聞き出そうとしたが彼らは何も知らないといった。ナイフ事件から数えて三日目の朝ジョン・グレイディは中庭を横切ってペレスの家の扉をたたいた。背後の中庭でしていたこもった響きの音がしんと静かになった。彼は自分に注がれている視線を感じた。そのときペレスの下僕が扉を開けた。男はジョン・グレイディをちらりと見て彼の肩越しに監獄に目をやりきょろきょろ視線を走らせた。

　セニョール・ペレスと話したい《キシエラ・アブラール・コン・エル・セニョール・ペレス》、とジョン・グレイディがいった。

　何を話したい《コン・レスペクト・デ・ケ》んだ？

おれの友だちのことだ《コン・レスペクト・デ・ミ・クワーテ》。

男は扉を閉めた。ジョン・グレイディは待った。しばらくしてふたたび扉が開いた。は《パー》い《サ》れ《レ》、と男がいった。

ジョン・グレイディは家にはいった。ペレスの下僕は扉を閉めてそれを背に立った。ペレスはテーブルについていた。

友だちの具合はどうだね？　とペレスがきいた。

そいつをあんたに訊きにきたんだ。

ペレスはにっこり笑った。

坐ってくれ。さあ。

あいつは生きてるのか？

坐ってくれ。たのむから。

ジョン・グレイディはテーブルに歩み寄り椅子を引き出して坐った。

コーヒーでもどうだ。

いや、いい。

ペレスは後ろにそっくり返った。

どういう用件なのかいってみたまえ、と彼はいった。

おれの友だちが元気かどうか教えてほしい。

しかしそれを教えるときみは出ていってしまうだろう。

出ていかずにここで何をしろっていうんだ？

ペレスは微笑んだ。おやおや、わからんかね、と彼はいった。きみの犯罪歴を語ってもらいたいんだよ。いうまでもなく。

ジョン・グレイディはじっと相手を見つめた。

金持ちの例にたがわず、と、ペレスはいった。わたしの望みはひとに楽しませてもらうことだけでね。

からかってるのか《メ・トーマ・エル・ペーロ》（直訳すると、髪を引っ張ってるのか、となる）。

そうだ。英語ではたしか、足をひっぱる、というんだったな。

ああ。あんたは金持ちなのか？

いや。いまのは冗談だよ。わたしは英語の練習をするのが好きなんだ。暇つぶしになるのでね。スペイン語はどこで覚えたのかね？

家で。

テキサスでか。

そうだ。

召し使いから習ったわけだな。

うちには召し使いなんかいなかった。うちで働いてもらってたんだ。

前にどこかの刑務所にはいったことがあるかね。

いや。

きみははみ出し者《オベハ・ネグラ》だな、ちがうか？　黒い羊《オベハ・ネグラ》だ。

おれのことなんか何も知らないくせに。

そうかもしれん。ひとつ教えてくれ、どうしてこの監獄から何か異例の方法で出ていけると考えてるんだ？

金は持ってないと前にもいったろう。おれが何を考えてるかあんたにわかるはずがない。

わたしはアメリカ合衆国を知ってる。何度もいったことがある。きみたちはユダヤ人と同じだ。いつだって金持ちの親類がいる。前はどこの監獄にいた？

どこにもはいってなかったのは知ってるだろう。ロリンズはどこにいるんだ？

きみは友だちの身に起こったことはわたしのせいだと思ってるらしい。だがそれは事実じゃないね。

何の用事できたかとさっき訊いたろう。おれはただ友だちがどうしてるか知りたいだけだ。

ペレスは思案げにうなずいた。こういう生か死かという根本のことが問題になってる場合でもじつに珍無類だが白人は心を開かない。きみたちが恵まれた生活をしているからかと思ったこともある。だがそうじゃない。心の問題なんだ。

ペレスはゆったりと背中を後ろにあずけた。こめかみを指で叩いた。頭が悪いわけじゃない。世界像が不完全なんだ。珍無類だね。自分の見たいものしか見ないんだ。いってることがわかるかね？

ああ、わかるよ。

よろしい、とペレスはいった。わたしにはね、人がわたしをどのくらいばかだと思うかでその人間の知性を判断できるんだよ。

あんたがばかだとは思わない。ただ、あんたがきらいなだけだ。

ああ、とペレスはいった。よろしい。たいへんよろしい。

ジョン・グレイディは扉にもたれかかっている下僕を見た。男の目は鎧戸を降ろしたようでどこも見ていなかった。

この男にはわたしたちの話がわからない、とペレスがいった。だから、なんでも思ったことをいうといい。

おれは思ったことをいってる。

そうだな。

もういくよ。

わたしがそれを望まなくても出ていけると思うか？

ああ。

ペレスは微笑んだ。きみはナイフを持ってるかね？

ジョン・グレイディはまた腰をおろした。

監獄というのは――なんといったらいいかな？　美容院《サロン・デ・ベイエーサ》だ。

美容院。

美容院だ。いろんな噂話が飛びかう場所だ。みんながみんなの話を知っている。犯罪というのはおもしろいものだからね。誰でもそれを知っている。

おれたちは犯罪を犯しちゃいない。

まだ犯してないかもしれないな。

どういう意味だ？

ペレスは肩をすくめた。連中は様子を見てるんだ。きみたちの一件についてまだ判断を下していない。もう自分たちの一件に判断が下されてると思うかな？

様子を見たって何もわかるもんか。

おやおや、とペレスはいった。おやおや。犯罪者なき犯罪は存在すると思うかね？　犯人を見つけ出すのが問題じゃない。誰を選ぶかということだ。店でちょうどいい服を選ぶみたいに。

やつらはそんなに急いでないみたいだよ。

いかにメキシコでもきみたちを永久に閉じこめてはおけないからね。だからきみたちは行動する必要がある。起訴されてからでは遅い。そのうち予備審問というやつがおこなわれる。そうするといろいろ難しくなってくるんだ。

ペレスはシャツのポケットから煙草の箱をとりだし吸いたまえといってテーブルに置いた。ジョン・グレイディは動かなかった。

さあ、とりたまえ、とペレスはいった。大丈夫。べつに深い意味はない。これを吸ったからどうこうとはいわない。

ジョン・グレイディは前に乗り出して一本とり口にくわえた。ペレスはポケットからライターを出してパチリと蓋を開いて点火しジョン・グレイディのほうに突き出した。

喧嘩はどこで覚えたのかね？　とペレスがきいた。

ジョン・グレイディは煙を深々と吸って後ろにもたれかかった。

あんた、一体何が知りたいんだ？　と彼はいった。

みんなが知りたがってることだけだよ。

みんなは何を知りたがってる？

きみたちにきんたま《コホーネス》があるかどうかだ。度胸があるかどうかだ。

ペレスも自分の煙草に火をつけライターをテーブルに置いた煙草の箱の上に載せ薄い紫煙を吐いた。

それがわかればきみたちの値段が決められる。

値段のつかない人間もいるよ。

そのとおりだ。

そういう人間はどうする？

そういう人間は死ぬ。

おれは死ぬのは怖くない。

それはけっこう。そういう気持ちは死を早める。生きる糧にはならないものだ。

ロリンズは死んだのか？

いや。死んじゃいない。

ジョン・グレイディは椅子を後ろに押した。

ペレスは気楽な笑みを浮かべた。ほらな？　と彼はいった。きみはわたしのいうとおりにふるまうだろう。

おれはそうは思わない。

腹を決めなくちゃいけないよ。きみたちにはもうあまり時間がない。われわれにはわれわれが思っているほど時間はない。

時間ならここへきてから有り余って困ってる。

自分の立場をよく考えてみてくれるといいんだがね。アメリカ人というやつはときどきあまり実際的でない考え方をする。ものごとが善と悪にきちんと分かれると思ってる。それは迷信なんだがね。

あんたはものごとが善と悪に分かれると思わないのか？

思わない。そういうのは迷信だと思ってる。神なき人々の抱く迷信だ。

アメリカ人が神なき人々だというのか？

ああ、そうだよ。きみはそう思わないか？

思わない。

彼らは自分自身の財産に危害を加えるだろう。わたしはあるとき自分の車を壊している男を見たことがある。大きなマルティーヨで。英語でなんといったかな？

金槌。

エンジンがかからないからだそうだ。メキシコ人がそんなことをするかね？

さあ、知らないな。

メキシコ人ならそんなことはしない。メキシコ人は車が善であったり悪であったりするとは考えないからだ。かりに車に悪が宿っているとしても車を壊したってなんにもならないことを知っている。善と悪が本来どこに宿るものか知っているんだ。じつに珍無類だがアメリカ人はメキシコ人が迷信深いと思っている。しかし迷信深いのはどっちだ？　われわれは物にはいろいろな属性があることを知っている。たとえばある車は緑色だ。あるいはこれこれの種類のエンジンを積んでいる。だが車は堕落しない。わかるか。あるいは人間だ。人間でさえそうだ。ひとりの人間のなかにはいくらかの悪が宿っているかもしれない。しかしわれわれはそれをその人間固有の悪だとは考えない。その人間はどこかでその悪を拾ってきたのか？　何らかの方法で自分のものにしたのか？　ちがう。悪はメキシコでは独立した存在だ。それは自分の足で歩き回るんだ。もしかしたらそのうちきみのところへ訪ねてくるかもしれない。もしかしたらもう訪ねてきたかもしれない。

もしかしたらな。

ペレスはにやりと笑った。もう出ていっていい、と彼はいった。きみはわたしのいうことを信じないようだ。しかしお金だって同じことなんだよ。アメリカ人はつねにこの問題を抱えているようだ。これは汚い金だ、などという。しかしお金にはそういう特別な性質はない。メキシコ人はものごとを特別な風には考えないしお金が役に立たないような特別な領域にものごとを位置づけることもしない。なんでそんなことをするのかね？　お金がよいものだとしたらそれはよいものなんだ。メキシコ人にとって悪いお金というものはない。だからそういう問題を抱えることもない。そういう異常な考え方をすることはないんだ。

ジョン・グレイディは前に身を乗り出してテーブルの上の錫の灰皿で煙草をもみ消した。監獄では煙草は貨幣にひとしいがいま彼がこの小屋の主人の前でぐしゃぐしゃにつぶして見せた煙草はほとんど吸っていなかった。おい、あんた、とジョン・グレイディはいった。

なんだ。

また会おう。

ジョン・グレイディは立ち上がり扉に寄りかかっているペレスの下僕を見た。下僕はペレスを見た。

これから何が起こるのか知りたいんじゃなかったのかね？　とペレスがいった。

ジョン・グレイディは振り返った。知ったらどうにかなるのか？　と彼はいった。

ペレスは微笑んだ。きみはわたしを買いかぶってるよ。ここには三百人からの男たちがいるんだ。なにが起こるか誰にもわからんよ。

誰かが裏で糸をひいてるはずだ。

ペレスは肩をすくめた。かもしれんな、と彼はいった。しかしこの種の世界は、いいかね、こういう監獄はひとに誤った印象を与えるものでね。きちんと統制がとれているかのような印象を。しかし統制がとれるくらいなら彼らは初めからここにはこないわけだ。なかなか大変なんだよ、わかるだろう。

ああ。

もういっていい。きみがこれからどうなるか、わたしも興味津々で見守っているよ。

ペレスは手で小さく合図した。下僕はわきへ寄って扉を開けた。

お若いの《ホーベン》、とペレスがいった。

ジョン・グレイディは振り返った。なんだい？

誰とパンを分け合うかは慎重に考えたほうがいいぞ。

わかった。そうするよ。

ジョン・グレイディはペレスに背を向けて中庭に出た。

ブレヴィンズからもらった金がまだ四十五ペソ残っていたのでそれでナイフを買おうとしたが誰も売ってくれなかった。そもそもナイフがないのか自分に売ってくれないだけなのか彼にはわからなかった。周囲に目を配りながら中庭をぶらぶら歩き回った。南側の壁が作る陽陰にバウティスタ兄弟の姿を認めて足を止めしばらくじっとそちらを見つめていると兄弟が顔を上げてこっちへこいと手ぶりをした。

ジョン・グレイディは二人の前にしゃがみこんだ。

ナイフを買えるか《キエロ・コンプラール・ウナ・トルーチャ》？　と彼がきいた。

二人はうなずいた。ファウスティーノという名前のほうが口を開いた。

金はいくら持ってる《クワント・ディネロ・ティイエーネス》？

四十五ペソだ《クワレンタ・イ・シンコ・ペーソス》。

兄弟はひとしきり無言のまま坐っていた。インディオの浅黒い顔は沈思黙考にひたっていた。内省的だった。この問題はきわめて複雑であとあとに多大の影響を及ぼすとでもいうように。ファウスティーノは唇をものをいう形にした。よし《ブエノ》、と彼はいった。手にいれ《ダ》てやろう《メロ》。

ジョン・グレイディは二人を見た。黒い瞳が光っていた。かりに兄弟が策略を弄するつもりでもそれがどういうものかジョン・グレイディには予見すべくもないので地面に坐りこんで左のブーツを引き抜きなかに手を突っこんで小さく折りたたんだ湿った札束をとりだした。ブーツをはきしばらく札束を人差し指と中指でつまんで持っていたがやがてトランプを配るような器用な手つきでファウスティーノの膝の下に投げこんだ。ファウスティーノは動かなかった。

よし《ブエノ》、と彼はいった。夕方には手にはいるよ《ラ・テンドレ・エスタ・タルデ》。

ジョン・グレイディはうなずき立ち上がって中庭を横切って戻っていった。

ディーゼル油の煙の臭いが監獄の敷地に漂ってきて門の外をバスが走る音が聞こえた。今日が日曜日であることにジョン・グレイディは気づいた。彼は壁に背中をつけてひとりで坐っていた。子供がひとり泣いていた。シエラ・レオン出身のインディオが中庭の向こうからやってくるのを見て声をかけた。

インディオがやってきた。

坐ってくれ《シエンタテ》、と彼がいった。

インディオは坐った。彼はシャツの内側から汗でくたっとなった小さな紙袋をとりだしてジョン・グレイディに渡した。なかには煙草の葉がひとつかみと玉蜀黍の皮で作った紙が一束はいっていた。

ありがとう《グラシアス》、とジョン・グレイディはいった。

紙を一枚とって折りたたみ刻みの粗い煙草の葉をのせて巻き縁を閉じて唾で濡らした。煙草の葉を返すとインディオは自分も一本巻いて紙袋をシャツのなかへ戻し半インチの水道管の継ぎ手で作った手製のライターをとりだして火をつけそれを両手でおおい息を吹きかけて炎を高くしてジョン・グレイディのほうへ差し出しついで自分の煙草にも火をつけた。

ジョン・グレイディは礼をいった。面会人はいないのか《ノ・テイエーネス・ビジタンテス》、ときいた。

インディオはうなずいた。彼のほうからジョン・グレイディに面会人はいないのかとは訊いてこなかった。ジョン・グレイディはインディオが自分に何か話そうとしているのかもしれないと思った。監獄中に知れ渡っているが孤立している自分には伝わってこない情報を教えようとしているのかもしれない。だがインディオには何の情報もないようで二人は壁にもたれて坐り煙草を最後の最後まで吸っていたがやがてインディオは灰を足のあいだに落とすと立ち上がり中庭を歩いて向こうへいってしまった。

昼になっても食事にはいかなかった。坐って中庭を見つめて、監獄内の雰囲気を読みとろうとした。前を通り過ぎる男たちが皆こちらに目を向けるような気がした。しばらくするとみんなが努めてこちらに目を向けないようにしていると思えてきた。彼は半ば声に出してこんな風に考えごとをしてると殺されるとひとりごちた。それからこんな風にひとりごとをいうのもやっぱり危ないと呟いた。しばらくして彼ははっと目が覚め片手をぱっと上に上げた。眠りこんでしまったのに気づいて彼はぞっとした。

目の前の壁が落としている影の幅を見た。中庭が半分影になるとだいたい午後四時。しばらくして彼は立ち上がりバウティスタ兄弟が坐っている処へ歩いていった。

ファウスティーノが顔を上げた。彼がこっちへこいと手招きした。いくともう少し左に寄れといった。それから例のものはおまえの足の下にあるといった。

ジョン・グレイディはもう少しで足もとを見そうになったが見なかった。ファウスティーノがうなずいた。そして、坐りな《シエンタテ》、といった。

ジョン・グレイディは坐った。

紐がある《アイ・ウン・コルドン》だろ。ジョン・グレイディは目を落とした。ブーツの下から短い紐が出ていた。手で隠しながらひっぱると砂利のなかからナイフが現われた。それを手のひらで包みズボンの内側にすべりこませた。立ち上がって歩み去った。

思ったより上等な品物だった。柄の両側の厚みの部分がとれたメキシコ製の飛び出しナイフで金属の柄はめっきがはげて真鍮が見えていた。巻きつけてある紐をほどきシャツでふいて刃をおさめている溝にふっと息を吹きかけた。それからブーツの踵でたたきまた息を吹きかけた。ボタンを押すとパチリと刃が開いた。手首の毛を唾で濡らして切れ味を確かめた。片方の足を反対側の膝の上に上げてブーツの裏で刃をといでいると誰かが近づいてくる足音がしたので刃を閉じナイフをポケットにいれて物陰から出ていくと汚い掘り込み便所にやってきた二人組がすれちがいざまにやりと作り笑いを向けてきた。

半時間後夕食の時を告げる喇叭が中庭の向こうから聞こえてきた。ジョン・グレイディは最後の男が食堂にはいっていくのを待ってから自分もはいり盆をとって列の後ろについた。今日は日曜日で多くの囚人がすでに妻や家族からの差し入れを食べていたから食堂は半分空だった。盆に豆とトルティーヤと得体の知れないシチューを載せて食堂内を見回し隅のテーブルを選んだ。そこには彼よりほんの少しだけ年かさと思われる若い男がひとりで坐り煙草を吸いながらカップで水を飲んでいた。

テーブルの端までくると盆を置いた。坐ってもいいかな《コン・ペルミーソ》、と彼はいった。

若い男は彼を見て鼻から薄い煙を二筋ふうっと吹き出してうなずきカップを手にとった。右腕の内側にはとぐろを巻いたアナコンダと青いジャガーが戦っている図柄の入れ墨があった。左手の親指と人差し指のあいだには派手な色の十字架と五つの何かの印が彫ってある。異常な点は何もない。だが腰をおろしたとたんにジョン・グレイディはこの男がひとりで坐っている理由を悟った。しかし立つにはもう遅すぎた。左手でスプーンをとって食べはじめた。食堂の向こう端の扉にかんぬきをかける音が囚人たちのスプーンが金属の食器にこすれ打ちあたるこもった音にも消されずに聞こえてきた。食堂の前のほうを見た。

食べ物を受けとる場所には誰も並んでいなかった。さっきいたはずの二人の看守の姿も消えていた。ジョン・グレイディは食べつづけた。心臓が高鳴り口のなかが渇き食べ物は灰の味がした。ナイフをポケットからとりだしズボンに差した。

若い男は煙草をもみ消すとカップを盆に載せた。監獄の塀の外の通りのどこかで犬が吠えた。タマル（トウモロコシの粉を練り、肉などの具をいれ、トウモロコシの皮で包んで蒸したもの）を売る女の声が聞こえた。ジョン・グレイディはそういうものが聞こえるのは食堂のなかがしんと静まりかえっているからにほかならないと気づいた。腿で押さえながらナイフの刃をそっと開いてそのままベルトの留め金のうしろに縦にすべりこませた。若い男が立ち上がってベンチを跨ぎ盆を持ってテーブルの向こう側を歩き出した。ジョン・グレイディは左手でスプーンを握り盆をしっかりとつかんだ。若い男がテーブルの真向かいにきた。そこを通り過ぎた。ジョン・グレイディは伏し目がちにだが相手を注視した。テーブルの端までくると男はやにわにこちらを向き盆を縦に持ってそれで殴りかかってきた。ジョン・グレイディにはすべての動きがゆっくりとして見えた。盆の角が目に襲いかかってきた。錫のカップがわずかに傾きなかにはいったスプーンがわずかに立って宙に浮いているように見え男の脂じみた黒い髪がくさび形の顔のまわりで乱れていた。ジョン・グレイディが自分の盆をさっと上げると男の盆の角があたって深い凹みができた。背中をベンチにつけて転がって座席の外に出てよろけながら立ち上がった。男の盆が大きな音をたててテーブルに打ち当たると思ったが男は盆を離さずベンチ沿いにこちらに近づきながらまた盆を振り降ろして襲ってきた。ジョン・グレイディがのけぞってかわし盆と盆が打ち当たって大きな音をたてたとき初めて相手の盆の下にこちらの温かい体にはいりたがっている鉄でできた冷たいイモリのようなナイフの刃が閃くのが見えた。ジョン・グレイディは床にこぼれた食べ物に足をすべらせながら後方に飛びすさった。ズボンから自分のナイフを引き抜き盆を逆手に持って振り立て相手のひたいを打った。男は驚いた様子を見せた。盆を使ってジョン・グレイディの視界を遮ろうとした。ジョン・グレイディはまた後ろに下がった。壁に背中がついた。横に動いて盆を握り直し盆を持つ男の手をねらって打ちかかった。男はジョン・グレイディとテーブルのあいだでしきりに動いた。男は後ろのベンチを蹴り倒した。しんと静まりかえった食堂のなかで盆と盆が打ち当たる音だけがひびき渡った。男のひたいが割れて血が左目に流れこんでいた。男はまた盆で殴りかかるふりをしてこちらを牽制した。ジョン・グレイディは男の体臭を感じた。また男が打ちかかるふりをしてナイフをジョン・グレイディのシャツの前でさっと一振りした。ジョン・グレイディは盆をみぞおちのあたりに下げ壁に沿って動きながら男の真っ黒な目をじっと覗きこんだ。男は一言も言葉を発しなかった。その動きは正確で怨恨による襲撃でないことははっきりわかった。明らかに誰かに雇われているのだった。ジョン・グレイディが盆を振りおろすと男はさっと頭を下げ一度攻撃するふりをしてからさっと前に出てきた。ジョン・グレイディは盆を握り直して壁に沿って動いた。

舌を口の端に這わせると血の味がした。顔を切られたのがわかったが傷の深さはわからなかった。こうして雇われたからには男は名うてのナイフ使いにちがいなくおれはここで死ぬのだという思いがジョン・グレイディの脳裏をかすめた。黒い目の奥を覗きこむとその奥にはまた奥があった。この男の全生涯をかけた悪意が冷たくよそよそしい黒い炎を上げて燃えていた。ジョン・グレイディは盆で防御しながら壁沿いに移動した。やがて上腕の外側を切られた。自分も二度男にナイフで切りつけた。男は恍惚状態で踊る男のようなしなやかな優雅な動きで身をひいてそれをかわした。テーブルについているほかの男たちは二人が近づくにつれて電線から飛び立つ小鳥のようにひとりまたひとりと黙って席を立った。ジョン・グレイディがまた男のほうを向いて盆で打ちかかると男はさっとしゃがみこんだが一瞬ジョン・グレイディの目にはこの両腕を広げてがにまたでしゃがみこんだ華奢な男がこちらの体のなかに身をかがめて住んでいる色の黒いひょろりとしたホムンクルス（かつて精子の中にいると考えられた微小な人間）のように見えた。ナイフがジョン・グレイディの胸の上をさっと往復したと思うと信じがたい素早さで動いた男はまたしゃがみこんで、黙ったまま、微かに体を左右に揺らしながらこちらの目をじっと見つめた。それは死が到来するかどうかをうかがう目だった。死の到来をかつて見たことがありそれが近づいてくるときにどんな兆候が現われ実際にやってきたときにどんな様相を呈するか知っている目だった。

盆が大きな音をたてて床に落ちた。ジョン・グレイディは自分が落としたことに気づいた。手をシャツの胸にあてた。手は血にぐっしょりと濡れていて彼はそれをズボンでふいた。男は盆をこちらの目の前にかかげて自分の動きを隠した。まるでそこに書いてある文字を読めという風だったがそこには何万回もの食事でつけられた傷や凹み以外に見るべきものは何もなかった。ジョン・グレイディは後ずさりした。へなへなと床の上に坐りこんだ。足がねじれた形で尻の下になり両腕がだらりとわきに垂れて背中が壁についた。男は盆をおろした。それをそっとテーブルに置いた。手を伸ばしてジョン・グレイディの髪をつかみ喉を切るためにぐいと頭を引き上げた。そのときジョン・グレイディが床に垂らした手をさっと上げてナイフを男の胸に突き立てた。刃を心臓まで深々と沈めると横にひねって刃を体内に残して柄だけを抜いた。

殺し屋のナイフが音をたてて床に落ちた。青い作業服のシャツの左の胸ポケットに赤い花が咲きそこから霧状の真紅の動脈血が噴き出した。男は膝立ちになり敵の腕のなかへばったりと倒れこんだ。食堂にいた男たちの何人かはすでに外に出ていた。帰りの混雑を避けて早目に出ていった劇場の観客と同じだった。ジョン・グレイディはナイフの柄を捨ててぐったりと胸にもたれかかっている男の油を塗った頭を押しのけた。ごろりと片側に転がって手さぐりで殺し屋のナイフを探した。死んだ殺し屋を押しのけテーブルに手をかけてなんとか立ち上がった。衣服が血でずっしり重くなっていた。テーブルの端までゆき向きを変えて扉までよろめきながらたどり着くとかんぬきをはずし千鳥足で深い青色をした夕暮れのなかに出た。

食堂の扉から漏れる明かりが中庭を渡る灰色の廊下の上に落ちていた。男たちがジョン・グレイディを見に戸口に出てくると明かりは形を変え暗くなって黄昏のなかに溶けこんだ。誰も彼のあとをついてこなかった。彼は手で腹を押さえて慎重に慎重に足を運んだ。壁の上方にとりつけられた照明灯がすぐにも点灯する時間だった。一歩一歩、気をつけて歩いた。ブーツのなかで血がぐちゃぐちゃと音をたてた。彼は手にしたナイフを見てそれを投げ捨てた。いまに最初の喇叭が鳴り壁の照明灯がつくだろう。頭が軽くなったような気がして不思議と痛みがなかった。両手が血でねばつき腹を押さえた手の指のあいだからはさらに血がにじみ出した。いまに照明灯がついて喇叭が鳴るだろう。

最初の鉄の階段までの道のりの半ばで背の高い男が背後に近づき声をかけてきた。ジョン・グレイディは振り返りその場にしゃがんだ。このぐらい暗ければナイフを持っていないことを悟られないだろう。服が血でぐしょ濡れであることも。

一緒にこい《ベン・コンミーゴ》、と男がいった。あんたは合格だよ《エスタ・ビエン》。

ほっといてくれ《ノ・メ・モレステ》。

青素《シアン》色の空の下で監獄の階層をなした暗い建物が切れめなく四方を取り巻いていた。どこかで犬が吠え出した。

大将が助けてやろう《エル・パドローテ・キエレ・アユダールレ》といってるんだ。

なんだって《マンデ》？

男が目の前に立ちはだかった。一緒にこい《ベン・コンミーゴ》、と彼はいった。

ペレスの下僕だった。手を差し出してきた。ジョン・グレイディは後ろに一歩下がった。彼のブーツは中庭の乾いた土の上に血の跡を残した。もうすぐ明かりがつく。喇叭が鳴る。男に背を向けて歩き出すと膝ががくがく揺れた。倒れてまた起き上がった。男が手を貸そうとしたが彼はその手を振り払いまた倒れた。世界が泳いでいた。膝立ちになり地面に両手をついて体を押し上げようとした。広げた両手のあいだに血がぽたぽたと落ちた。四方に建物の壁が黒々とそびえたっていた。空が深い青色をしていた。いつしか彼は横向きに倒れていた。ペレスの下僕が覗きこんだ。かがんでジョン・グレイディをひっぱり上げると肩にかついで中庭を横切りペレスの小屋にはいった。男が足で扉を閉めたとき照明灯がぱっとつき、喇叭が鳴った。


彼は消毒薬の臭いがする真っ暗な石の部屋で目を覚ました。何か触れるものがあるかと手を伸ばすとまるで息をひそめて彼が身動きするのを待ち構えていたかのように体中に痛みが走った。彼は手をおろした。首を動かしてみた。細い光の筋が黒い闇のなかに浮かんでいた。耳をすましたが何も聞こえなかった。息をするたびに剃刀で切られるような感覚が走った。しばらくしてまた手を伸ばすと冷たいブロック壁に触れた。

おい《オラ》、と彼はいった。声はいまにも消えいりそうなほどかぼそく顔はこわばりゆがんでいた。もう一度声を出してみた。誰かいた。いるのが感じられた。

誰《キエン》だ《・エスタ》？　と声をかけたが答えるものはなかった。

いま誰かいるしさっきからも誰かいた。だが誰もいない。さっきから誰かいて今もいて誰も出ていかないのに誰もいない。

宙に浮遊する光の筋を見た。扉の下の隙間から漏れてくる光だった。耳をすました。息を止めて耳をすました。部屋はとても狭いのでとても狭いらしいので闇のなかにいるやつらがもし息をしているならその息の音が聞こえるはずだったが何も聞こえなかった。本当はもう自分は死んでいるのではないかと半分思いこみ絶望のあまり子供が泣き出すときのような悲しみがどっとこみ上げてきたが同時にひどい痛みが伴ったために興ざめして泣くのはやめてすぐに新しく生きることをひと呼吸ひと呼吸生きることを始めた。

彼はいまに起き上がって扉を開けてみるつもりで長い時間をかけて気持ちの準備を整えた。まず上体を起こしにかかった。一気に起き上がろうとしてあまりの痛みに愕然とした。しばらく寝たままで荒い息をついた。手を下におろして床につけようとした。手はぶらぶらと宙を揺れるだけだった。片脚を寝台の端からそっと外に出し半身を起こすと足が床につき片肘をついた格好でじっとしていた。

やがて扉の前にたどりついたが鍵がかかっていた。じっと立っていると足の下の床が冷たかった。上半身が何かに包まれていてまた出血していた。血が出ているのが感じられた。顔を冷たい金属の扉にあてて休んだ。その感触で顔に包帯が巻いてあるのがわかり手で触ってみた。むしょうに喉が渇いた。しばらくそのまま休んだあとまた寝台に戻った。

扉が開いて目のくらむようなまぶしい光がぱっと射しその光のなかに白衣の看護婦ではなく皺くちゃの汚いカーキ色の服を着た男が立ってスプーン二杯分ぐらいのポソレをいれた器とオレンジ・ソーダをいれたコップを載せた盆を持っていた。ジョン・グレイディよりいくつも年上でないその男は盆をささげ持って後ろ向きに部屋にはいりこちらに向き直ったが寝台にだけは目を向けなかった。床に置いたバケツ以外に部屋には何もなく寝台のほかに盆を載せる場所がないので男はそこへ載せた。

男は近づいてきて立ち止まった。ばつの悪そうなそれでいて威嚇するような顔をしていた。男は盆を手で示した。ジョン・グレイディは横向きになり半身を起こした。ひたいに汗が粒になって浮いていた。着せられた粗い綿のガウンのような生地には血が染み透り乾いていた。

飲み物をくれ《ダメ・エル・レフレスコ》、と彼はいった。それだけでいい《ナダ・マス》。

それだけでいい《ナダ・マス》？

そう《ノ》だ。

男がオレンジ・ソーダがはいったコップを差し出すとジョン・グレイディは受けとりそ

れを手に起き上がった。彼は狭い部屋の石のブロックを積んだ壁を見回した。頭上には針金のかごで囲いをした電球がひとつだけついている。

明かりをつけてくれ《ラ・ルス》、たのむ《ポル・ファボール》、と彼はいった。

男はうなずいて戸口にゆきこちらに背を向けて部屋を出て扉を閉めた。暗闇のなかでかんぬきのかかる音が響いた。それから明かりがついた。

足音が階段を降りていった。それから沈黙がつづいた。ジョン・グレイディはコップを口へ持っていってオレンジ・ソーダを飲んだ。生ぬるくてほとんど気が抜けていたが美味かった。

そこに三日間寝ていた。眠り目覚めまた眠った。明かりが消されたあとも暗闇のなかで目を覚ましていた。声を上げてひとを呼んだが誰も応えなかった。捕虜収容所にいた父親のことを思った。父親がそこで恐ろしい目に合ったことは知りながら今まではそれについて詳しく知りたくないと思っていたが今の彼は知りたかった。闇のなかに横たわった彼は父親について知らないことがいくらでもあると思いしかし今知っている以上の父親は知り得ないだろうとも思った。アレハンドラのことを考えたくなかったのはこれから何が起こるかそれがどれだけ酷いことかわからないのでそのときのためにとっておきたかったのだ。そこで彼は馬のことを考えたがいつだって馬のことを考えるのがいちばんだった。それからしばらくするとまた明かりがつき以後二度と消えなかった。彼は眠りこみついで目が覚めかかったときに骸骨の姿をした死者たちがまわりに立っている夢を見ていたことを思い出したが、彼らの真っ黒にぽっかり空いた眼窩はその奥を覗きこんでも何らの思惟も認められなかったにもかかわらず皆黙して語らない何か恐ろしいことを知っているように思われた。目が覚めたとき彼はこの部屋で何人もの人間が死んだのだと悟った。

つぎに扉が開いたとき青い背広を着て革の鞄を持った男がはいってきた。男はにっこり微笑んで具合はどうかと尋ねた。

最高にいいです《メホール・ケ・ヌンカ》よ、と彼が答えた。

男はまたにっこり笑った。鞄を寝台の上に載せて開き外科用の鋏をとりだすと鞄を寝台の足下に置き血で汚れた敷布をはぐった。

あなたは誰です《キエン・エス・ウステ》？　とジョン・グレイディがきいた。

男は驚いた顔をした。わたしは医者だよ、と男はいった。

鋏の丸い先端が肌に触れるとひんやり冷たかった。医者はその鋏の先を腹に巻いた血だらけの包帯の内側にすべりこませて切りはじめた。それから体の下になった包帯を引き抜くと二人で傷の縫い跡を見おろした。

よしよし《ビエン・ビエン》、と医者はいった。二本の指で縫い跡をちょっと押した。いいぞ《ブエノ》、と彼はいった。

医者は消毒液で傷口を清めてからガーゼをあててテープでとめ彼に手を貸して起き上が

らせた。そして鞄から包帯を出してジョン・グレイディの腰に手を回して巻きはじめた。

両手をわたしの肩にかけて、と彼がいった。

え？

両手をわたしの肩にかけるんだよ。大丈夫だから。

ジョン・グレイディは両手を医者の肩にかけた。医者は包帯を巻いた。ようし《ブエノ》、と彼はいった。ようし《ブエノ》。

医者は立ち上がり鞄の口を閉めてから患者を見おろした。

石鹸とタオルを持ってこさせよう、と彼はいった。体を洗うといい。

わかりました。

早期回復者《ファスト・ヒーラー》だ、きみは。

なんですって？

早期回復者といったんだ。医者はうなずいてにっこり笑いくるりと背中を向けて出ていった。かんぬきをかける音は聞こえなかったがどうせ彼にはいく処がなかった。

つぎの訪問者も初対面の人間だった。軍服らしいものを着ていた。男は自己紹介をしなかった。男を連れてきた看守は扉を閉めてその外に立った。男はあたかも負傷した英雄を見舞うかのように帽子をとった。それから上着の胸のポケットから櫛をとりだし油をつけた髪を左右に一度ずつとかしてからまた帽子をかぶった。

いつごろ歩けるようになるかな、と男がきいた。

歩いてどこへいけというんです？

家に帰るんだ。

いますぐ歩けますよ。

男は口をきゅっと結んで相手をじっくり観察した。

やって見せてくれ。

ジョン・グレイディは敷布をわきにまくり上げて両足を床におろした。部屋のなかを往復した。冷たいなめらかな石の床に湿った足跡が残ったが世界それ自体の物語のようにすうっと消えていった。汗の玉がひたいで震えた。

きみたちは運がいい、と男がいった。

あまりそんな気がしませんがね。

男は運がいいとまたいって、うなずきながら出ていった。

一眠りしたあとまた目が覚めた。夜と昼の区別を知る手がかりは食事しかなかった。ジョン・グレイディはほとんど食べなかった。最後の食事は米をつけ合わせた鶏の丸焼き半分と缶詰の梨がふた切れで、彼はこれをひと嚙みひと嚙み味わいながら寝てるあいだに外の世界で起こった事柄や今起こっている事柄の筋書きをああでもないこうでもないと考えた。そしてこの先起こる事柄についても考えた。野原へ連れていかれて銃殺されるかもしれないという考えもまだ捨ててはいなかった。

彼は部屋を往復して歩く練習をした。盆の底をガウンの袖で磨き部屋の中央の電球の真下に立って傷つき憤怒に燃える魔人を呼び出そうとでもいうようにゆがんだ金属の表面にぼんやりと映る顔を凝視した。顔から包帯をはがして傷跡をよく見て指で触ってみた。

つぎに目が覚めるといつ扉を開けてはいってきたのか看守が服とブーツを抱えて立っていた。男はそれを床に放り出して部屋から出た。おまえの服《ススプレンダス》だ、といって男は扉を閉めた。

ジョン・グレイディはガウンを脱ぎ捨て石鹸とボロ布で体を洗いタオルで拭いて服を着こみブーツをはいた。誰かが血を洗い流してくれたらしくブーツがまだ濡れていたので脱ごうとしたが脱げなかったので服を着てブーツをはいた格好で寝台に寝そべり一体これから何が起こるのか待つことにした。

二人の看守がやってきた。彼らは扉を開けてじっと立って待った。ジョン・グレイディは起き上がって部屋から出た。

廊下を歩いて狭い中庭《パティオ》を横切りべつの棟にはいった。また廊下を歩いていくとやがて看守がある部屋の扉を叩いてから開けひとりがはいれと手で促した。

机についているのはジョン・グレイディが歩けるかどうかを部屋へ見にきたあの軍の指揮官風の男だった。

坐りたまえ、と男がいった。

ジョン・グレイディは坐った。
男は引き出しを開けて一枚の封筒を出し机越しに差し出した。
これはきみのだ、と指揮官がいった。
ジョン・グレイディは封筒を受けとった。
ロリンズはどこです？　と彼はきいた。
何かね？
おれの友だちはどこです《ドンデ・エスタ・ミ・コンパードレ》？
きみの友だちか。
ええ。
外で待ってるよ。
おれたち、どこへいくんです？
帰るんだ。自分の家に帰るんだ。
いつ。
何といったのかね？
いつです《クワンド》。
いまだ。さあもう用はない。
指揮官が手を一振りした。ジョン・グレイディは椅子の背に片手をかけて立ち上がり男に背を向けて部屋を出ると二人の看守とともに廊下を歩いて事務所を通り抜け非常門から外に出たがそこにロリンズがほぼ彼らしい服装をして待っていた。五分後二人は町の通りに出て監獄の正門の鉄枠をはめた丈の高い木の扉の前に立っていた。

通りにバスが停まっていたので二人は苦労して乗りこんだ。通路を歩いていくと空のかごを持った女たちが低い声で二人に挨拶した。

もう死んだかと思ったぜ、とロリンズがいった。

おれもおまえが死んだと思ったよ。

何があったんだ?

あとで話すよ。とにかく坐ろう。いまは話はやめだ。黙って坐っていよう。

おまえ、体は大丈夫か?

ああ。大丈夫だ。

ロリンズは首をめぐらして窓の外を見た。何もかもが灰色で動かなかった。通りにぽつりぽつりと雨粒が落ちてきた。バスの屋根の上にも落ちて小さな鐘がただひとつきり鳴っているような寂しい音をたてた。通りのずっと先のほうには教会の円形屋根を支えるアーチ形の控え壁と鐘楼のてっぺんの尖塔が見えた。

昔っから今に悪いことが身近で起きると思ってた。てめえが巻きこまれるとは思ってなかったがな。ただ身近で起きるとだけ思ってたんだ。

黙って坐ってろよ、とジョン・グレイディがいった。

二人はじっと坐って通りに降る雨を眺めていた。乗客の女たちも静かに坐っていた。空はだんだん暗くなり太陽のありかを暗示する薄明るい部分も全くなくなった。女がさらに二人乗りこんできて席につきそれから運転手がさっと飛びこんできてドアを閉めバックミラーで後ろの様子をうかがうとギアをいれてバスを出した。何人かの女が窓ガラスを手で拭きメキシコの灰色の雨のなかに建っている監獄を見返った。監獄は敵がもっぱら外部からやってきたもっと古い時代の、もっと古い国の城塞にそっくりだった。

町の中心部まではほんの数ブロックの距離で二人がそろそろとバスから降りると広場にはすでにガス灯が点っていた。四角い広場の北側までゆっくりと歩いてゆきアーケードの下にはいって雨を眺めた。壁の前に茶色い楽隊の制服を着た四人の男が楽器を持って立っていた。ジョン・グレイディはロリンズを見た。帽子もかぶらず濡れた服を着て立っているロリンズは途方に暮れているように見えた。

何か食おう。

金がないぜ。

それがあるんだな。

どこから持ってきた？　とロリンズがきいた。

金でぱんぱんに膨らんだ封筒をもらったんだ。

二人はカフェにはいって仕切り席についた。給仕がやってきてテーブルにメニューを置いていった。ロリンズは窓の外を見やった。

ステーキを食おう、とジョン・グレイディがいった。

いいな。

食って、どこかホテルに部屋をとって、体をさっぱり洗って、寝るんだ。

いいな。

ジョン・グレイディがステーキとフライド・ポテトとコーヒーを二人分注文すると給仕はうなずきメニューを持っていった。ジョン・グレイディは立ってゆっくりとカウンターへゆき煙草とマッチをふた箱ずつ買った。テーブルについているほかの客が店のなかを歩くジョン・グレイディをじっと見ていた。

ロリンズは煙草に火をつけて相棒を見た。

おれたち、なんで死んでないんだ？　と彼はいった。

彼女が受け出してくれたんだ。

お嬢さんか？

いや、大叔母さんのほうだ。

なぜ？

さあな。

金を持ってるのもそういうわけか?

ああ。

でも、お嬢さんとも関係あるだろ?

あるんだろうと思う。

ロリンズは煙草を吸った。窓の外を見た。外はすでに暗かった。通りは雨に濡れ黒い水たまりのなかでカフェや街灯の明かりが血を流したように映っていた。

ほかに説明がつかないだろう?

ああ。

ロリンズはうなずいた。おれは逃げようと思えば逃げられたよ。ただの病棟だったからな。

なぜ逃げなかった?

さあな。逃げないなんてばかなやつだと思ってるのか?

さあな。ああ。思ってるかもしれない。

おまえならどうした?

おまえをおいて逃げたりしなかったよ。

ああ。わかってるさ。

だからって、ばかじゃないとはいえない。

ロリンズは頬がゆるみそうになった。それで横を向いた。

給仕がコーヒーを運んできた。

もうひとりおっさんがいた、とロリンズがいった。あっちこっち切られてた。たぶん悪いやつじゃなかったんだろう。土曜の夜に出ていったよ、ポケットに金を少しいれてもらって。ペソだ。あわれなおっさんだった。

どうしたんだ？

死んだのさ。そのおっさんを運び出していくとき、もしこのおっさんが自分でこれを見てたらさぞかし変な気がするだろうと思ったな。本人でないおれでさえ変な気がしたくらいだから。人間はさあ死のうと思って死ぬわけじゃないだろう？

ああ。

ロリンズはうなずいた。やつらはおれにメキシコ人の血をいれたよ、と彼はいった。

そして顔を上げた。ジョン・グレイディは煙草に火をつけるところだった。マッチをふって消し灰皿に捨ててロリンズを見た。

それで。

それで、どういうことになるんだ？　とロリンズがきいた。

何が？

おれは一部分だけメキシコ人ってことになるのか？

ジョン・グレイディは煙を吸いこみ後ろにもたれかかって煙を空中に吐いた。一部分だけメキシコ人？　と彼はいった。

ああ。

どのくらいいれたんだ？

一リットル強、だそうだ。

強、ってどの程度だ？

知らないな。

まあ、一リットルといえば体中の血の半分だな。

ロリンズは相棒の顔を見た。おい、嘘だろ？　と彼はいった。

嘘だよ。なあに、べつに大した意味はないさ。血に変わりはないんだ。どこの血だろうと関係あるもんか。

給仕がステーキを持ってきた。二人は食べた。ジョン・グレイディはロリンズをじっと見ていた。ロリンズが顔を上げた。

なんだ？　とロリンズがいった。

なんでもない。

あそこから出られたんだ、もっと嬉しそうな顔しろよ。

おれも同じことをおまえにいおうと思ってたよ。

ロリンズはうなずいた。そうだな、と彼はいった。
これからどうしたい？
家に帰りたいな。
わかった。
二人は食べた。
おまえはあそこへ戻る気だろう？　とロリンズがいった。
ああ。そうすると思う。
あの娘がいるからだな？
ああ。
馬はどうなんだ？
娘と、馬だ。
ロリンズはうなずいた。彼女、おまえが帰ってくるのを待ってると思うか？
さあ。
あのばあさん、おまえを見たらびっくりするぜ。
いや、それはない。あれは頭のいいひとだ。
大将はどう出るかな？
大将は自分でこうと思ったとおりにするだろうよ。

ロリンズは皿の骨のわきにナイフとフォークを十字に交差させて置き煙草を出した。

いくのはやめろよ、とロリンズがいった。

もう決めたんだ。

ロリンズは煙草に火をつけマッチをふって火を消した。顔を上げた。

お嬢さんが大叔母さんとした取り引きの中身はひとつしかないと思うがな。

わかってる。しかしおれは彼女自身の口から聞きたいんだ。

それを聞いたら帰ってくるか？

帰ってくる。

わかった。

馬にも未練があるしな。

ロリンズは首を振りわきを向いた。

一緒にきてくれとはいわないよ、とジョン・グレイディはいった。

わかってるさ。

おまえはもう大丈夫だ。

ああ。わかってる。

ロリンズは煙草の灰を落とし手の甲で目を押さえて窓の外を見た。外はまた雨が降っていた。通りには一台の車も走らなかった。

あんなとこで子供が新聞を売ってるな、と彼はいった。人っ子ひとりいないのにあんなとこに立って新聞をシャツの下にいれて声を張り上げてやがる。

彼は手の甲で目をぬぐった。

ええ、くそ、と彼はいった。

どうした？

なんでもない。ただ、くそ、といったんだ。

なんだ？

ブレヴィンズのことを思い出したんだ。

ジョン・グレイディは答えなかった。ロリンズは向き直って相棒の顔を見た。目が濡れて彼は年をとったように悲しげに見えた。

野っぱらへ連れだしてあんなふうに殺しちまうなんて、信じられないよ。

ああ。

やつがどんなに怖い思いをしたか、ずっと考えてた。

家に帰ったら嫌なことは考えなくなるさ。

ロリンズは首を振りまた窓の外を見た。そいつはどうかな、と彼はいった。

ジョン・グレイディは煙草を吸った。じっとロリンズを見つめた。しばらくして彼はいった。おれはブレヴィンズじゃない。

ああ、とロリンズはいった。そりゃ知ってるよ。しかし、おまえがあいつよりどれだけましか怪しいと思うよ。

ジョン・グレイディは煙草をもみ消した。いくか、と彼はいった。

二人は薬局で歯ブラシと石鹸と安全剃刀を買いアルダマ通りを二ブロック歩いた処にあるホテルにひと部屋見つけた。部屋の鍵はふつうの家で使うような鍵に木の札をとりつけたもので札には部屋の番号が焼いた針金で書きつけてあった。雨がそぼ降るタイル敷きの中庭を通って部屋を探しあて扉を開けて明かりをつけた。寝台に男がひとり坐っていて二人のほうに目を向けた。二人は後ずさりして明かりを消し扉を閉めてフロントに戻りフロント係からべつの鍵を受けとった。

部屋の壁は明るい緑に塗られていて隅にシャワー室が作ってありレールに油布のカーテンが吊るされていた。ジョン・グレイディがシャワーの蛇口をひねるとしばらくして熱い湯が出てきた。彼はまた蛇口を閉めた。

先に浴びろよ、と彼はいった。

おまえ、先に浴びろ。

おれはまずこの包帯をとらなくちゃ。

彼が寝台に坐って包帯をはずしているあいだにロリンズがシャワーを浴びた。ロリンズは湯を止めカーテンを開いてすり切れたタオルで体をふいた。

おれたち、結構な身分だな？　とロリンズがいった。

ああ。

どこで糸を抜いてもらうつもりだ？

医者を見つけなくちゃな。

縫うより抜くほうが痛いっていうぜ。

ああ。

知ってたのか？

ああ。知ってた。

ロリンズはタオルを腰に巻き寝台の反対側に腰かけた。金のはいった封筒がテーブルの上に載っていた。

いくらはいってるんだ？

ジョン・グレイディは顔を上げた。さあな、と彼はいった。まあ拍子抜けするほど少ないだろうさ。いいから、数えてみろよ。

ロリンズは封筒を手にとり紙幣を寝台の上に置きながら数えた。

九百七十ペソだ、と彼はいった。

ジョン・グレイディはうなずいた。

つまり、いくらだ？

だいたい、百二十ドルだな。

ロリンズは札束をガラスを敷いたテーブルの上でそろえて封筒に戻した。

ふたつに分けてくれ、とジョン・グレイディがいった。

おれは金はいらない。

いや、いる。

おれは家に帰るんだ。

そんなことは関係ない。半分はおまえのだ。

ロリンズは立ち上がってタオルを寝台の鉄の枠にかけカバーをはぐった。おまえは一セントでもたくさんあったほうがいいはずだぜ、と彼はいった。

シャワーを浴びて出てきたときロリンズは眠っているとジョン・グレイディは思ったが眠ってはいなかった。部屋を横切って明かりを消し戻ってきて寝台の毛布の下へもぐりこんだ。暗がりのなかで横たわって通りの音と中庭に落ちる雨の音を聞いた。

おまえ、お祈りなんかするのか？　とロリンズがいった。

ああ。ときどき。このごろ、ちょっと忘れてるがな。

ロリンズは長いあいだ黙っていた。それからいった。おまえが今までしたことのうち、いちばん悪いことはなんだ？

さあな。まあ、よっぽど悪いことなら、ひとにはいわないんじゃないか。なぜそんなことを訊く?

わからん。切られて病室にいたとき、いろいろ考えごとをした。いまこんな処にいるのも、そういう運命だったんだろうなと思ったよ。そんな風に思ったことはないか?

あるさ。ときどき。

二人は暗闇のなかで耳をすましていた。誰かが中庭を横切った。扉が開いてまた閉まった。

おまえは悪いことなんかしたことないだろ、とジョン・グレイディがいった。

前にいっぺん、ラモントと二人で小型トラックに飼料を積んで、スターリング・シティのメキシコ人に売って金をネコババしたことがある。

たいして悪くもないな。

もっとちがうこともしたぜ。

おまえが話をする気なら、おれは煙草を吸おう。

ああ、もう黙るよ。

二人は黙って横たわっていた。

何があったかは知ってるんだろ?　とジョン・グレイディがきいた。

食堂でか?

ああ。

うん、知ってるよ。

ジョン・グレイディはテーブルに置いた煙草をとり一本火をつけてマッチを吹き消した。

自分があんなことをするとは思わなかった。

仕方がなかったんだ。

それにしてもまさかやるとは思わなかった。

やらなきゃ相手がおまえをやったんだ。

ジョン・グレイディは煙草を吸い見えない煙を闇のなかに吹き出した。いい繕ってくれなくていい。やったことは、やったことだからな。

ロリンズは答えなかった。しばらくしてきいた。ナイフはどこで手にいれた？

バウティスタ兄弟から買った。おれたちの有り金の四十五ペソで。

ブレヴィンズの金か。

ああ、ブレヴィンズの金だ。

ロリンズは横向きに寝て暗がりのなかの相棒の顔を眺めた。ジョン・グレイディが煙を吸って煙草の先が深紅に光ると頬に傷跡のある顔が無造作に修理されたえび茶色の芝居用の仮面のように闇のなかにぽっと現われまた消えていった。

ナイフを買ったとき、おれにはなんのために買うのかわかってた。

おまえのしたことのどこが悪いのか、おれにはわからんな。

煙草の先が光って、また暗くなった。わかってる、とジョン・グレイディはいった。けど、やったのはおまえじゃないからな。

朝になってもまだ雨が降っており二人は前の晩と同じカフェの外につまようじをくわえて立ち広場に降る雨を眺めていた。ロリンズがガラスに鼻を映してしげしげと見た。

おれが嫌だと思ってること、わかるか？

なんだい？

こんな格好で帰ることさ。

ジョン・グレイディは相棒をちらっと見て目をそらした。そういうのも無理はないな、と彼はいった。

おまえだってそう格好よかないぜ。

ジョン・グレイディはにやりと笑った。こいよ、と彼はいった。

二人はビクトリア通りの男性洋品店で新しい服と帽子を買いそれを身につけて通りに出てしとしとと降る雨のなかをバス停留所まで歩きロリンズが乗るヌエボ・ラレード行きのバスの切符を買った。ごわごわする新しい服を着た二人がバス停留所のカフェにはいって新しい帽子をそれぞれ隣の椅子に逆さまにのせて坐りコーヒーを飲んでいるとやがてバスの発車を告げる声がスピーカーから流れた。

おまえのバスだ、とジョン・グレイディがいった。

二人は腰を上げて帽子をかぶり乗り場に出ていった。

じゃあな、とロリンズがいった。そのうちにまた会おうぜ。

気をつけてな。

ああ。おまえもな。

ロリンズは向こうをむいて運転手に切符を渡し運転手が鋏を入れて返すとどことなくぎこちない動きでバスに乗りこんだ。彼が通路を歩いていくあいだジョン・グレイディはじっと立って見ていた。ロリンズはこちら側の窓際の席に坐るだろうと思ったがそうはしなかった。相棒が反対側の席についたのでジョン・グレイディはしばらく佇んだあとで踵を返して歩き出し停留所から出て雨の降る通りをゆっくり歩いてホテルに戻った。

翌日からジョン・グレイディはこの高地の砂漠の真ん中にある小さな町の外科医をしらみつぶしにあたってみたが彼の望む処置を施してくれる者はひとりも見つからなかった。何日間か狭い通りをあちこち歩き回った彼はとうとう町の隅々まで知りつくしてしまった。一週間後にようやく顔の縫い糸を抜いてもらうことができたが、坐らされたのはふつうの金属製の椅子で、外科医は鼻唄まじりに鋏で糸をぷつりぷつりと切り鉗子でつまんで引き抜いた。医者は傷跡はいずれもっと目立たなくなるといった。じわじわとよくなっていくからなるべく顔は見ないほうがいいともいった。それから顔に包帯を巻き五十ペソを請求し五日たったらまたくるように腹の糸を抜いてあげようといった。

その一週間後に北へ向かうトラックの荷台に乗ってジョン・グレイディはサルティーヨをあとにした。涼しい曇った日だった。トラックの荷台には大きなディーゼル・エンジンが積まれ鎖で固定してあった。通りをがたごと走って町から出てゆくトラックの荷台に坐って、両側の側板をしっかりつかんで体を支えていた。しばらくすると彼は帽子をぐっとまぶかにかぶり立ち上がって両腕を伸ばしトラックの運転台の屋根の端をつかんでその姿勢のまま旅をつづけた。その姿はまるで田舎に新しい知らせを伝えにきた人間のようだった。あるいはまるで新手の伝道師のような姿といってもいいが高地から降りてきて荒涼たる平地の風景のなかを北のモンクローバの町を指して進んでいった。

4

パレドンの町の先にある二本の鉄道線路が合流する駅でトラックの運転手は五人の農業労働者を拾ったが荷台に乗りこんできた彼らは先客のジョン・グレイディに会釈し用心深い丁重な言葉づかいで話しかけてきた。もうだいぶ暗くなり雨が細々と降っていて駅の黄色い明かりが男たちの濡れた顔に映っていた。鎖で据えつけたエンジンの前に一塊となって陣どった男たちにジョン・グレイディが煙草を勧めると男たちは礼をいいめいめいに一本ずつ両手で囲って落ちてくる雨に小さな炎を消されないようにして火をつけまた礼をいった。

あんた、どこからきたのかね《デ・ドンデ・ビエーネ》？　と男たちがきいた。

テキサスから《デ・テーハス》。

テキサス《テーハス》か、と彼らはいった。で、どこまでいくのかね《イ・ドンデ・バ》？

ジョン・グレイディは煙草を吸った。そして男たちの顔を見た。年かさの男が顎をしゃくって彼の新しい安物の服を示した。

恋人に会いにいくんだよ《エル・バ・ア・ベール・ア・ス・ノビア》。

　まじめな顔で彼を見つめてくる男たちにジョン・グレイディはうなずいてみせそうなんだといった。

はあ、と男たちはいった。そりゃ結構だなあ《ケ・ブェノ》。それからずっとあとあとまでジョン・グレイディがこの男たちの笑顔とその笑顔を生み出す善意を覚えていたのも当然でそれというのもその笑顔にはひとを保護し矜持を授け決意を強めてくれる力があったからであり万策尽きてしまったあともひとの傷を癒し安全な場所まで連れていってくれる力を持っていたからだ。

　ようやくトラックが動き出すとまだ運転台の後方で立っている彼を見て男たちが自分たちの荷物の上に坐れといい彼もその申し出を受け、やがてアスファルト道路の上を転がってゆくタイヤの低い音に彼はうとうと居眠りをしはじめたがそのうちに雨がやみ夜空は晴れ上がってすでに昇っていた月がハイウェイ沿いの電線のあいだにひとつぽつんと銀色に燃える音符のように浮かんで均質で豊かな闇を背景にトラックと競争し両わきを流れてゆく平原は雨が降ったおかげで土と穀物と唐辛子の匂いをたっぷり含み時に馬の匂いまでもたてるのだった。真夜中にモンクローバに着くとジョン・グレイディは五人の労働者のひとりひとりと握手してトラックの運転台のわきに回り運転手に礼をいいそこに同乗している二人の男にうなずきかけそれから赤い尾灯が通りを遠ざかってゆくのを見送った。トラックはハイウェイに出てゆき彼は真っ暗な町にひとり残された。

夜は暖かく彼は並木道のベンチで眠って目が覚めるとすでに太陽は昇り町は活動を開始していた。青い制服を着た子供たちが並木道を歩いていた。彼は起きて通りを横切った。女たちが店の前の歩道を掃き露店商人たちが小さな台やテーブルの上に商品を並べて今日一日の商売の準備をしていた。

彼は広場から少しはいった通りのカフェのカウンター席でコーヒーと菓子パン《パン・ドゥルセ》の朝食をとりそれから薬局で石鹼を買い前に買った安全剃刀と歯ブラシと一緒に上着のポケットにいれその通りを西の方角に歩いていった。

彼はフロンテラまでいく車に乗せてもらいまたべつの車に乗り換えてサン・ブエナベントゥーラまでいった。昼に用水路で水浴びをしひげを剃り服を洗ってそれが乾くまで上着を敷いて日なたで眠った。用水路の下流には小さな木の囲い堰があって目が覚めるとそのなかで子供たちが裸で水遊びをしていた。彼は起き上がって上着を腰に巻きつけ用水路の岸を歩いて彼らのそばにゆき腰をおろして水遊びを眺めた。二人の少女が用水路沿いにやってきた。二人で布をかぶせたたらいのようなものを持ちそれぞれ空いたほうの手に桶を持っていた。畑で野良仕事をする人たちに昼食を運んでいくのだった。少女らは坐っている半裸の男に内気な微笑みをむけた。男の肌は青白く胸と腹に走る赤い傷跡は炎症を起こしていた。男は静かに煙草を吸っていた。そして泥水のなかで遊んでいる子供たちを眺めていた。

午後はずっと熱い陽射しのもと乾ききった道をクワトロ・シエネガスめざして歩いた。途中で出会う人はみな挨拶の言葉をかけてきた。畑のわきを歩いてゆくと幾人かの男女が地面を掘っていた。道の近くにいる者は働く手を止めて彼に会釈しいい天気だねと声をかけてきたが何をいわれてもジョン・グレイディはそうだねと答えていた。夕方になると彼は人夫たちの野営地で夕食をごちそうになった。五つか六つの家族が切り出したままの木の枝を麻の縄で縛って作ったテーブルひとつに一緒についていた。テーブルはテントの下に据えられていて夕陽が深いオレンジ色の布地を透してその下の空間に溶けこみ、継ぎ目や縫い目が影になって動き回る人々の顔や服の上を通り過ぎた。少女たちが木箱の底を利用した小さな盆で料理の皿を配ったが安定の悪そうなテーブルの上に載せてもなぜか皿はぐらつかなかった。テーブルの端に坐った老人が全員を代表して祈りの文句を唱えた。老人は神よ死んだ者たちをお忘れになりませんようにといいここに集まった者らが玉蜀黍の育つのは神の御心によることを忘れませんように神の御心がなければ玉蜀黍が育つこともなく陽の光も雨も何もなくただ暗闇があるだけですからといった。それから彼らは食べた。

人夫らが寝床を用意するといったが礼をいって辞退し真っ暗な道に出てしばらく歩くと

木立があったのでそこで眠った。朝がくると道に羊の群れがいた。その向こうから人夫らを運んできたトラックが二台やってきたので彼は道に出ていって運転手に乗せてくれと頼んだ。運転手が乗れと顎をしゃくったので彼が乗りこむとすぐにトラックが走り出したので彼は荷台であおむけに倒れ難儀しながら起き上がろうとした。しかし起き上がれずそれを見た人夫らが数人立ってきてひっぱり起こしてくれた。こんな風にして何台かのトラックに乗せてもらいまたかなりの距離を歩いて西に進みナダドーレスの先の低い山地を越えて沼地におりラ・マドリーからきている粘土道をたどって午後遅くにひさしぶりにラ・ベーガの町にはいっていった。

店でコカコーラを買いカウンターにもたれて立ち飲みした。それからもう一本飲んだ。カウンターの向こうの少女はいぶかしげに彼を眺めていた。彼は壁のカレンダーをじっと見つめていた。もう一週間ほど日付けを知らずにいたので少女に尋ねてみたが彼女も知らなかった。彼は二本目の瓶を一本目の瓶の隣に置きまた粘土道に出てラ・プリシマ牧場をめざして歩きはじめた。

七週間離れているうちに夏が過ぎてあたりの風景は一変していた。途中で人に会うこともほとんどなく暗くなった直後に牧場に着いた。

牧場長の家の扉を叩いたとき戸口の奥に夕餉の卓を囲む一家が見えた。牧場長の妻が出てきて彼の姿を見るとなかに戻って主人のアルマンドを呼びにいった。アルマンドが出てきてつまようじを使いながら戸口に立った。なかにはいれとはいわなかった。それからアントニオが出てきて一緒に屋根付き廊下に腰をおろして煙草を吸った。

屋敷には誰がいる？《キエン・エスタ・エン・ラ・カサ》　ジョン・グレイディがきいた。

アルフォンサさまだ《ラ・ダーマ》。

だんなさまはいるのかい？《イ・エル・セニョール・ローチャ》

メキシコ・シティだ《エン・メヒコ》。

ジョン・グレイディはうなずいた。

だんなさまとお嬢さんはメキシコ・シティへいっちまったよ《セ・フエ・エル・イ・ラ・イーハ・ア・メヒコ》。飛行機で《ポル・アビオン》。彼は自分の手を飛行機に見立てて動かした。

いつ戻るかな？《クワンド・レグレーサ》

さあいつかな《キエン・サーベ》。

二人は煙草を吸った。

おまえの持ち物はまだ置いてあるよ《トウス・コサス・ケダーン・アキ》。

ほんとか？《シ》

ああ《シ》。拳銃《トウ・ピストーラ》も。なにもかも全部な《トーダス・トウス・コサス》。おまえの相棒の物もだ《イ・ラス・デ・トウ・コンパードレ》。

すまなかったな《グラシアス》。

いやなに《デ・ナーダ》。

二人はじっと坐っていた。アントニオが彼を見た。

おれはなんにも知らないんだ《ヨ・ノ・セ・ナーダ》、若いの《ホーベン》。

わかってるよ《エンティエンド》。

ほんとだぜ《エン・セリオ》。

べつにいいんだ《エスタ・ビエン》。厩舎に泊めてもらえるかな《プエド・ドルミール・エン・ラ・クワドラ》？

ああ《シ》。そんなことおれに訊かなくてもいいさ《シ・ノ・メ・ロ・ディーガス》。

例の牝馬たちはどうしてる《コモ・エスタン・ラス・イエグワス》？

アントニオはにやりと笑った。牝馬ども《ラス・イエグワス》か、と彼はいった。

アントニオが荷物を持ってきてくれた。拳銃の弾倉は空で弾薬はひげ剃りの道具や父親にもらった古いマーブルの狩猟用ナイフと一緒に雑嚢のなかにはいっていた。彼はアントニオに礼をいって真っ暗な厩舎にはいっていった。前に使っていた寝台にはマットレスが巻いて置いてあったが枕はなく上にかけるものもなかった。マットレスを広げてその上に腰をおろしブーツを脱いで体を長々と横たえた。厩舎へはいったときに馬房にいる馬の何頭かが寄ってきたがいま馬が鼻を鳴らし身動きする音を聞きながらおれはこの音を聞くのが好きだこの匂いを嗅ぐのが好きなんだと思っているうちに眠りについた。

夜が明けると老馬丁がぱっと部屋の扉を開けて彼をじろじろと眺めた。それからまた扉を閉めた。老人がいってしまうとジョン・グレイディは起き上がって石鹸と剃刀をとり厩舎のはずれの水道の蛇口がある場所へ出ていった。

牧場主の屋敷のほうへ歩いていくと馬屋と果樹園のほうから出てくる猫と高い壁に沿ってやってくる猫と古い木の門の下をくぐり抜ける順番を待っている猫が目についた。カルロスが羊を一頭つぶしたらしく正面玄関のまだら模様の敷石の上にはさらに何匹かの猫がアジサイの繁みを透して落ちてくる早朝の陽の光で日なたぼっこしていた。エプロン姿のカルロスが門の奥の母屋の入口からこちらをちらっと見た。ジョン・グレイディがおはようというと重々しくうなずいてなかにひっこんだ。

マリアは彼を見ても驚いた様子を見せなかった。彼は朝食を出してくれた彼女の顔を見つめながら彼女がひとりで話すのを聞いていた。アルフォンサさまはあと一時間しないと起きてこないのよ。十時に車が迎えにくることになってるわ。今日は夕方までマルガリータ荘を訪ねることになっててね。でも暗くなる前には戻っていらっしゃるはずよ。だからたぶんあなたが出ていく前に会えるわ。

ジョン・グレイディはコーヒーを飲んだ。煙草をくれないかと頼むとマリアは流しの上の窓敷居から自分が吸うエル・トーロスの箱をとってテーブルに置いた。どこへいっていたのかとも元気にしていたのかとも尋ねなかったが腰を上げて出ていこうとすると彼の肩に手をかけてカップにコーヒーのおかわりを注いでくれた。

ここで待ってるといいわ《プエデス・エスペラール・アキ》、と彼女はいった。もうすぐ起きてらっしゃるから《セ・レバンタ―ラ・プロント》。

それで彼は待った。カルロスがはいってきてナイフを流しに置きまた出ていった。七時になるとマリアは朝食の盆を持って台所から出ていき戻ってくると今夜十時に屋敷へくるようにそのときアルフォンサさまがお会いになるそうだといった。彼は腰を上げた。

馬を一頭貸してもらえるかな《キシエラ・ウン・カバーヨ》、と彼はいった。

馬《カバーヨ》。

ああ《シ》。今日一日だけ《ポル・エル・ディーア》、それ以上は頼まない《ノ・マス》。

ちょっと待ってね《モメンティート》、と彼女はいった。

戻ってきた彼女がうなずいた。貸してくれるって《ティエーネス・トゥ・カバーヨ》。ちょっとお待ち《エスペーラテ・ウン・モメント》。まあお坐りよ《シエンタテ》。

待っているとマリアが昼食をこしらえ紙で包み紐で縛って渡してくれた。

ありがとう《グラシアス》、と彼はいった。

いいんだよ《デ・ナーダ》。

マリアはテーブルから煙草の箱とマッチをとってそれも差し出した。彼はマリアの顔色にたったいま対面してきた女主人の自分に対する感情が反映してはいないか読みとろうとした。そして見えたものが間違っていればいいと思った。マリアが煙草を彼に押しつけた。

さ、もういきなさい《アンダレ・プエス》、と彼女はいった。

厩舎の馬房には新しい牝馬が何頭かはいっておりジョン・グレイディはそれらの馬の前で足を止めて全部を見た。馬具置き場の明かりをつけて鞍下毛布を一枚といつも使っていた馬勒をとり棚に並んだ五、六個の鞍からいちばんよさそうなものを選んでざっと点検し埃を吹き革帯をよく調べてから角をつかんで肩にかつぎ厩舎から出て囲い柵のほうへ歩いていった。

牡馬は彼がくるのを見て速歩で走りはじめた。彼は門のそばに立って馬を見た。首を傾け眼球をぐるぐる回し鼻の穴から朝の空気を吸いこみながら馬は彼の前を通り過ぎそれから彼を思い出して向きを変え彼の処へやってきたとき彼が柵の門を開けると馬は低くいないいて首を振り鼻を鳴らして長い鼻面をどしんと彼の胸に押しつけてきた。

飯場の前を通りかかるとモラレスが屋根付き廊下に坐ってたまねぎの皮をむいていた。モラレスはナイフを持つ手を曖昧にふって声をかけてきた。ジョン・グレイディは老人にありがとうと声をかけたがすぐに老人がまた会えて嬉しいといったのではなく馬が嬉しそうだなといったのだと気づいた。ジョン・グレイディはまた手を一振りして軽く馬の腹に踵をあてたが馬はこんな嬉しい朝にはどんな歩様をとればいいのかわからないというように地団太を踏んだり不意に軽やかに走り出したりしたがやがて牧場の門を出て屋敷や厩舎や飯場が見えなくなるあたりまで乗り出してゆき、彼が自分の体の下で震えている磨きぬかれたような馬の横腹を平手でひとつ叩くと馬は足並の均一な力強い速足で扇状地の道を山のほうへ駆け上っていった。

ジョン・グレイディは地卓《メサ》の上で野生馬に混じって馬を走らせ草の生い繁った湿地帯や

糸杉の林に逃げこんだ野生馬を追い出したり風で牡馬の体を冷やしてやるために草深い崖の縁を速足で駆けさせたりした。涸れ谷に降りていったとき禿鷹が数羽ぱっと飛び立ったが見ると死んだ仔馬に群がっていたのがわかりジョン・グレイディは馬を止めて目を抜かれ裸に剝かれた体を赤く染まった草の中に横たえている哀れなものを見おろした。

正午になるとジョン・グレイディは崖っぷちの岩に腰をおろして両足を垂らしマリアが作ってくれた冷たい鶏肉とパンの弁当を食べそのあいだつながれた馬は草を食んだ。光と影でまだらに染め分けられた平原は起伏を繰り返しながら西に広がり遠く百マイルほど先には夏の嵐をもたらす雲が陣取っていてそこでは山脈が晩夏の陽炎に微かに震えながら大地をひとの目からさえぎる靄のなかで隆起と陥没の曲線を描いていた。彼は煙草を一本吸ってから帽子のてっぺんを拳でへこませそこに石を載せて草の上にあおむけに寝て重しをのせた帽子を顔の上に置いた。彼はどんな夢を見たら幸運のきざしになるだろうと考えた。彼の目に背筋をぴんと伸ばし黒い帽子を頭の上に水平に載せほどいた髪を波打たせて馬を駆る彼女の姿が見えくるりとこちらを向いてにっこり微笑む彼女とその彼女の目が見えた。彼はブレヴィンズのことを思った。彼の心にブレヴィンズが最後の刻印を押したときのその顔と目を思い出した。サルティーヨの監獄である夜彼はブレヴィンズの夢を見て、そばにやってきて腰をおろしたブレヴィンズと死んでいるというのはどんなものかという話をしたがそのときブレヴィンズは全然どんなものにも似ていないといいジョン・グレイディはそれを信じた。ジョン・グレイディはたぶんこれから何度も何度も夢を見ればブレヴィンズは永久に遠い処へゆき死んだ一族と一緒になるだろうと思い、風に吹かれてさらさら鳴る草葉の音を耳元で聞きながらいつしか眠りに落ちて何の夢も見なかった。

夕方馬に乗って牧場へ戻ってくると目の前で牛の群れが昼間涼みにはいった木立からぞろぞろ出てくるところだった。ジョン・グレイディは野生化して茨の藪のようになった林檎の林に入り果実を一個もぎとって歯を立てたが固く青く苦かった。馬から降りてその口を引き地面に落ちた林檎を探したがすでに牛が食い尽くしたあとだった。朽ちかけた古い小屋のそばを通りかかった。上部の横木がとれた戸口を馬にくぐらせてなかにはいった。梁の何本かがはずされ床には猟師や牧童らが焚き火をした跡があった。一方の壁には古い仔牛の皮が釘づけにされ窓枠が薪として燃やされてしまっているために窓にはガラスが一枚もなかった。この小屋のなかには一種奇妙な雰囲気が漂っていた。生活がうまく立ち行かなかった場所の雰囲気だ。馬はここが全然気に入らない様子でジョン・グレイディは手綱を馬の首に軽くあてブーツの踵でわき腹をつついて慎重に向きを変え小屋から出て林檎林を抜け湿地を通って牧場に通じる道のほうへ向かった。葡萄酒色の光のなかで野鳩が啼いていた。ジョン・グレイディは馬が自身の影をずっと踏んだまま走るのを見ていると妙に落ち着かず馬をジグザグに走らせた。

囲い柵のそばの水道で体を洗い持っているもう一枚のシャツを着てブーツの土を拭いと

り飯場のほうへ歩いていった。あたりは暗くなっていた。牧童らはもう食事をすまして屋根付き廊下に坐って煙草を吸っていた。

こんばんは《ブエナス・ノーチエス》、と彼はいった。

あんたか《エレス・トゥ》、ファン（スペイン語でジョンに当たる）。

ああ《クラーロ》。

しばらく沈黙が流れた。それから誰かがいった。よく戻ってきたな《エスタス・ビエンベニード・アキ》。

ありがとう《グラシアス》、と彼はいった。

それから牧童らのあいだに坐って一緒に煙草を吸いながら彼らにこれまでのできごとについて話した。牧童らはジョン・グレイディより親しくつき合ったロリンズの身の上を案じた。ロリンズがもうここへは戻らないと聞いてみんな残念がったが故郷を離れるというのは大変なことだともいった。また彼らは人がよその土地ではなくこれこれの土地に生まれたというのは決して偶然のことでないといい、その土地の気候や風土はそこで生まれた人間の内的な運命をも形づくるのでその運命は子から孫からその子へと伝えられそうたやすく変わるものではないといった。牧童らは牛や馬のことを語り繁殖期に野生の牝馬がどんなだったかを語りラ・ベーガの町であった結婚式とビボラの町であった葬式について語った。牧場主や女主人のことはおくびにも出さなかった。牧場主の娘のことも同じだった。やがてジョン・グレイディは彼らにおやすみをいい厩舎に戻って寝台に横たわったが時刻を知るすべがないので起き上がって屋敷にゆき台所の扉を叩いた。

しばらく待ってまた叩いた。マリアが扉を開けてくれたのでなかにはいるとたったいまカルロスが出ていったことがわかった。マリアは流しの上の壁にかけた時計を見た。

もう食事はすんだ《ヤ・コミステ》かい？　と彼女がきいた。

いや《ノ》。

お坐りよ《シエンタテ》。まだ時間はある《アイ・ティエンポ》から。

テーブルにつくとマリアは皿に焼いた羊肉を載せて漬け汁をかけそれを天火に入れて五分後にとりだしコーヒーと一緒に彼の前に置いた。彼女は流しで洗い物をして十時ちょっと前にエプロンで手をよく拭いて台所から出ていった。彼女は戻ってきて戸口で立ち止まった。ジョン・グレイディは腰を上げた。

客間でお待ちだよ《エスタ・エン・ラ・サーラ》、と彼女はいった。

ありがとう《グラシアス》。

廊下を歩いて客間へはいっていった。彼女はほとんど正式な来賓を迎えるような物腰で立っていてその装いはジョン・グレイディには冷たく見えるほど優雅だった。彼女は部屋の向こうから歩いてきて椅子に腰をおろし向かいの席を顎で示して彼にすすめた。

どうぞおかけになって。

ジョン・グレイディは模様いりの絨毯の上をゆっくり歩いて椅子に坐った。彼女の背後の壁にはおぼろな風景を背景に二人の馬上の人物が出会った場面を描いた大きなタペストリーがかかっていた。図書室に通じる両開きの扉の上には台座にとりつけた片耳のない闘牛の頭が飾られていた。

エクトルはもうあなたはここへはこないといっていました。わたしはきっとくるといったのです。

だんなさまはいつ戻るんですか？

しばらくは戻りません。戻ってもあなたには会わないでしょう。

おれは説明してもらう権利があると思うんです。

今回の一件はあなたにとってかなり有利な決着をみたと思うのですけど。あなたは甥をひどく失望させたし、わたしには相当の出費を強いました。

恨んでるんじゃないんです、でもおれもだいぶひどい目に合いました。

あなたも知っているでしょうが、警察隊は前にも一度きていたのです。でも甥が自分で調べるといっていったん帰ってもらいました。甥は彼らの言い分が事実無根であると信じていました。たいそう強く。

だんなさまはなぜおれに何かいってくれなかったんです。

署長に約束したからです。さもなければすぐに連行するといわれて。甥は自分で調べたいと思いました。逮捕しようとする相手に前もってそのことを知られたくないという署長の気持ちはあなたにもわかるでしょう。

おれの側からの話も聞いてほしかった。

あなたはすでに二度甥に嘘をついていました。それなら三度目の嘘を予想してもむりはないでしょう。

おれはだんなさまに嘘をついたことなんかない。

例の盗まれた馬の噂はあなたがくる前からここへも伝わっていました。盗賊団がアメリカ人だということも。甥がこのことを尋ねたときあなたは全部否定しました。何カ月かたってあなたがたの友だちがエンカンタータの町へ戻ってきて人を殺した。犠牲者は州警察の警官でした。これは争えない事実です。

だんなさまはいつ戻るんです？

甥はあなたには会いません。

あなたはおれを犯罪者だと思ってるんですね。

あなたが何かの罠にはめられたというのなら信じてもいい気がします。でも、起きてしまったことはもう取り返しがつきません。

あなたはなぜおれを監獄から受け出してくれたんです？

理由はわかっているはずですよ。

アレハンドラですか。

そうです。

彼女はかわりに何を約束したんです？

それもわかっているでしょう。

もうおれに会わないと約束したんですね。

そうです。

椅子の背にもたれて彼女の背後の壁を見た。壁のタペストリーを見つめた。胡桃材のサイドボードに載せた青い装飾用の花瓶を見つめた。

わたしたちの一族にはたちのよくない男と悲惨な恋愛関係に落ちた女が十本の指では数えきれないほどいます。もちろん、時代のおかげで革命家を気取ることのできた男もいました。わたしの妹のマティルデは二十一になるまでに二人の夫に先立たれました。どちらも銃で撃たれて死んだのです。そのようなことが数多くありました。重婚なども。一族の血が汚れているなどとは考えたくはありません。呪いがかけられているなどとは。ともかく、もうあの子があなたに会うことはないのです。

あなたが彼女の弱みにつけこんだんだ。

わたしは喜んであの子と取り引きしたわけではありませんよ。

おれが礼をいうなんて期待しないでください。

しませんわ。

そんなことをする権利はあなたにはなかった。おれをあそこに放っておけばよかったんだ。

そうしたらあなたは死んだでしょう。

死んだってかまわなかった。

二人は沈黙に落ちた。廊下の時計が時を刻む音をたてた。

あなたに馬を一頭譲ってあげましょう。アントニオに立ち会わせるから適当な馬をお選びなさい。お金は持ってますか？

ジョン・グレイディは彼女を見た。あなたはご自分が昔失望を味わってらっしゃる分、他人には優しいんじゃないかと思ってました。

思い違いをなさったようね。

そのようです。

わたしの経験では苦労が人間を慈悲深くするとはいえないようです。

人にもよるでしょう。

あなたはわたしの人生について何かを知ってるつもりなのね。過去の痛手のせいで皮肉屋になって他人の幸福をそねむ老女とでも思っているのでしょう。よくある話です。でもわたしには当てはまりません。わたしはあなたの言い分をかなり理解しているつもりです。幸いにもあなたが一度も会っていないアレハンドラの母親が味わったひどい苦しみのことを考えた上でも。どうです、意外ですか？

ええ。

そうでしょう。もしアレハンドラの母親がもっとお世辞のいい人間だったらなおのことあの人には同情しなかったでしょう。わたしは社交的な人間ではありません。わたしがこの目で見てきた社交界はおおむね女性を抑圧する装置としか思えませんでした。社交界はメキシコではたいへん重要な意味を持っています。女性が参政権すら持っていないこの国では。メキシコ人は社交生活と政治にたいそう熱をいれますが実はどちらもひどく不得手なのです。わたしたちの一族はこの国ではスペイン人と考えられていますが、スペイン人の狂気もクレオールの狂気もたいしたちがいはありません。スペインで起こった例の政治的悲劇はその二十年前にそっくりそのままメキシコで予行演習されたのです。わかるひとにはそれがわかります。見かけの上で同じものは何ひとつありませんがすべて同じなのです。スペイン人の心のなかには自由への強い憧れがあるけれど自分自身の自由しか考えない。真実と名誉をあらゆる形でおおいに愛するけれども実質を伴わない。そして何事であれ血が流されなければ証明されたことにならないと深く確信している。処女性も、牡牛の値打ちも、男らしさも。究極的には神もです。甥の娘はわたしの目には子供です。でもあの年頃のわたしがどんな娘だったかはよくわかっています。ちがった時代に生まれていたなら兵士になっていたかもしれません。おそらくあの子もそうでしょう。ただあの子がどんな人生を歩むのかはわたしにはわかりません。あの子の人生にすでにひとつの定型が現われているとしてもわたしの目には見えません。なぜなら人の一生のなかに認められる定型は初めからあったものなのかそれともその時その時に生じたもろもろのできごとのなかに後から認められるものなのかわたしにはつねに謎だからです。またそうでなければわたしたちは無に等しい存在になるでしょう。あなたは運命を信じますか？

ええ。信じてると思います。

わたしの父は別々に起こった事柄のあいだに関連性を感じとる才能に恵まれていました。わたしがその才能を受け継いでいるかどうかはよくわかりません。父はものごとを決定する最終的な要因は偶然などでは決してなくその事柄といかにかけ離れていようと結局はある人間の決断に求めるほかないと主張していました。父がよくあげた例は硬貨を投げて裏と表のどちらが出るかは貨幣鋳造所の職人が溶かした金属をまずどちらの型板に入れたか、裏か表か《カラ・オ・クルス》、によって決まるというものでした。あとはどんな投げ方をしようと何回投げようと変わらない。わたしたちに投げる番が回ってくるとあらかじめ決まった面が出てそれからつぎのひとへ投げる順番が回ってゆく。

彼女は微笑んだ。微かに、ほんの一瞬だけ。

これはばかげた議論です。でも貨幣鋳造所の作業台で仕事をしていたどこの誰とも知れないひとりの人間がすべてを左右するという考えはついぞわたしの頭から去らないのです。

かりにわたしたちの一族を支配しているのが運命ならなだめたりすかしたりできるような気がします。でも貨幣鋳造所の職人はむりです。眼鏡の汚れたレンズ越しに近視の目でまだ何も刻印されていない地金を見つめている職人が選んだとしたら。たぶん彼は一瞬ためらうことでしょう。きたるべき未知の世界の運命がふたつの選択肢のあいだで揺れているのですから。わたしの父はこの譬え話がものごとの本源に近づく鍵だと考えたにちがいありませんがわたしにはそうは思えません。わたしにとっては世界はむしろ人形劇に近いのです。カーテンの後ろを覗いて人形を操っている糸を上のほうへたどってゆくとそれを握っているのはまたべつの人形の手でその人形をまたべつの人形が操りさらにまたべつの人形がと続いてゆく。わたしはこのような無限に連鎖する糸に操られて偉大な男たちが暴力と狂気のなかで死んでいくのをこの目で見ました。ひとつの国家が滅びるのを見ました。メキシコがどんな風だったかをお話ししましょう。かつてこの国がどんな風だったかそしてこれからどんな風になってゆくかを。それを聞けばわたしがあなたに対して抱く共感こそがとりも直さず最終的にあなたの意に沿わない決定を下した理由であることがわかるでしょう。

わたしがまだ子供のころはこの国の貧困はそれはひどいものでした。いまのこの国を見てさえも想像がつかないくらいに。そのことはわたしの心に深く刻みこまれました。町には市場に出かける農民に衣服を貸す店がありました。農民は服らしい服は持っておらず市場にいく日だけ借りて夜家に帰ればまた毛布やボロを身にまとったのです。彼らは何も持っていなかった。わずかにたまったお金は葬式があると全部消えてしまった。ふつうの家庭には道具といえば包丁しかなかった。無一物です。ピンも皿も鍋もボタンもない。何もないのです。いつまでたっても無一物。町へいくと商人たちがなんの値打ちもないようなものを売ろうとしていました。トラックが道に落としていったボルトや何に使うものか見当もつかない機械の部品など。そういったものを。哀れを催すようなものを。彼らはきっと誰かがそういうものを捜しているにちがいないその値打ちを知っている人がいるにちがいないただそういう人を見つければいいのだと信じていました。それは何度失望しても揺るぐことのない信念でした。ほかに何があるのです？　そういうものを捨てて何が手にはいります？　産業社会など彼らには想像もできない世界でありそんな世界の住人などまったく異質な存在でした。でも彼らはばかではなかった。決して愚かではなかった。子供を見ればそれがわかりました。子供たちの持つ知性は恐るべきものでした。それにわたしたちには羨ましいほどの自由がありました。子供たちにはほとんど束縛というものがなかった。期待されることがほとんどなかったから。そして十一か十二になると彼らは子供であることをやめました。一夜にして子供時代を失い若さを失うのです。彼らはひどく生真面目になります。何か恐ろしい真実が告げられたかのように。何か恐ろしい啓示を受けたかのように。人生のある段階にきた彼らがいっぺんに覚めてしまうのがわたしには不思議でなりませんでしたが、もちろん彼らがその段階で何を見るのかはわたしにはわかりませんでした。彼らが何を知るのかは。

十六ぐらいになるとわたしは多くの本を読んで自由思想家になっていました。何ごとにつけ自分が創造した世界でこのような不公正を許しておく神などというものは一切信じるのを拒否しました。とても理想主義的だったのです。思ったことは遠慮なく口にしました。両親は恐れました。それから十七の年の夏にわたしの人生は永久に変わってしまったのです。

フランシスコ・マデロの家には十三人の子供がいてわたしはその多くと友だちでした。とくにラファエラは誕生日もたった三日ちがいでとても仲良くしていました。カランサ家の娘たちよりもずっと親しかった。テニアーモス・コンパドラスゴ・コン・ス・ファミリア。意味はわかりますか？　ほかの言葉には翻訳できません（直訳すると、彼女の家族とは親が互いに子供の代父母になりあう関係にあった、となる）。わたしはロサリオの町で初聖体を拝領しました。その年ドン・エバリストがわたしたち仲良しグループをカリフォルニアに連れていってくれました。みんな大農場や大牧場育ちの若い娘ばかり。パラスとトレオンの町の出身です。ドン・エバリストは相当の年でしたがわたしは彼の勇気に驚嘆したものです。すばらしい人物でした。州知事を一期つとめたこともあります。たいへん裕福な人でわたしをとても気にいってくれ小難しい議論をふっかけてくる娘だと疎んじることもありませんでした。わたしはロサリオへいくのが楽しみでした。当時は大農場や大牧場同士でいまよりもずっと行き来があったのです。オーケストラを呼んだりシャンパンがふるまわれたり時にはヨーロッパからの訪問者があったりして凝った趣向のパーティが開かれ明け方まで賑やかに楽しんだものでした。わたしは意外にも自分が人に好かれる人間であることを発見したりしてどうやらわたしの強すぎる感受性も矯《た》められていくかに思われましたがそれを阻むような事件が二つ起こりました。まずひとつ目はマデロ家の兄弟の上の二人、フランシスコとグスターボが帰国したことでした。

二人は五年間フランスに留学していました。それ以前にはアメリカで学んでいました。カリフォルニアとボルティモアで。あらためて引き合わされた二人はわたしにとって幼なじみであり、家族同様の人たちでした。でも二人にまつわる思い出は子供時代のものにすぎず彼らにとってもわたしはむしろ未知の相手だったにちがいありません。

長男のフランシスコには屋敷のなかにとくにお気にいりの場所がありました。玄関の門の処にテーブルを置いて友だちと法廷を開くのです。その年の秋わたしは何度も屋敷に招かれましたがそこで初めてわたしは自分の心情にもっとも近い思想を余す処なく表現する言葉を聞いたのでした。わたしが生きていく世界はどのようでなければならないかが見えてきたような気がしたのです。

フランシスコは地域の貧しい子供たちのためにいくつも学校を開きはじめました。また薬の無料配布をおこないました。のちには何百人もの人間の食事を屋敷の台所で賄うこともしました。この時代の興奮をいまの人に伝えようとしてもむりでしょう。人々はみなフランシスコに強く惹かれました。彼のそばにいるのが楽しくてならなかったのです。その当時は彼が政界入りするなどという話はまったくありませんでした。彼はただ自分が見つけてきた思想を実行に移しているだけでした。日常生活の中で実現させようとしているだけでした。そのうち彼に会いに首都からやってくる人も出てきました。彼のあらゆる試みに弟のグスターボは手を貸しました。

わたしのいわんとする処があなたに理解できるかどうかわかりません。当時十七歳だったわたしにはこの国が子供の手で運ばれている高価な花瓶のように見えました。空気のなかに電気が充満していました。どんなことでも可能なように思えたのです。わたしたちのような人間が何千人もいると思っていました。フランシスコのような若者が。グスターボのような若者が。でもそんなにはいなかったのです。すべてが終わったときには結局ひとりもいなかったのだとさえ思えました。

グスターボは幼い頃の事故のせいで片目が義眼でした。それでもわたしの彼に惹かれる気持ちは弱くはなりませんでした。むしろ逆だったように思います。とにかく彼以上に一緒にいて楽しいと思う相手はいなかったのです。彼は本をくれました。わたしたちは何時間も議論しました。彼はとても実際的な考え方をする人でした。フランシスコよりもずっとそうでした。フランシスコのような神秘を好む性癖は彼にはなかった。いつでも話題は堅実な事柄でした。そしてその年の秋にわたしは父や伯父と一緒にサン・ルイス・ポトシのある人の大農場へ出かけてそこで前に話した事故で手に傷を負いました。

男の子にとってもこれは重大な事故だったでしょう。でも女の子にとっては破滅的なことでした。わたしは人前に出なくなりました。父のわたしへの接し方も変わったような気がしました。何か傷物を見る目でわたしを見ているという風に思えたのです。もうこれで幸せな結婚など不可能になったと思いこみましたし、たぶんまわりもそう考えたでしょう。指輪をはめる指すらないのですから。わたしは腫れ物にさわるような扱いを受けました。そう、たとえば精神病院から退院してきたばかりの人間のような扱いを。こんなことをもっとあっさりと受け入れてしまう貧しい階級の人間だったらどんなにいいかと思いました。そのような状態でわたしはただ年老いて死が訪れるのを待ち望むようになったのです。

いく月かたちました。もうすぐクリスマスというある日グスターボが訪ねてきました。わたしは怖くなりました。妹に追い返してくれと頼みました。でも彼は帰ろうとしませんでした。その夜かなり遅く帰宅した父は客間で膝に帽子を置いてひとりぽつんと坐っている彼を見てぎょっとしたそうです。父はわたしの部屋へ話しにきました。わたしは耳をふさいで聞こうとしませんでした。それからどうなったのかは覚えていません。ただグスターボはずっと坐っていました。従僕のように一晩中起きて客間に坐っていたのです。ここで。この家の客間で。

　つぎの日わたしは父にひどく叱られました。そのときの様子を再現して聞かせるつもりはありません。わたしが怒りと苦悩にまかせていい放つ激しい言葉はきっとグスターボの耳にも聞こえていたことでしょう。でも結局わたしは父に逆らい通すことはできずとうとう客間に出ていきました。きちんと優雅に装って出ていったと覚えています。ハンカチを使ってさりげなく左手の異常を隠す方法はすでに身につけていました。グスターボは立ち上がってわたしに笑いかけました。わたしたちは庭を歩きました。あのころは今よりもっとよく手入れされていたのです。グスターボは彼の計画を打ち明けました。彼の仕事のことを話しました。フランシスコやラファエラの近況を伝えてくれました。そのほかの共通の友だちのことも。彼はわたしを以前とまったく同じように扱いました。自分が片目を失ったときのこと学校の級友たちがいかに残酷だったかということそれから誰にも、兄のフランシスコにも、話していないことを話してくれました。きみならわかってくれるはずだといって。

　彼はわたしたちがロサリオでよく論じ合ったことを持ち出しました。それらの論題については何度も何度もしばしば夜を徹して話し合ったものでした。グスターボは何らかの不運に見舞われた人間は自分の殻に閉じこもりがちだけれどもじつはその不運こそが恵みでありカなのであってその人間も人類共通の事業に立ち戻ってゆかなければならないのだといい、そうでなければ人類は前に進めないしその人間も苦い気持ちを抱いたまま朽ち果てていくしかないのだといいました。彼はこういったことをたいそう熱をこめて話しましたが玄関の明かりで彼が泣いているのが見えてわたしは彼がわたしの魂のために涙を流してくれていることを知ったのでした。わたしはそんなにまで人に大切に思ってもらったことはなかった。ひとりの人にそこまでしてもらったことはなかった。わたしは何をいっていいのかわかりませんでした。その夜長い時間をかけてわたしは考え自分がこの先どうなるのかについて絶望もしました。わたしは値打ちのある人間になりたいと強く願いましたがもしも人間の命の中にどんな不運にも体の障害にも耐えて損なわれることのない魂や精神と呼ばれる何ものかがないとしたらどうしてそれが可能だろうと自問しました。かりに値打ちのある人間がいるとしたらその値打ちは運不運に左右されるようなものではないはずだ。変化することのありえない性質であるはずだ。どういうものであるにせよ。朝がくるずっと以前にわたしは自分の求めているものがもうずっと昔から知っていたものだということに気づいていました。勇気とは変わらぬ心のことであることに。いつだって臆病者が真っ先に裏切るのは自分自身だ。ほかのすべての裏切りはその後でやってくるのだということに。

勇気を出すのがたやすい人も難しい人もいるのは確かですが望む者なら誰にでも出せるはずだとわたしは信じました。その望むことがすなわち勇気なのだと。勇気そのものなのだと。これ以外の真実はわたしには思い当たりませんでした。

人間というものは運に支配されることの多い存在です。グスターボがあのようにわたしに話をしにきたときの決意がどのようなものであったかそれを理解したのは後年になってからでした。あのようなやり方でわたしの父の家にやってくるなんて。彼は拒絶されはしないか滑稽なのではないかと恐れて思いとどまることをしませんでした。何よりもわたしは彼のわたしへの贈り物は彼の言葉だったのではないことを理解しました。彼が教えてくれたことは彼自身にも言葉にできないものでした。でもあの日からわたしはそれを教えてくれた彼を愛するようになり彼が死んで四十年近くになろうという今日でさえその気持ちに変わりはないのです。

彼女は手もとのハンカチをとってそれぞれの目の下にあてた。それから顔を上げた。

そういうことです。なんにしてもあなたはずいぶん辛抱強く聞いてくれましたね。あとの話は広く知られていることですからだいたい想像はつくでしょう。グスターボが訪ねてきた日のあとわたしの革命精神にはふたたび火がつきフランシスコの活動も政治色を強めていきました。彼の存在が重く見られるにつれて敵も増え彼の名は独裁者ディアスの耳にも届くようになりました。フランシスコは活動資金を得るために在オーストラリア資産をすべて売らなければなりませんでした。まもなく彼は逮捕されました。そしてそのあとアメリカに逃げました。彼の決意は揺らいではいませんでしたがのちにメキシコの大統領になることを予見した者は当時ほとんどいませんでした。彼とグスターボは銃を手に帰国しました。すでに革命が始まっていたのです。

　そのあいだわたしはヨーロッパにやられていてずっとかの地に留まりました。わたしの父は地主階級の責任についての自説を公言してはばからない人でした。でも革命となると話はべつです。父はマデロ兄弟と袂を分かつと約束しないかぎり帰国は許さないといいましたがそんな約束はわたしにはできませんでした。グスターボとわたしは婚約せずじまいでした。彼からの手紙もだんだん少なくなってやがてとだえました。ついにある日彼が結婚したと聞かされました。でも当時も今もそのことで彼を責めるつもりはありません。革命期には活動資金のすべてが彼の懐から出る時期がしばらくありました。弾薬のひとつひとつからパンのひと切れひと切れまで。ついにディアスが逃亡を余儀なくされて自由選挙がおこなわれるとフランシスコがこの共和国で国民の投票によって選ばれた最初の大統領になりました。そして最後の大統領ともなりました。

　メキシコという国についてお話ししましょう。あの勇敢で善良で高潔な男たちに何が起こったかを。そのころわたしはロンドンで教師をしていました。妹もやってきて夏までわたしの処に滞在してゆきました。妹は一緒に帰国してくれと懇願しましたがわたしは戻りませんでした。わたしはたいそう誇りが高かった。たいそう頑固だった。父の政治的無知もわたしへの扱いも赦すことができなかったのです。

フランシスコ・マデロは就任したその日から権謀術数をめぐらす連中に取り囲まれることになりました。人間の性は本来善であるという彼の信念が命とりになったのです。グスターボが銃をつきつけてウエルタ将軍を連行し裏切り者であると告発したときも大統領は耳を貸さずに将軍を復職させました。ウエルタ。殺し屋。獣。一九一三年の二月のことです。まもなく武装勢力が蜂起しました。もちろんウエルタ将軍が陰の共犯者でした。自らの地位が安泰と見てとると反乱勢力と意を通じて政府打倒の手引きをしたのです。グスターボが捕えられました。それからフランシスコとピノ・スアレスも。グスターボは広場の暴徒たちの前に引き出されました。暴徒は松明やカンテラを手に彼を取り巻きました。そして片目野郎《オホ・パラド》と罵りながら拷問を加えたのです。彼が妻と子がいるから助けてくれと頼むと卑怯者呼ばわりしました。あのような人物を、卑怯者などと。連中は彼をこづきまわし殴りました。松明を押しつけて体を焼きました。もう一度彼がやめてくれと頼むと暴徒のひとりが進み出て金串のようなものでいいほうの目をえぐり出し彼は暗黒の中でうめきながらよろよろと歩きました。また誰かが進み出て拳銃の銃口を彼の頭にあてて引き金を引きましたが群衆がその男の腕を押したために弾はそれて顎を吹き飛ばしただけでした。彼はモレロスの銅像の足もとで倒れました。そしてようやくライフルの弾が一斉に撃ちこまれました。死んだぞと誰かが叫びました。それでも群衆のなかから酔っ払いがひとり出てきてまた彼に弾を撃ちこみました。連中は彼の死体を蹴飛ばし唾を吐きかけました。義眼がえぐり出されて珍しい戦利品として群衆の手から手へと渡されました。

二人は黙って坐っていた。箱時計だけが音をたてていた。しばらくして彼女が目を上げてジョン・グレイディを見た。

そういうことです。それが彼がかつて語った理想の共同体でした。あの美しい少年は、すべてをそこに投じたのです。

フランシスコはどうなったんです？

彼とピノ・スアレスは刑務所の裏庭で銃殺されました。逃亡しようとしたところを撃たれたと人殺しどもは主張しましたがそれは連中のシニシズムにほかなりません。フランシスコの母親は息子の命を救うための仲介をして欲しいとタフト大統領に電報を打とうとしました。サラはみずからアメリカ大使館へ赴いたのです。でもどうやら電報は打たれなかったようです。一族は亡命しました。彼らは逃げました。キューバへ。アメリカへ。フランスへ。あの一家についてはユダヤ系ではないかとの噂が以前からありました。そうだったかもしれません。どの人もみなたいへん知的でした。少なくとも彼らの運命はユダヤ人的だとわたしには思えました。現代の国外離散《ディアスポラ》。殉教。迫害。異郷生活。サラはいまはコロニア・ローマで暮らしています。孫が何人かいます。めったに会うことはありませんがわたしたちのあいだには言葉には出さない友情があるのです。あの夜グスターボはこの父の家の庭でわたしに、大きな傷を負って苦しむ人間は互いに特別な絆で結びつくといいましたが、その言葉が本当だとわかったわけです。悲しみで結ばれた絆より強いものはありません。悲しみで心の深い処でひとつになった共同体なのです。わたしは父が死ぬまで家に帰りませんでした。今にして思えば父のことをもっとよく知っておかなかったのが残念でなりません。わたしは父も多くの点で自分の選んだ生き方が身に合っていなかったのだと思っています。あるいは生き方のほうが父を選んだのかもしれませんが。おそらくわたしたちの誰もがそうなのでしょうね。父はよく園芸術の本を読んでいました。こんな砂漠に囲まれた土地に住んでいて。当時父はすでに綿花の栽培に手を染めていてその成果を見て喜んでいました。あとになってわたしは父とグスターボがとてもよく似ていたことに気づいたものです。グスターボも闘争に向いてはいませんでした。二人ともメキシコという国を理解していなかったような気がします。父と同じくグスターボも流血や暴力ざたを憎んでいました。でも、たぶん憎み方が足りなかったのでしょう。でもいちばん自分がわかっていなかったのはフランシスコでした。彼はとうていメキシコの大統領になれる人物ではありませんでした。メキシコ人であることにさえふさわしいとはいいがたい人でした。最後にはわたしたちみんなが感傷という病から癒えたのです。生きているうちはむりでも死が癒してくれるのです。世界はじつに無慈悲なやり方で現実か夢のどちらかを選びます、わたしたちが選ぶことを望んでいなくても。願望と現実のはざまで世界はわたしたちを待ち構えているのです。わたしは自分の人生と自分の国について考えに考えました。でも人間にわかることはほんの少ししかないようです。わたしの一族は幸運でした。もっと不運な一族もあったのです。世間の人が何かといういいたてるようにね。

わたしは大学で生物学を学びました。そこで覚えたことですが科学者が実験をするときにはある集団を――バクテリアでもハツカネズミでも人間でもいいのですが――一定の条件のもとに置きます。そして何も手を加えない第二の集団と比べるのです。この第二の集団を対照群と呼びます。この対照群があって初めて科学者は実験の結果を知ることができるのです。そこで起こったことの意味が判定できるのです。歴史においては対照群は存在しません。こうなっていたかもしれないとはいえないのです。人は悲痛な思いをこめてこうなっていたかもしれないと考えます。しかしかもしれないものなど存在しません。これまで一度だって存在しませんでした。歴史をよく知らない者は過去の誤ちを繰り返すといわれます。でもわたしは知ったからどうなるものでもないと思っています。歴史において常に変わらないものは貪欲と愚かさと血を好む性癖であってこればかりは神も――およそ知り得ることはすべて知っている神も――変える力を持っていないのです。

父はわたしたちがいま坐っている処から二百メートルと離れていない場所に埋められています。わたしはよくそこへいって父に話しかけます。生きていたころにはついにしなかったことです。父はわたしを自国にいながらの亡命者にしました。彼が望んでしたことではありません。わたしが生まれたときすでにこの家には五カ国語の本があふれていましたが女である自分に対して世の中は多くのものを拒むものと知ったときからこのもうひとつの世界に飛びついたのです。わたしは五歳のころから読書を始めましたがわたしから本をとりあげることは誰にもできませんでした。絶対に。それから父はわたしをヨーロッパのふたつの一流大学へやってくれました。厳格で権威主義的な処はあったけれど結局のところ父はもっとも危険な種類の自由思想家だったことがわかりました。あなたはわたしが失望を味わったことがあるからといいました。でも失望はわたしを無謀にしただけでした。でもアレハンドラはわたしにとっての唯一の未来であってあの子のことならわたしは何を投げ出しても惜しくはないのです。わたしがあの子にしてもらいたいと願っている生き方など今の世の中には存在しないのかもしれませんが、それでもわたしはあの子の知らないことを知っているのです。それは失うものは何もないということです。来年の一月でわたしは七十三になります。七十三年のあいだにわたしはとても多くの人間を知りましたが自身で満足できる人生を送った人はほんのわずかしかいません。アレハンドラにはこの国の社会が要求するものとはまったく違った結婚をしてもらいたいと思っています。世間の慣習に従った結婚などしてもらいたくありません。もう一度いいますが、わたしは彼女の知り得ないことを知っています。彼女がこれから生きていく世界がどういうものかはわからないしそのような世界でどう生きていくべきかについても何も意見は持っていません。わたしにわかるのはもし功利より真実を重んじるようでなければ生きていても死んでいてもあまり変わりはないということだけです。わたしのいう真実とは正しいことという意味ではなくただありのままのことという意味です。わたしがあなたの求婚を認めないのはあなたが若いからとか教育がないからとか外国人だからだと思っているでしょうがそうではありません。わたしはせっせとアレハンドラにあなたのまわりにいる求婚者たちはみなつまらぬ己惚れ屋ばかりだと吹きこんできましたしわたしたちは二人とも今にどんな姿形をしているかわからない救済者が現われるという考え方を好んでしてきました。でもすでにお話ししたようにわたしたちの一族の女にはある種放縦な一面があるのです。依怙地な面が。先を考えない無鉄砲な面が。それがわかっていた以上わたしはあなたに関してもっと注意すべきでした。あなたのことがもっとはっきり見えていなければなりませんでした。今の私にははっきりと見えています。

おれの言い分を聞いてくれるつもりはないんですね。

あなたの言い分はわかっています。自分ではどうにもできないある事柄が起こったということでしょう。

そのとおりです。

そうでしょう。でもそれは通用する言い分ではありません。わたしはある事柄が起こったなどという受け身の人間に同情はしません。その人は運が悪かったのかもしれませんが、それが好意的に扱われる理由になるでしょうか？

おれは彼女に会うつもりです。

それを聞いてわたしが驚くとでもお思いですか？　会ってもいいと許可を与えてあげてもいいくらいです。もっともあなたがそんなことをわたしに要求するとは思えませんが。あの子はわたしへの約束を破らないでしょう。今にわかることです。

そうですね。今にわかるでしょう。

彼女は立ち上がり手でスカートのしわを伸ばしてから手を差し出した。ジョン・グレイディは腰を上げて、ほんの一瞬だけ、骨の細いひんやり冷たい手をとった。

もう二度とあなたにはお会いしないつもりです。つらいのを我慢してわたし自身についていくらかお話ししたのは何よりもまずあなたにも真の敵が誰なのかわかっていただくためでした。いもしない幽霊への憎しみを抱いて一生を費やす人がいるのを知っていますがそういう人は幸福ではありません。

おれはあなたを憎んじゃいません。

いずれ憎むようになるでしょう。

今にわかります。

そう。あなたとわたしがどういう関係に立つ運命にあるのかは今にわかる、そうですね？

あなたは運命を信じないと思いましたが。

彼女はさっと手を振った。信じないというのは正確ではありません。運命の命じることを受けいれないということです。運命が法則であるなら運命自身もその法則に従うのでしょうか？　結局のところわたしたちはものごとの原因を何かに求めずにはいられないのです。それがわたしたち人間の本性でしょう。ときどき思うのですよ。わたしたちはみなあの近視の貨幣鋳造職人のようなものであって、刻印機の前で盆の上の地金をひとつずつ手にとり、一心不乱に作業を続けながら、混沌さえ自身の手で作り出そうとしているのではないかと。

朝ジョン・グレイディは飯場へいって牧童らと一緒に朝食をとり彼らに別れを告げた。それから牧場長の家へいってアントニオと一緒に厩舎へゆき乗用馬に鞍をつけて乗り囲いにはいっている調教されたばかりの馬を見た。欲しい馬はもう決めてあった。その馬はジョン・グレイディたちの姿を見ると鼻を鳴らし向きを変えて速足で走った。ロリンズの気にいった芦毛だったが二人でその馬に縄をかけて調教用の囲い柵まで連れてゆきジョン・グレイディが昼までにかろうじて乗りこなせる状態まで調教してそれから馬の口を引いて歩かせ体を冷ましてやった。芦毛は長いあいだ人を乗せていないらしく腹帯の跡がついていなかったし穀物飼料の食べ方をほとんど知らなかった。ジョン・グレイディは屋敷へいってマリアに挨拶するとマリアは昼の弁当の包みと左上の隅にラ・プリシマ牧場の紋章が入った薔薇色の封筒をくれた。外に出てから封筒を開けるとお札がはいっていた。それを数えもせずに折って尻のポケットにおさめ封筒も折りたたんでシャツのポケットにいれた。それから屋敷の前のペカンの木立の中を通ってアントニオが馬と一緒に待っている場所まで来ると二人はしばらく無言で抱き合いそれからジョン・グレイディは馬に跨がって向きを変え道に出た。

ラ・ベーガの町は一度も馬から降りずに通り抜けたが馬は見るものすべてに鼻息を荒くして目をぐるぐる回した。通りに停まっていたトラックが動き出し近づいてくると馬は追いつめられたようなうめき声をあげて向きを変えようとしたが彼がその場に腰をおろせというように手で体をさすりぽんぽんと叩きながらたえず話しかけているとやがてトラックが走り去り彼らはふたたび道をたどりはじめた。町を出ると彼は道からはずれて扇状地の真ん中に広がる大昔の広大な湖の底を通った。雨季には浅い湖になる乾いた窪地を横切っていくと馬は雲母の上を歩くようにざくざくと石膏の沈積物を踏み砕き、貧弱な糸蘭の生い茂る石膏の丘を上ると陽に当たったことのない洞窟の花のように青白く石膏の花が咲いている曲がりくねった下り道を降りていった。陽炎に震える遠方には木立や藁ぶき小屋が澄んだ朝の空気のなかで淡い色の半ば消えかかるほどに細い緑の帯に沿って並んでいた。馬は自然な足どりで歩み彼はゆく道々馬に話しかけてこの世界について自分の経験に照らして真実だと思うことを語り真実であるかもしれないと思うことをそれを口にするとどんな風に響くか知るために語った。馬におまえが好きなのはこういうわけでおまえを乗り馬として選んだのはこういうわけだと話して聞かせおまえの身に危害が及ばないように絶対に守ってやるといった。

　昼頃あぜ道に用水路が走る畑のわきの農道へやってきたジョン・グレイディは馬を止め水を飲ませたあとヒロハハコヤナギの木陰にはいって馬の体を冷やした。そばにやってきて腰をおろした子供たちに弁当を分けてやった。パン種を入れたパンを食べたことのない子供もいてそのパンをどうしたらいいの教えてくれというように年かさの子供のほうを見ていた。五人いる子供たちは道端に一列に並んで坐りジョン・グレイディが牧場でもらってきたハムをはさんだサンドイッチを左右に手渡してひどく厳粛な面持ちで食べていたがやがてサンドイッチがなくなるとジョン・グレイディはナイフで焼きたてのアップルパイとグアバパイを切り分けてやった。

　どこに住んでるの《ドンデ・ビーベ》？　といちばん年かさの少年がきいた。

　ジョン・グレイディはちょっと考えこんだ。子供たちは答を待った。前は大きな牧場に住んでたんだ、と彼はいった、でもいまは住む処がないんだよ。

　子供たちはそれは気がかりだという顔で彼の顔をじいっと見つめた。ぼくらのとこで暮《プエデ・ビビール・》らせないの《コン・ノストロス》？　と彼らがいうと、ジョン・グレイディは礼をいいよその町にいる恋人にこれから結婚してくれと頼みにいくところだといった。

その恋人《ス・ノビア》、かわいいひと《エス・ボニータ》？　と訊くので、とてもきれいなひとで信じられないほど青い目をしているのだといいただその人のお父さんはとても金持ちの牧場主で自分はとても貧乏なのだというと黙って聞いていた子供たちはうまくいく見込みの少ないことを予期してひどく落胆した顔をした。年かさのほうの女の子はもしその恋人が本当にあなたを愛しているのならどんなことがあっても結婚してくれるはずだといったがいちばん年かさの少年は懐疑的でいくら金持ちの娘でも父親のいいつけには背けないはずだといった。女の子は相手の人のおばあさんに相談すべきだおばあさんはそういうことについて大きな発言権を持っているから贈り物を持っていって味方につけなければならないといいおばあさんの助けがなければほとんど希望はないといった。こういうことは誰でも知ってることだと女の子はいった。

ジョン・グレイディはなるほど賢いことをいうとうなずきながらでも自分はもうおばあさんを怒らせてしまったから当てにはできないというと、子供らの何人かは食べるのをやめて目の前の地面をじっと見つめるのだった。

困ったね《エス・ウン・プロブレーマ》、と年かさの少年がいった。

まったくだ《デ・アクエルド》。

年下のほうの女の子が前に身を乗り出した。どうして相手の人のおばあさんを怒らせて《ケ・オフェンサ・レ・ディオ・ア・ラ・》しまったの《アブウェリータ》？　と彼女はきいた。

話せば長くなるなあ《エス・ウナ・イストリア・ラルガ》、と彼はいった。

時間はあるじゃないか《アイ・ティエンポ》、と子供らはいった。

彼はにっこり笑って子供たちを見てなるほど時間はあると思いすっかり話して聞かせた。彼は若い二人の男が馬に乗ってよその国からやってきた話をしそれから金も食べ物もなく着るものもほとんど持っていない第三の若者と出会い一緒に旅をし何もかも分け合った話をした。この第三の男はとても年が若くたいそうすばらしい馬に乗っていたが神様が雷を自分の上に落として殺すのではないかと恐がっていたために砂漠で馬をなくしたことを話した。それからその馬のことで何が起こったかどうやって三人でエンカンタ一ダの町から馬を取り戻したかを話し、それからその年のいかない男が町へ戻っていって人を殺し警察が牧場にきて自分と相棒を捕まえたこと恋人のおばあさんがお金を出して受け出してくれて恋人にもう自分に会わないと約束させたことを話した。

話しおえるとしばらく子供らは黙っていたがやがて年下の女の子がそれならその人を殺した人をおばあさんの処へ連れていって悪いのはその人だと話してもらうほかないというとジョン・グレイディはその男は死んでしまったからそれはむりなのだといった。それを聞いた子供たちは胸で十字を切りその十字を切った指にキスをした。いちばん年かさの少年が事態はかなり厳しいが誰かあいだにはいってとりなしてくれる人を探すべきだといいなぜならジョン・グレイディが悪いのではないことがわかればおばあさんも気持ちを変えるだろうからといった。すると年かさの女の子がその少年に恋人の家族が金持ちでこの人は貧乏だということを忘れているといった。少年がこの人は馬を持ってるぐらいだからそんなに貧乏なはずがないといいこの点をはっきりさせてくれというようにジョン・グレイディのほうを向くので、ジョン・グレイディは見かけはともかく自分は本当に貧乏なんだと答えこの馬もそのおばあさんからもらったのだといった。この返事に子供たちの何人かが溜め息をついて首を振った。年かさの女の子はこの難しい問題を相談できる誰か賢い人か場合によっては祈禱師を探すしかないといい年下の女の子は神様に祈るべきだといった。

夜遅く真っ暗なトレオンの町に入った。とあるホテルの前に馬をつなぎなかに入ってこの辺に馬の預かり所はないかと訊いたがフロント係はそんな場所があるという話は聞いたことがないといった。男は窓の外の馬を見てそれからジョン・グレイディを見た。

裏につないでいいよ《プエデ・デハルロ・アトラス》、と彼はいった。

裏《アトラス》？

そう《シ》。屋外《アフエーラ》だがね。彼は裏手を手で示した。

ジョン・グレイディは建物の奥に目をやった。

どこからいけばいい《ポル・ドンデ》？　と彼がきいた。

フロント係は肩をすくめた。手のひらを上に向けてデスク越しに差し出し廊下を示した。

そこから《ポル・アキ》。

ロビーのソファには老人がひとり坐ってさっきから窓の外を見ていたがジョン・グレイディのほうを振り向いて、べつに構わないさこのホテルのロビーは馬よりもっととんでもないものが通ったことがあるんだといったのでジョン・グレイディはフロント係にちらっと目をやってから外に出て馬の縄をほどきホテルのなかへ引きいれた。フロント係が先導して裏口を開けジョン・グレイディが馬を出すあいだ扉を押さえていてくれた。店で小さな袋いりの玉蜀黍を買ってあったジョン・グレイディはバケツで馬に水を飲ませたあとで袋を破り中身を上向きにしたゴミ缶の蓋にあけて馬の背中から鞍をおろし空になった袋を水につけて馬の体をこすってやりそれから鞍を持って鍵を受けとり部屋に上がった。

目を覚ますと正午だった。彼はほぼ十二時間眠った。起きて窓の外を眺めた。窓はホテルの裏の壁に囲まれた狭い庭に面していて馬はそのなかをひとりの子供に背中に乗られもうひとりに口を引かれもうひとりに尻尾をつかまれて辛抱強く歩き回っていた。

ほとんどその朝いっぱい電話局の四つある電話ボックスの前で順番待ちをしてようやく電話をかけたが彼女はつかまらなかった。もう一度カウンターに申し込みにいくと彼の顔色を読みとったガラスの向こうの若い女が午後のほうがうまくいくかもしれないといったので彼はそうすることにした。午後かけると女の人が出て彼女を呼びに誰かをやってくれた。彼は待った。電話口に出た彼女はきっとあなただと思ったといった。

どうしても会いたいんだ、と彼はいった。

会えないわ。

会わなくちゃいけないんだ。おれがそっちへいく。

だめよ。そんなことできないわ。

明日の朝出発する。いまトレオンにいるんだ。

大叔母と話したのね？

ああ。

彼女は黙った。それからいった。あなたには会えないのよ。

いや会える。

わたしはもうここにはいないわ。あさって牧場へいくの。

駅で会おう。

むりだわ。アントニオが迎えにくるから。

目を閉じ受話器をぎゅっと握りしめて、おれはきみを愛しているあんな約束をする権利はきみにはなかったそれくらいならおれは死んでもよかったと彼はいいたとえこれが最後でもいいきみに会わないかぎり故郷《くに》へは帰らないというと、彼女は長いあいだ沈黙を続けたあとで一日早く出発するといった。大叔母さんが病気になったといって明日の朝ここを出るからサカテカスで会いましょうといった。そして電話を切った。

彼は町の外の鉄道線路の南側にある厩舎に馬を預けて主人にこれはまだ半分ぐらいしか

調教していないから気をつけてくれというと主人はうなずきそこで働いている少年にそういったがジョン・グレイディは馬については少年にも少年なりの見識があり自分で判断してくれるだろうと思った。鞍をはずして馬具置き場に運びこみ壁にかけると少年が扉の錠前をかけ彼は事務所に戻った。

預かり賃を前払いすると申し出たが主人は手を小さく振って一蹴した。彼はかんかん照りの通りに出てバスに乗り町へ戻った。

店で小さな雑嚢と新しいシャツ二枚とブーツを買い駅へいって切符を買うとカフェにはいって食事をした。ブーツを足に馴らすために少し町を歩いたあとホテルに戻った。拳銃とナイフと古い服を野宿用の毛布にくるんでフロント係に物置へでもいれて預かっておいて欲しいと頼み朝六時のモーニング・コールを頼んで床についた。まだすっかり暗くならない時刻だった。

朝ホテルを出ると肌寒く空は灰色で客車に乗りこむ頃には雨粒がガラスを叩きはじめた。ひとりの少年とその妹が向かいの席に坐り列車が出たあとジョン・グレイディにどこからきたのかどこへいくのかと尋ねた。テキサスからきたといっても驚いた様子は見せなかった。朝食の準備ができたと車掌が知らせにくると二人を誘ってみたが少年はばつが悪そうにいやいいですといった。ジョン・グレイディもばつが悪くなった。食堂車に坐って大皿の炒り卵を食べコーヒーを飲みながら濡れた窓ガラスの向こうを飛び過ぎてゆく灰色の平原を眺めていたが新しいブーツとシャツのおかげで久しぶりにいい気分になって、あるとき父親がいったこわごわ賭けるやつは負けるおどおどしてるやつはふられるという言葉を何度も胸の内で繰り返してみた。汽車はウチワサボテンしか生えていない恐ろしいまでに物寂しい風景のなかを走りやがて広大な棕櫚の林にはいった。駅の売店で買った煙草の箱をあけ一本抜いて火をつけ箱をテーブル・クロスの上に置き窓ガラスを透して見える雨のなかを通過してゆく風景にふうっと煙を吹きかけた。

汽車は午後遅くサカテカスの駅に着いた。駅から出て古い石でできた高い水道橋をくぐって市街地に出た。汽車と一緒に北からやってきた雨に狭い石畳の通りは濡れ店はどこも閉まっていた。彼はイダルゴ通りを歩いて教会の前を通り過ぎアルマス広場に出るとレイナ・クリスティナ・ホテルにはいった。古い植民地風の建物のなかは静かで涼しくロビーの黒っぽい石を敷いた床はよく磨き上げられ鳥籠の金剛インコが人の出入りを見守っていた。ロビーに隣接する食堂ではまだ何人かの客が昼食をとっていた。彼は鍵を受けとりポーターに小さな雑嚢を持たせて部屋に上がった。部屋は広くて天井が高く寝台にはシュニール織物の覆いがかけられテーブルの上には切子硝子の栓付き瓶が置かれていた。ポーターは窓の厚いカーテンをさっと引き開けバスルームにはいってすべてが整っているかどうか確かめた。ジョン・グレイディは窓枠にもたれかかった。下の中庭にはひとりの老人が赤と白のゼラニウムの鉢のそばにしゃがみこんで何か古い歌の一節を何度も繰り返して歌いながら花の手入れをしていた。

ポーターにチップをやり書き物机に帽子を置いて扉を閉めた。寝台の上で手足を伸ばして天井の装飾を刻んだ太い梁を見上げた。それから起き上がって帽子をとり食堂におりていってサンドイッチを食べた。

古い建物が並び四方を壁に囲まれた小さな広場がいくつもある町の曲がりくねった狭い通りをあちこち歩き回った。人々の服装にはどこか優雅なところがあった。雨はあがり空気が澄んでいた。店が開きはじめた。とある広場のベンチに坐ってブーツを磨きあげ店のショーウィンドウを覗きこんで彼女への贈り物を探した。いろいろ考えたあげくすっきりとした意匠の銀のネックレスを選び店の女の言い値を支払い紙とリボンで包装してもらった品物をシャツのポケットにいれるとホテルに戻った。

首都からサン・ルイス・ポトシ経由でやってくる汽車は八時に着くことになっていた。ジョン・グレイディは七時半に駅へいった。列車が着いたのは九時近くだった。彼はほかの人間に混じってプラットホームに立ち乗客が降りてくるのを待った。列車の乗降口に現われた彼女を彼はうっかり見すごしそうになった。彼女はスカートの裾が踝まである青いドレスを着て青いつば広の帽子をかぶりジョン・グレイディの目にもプラットホームにいるどの男の目にも女学生には見えなかった。赤帽が彼女の小さな革のスーツケースを受けとり列車から降りた彼女に返して帽子に手をやった。彼女がすっと首をこちらに向けて自分を見たとき彼は彼女が客車の窓から自分を見ていたことを知った。こちらに歩いてくる彼女の美しさはこの世にありえないもののように見えた。こんな場所にいるのが不可解ないやどんな場所にいるのも不可解な美しさだった。彼女は彼の前にやってきて悲しげな微笑を浮かべ指で彼の頰の傷に触れ身を乗り出してそこにキスをすると彼も彼女にキスをしスーツケースを受けとった。

やせたのね、と彼女はいった。ジョン・グレイディは宇宙のすでに存在している未来の姿を捜すように彼女の青い目を覗きこんだ。何をいおうにも息すらつけないほどだったがようやくきみはとてもきれいだというと、彼女は微笑んだがその目には彼女が初めて彼の部屋にしのんできた夜に見たような悲しみがたたえられていてその悲しみのなかに包摂されているかぎり自分は完全ではないことを彼は知っていた。

体は大丈夫なの？　と彼女がきいた。

ああ。大丈夫だよ。

レイシーも？

あいつも元気だ。もう家に帰った。

小さな駅舎を出ると彼女は彼の腕をとった。

タクシーを拾おう、と彼がいった。

歩きましょう。

わかった。

街には大勢人が出てアルマス広場の州庁舎の前では大工たちが造花で飾られた演台の足場を組み上げて二日後の独立記念日におこなわれる演説会に備えていた。彼は彼女の手をとってホテルの前の通りを渡った。握った手から彼女の心中を推し量ろうとしたが何もわからなかった。

二人はホテルの食堂で晩餐をとった。彼は彼女と二人で人前に出るのは初めてで近くのテーブルの年上の男たちからあからさまに眺められるのにもその視線を優雅に受けとめる彼女にも馴れていなかった。彼はフロントでアメリカ煙草をひと箱買い給仕がコーヒーを持ってくると一本とって火をつけそれを灰皿に置きこれまでのいきさつを聞いて欲しいと彼女にいった。

彼はブレヴィンズのことやカステラル刑務所のことを話しロリンズの身に何が起こったかそして最後にナイフで襲ってきた殺し屋が柄の抜けたナイフの刃を心臓に突き刺されて彼の腕の中で死んだ話をした。何もかもすっかり話した。それからしばらくのあいだ二人は黙って坐っていた。顔を上げたとき彼女は泣いていた。

どうした、いってごらん、と彼はいった。

いえない。

いってごらん。

あなたがどういう人なのかどうすればわたしにわかるの？　あなたがどういう人なのかわたしは知っている？　わたしは父がどういう人なのかもわからない。あなたはウィスキーを飲む？　売春婦と遊ぶ？　わたしの父は？　父はそういうことをする人？　男の人ってなんなの？

おれは誰にも話したことのないことをきみに話した。何もかもすっかり話したんだ。

それでどうなるの？　なんの役に立つの？

わからない。ただ、そうするのがいいと思った。

二人はひとしきり黙っていた。やがて彼女が顔を上げて彼を見た。わたしたちは愛し合っていますと父にいったの、と彼女がいった。

彼の体のなかをたいそう冷たいものが走り抜けた。食堂はとても静かだった。彼女は小さな声で囁いただけだったが周囲の沈黙がひしひしと意識されて彼はどこにも目を向けられなかった。口を開いたとき声はかすれていた。

なぜそんなことを？

父に話すとあの人に脅されたから。大叔母に。あなたに会うのをやめないと父にいいつけるといわれたの。

あの人はそんなことはしなかった。

そうかもしれない。わからないわ。でもあの人に弱みを握られているのが耐えられなかかった。だから自分から父に話したの。

なぜ？

わからない。わからないわ。

じゃあ本当なんだね？　お父さんに話したというのは？

ええ。本当よ。

彼は椅子の背にもたれた。両手で顔を覆った。それからまた彼女を見た。

大叔母さんはどうして気づいたのかな？

わからない。いろいろなことからだわ。エステバンが話したのかもしれない。わたしが家を出ていく物音を聞いたのかもしれない。戻ってくる音も。

きみは否定しなかった。

そう。

お父さんはなんといった？

何も。何もいわなかったわ。

どうしておれにいってくれなかった？

あなたは山にいたから。いおうと思ったわ。でも、戻ってきてすぐに逮捕された。

きみのお父さんが逮捕させたんだ。

そうよ。

いったいどうして話したりした？

わからない。わたしばかだった。あの人が偉そうにいうからよ。わたし大叔母にあなたに脅迫されたりしないわといってやったの。あの人のせいでわたしかっとしてしまったんだわ。

大叔母さんを憎んでる？

いいえ。憎んではいないわ。でも大叔母はわたしに自分を失うなといいながらわたしを自分の思いどおりの人間にしようとしたの。あの人にはそれしかできない。でもわたしは父の心を傷つけてしまったわ。ひどく傷つけてしまった。

お父さんは何もいわなかったのかい？

ええ。

話したあとどうした？

父はテーブルから腰を上げたわ。そして自分の部屋へいった。

食事のときに話したのか？

そう。

大叔母さんのいるところで？

ええ。父は自分の部屋にはいってつぎの日の夜が明ける前に出ていったわ。馬に鞍をつけて出ていった。犬を全部連れて。ひとりで山に入ったわ。わたしあなたを殺しにいったのだと思ったわ。

彼女は泣いていた。まわりの客が彼らのテーブルをじろじろ眺めた。彼女が目を伏せただ肩だけを震わせて声もなく泣くと涙が頰をつたい落ちた。

泣くな。アレハンドラ。泣くな。

彼女は首を振った。わたしが何もかもめちゃくちゃにしたんだわ。わたし、死んでしまいたかった。

泣かないでくれ。おれがなんとかする。

むりよ、と彼女はいった。目を上げて彼を見た。彼は初めて絶望というものを目にした。見たことはあると思っていたがそうではなかった。

お父さんは山へきたよ。なぜおれを殺さなかったんだろう？

わからない。きっとわたしが自殺するのを恐れたんだわ。

きみは自殺したかい？

わからない。

おれがなんとかするよ。そうさせてくれ。

彼女は首を振った。あなたにはわからないのよ。

なぜおれにわからない？

父がわたしを愛さなくなるなんて思ってもいなかった。そんなことはありえないと思っていた。でも今はありうることだとわかるわ。

彼女はバッグからハンカチを出した。ごめんなさい、と彼女はいった。ひとがじろじろ見ているわね。

夜には雨が降りレースのカーテンがたえずなかへふわりとふくらんでくる部屋で中庭を打つ雨の音を聞きながら彼は彼女の青白い裸身を抱き彼女は泣きながらあなたが好きといい彼は結婚してくれといった。おれが働いて金を稼ぐといいおれの国へいって暮らせばいいだれに邪魔をされるはずもないと彼はいった。彼女は一睡もせず夜明けに彼が目を覚ますと彼のシャツを着て窓辺に立っていた。

夜が明けるわ《ビエーネ・ラ・マドルガーダ》、と彼女はいった。

ああ。

彼女は寝台へきて坐った。夢であなたを見たわ。夢のなかであなたは死んでいた。

ゆうべ見たのか？

いいえ。ずっと前。こうしてまたあなたと会う前に。わたしそのとき誓ったの《イーセ・ウナ・マンダ》。

誓った。

そう。

おれの命を救うために。

ええ。あなたは私が見たこともない町の通りをあちこち引き回されていた。夜明けどきだった。子供たちが祈っていた。あなたのお母さんが泣いていた。もちろんあなたの売春婦はもっと泣いていたわ《ヨラーバ・トウ・マードレ・コン・マス・ラソン・トゥ・プータ》。

彼は彼女の口に手をあてた。そんなことをいうな。いっちゃいけない。

彼女はその手をはずして自分の手で包みこみ甲に浮き出した血管に触った。

二人で明け方の街を歩いた。通りを掃除する人々や小さな店を開けて入口の階段を洗っている女たちに声をかけた。カフェで朝食をとり露天商の老婆たちが飴玉や糖蜜菓子やねじり飴を台に並べている狭い並木道や路地裏を歩いて彼が彼女に苺を買ってやると売り手の少年は小さな真鍮の秤で目方をはかり紙を折って三角形の袋をつくり苺をいれた。古い独立記念公園のなかを歩くと片翼のない白い天使像が高くそびえたっていた。天使の手首には手枷がはめられそこからちぎれた鎖がぶら下がっていた。彼は心のなかであと何時間で南からつぎの汽車がやってくるだろうと数えその汽車がトレオンの町へ発つときには彼女がそれに乗っているかいないかのどちらかだと思い彼女に向かってきみの一生をおれに預けてくれれば絶対にきみを裏切ったり捨てたりはしないといいおれは死ぬまできみを愛するというと彼女は彼のいうことを信じるといった。

午前の中頃ホテルに戻る途中で彼女が彼の手をとって通りを渡った。きて、と彼女はいった。見せたいものがあるの。

教会の敷地の壁に沿って歩きアーチ型天井のアーケードをくぐってその先の通りに出た。

なんだい？　と彼がきいた。

ある場所を見せたいの。

曲がりくねった狭い通りを進んだ。皮なめし屋の店を通り過ぎた。それから板金職人の店。やがて小さな広場にはいると彼女がこちらに向き直った。

わたしの祖父はここで死んだのよ、と彼女はいった。母の父親が。

どこで？

ここで。この場所で。ここはグアダラハリータ広場というの。

革命で死んだんだね。

そう。一九一四年。六月二十三日。祖父はラウル・マデロの率いるサラゴーサ旅団に所属していたわ。二十四歳で死んだの。旅団は町の北から進軍してきたわ。セーロ・デ・ロレートやティエラ・ネグラから。当時はここから先は野っぱらだったそうよ。祖父はこの奇妙な場所で死んだの。デセオ通りとペンサドール・メヒカーノ通りの角で。泣き叫ぶ母親はいなかったわ。歌にはよくそうあるけれど。空を飛ぶ鳥もなかった。ただ石畳の上に血が流れていただけ。ここをあなたに見せたかったの。いきましょう。

メキシコの思想家というのは誰のこと《キエン・フエ・エル・ペンサドール・メヒカーノ》？

詩人《ウン・ポエタ》よ。ホアキン・フェルナンデス・デ・リサルディ（一般には小説家として通っている）。ひどい苦難の生涯を送って壮年期に死んだの。願望《デセオ》通りのほうは悲しみの夜《ノーチェ・トリステ》通りと同じようなものね。メキシコではごくありふれた名前だわ。さあいきましょう。

ホテルの部屋に戻るとメイドが掃除をしていたが彼女が出ていくと二人はカーテンを閉めて愛し合い抱き合って眠った。目が覚めると夕方だった。シャワーを浴びタオルを体に巻いて出てきた彼女は寝台に腰をおろし寝ている彼の手をとって見おろした。あなたのいうようにはできないわ、と彼女はいった。わたしはあなたを愛している。でもできないの。

彼は自分の全生涯の意味がこの一瞬に凝縮されたのをはっきり見てとりこの先自分がどこへいくのかまったくわからないことを悟った。彼は何か魂を持たない冷たいものがもうひとつの人格のように自分のなかへはいってくるのを感じその人格が悪意のある笑みを浮かべたように感じそいつがいつか出ていく保証はどこにもないと思った。もう一度バスルームから出てきた彼女はドレスを身につけていたがその彼女を彼は寝台に坐らせ両手を握って説き伏せようとしたが彼女はただ首を振り涙に濡れた顔をそむけて彼にもう出かける時間だといい汽車に乗り遅れることはできないといった。

彼女が彼の手を握り彼は彼女の鞄を持って二人で通りを歩いた。古い石造りの闘牛場の上手にある並木道を通って彫刻を施した石造りの野外音楽堂のわきの階段を降りた。乾いた風が南から吹きムクドリモドキがユーカリの枝を揺らしてするどい叫び声を上げた。陽はすでに落ちて青い黄昏が公園を浸たし水道橋の壁沿いや街路樹のある遊歩道に並ぶガス灯に黄色い灯が点った。

　プラットホームに立つと彼女は彼の肩に顔をつけ彼が話しかけても答えなかった。激しい排気音をたてて汽車が南からすべりこんできて蒸気を吹き出し暗がりのなかで曲がった線路に沿って並ぶ巨大なドミノ牌のような鬱屈した感じの窓ガラスのついた客車を震わせ停止すると、彼はこの列車の到着と二十四時間前のそれのちがいをひしひしと感じたが彼女は首にかけた銀のネックレスに指を触れ体をかがめて旅行鞄を持ち上げるとぐっしょり濡れた顔を寄せて最後にもう一度彼にキスをし立ち去った。彼は夢のなかにいるような気分で彼女を見送った。プラットホームには大勢の家族や恋人たちが挨拶をかわしていた。彼はひとりの男が小さな少女を両腕に抱いて振り回し少女が笑うのに目を止めたがその少女は彼の顔を見て笑うのをやめた。列車が出てしまうまで立っていられるかどうかもわからなかったがそれでもなんとか立っていて汽車がいってしまうと踵をめぐらして街に戻った。

　料金を精算して荷物をまとめホテルを出た。とある路地の開いた扉からアメリカとメキシコのものをごたまぜにしたような騒々しい音楽が流れ出す酒場にはいってしたたかに酔い喧嘩をし空が白むころ緑色の部屋の鉄の寝台で目を覚まし紙のカーテンをつるした窓の外で雄鶏が鳴く声を聞いた。

　汚れた窓ガラスに顔を映してみた。顎が紫色に脹れ上がっていた。顔をある角度に向けると左右の対称性がいくらか回復でき口を閉じているかぎり痛みも耐えられないことはなかった。シャツは破れて血にまみれ雑嚢はなくなっていた。ゆうべのことはよく覚えていたが現実のことかどうか怪しい感じがした。彼は通りのはずれにひとりの男のシルエットを見たのを覚えていたがその男は最後に別れたときのロリンズにそっくりで手を上げて半ば向こうむきの姿勢で立ち上着を肩にかけていた。それはよその家庭をめちゃくちゃにしたりはしない男だった。ひとの娘を破滅させたりはしない男。波形鉄板の壁の倉庫の戸口の上に電灯がついていたがその下を通る者は誰もいなかった。雨の降る町に空き地が見え木箱がひとつ置かれていてその箱のなかから祭りのあとでうろついているような犬がいかにも侘しげに瓦礫のあいだを歩き黄色っぽいぼんやりした電灯の光の下を通ってひっそりと建物のあいだの暗がりに消えていった。

ドアを開けて外に出たがそこがどこなのかはわからなかった。小糠雨が降っていた。町の西のラ・ブーファ山を目印にいまいる位置を知ろうとしたが道はどれも曲がりくねっていてすぐに迷い、ひとりの女に町の中心部はどこかと尋ねてみると女はたどるべき道を指さしそこを歩いてゆくジョン・グレイディの後ろ姿をじろじろ眺めた。イダルゴ通りに出ると野良犬の一団が駆けてきて彼の前を横切ろうとしてなかの一匹が足を滑らせて石畳の上に倒れた。仲間がぱっとこちらを向いて毛を逆立て歯をむき出してうなり声を上げたが倒れた犬があたふたと立ち上がると犬たちは襲いかかってくることもなくもと目指していた方向に走り去った。ハイウェイを北に歩いて町はずれまでくると彼は親指を立てた。彼はほぼ無一文で先の道のりは長かった。

この日は白いスーツを着た男の幌をおろした古いラサール型の二頭立て四輪馬車に乗せてもらった。この型の馬車はメキシコではこれ一台きりだと男はいった。若いころ世界中を旅して回りミラノとブエノスアイレスでオペラを勉強したと男はいい平原を走る道みち大仰な身ぶり手ぶりをつけながらアリアを歌った。

その馬車やまたべつの自動車に乗って翌日の昼頃トレオンの町に着きホテルへいって預けた毛布の包みを受けとった。それから馬をとりにいった。ひげを剃らず風呂にもはいらない同じ服を着たきりの彼を見ても厩舎の主人は同情するような顔でうなずくだけで驚いた様子は見せなかった。自動車のゆきかう真昼の通りに出ると馬は苛立ち怯えて小さく飛び跳ねバスの横腹を蹴とばしてへこませたが乗客はやんやの喝采をし安全な車窓からさかんに野次を飛ばした。

デゴヤード通りに銃砲店があったので馬を街灯の柱につなぎ四五口径コルトの弾薬を一箱買った。町はずれの店でも馬を止めてトルティーヤと豆の缶詰と瓶入りソースとチーズを買い毛布にくるみこんで鞍の後ろにくくりつけ馬に乗って北に向かった。その夜はどの町からも遠い平原で寝た。焚き火はしなかった。寝そべってつながれた馬が草を食い切る音を聞き空っぽの空間をわたる風の音に耳を傾け星々が天球をなぞって移動し世界の端の暗闇で死んでいくのを眺めながら心臓に杭を打ちこまれたような苦悶を味わった。この世の苦悩は人間の魂の温かみを探りあててそこに巣くう形のない寄生生物のようなものだと思い何がそれらを招き寄せるのか自分は知っていると思った。いま初めて知ったのはその寄生生物には知能がなく、したがって限度というものを知らないことであり彼は人間の魂は無限ではないかと恐れた。

翌日の午後には盆地の真ん中のほうまで進み次の日には北部の牧場の多い涸れ谷が走り荒涼たる山が点在する地方にはいっていった。馬は彼の望む乗り方ができる状態にないのでしばしば休ませなければならなかった。湿った土、というよりほんのわずかでも湿った土の上のほうが蹄を痛めないだろうと夜中に馬を進めていくと不均質な闇のなかにぼうっと黄色い光を点している小さな村がいくつか見えたが彼はそうした村で自分が生きていくことなど想像もできないことを知っていた。五日後の夜に十字路を中心としてできた名前も知らない小さな村にはいると十字路で馬を止め満月の明かりに照らして柱に釘づけした小割板に焼いた鉄で書かれた町の名を読んだ。サン・ヘロニモ。ロス・ピントス。ラ・ロシータ。いちばん下の板には第四の方角を指し示す矢印とともにラ・エンカンタータと記してあった。彼は長いあいだじっとしていた。それから身を乗り出して唾を吐いた。西の暗闇に目を向けた。かまうもんか、と彼はいった。おれの馬を置き去りにしてたまるか。

一晩中馬を歩ませて空が最初に白みはじめるころ馬がかなり消耗したので降りてその口

を引き低い丘を一つ越えると町の形が見えたが、泥の古い壁の窓に早く起きた住民の点すランプの黄色い光が映り、かぼそい煙が風のない暁の空にまっすぐ立ち昇るさまはまるで町全体が闇からおろされた糸に吊り下げられているようだった。馬から降り所持品を包んだ毛布を広げて弾薬の箱を開け半分をポケットにいれ拳銃の弾倉に六発装塡されていることを確かめてからローディング・ゲートを閉じズボンに差してまた毛布をくるくると巻いて鞍の後ろにくくりつけるとふたたび馬に跨がって町へ向かった。

通りは無人だった。馬を町でひとつきりの店の前につなぎ例の昔学校だった建物まで歩いて玄関前のポーチに立ちなかを覗きこんだ。扉の把手に手をかけて回してみた。裏口に回って窓ガラスを割りなかに手をいれて掛金をはずし扉を開け銃を手に建物にはいった。部屋を横切って窓から表の通りを見た。それから引き返して署長の机の処へいった。いちばん上の引き出しから手錠をとりだすと机の上に置いた。そして椅子に坐り両足を机の上にあげた。

一時間後メイドがやってきて持っている鍵でドアを開けた。机についている男を見て女はぎょっとし不安げな顔でその場に立ちすくんだ。

はいってくれ《パーサレ》、はいってくれ《パーサレ》、と彼はいった。かまわないよ《エスタ・ビエン》。

すみません《グラシアス》、と女はいった。

女は部屋を横切って奥へいこうとしたが彼は呼び止め壁ぎわの折りたたみ椅子に腰かけ

るようにいった。彼女はそっと音を立てずにおとなしく坐った。なにも尋ねなかった。二人はじっと待った。

署長が通りを渡ってくるのが見えた。床板を踏むブーツの音が聞こえた。署長は片手にコーヒー・カップをもう片方の手に鍵束を持ち腋の下に郵便物をたばさんではいってくるとはっと足を止めてジョン・グレイディと彼が手にして握りを机につけている拳銃を見つめた。

扉を閉めろ《シエラ・ラ・プエルタ》、とジョン・グレイディがいった。

署長は扉にするどい視線を投げた。ジョン・グレイディが立ち上がった。拳銃の撃鉄を起こした。その音と回転した弾倉の収まる音が朝の静けさのなかでするどく澄んだ響きをたてた。メイドが両手で耳をふさぎぎゅっと目をつぶった。署長は肘でゆっくりと扉を閉めた。

何が目当てなんだ？　と署長がきいた。

おれの馬をとりにきた。

おまえの馬？

そうだ。

おまえの馬などおれは知らない。

どこにいるか知ってたほうが身のためだな。

署長がメイドに目をやった。彼女はまだ耳を押さえたまま顔を上げた。

ここへきて持ってるものを置け、とジョン・グレイディがいった。

署長が机の前へやってきてカップと郵便物を置き鍵束を持ったまま立った。

鍵も置くんだ。

向こうをむけ。

鍵束を机の上に置いた。

あとでとんでもないことになるぞ。

おまえなんかが聞いたこともないようなとんでもない目にもう合ったよ。向こうをむけ。

署長は背を向けた。ジョン・グレイディは前に乗り出して署長が腰につけているホルスターの口を開き拳銃をとりだして撃鉄をおろし自分のズボンに差した。

こっちを向け。

署長はもとに向き直った。両手を上げろとはいわれなかったのに、自分から上げた。ジョン・グレイディは机から手錠をとりあげてベルトに差した。

メイドはどこへ押しこめとけばいいんだ？　とジョン・グレイディがきいた。

なんだ《マンデ》？

いや、いい。いこう。

彼は鍵束をとりあげ机の後ろから回ってきて署長を前に押した。それからメイドに顎をしゃくった。

いこう《バモノス》、と彼はいった。

裏口のドアはまだ開いており三人はそこから外に出て細い道を歩き留置場へいった。ジョン・グレイディが南京錠をはずしてドアを開けた。三角形の白っぽい光のなかで前と同じように坐っている老人がまばたきをした。

まだいたのか、じいさん《ヤ・エスタス・ビエーホ》？

ああ、もちろんさ《シ・コモ・ノ》。

こっちへこいよ《ベン・アキ》。

老人はひどく時間をかけて立ち上がった。片手を壁についてすり足で前に出てきた老人にジョン・グレイディはもうあんたは自由の身だといった。それからメイドになかへはいるよう手で促して不自由な思いをさせて申しわけないといい女がべつに構わないというと扉に鍵をかけた。

振り返ると老人がまだそこに立っていた。ジョン・グレイディは家に帰るようにいった。

老人は署長を見た。

そいつを見るな《ノ・ロ・ミレ・ア・エル》、とジョン・グレイディがいった。見るんじゃないぞ《テ・ロ・ディーゴ・ヨ》。いいな《アンダレ》。

老人はジョン・グレイディの手をとってキスしようとしたが彼はぱっと手をひっこめた。さっさと出ていくんだ、と彼はいった。やつを見るんじゃない。さあいけ。

老人はよろよろと門までいってかんぬきをはずし表の通りに出てこちら向きになりまた門を閉めて歩み去った。

二人は通りに出たがジョン・グレイディは馬に乗ってズボンに差した拳銃二挺を上着の下に隠していた。両手を前にして手錠をかけられた格好で署長が馬の口を引いた。通りをしばらくいくと例のチャルロ風の服の男が住む青い家に着き署長が扉を叩いた。女が戸口に現われて署長の姿を見るとまたひっこみやがて例の男が出てきてうなずきかけ歯をせせりながら立った。男はジョン・グレイディに目をやりそれから署長を見た。それからまたジョン・グレイディを見た。

ちょっと問題が持ちあがってな《テネーモス・ウン・プロブレーマ》、と署長がいった。

男はつまようじを吸った。ジョン・グレイディの腰の拳銃はまだ見ておらず署長の挙動を理解しかねている風だった。

こっちへこい《ベン・アキ》、とジョン・グレイディがいった。扉を閉めるんだ《シエラ・ラ・プエルタ》。

男が視線を上げて銃身に目を止めたときジョン・グレイディには男の頭のなかで歯車がかみ合ってしかるべき動きを開始したのが見えた。男は後ろ手に扉を引いて閉めた。そして馬上のジョン・グレイディをふり仰いだ。陽の光がまともに目を射たので一歩わきに寄りまた見上げた。

おれの馬はどこだ《キエロ・ミ・カバーヨ》、とジョン・グレイディがきいた。

男が署長を見た。署長は肩をすくめた。もう一度ジョン・グレイディを見上げたあと視線を一瞬右に動かしそれから足もとに落とした。ジョン・グレイディがオコティーヨの垣根越しに見ると馬の背に跨がった彼の目に泥壁の小屋がいくつかとそれより少し大きい建物の錆びたトタン屋根が映った。馬からさっと降りると手錠の片方がだらりとぶら下がった。

いこうか、と彼はいった。

ロリンズの馬《バモノス》は母屋の裏に建っている泥壁の納屋にいた。ジョン・グレイディが話しかけるとその声を聞いて首をもたげいなきを返してきた。男に馬勒を持ってこいと命じ拳銃をつきつけて馬に装着させ手綱を受けとった。ジョン・グレイディはほかの馬はどこにいるんだときいた。男はごくりと唾を飲みこみ署長を見た。ジョン・グレイディは署長の襟首をつかんでその頭に銃口を当て今度この男の顔を見たら撃つといった。男は目を伏せた。ジョン・グレイディはおれはもうしびれが切れてきた時間もないといい署長はどうせ死ぬがおまえは助けてやってもいいんだといった。ブレヴィンズは自分の弟であり署長の首をとるまでは父親の家へは帰らないと血の誓いを立ててきたといい、もし自分がしくじってもほかの兄弟が順番にやってくるといった。男はつい抑えがきかずに署長を見てしまうとすぐに目を閉じて顔をそむけ片手で自分の頭の薄い髪をつかんだ。じっと署長の顔を見つめていたジョン・グレイディはこのとき初めてそこに不安の影がよぎるのを見た。署長が何かいいかけるとジョン・グレイディは銃口を相手の頭につけたまま胸ぐらをぐいと引き寄せて今度しゃべったらこの場ですぐ射ち殺すと宣告した。

おい《トゥ》、と彼はいった。ほかの馬はどこにいるんだ《ドンデ・エスタン・ロス・オトロス・カバーヨス》。

男は納屋の壁を見つめて立っていた。舞台の上でただ一言だけせりふをいわせてもらう端役の役者のように見えた。

ドン・ラファエルの牧場にいるんだ《エン・ラ・アシエンダ・デ・ドン・ラファエル》、と男がいった。

署長と男がロリンズの馬に鞍をつけずに乗りその後ろからジョン・グレイディがさっきと同じように両手に手錠をかけてついていった。ジョン・グレイディは肩に馬勒をもうひとつかけていた。彼らは町の真ん中を進んだ。早朝の空気のなかで舗装していない道を掃く年をとった女たちが手を止めて一行を見送った。

その牧場までは六マイルほどあり午前半ばに着いて開いた門をくぐり屋敷の前を通りすぎて裏手の厩舎へ近づくと犬たちが踊るようにはねて吠えながら馬の後からついてきた。

囲い柵の処へくるとジョン・グレイディは馬を止め手錠をはずしてポケットにいれズボンから拳銃を抜いた。それから馬から降りて囲い柵の門を開け手を振って二人になかへはいれと命じた。自分が乗っていた芦毛の口を引いて囲いにいれると二人に馬から降りろといい拳銃を振って厩舎のほうを示した。

陽干し煉瓦でできた厩舎は新しくトタンぶきの屋根は高かった。奥の扉も馬房の扉も閉まっていて干し草置き場はほとんど真っ暗だった。ジョン・グレイディは銃をつきつけて署長とチャルロ風の男に先を歩かせた。馬房で馬が鼻を鳴らす音が聞こえ厩舎の二階のどこかで鳩が啼いていた。

レッドボウ、とジョン・グレイディが呼んだ。

ずっと先のほうの馬房で彼の馬がいなないた。

二人にさあいけという身振りをした。いくぞ《バモノス》、と彼はいった。

振り返ると戸口にひとの影がひとつ立っていた。

誰だ《キエン・エスタ》、とその影がいった。

ジョン・グレイディはチャルロ風の服の男の背後に回り銃口をわき腹に押しつけた。答《レス》えてやれ《ポンデレ》、と彼はいった。

ルイスだ、と男がいった。

ルイス？

そうだ《シ》。

一緒にいるのは《キエン・マス》？

ラウル。署長《エル・カピタン》だ。

相手はまだふに落ちないという様子で立っていた。ジョン・グレイディは署長の背後に立った。囚人を連れてるんだ《テネーモス・ウン・プレーソ》といえ、と彼がささやいた。

囚人を連れてるんだ《テネーモス・ウン・プレーソ》、と署長がいった。

泥棒《ウン・ラドロン》だ、とジョン・グレイディ。

泥棒《ウン・ラドロン》だ。

馬を見なくちゃならないんだ《テネーモス・ケ・ベール・ウン・カバーヨ》。

馬を見なくちゃならないんだ《テネーモス・ケ・ベール・ウン・カバーヨ》、と署長。

どの馬だ《クワル・カバーヨ》？

アメリカからきた馬だ《エル・カバーヨ・アメリカーノ》。

男はしばし無言でたたずんでいた。それから戸口の明かりの外へ消えた。誰も口を開かなかった。

一体なにごとなんだ《ケ・パソ・オンブレ》？

誰も答えなかった。ジョン・グレイディは厩舎の外の陽の当たった地面をよく見た。扉のそばに立っている男の影が見えた。やがて影がすっとひっこんだ。ジョン・グレイディは聞き耳を立てた。それから二人の捕虜の背中を押して厩舎の奥へ進ませた。いくぞ《バモノス》、と彼はいった。

ジョン・グレイディはもう一度馬の名を呼んで馬房を探しあて扉を開けて馬を出した。馬が鼻とひたいを胸に押しつけてくるとジョン・グレイディは馬に話しかけ馬は嬉しそうに低くいななき頭絡も端綱もなしで陽の当たっている入口へ速足で駆けていった。干し草置き場に戻る途中でべつの二頭の馬が馬房の扉の上から首を出した。二頭目はブレヴィンズの大きな鹿毛馬だった。

ジョン・グレイディは足を止めてその馬を見た。彼はまだ肩に余分の馬勒をかけていたがチャルロ風の服の男の名を呼んで肩を一振りして馬勒をおろし男に渡してこの馬につけて外へ出せと命じた。ジョン・グレイディはさっき厩舎の入口へきた男がすでに囲い柵のなかの鞍をつけて馬勒を装着した馬と馬勒だけで鞍のない馬の二頭を見て、すぐに屋敷へライフルをとりにいっただろうと思い、あの男はおそらくチャルロ風の服の男がブレヴィンズの馬に馬勒をつける間もなく戻ってくると思ったがすべてその通りになった。また戸口にやってきた男は今度は初めから署長の名を呼んだ。署長がジョン・グレイディを見た。チャルロ風の服の男は片手に馬勒を持ち馬の鼻面をわきに抱えこんだまままじっと立っていた。

歩け《アンダーレ》、とジョン・グレイディがいった。

ラウル、と外の男が呼んだ。

チャルロは馬の耳の上から頭絡をかぶせ端綱を握って馬房の扉の内側に立った。

いくぞ《バモノス》、とジョン・グレイディがいった。

入口近くの壁には綱や馬勒やそのほかの馬具が掛けてあったが彼は一巻きの綱をとってチャルロに渡しブレヴィンズの馬の頭絡の喉元にある輪につなげと命じた。男に小細工をする度胸のないことはわかっていたから命令どおりにしたかどうかを確かめる必要はなかった。自分の馬は入口のすぐ手前に立ってこちらを見返っていた。それから馬は首をめぐらして外の壁際に立っている男を見た。

一緒にいるのは誰なんだ《キエン・エスタ・コンティーゴ》？　と男が叫んだ。

ジョン・グレイディはポケットから手錠をとりだし署長に向こうをむいて後ろに両手を出せといった。署長は一瞬ためらって戸口のほうを見た。ジョン・グレイディが拳銃の撃鉄を起こした。

わかった《ビエン》、わかった《ビエン》、と署長はいった。ジョン・グレイディは署長の手首に手錠をかけて前に突き出しチャルロに馬を引いてこいと命じた。厩舎の戸口にロリンズの馬が現われてレッドボウに鼻をこすりつけた。それからふっと頭を上げてレッドボウと一緒に干し草置き場からもう一頭の馬を引いてやってくる三人に目を向けた。

入口から厩舎のなかに射しこむ光の一歩手前にくるとジョン・グレイディはチャルロから綱を受けとった。

ここで待ってろ《エスペーラ・アキ》、と彼はいった。

ああ《シ》。

ジョン・グレイディは署長の背中を押した。

おれは自分の馬が欲しいんだ《キエロ・ミス・カバーヨス》、とジョン・グレイディはいった。それだけだ《ナダ・マス》。

誰も答えなかった。

彼が綱を離して馬の尻をぽんと叩くと馬は引きずった綱を踏まないようにしながら首を片方へ傾けて速足で厩舎から出た。外に出るとロリンズの馬の体にひたいをぽんと当て壁にはりついてしゃがんでいる男のほうを見た。男が追う仕草をしたらしく首をさっと振ってまばたきしたが動かなかった。ジョン・グレイディは馬が引きずっている綱の端を拾い上げて署長の手錠をかけられた両手の間に通し前に進んで厩舎の扉がとりつけられている支柱にひっかけた。それからドアの外へ出てしゃがみこんでいる男の眉間に拳銃をつきつけた。

男は腰だめに構えていたライフルを地面に投げ出し両手を上げた。ほとんど間をおかずジョン・グレイディは両足をすくわれたように倒れた。銃声は聞こえなかったがブレヴィンズの馬には聞こえたらしくジョン・グレイディが見上げると後足で立って勢いよく走り出したがすぐに綱がぴんと張って横ざまに引き戻され埃を蹴立ててどうと倒れた。頭上の厩舎の切妻壁から鳩の群れが朝日のなかへぱっと飛び立った。あとの二頭は速足で駆け回り囲いのなかにいる芦毛も柵に沿って走り出した。ジョン・グレイディは拳銃をつかんで立ち上がろうとした。自分が撃たれたのは知っていたが撃った相手がどこに隠れているかはわからなかった。壁際でしゃがんでいた男が地面に落ちたライフルを拾おうとしたがジョン・グレイディがさっと拳銃を向けて手を伸ばしライフルをつかむや転がって倒れてもがいているブレヴィンズの馬の頭を押さえて起き上がらないようにした。それから用心深く上体を起こしてあたりを見た。

馬を撃つな《ノ・ティーレ・エル・カバーヨ》、と背後にいる男がいった。撃った男は百フィートほど離れたトラックの荷台に立ってライフルの銃身を運転台の屋根の上に置いていた。ジョン・グレイディが拳銃を向けると男はさっとしゃがんで運転台の後ろの窓とフロントガラス越しにこちらをのぞいた。ジョン・グレイディは撃鉄を起こして狙いをつけるとフロントガラスを撃ち抜いて穴をあけもう一度撃鉄を起こして今度は背後でひざまずいている男に銃口を向けた。体の下で馬がうなった。腹の処で馬が緩慢に規則的な呼吸をしているのが感じられた。男が両手を上げた。撃つな《ノ・メ・マーテ》、と彼はいった。ジョン・グレイディはトラックを見やった。男はいまトラックの真後ろに立っており車軸受けの下にブーツが見えたので馬の上に体を覆いかぶせブーツを狙いふたたび撃った。男が後輪の後ろに隠れたがさらにもう一発ジョン・グレイディが撃った弾がタイヤに命中した。男はトラックの陰から飛び出し広く空いた敷地を小屋めがけて走った。撃ち抜かれたタイヤが朝の静けさのなかで長いひと続きの乱れることのない吐息をつきトラックの車体の一角が沈みはじめた。

レッドボウとジュニアは厩舎の影のなかで軽く四肢を開いて立ち目をぐるぐる回しながら震えていた。ジョン・グレイディはブレヴィンズの馬に覆いかぶさったまま銃を背後の男につきつけてまだ厩舎のなかにいるチャルロを呼んだ。男が答えないのでもう一度呼び鞍と馬勒を一揃いと綱を一巻き持ってこいと命じいうことをきかないとおまえの主人を殺すといった。一同は動きを止めた。数分してチャルロが戸口に現われた。男は出てくる前に災いを退けるまじないのように自分自身の名前を呼ばわった。

さあいけ《パーサレ》、とジョン・グレイディが叫んだ。おまえには何もしない《ナディエ・レ・バ・ア・モレスタール》。

ジョン・グレイディがレッドボウに話しかけているあいだに男が鞍と馬勒をつけた。ブレヴィンズの馬がゆっくりと規則正しく吐く息がジョン・グレイディの腹を温めシャツを湿らせた。ジョン・グレイディはまるで馬の一部が自分の内側にあって息づいているかのように自身も馬と同じリズムで呼吸しているのに気づき自分でもなんと呼んでいいかわからないより深い共謀関係にはいっていった。彼は自分の脚を見た。ズボンが血で暗い色に染まり地面にも血がこぼれていた。麻痺したような奇妙な感覚はあるが痛みはなかった。チャルロが鞍をつけたレッドボウを引いてくると彼はブレヴィンズの馬からそっと体を離して見おろした。馬は目をぎょろりとむいて彼を見、彼の背後に無限に広がる永遠の青を見上げた。彼はライフルを杖に立ち上がろうとした。撃たれたほうの足に重心をかけると激痛が体の右側を走り彼は吸いこめるだけの空気を思いきり吸いこんだ。ブレヴィンズの馬が体を傾けよろめきながら立ち上がって綱をぐいとひっぱると厩舎のなかで悲鳴が上がりぶるぶる震えている綱に後ろに回した両手をつながれた署長が体をふたつに折り穴からいぶり出される動物のように千鳥足で現われた。署長は帽子を落として長い黒い髪をざんばらに乱し顔を灰色にして助けを求める声を上げた。一発目の銃声にブレヴィンズの馬が怯えて綱をひっぱったために肩の骨をはずされてひどい苦痛を味わっていた。ジョン・グレイディは立って芦毛の処へゆき馬の喉元から綱をはずしてかわりにチャルロが持ってきた綱をつなぎチャルロにその綱をレッドボウの鞍の角にひっかけるようにいいそれからあとの二頭も連れてこいと命じた。男は署長を見た。署長は両手を後ろに回しわずかに横に傾いた体を前にかがめて坐りこんでいた。もうひとりの男は数フィート離れた処でまだ両手を上げたままひざまずいていた。ジョン・グレイディが見おろすと男は首を振った。

おまえは狂ってる《エスタ・ロコ》、と男はいった。

そのとおりだ《ティエーネ・ラソン》、とジョン・グレイディがいった。

ジョン・グレイディが小屋の後ろに隠れたライフル男に出てくるようにいえと命じ男が二度呼んだが出てこなかった。ジョン・グレイディはライフル男がこの場から逃げ出そうとしたらひざまずいている男が止めようとするだろうと思いそれより銃声で浮き足立ったブレヴィンズの馬をなんとかしなければならないと考えた。馬の口をとって立っているチャルロから綱を受けとりかわりに端綱を渡して署長を立たせて芦毛に乗せろと命じ自分はブレヴィンズの馬の腹に寄りかかって激しく息をつきながら自分の脚を見おろした。チャルロを見ると彼は後ろに芦毛を引いて署長のそばに立っていたが署長は動こうとしなかった。ジョン・グレイディは拳銃で署長の目の前の地面を撃ってやろうかと思ったがブレヴィンズの馬のことを思い出してやめた。またひざまずいている男を見やってレッドボウの手綱を地面から拾い上げ拳銃をズボンに差して鐙に片足をかけて立ち血を出している脚を振り上げて鞍に跨がった。一度失敗したらもう二度目はできないので必要以上に力を入れて脚を振り上げたため痛みのあまり思わず声を上げそうになった。鞍の角から綱をはずし署長の坐っている処まで馬に後ずさりさせた。ライフルをわきに抱えてライフル男が隠れた小屋にじっと目を注いだ。馬がもう少しで署長の上を踏み越えそうになったがそうしてもジョン・グレイディは気にもとめなかっただろう。彼はチャルロに厩舎の入口の支柱から綱をはずしてその端を持ってこいといった。チャルロは二人が互いに憎悪を抱きあっていることをすでに感じとっていた。持ってきた男にその綱の端を署長の手錠にくくりつけるよう命じると男はいわれたとおりにして後ろに下がった。

ありがとう《グラシアス》、とジョン・グレイディがいった。彼は綱を巻いてなかほどの部分を鞍の角にひっかけ馬を前に歩かせた。状況を見てとった署長は立ち上がった。

待ってくれ《モメント》、と彼はいった。

ジョン・グレイディは馬を前に進めながら小屋を見つめた。署長は地面にだらりと垂れた綱がぴんと張りそうになるのを見ると両手を後ろに回したまま叫びながら走り出した。

待ってくれ《モメント》、と彼は叫んだ。

署長がレッドボウに跨がりジョン・グレイディがその後ろに乗って署長の腰に片腕を回

して二人は囲い柵の門を出た。ブレヴィンズの馬は綱で引きほかの二頭は追い立てて先にゆかせた。ジョン・グレイディはたとえ自分が死んでも四頭の馬は牧場から外へ出してやると固く心に決めていたがそこから先のことはあまり考えていなかった。血が流れている脚には感覚がなく肉を詰めた袋のように重くてブーツのなかには血がたまってきた。門を通り抜けるときそばに立っているチャルロから帽子を受けとるとジョン・グレイディはそれを頭に載せてうなずいた。

それじゃな《アディオス》、とジョン・グレイディがいった。

男はうなずいて後ろに下がった。ジョン・グレイディは馬を歩かせて道を進んでゆき、署長の体を支えながらライフルを腰で構えて自分の体をやや横向きにし、振り返って囲い柵を注視していた。チャルロはまだ門のそばに立っていたがほかの二人の姿は見えなかった。前に坐った署長はすえたような汗の臭いを放っていた。制服のボタンを半分はずして片手をなかにいれ腕を押さえていた。屋敷の前を通るときも人っ子ひとり見えなかったが表の道路に出るときには五、六人の女と女の子が台所の窓から顔を出してこちらを見ていた。

道路に出るとジュニアと芦毛は勝手に走らせブレヴィンズの馬は綱で引いて速足でエンカンタ―ダの町へ向かった。芦毛が逃げていくつもりかどうかわからなかったしジュニアにも鞍をつけておけばよかったと後悔したがもうどうすることもできなかった。署長は肩が痛いと訴え手綱をとろうとしそれから医者にいくといい小便がしたいともいった。ジョン・グレイディは背後の道路を見つめていた。そのまま垂れ流せ、と彼はいった。おまえはそれ以上臭くなりようがないからな。

たっぷり十分はたったころ前かがみに馬に乗りライフルを片方に突き出した男が四人全力疾走でやってきた。ジョン・グレイディは手綱を離してさっと振り向きライフルの撃鉄を起こして撃った。ブレヴィンズの馬はサーカスの曲乗りよろしく棒立ちになって身をよじり署長が手綱を引き締めたらしくレッドボウが道の真ん中でぴたりと足を止めたのでジョン・グレイディの体が署長に激しく打ち当たりもう少しで鞍から突き落としそうになった。背後の追っ手の馬も止まってその場で動き回りジョン・グレイディはレバーを引いて新たな弾薬を薬室に送りこんで撃ったが今度はレッドボウが手綱を引かれて後ろに向き直りブレヴィンズの馬が完全に手のつけられない状態になったので、彼はさっと手を前に伸ばし署長の腕をライフルの銃身で叩いて手綱を離させそれをつかんでまたレッドボウを前向きにしライフルでその体を叩くとジョン・グレイディはまた後ろを振り返った。追っ手は道路から姿を消していたが最後の馬が藪にはいるところが見えたのでどちら側に隠れたのかはわかった。ジョン・グレイディは身を乗り出して綱をつかみ恐怖に目をむいたブレヴィンズの馬を引き寄せて動きを抑えもう一度レッドボウをライフルで叩いて二頭並べて速足で駆けさせ前をゆく二頭に追いつくと四頭一緒に道路わきの藪にはいって町の西に起伏して広がる平原に出た。署長は半ば後ろを振り返って新たに何か不平をいいそうになったが結局は前と同じことをかたくなに繰り返すだけで、これからきれいな服を着せてもらうために運ばれてゆくマネキンのように鞍の上でぎこちなくふらついていた。

広い平らな涸れ谷の底に降りて馬を軽快な足取りで駆けさせると、ジョン・グレイディは脚がずきずきと痛み署長はここへ置き去りにしてくれと叫んだ。太陽の位置から東に伸びているとわかる涸れ谷をどんどん進んでいくとしだいに幅が狭まって岩が多くなり前をゆく二頭の馬は慎重に足を運びながらゆく手の上り斜面を見た。ジョン・グレイディは二頭を追い立てて崖から落ちてきて転がっている暗色の火成岩のあいだを上ってゆき北向きの斜面に出ると荒涼とした砂利だらけの稜線に沿って馬を進めながら署長の体をしっかりとつかみ直して後ろを振り返った。一マイル下の平原をたがいに間隔をあけてやってくる追っ手は四人ではなく六人でやがて彼らの姿は涸れ谷のなかにはいって視界から消えた。ジョン・グレイディは署長の体の前にある鞍の角にかけた綱をはずし手綱を少し伸ばして余裕を作ってからまたひっかけた。

やつらによっぽど大金を借りてるらしいな、とジョン・グレイディがいった。

彼は馬を前に進めて稜線の百フィートほど先で足を止めて振り返っている二頭に追いついた。このまま涸れ谷に沿って進んでも仕方がないし谷の向こう側に広がる平原に出れば隠れる場所がない。あと十五分の余裕があればいいがそれもない。馬から降りてラ・プリシマ牧場でもらった芦毛をつかまえ、片足を引きずりながらついていくと馬は不安げに身をくねらせて彼をじっと見た。鞍の角に巻きつけた手綱をほどき鐙に足をかけて痛みをこらえて跨がると馬の向きを変え署長を見た。

おれについてくるんだ、とジョン・グレイディがいった。おまえが何を考えてるかはわかってる。だがおれを振り切れると思ってるのなら考え直したほうがいい。逃げようとしたら犬みたいにぶったたいてやるからな。わかったか？《メ・エンティエンデ》

署長は返事をしなかった。かわりになんとか冷笑を口もとに浮かべるとジョン・グレイディはうなずいた。にやにや笑ってろ。おれが死ぬときはおまえも死ぬ。

ジョン・グレイディは馬の向きを変えてふたたび涸れ谷に降りていった。署長があとに従った。岩だらけの地点にくると降りて馬をつなぎ煙草に火をつけライフルを手に持って足をひきずりながら転がった岩や巨礫のあいだを歩いた。崩れ落ちた崖の陰にくると足を止めて署長の拳銃をズボンから抜いて地面に置きナイフをとりだしてシャツから細長い切れ端を切りとり撚って一本の紐にした。その紐をふたつに切り拳銃の引き金を引き絞って握りに巻いた。グリップ・セイフティが押し下げられるように紐をきつく巻きつけて縛ったあと枯れ枝を一本折ってきてもう一本の紐をくくりつけ反対側の端を銃の撃鉄に結びつけた。枝の上にかなりの大きさの石を載せて固定してから拳銃を撃鉄が起きるまで遠くに離して地面に置きその上に石を転がしてゆっくりと手を離すと拳銃はそのまま動かなかった。ジョン・グレイディは煙草の煙を深く吸いこんで先端の火を大きくしそれをそっと紐の上に置き後ろに下がってライフルを手にとり向き直って足を引きながら馬が待っている場所へ戻った。

ジョン・グレイディは水筒をとりだし芦毛の頭から馬勒をはずして手に持ち顎の下をさすってやった。おまえを置いていくのはほんとに辛いよ、と彼はいった。おまえはいい子だったからな。

署長に水筒を渡し馬勒を自分の肩にかけて手を上にさしのべると署長は彼を見おろしいいほうの手を差し出して彼を引き上げ、苦労して馬の背によじ登って署長の後ろに跨がったジョン・グレイディは手綱を手にとって馬の向きを変えまた稜線に引き返した。

彼はつないでいない二頭の馬の処へいってそれらを追い立て稜線から降りて平原に出た。地面は火成岩の砂利で馬の足跡をたどるのは容易ではないが不可能ではない。彼は馬を全速力で駆けさせた。氾濫原の二マイル先に低い岩だらけの地卓《メサ》があり林も見えてどうやらでこぼこのある土地が広がっていそうだった。そこまで半分もいかないうちに待ち受けていた拳銃の響きのない音がポンと聞こえてきた。

署長、とジョン・グレイディがいった。いまのは公共の利益のためにあんたが銃を撃った音だよ。

遠くから見えた林は水の涸れた川の土手の繁みでジョン・グレイディは二頭の馬を追い

立てて草地を進みヒロハハコヤナギの木立にはいると馬の向きを変えてたったいま横切ってきた平原を眺めやった。追っ手の姿は見えなかった。彼は南の空の太陽を見て暗くなるまでまだたっぷり四時間はあると判断した。馬の体は熱く泡汗をかいている。彼はもう一度広々とした平原を眺望したあと上流の柳の木立のなかで川床の穴から水を飲んでいる二頭の馬の処へいった。二頭の横に並ぶと馬を降りジュニアをつかまえて肩にかけた馬勒をつけライフルを振って署長に馬から降りろと合図した。乗ってきたレッドボウの腹帯の留め金をはずし鞍と鞍下毛布を地面に降ろしてから鞍下毛布だけ拾い上げてジュニアの背中にかぶせその体に寄りかかって息をついた。脚の痛みがますますひどくなってきた。ライフルをジュニアの体にもたせかけ鞍を持ち上げてなんとか背中に載せると腹帯の両端をひっぱって一休みし馬と一緒に大きく息をつきもう一度腹帯の両端をひっぱって留め金をとめた。

ライフルを手にとって署長を見た。

水が飲みたけりゃ飲んでおけよ、と彼はいった。

署長は腕を押さえて馬のそばを通りひざまずいて水を飲みよいほうの手で首の後ろを濡らした。立ち上がったとき彼はひどくまじめな顔をしていた。

おれをここへ置いていったらどうだ？　と彼はいった。

いや置いていかない。おまえは人質だからな。

なんだって《マンデ》？

さあいくぞ。

署長は心を決めかねるようにたたずんでいた。

おまえはなぜ戻ってきたんだ？　と彼がきいた。

自分の馬をとりにきた。さあいくぞ。

署長はジョン・グレイディのまだ血を流している脚へ顎をしゃくった。ズボンの片方の脚全体が暗い色に染まっていた。

おまえじきに死ぬぞ、と署長がいった。

それは神様が決めることだ。いくぞ。

おまえは神が怖くないのか？

怖がる理由がない。あの人にはひとつふたつ文句をいいたいくらいだ。

恐れたほうがいいぞ、と署長がいった。おまえは法の執行者じゃない。なんの権限もなくこんなことをしてるんだからな。

ジョン・グレイディはライフルに寄りかかっていた。首を横に向けて唾は出ないがぺっとやって署長をじいっと見つめた。

あの馬に乗れ、とジョン・グレイディはいった。おれの前をいくんだ。逃げようとしたら撃つ。

夜の帳《とばり》が降りるころ二人はラ・エンカンタ－ダ山脈のふもとにやってきた。川と川のあいだの土の黒い狭い土地から降りて水の涸れた川を上流に向かって進み川床に転がっている堤防のような丸石の列を越えると岩盤が大きなすり鉢のようにくぼんだ処にゆき当たりその真ん中に浅い水たまりができて、真ん丸の形をした真っ黒な水に夜空の星が微動だにせず映っていた。つながれていない二頭の馬はおぼつかなげな足取りですり鉢の斜面を降りてゆき水面にぶるるっと鼻息を吹きかけてから水を飲んだ。

二人は馬から降りて徒歩ですり鉢の向こう側に回り日中に吸いこんだ熱がまだ残る岩の上に腹ばいになってびろうどのように黒く柔らかな冷たい水を飲み顔や首の後ろにかけて馬たちが水を飲むのを眺めまた自分たちも飲んだ。

ジョン・グレイディは署長を水たまりの縁に残してライフルを杖に足をひきずりながら川をさかのぼり雨季には水に浸かる繁みの枯れた枝を集めてびっこを引き引き戻ってきて水たまりの山の側で焚き火をした。帽子で炎をあおってさらに薪を加えた。水に映る火に照らされた馬たちの体には霜が降りたように汗が乾いたあとの塩が吹き青白い幽霊のような姿で身動きしながら赤い目をまばたきさせていた。ジョン・グレイディは署長を見た。署長は滑らかな岩のすり鉢の上で水辺の一歩手前で力尽きた動物のように横向きに寝ていた。

ジョン・グレイディは足を引きながら馬たちの処へいって綱をとり腰を降ろしてナイフ

で綱を切って全部の馬に使う足かせをつくりそれぞれの前足をつないだ。それからライフルにこめた弾薬を全部出してポケットにおさめ水筒をひとつ持って焚き火のそばに戻った。帽子で火をあおぐとズボンから拳銃を抜いてシリンダー・ピンを抜き弾薬をこめた弾倉をはずしてピンと一緒にライフルの弾薬のはいったポケットにいれた。それからナイフを出して先端で拳銃の握りのネジをはずし握りとネジを反対側のポケットにいれた。帽子で焚き火の真ん中にある炭をあおぎ木切れでかき寄せて小山を作り前にかがんで拳銃の銃身を炭のあいだに突っこんだ。

署長が半身を起こして彼を見た。

おまえは見つかるぞ、と署長がいった。ここでだ。

おれたちはここに長居はしない。

おれはもう馬には乗れん。

人間その気になったら自分でもびっくりするようなことができるよ。

ジョン・グレイディはシャツを脱いで水たまりに浸しまた焚き火のそばに戻ってくると帽子で火をあおぎそれからブーツを脱いでベルトの留め金をはずしズボンをずりおろした。ライフルの弾はももの外側の高い位置からはいり少し曲がって裏から出ていたので脚をある角度に向けると両方の傷がはっきりと見えた。濡らしたシャツを手にとってそうっと血を拭きとると仮面にあいたふたつの穴のように傷口がきれいにくっきりと現われた。傷は変色し火に照らされて青く見え周囲の皮膚は黄色くなっていた。彼は身を乗り出し拳銃の弾倉を抜いたあとの四角い穴に木の枝を差してさっと火からとりだし自分の影のなかへ落としちょっと眺めてからまた火のなかへ戻した。署長は片腕を押さえて膝の上に載せじっと彼を見つめていた。

ちょっとうるさくするからな、とジョン・グレイディがいった。馬に蹴られないように気をつけてろ。

署長は答えなかった。火をあおいでいるジョン・グレイディにじっと目を据えていた。つぎに引き上げたときには銃身は鈍い赤色に光っておりジョン・グレイディはそれを岩の上に置くとすばやく濡れたシャツでつかみ灰がついたままの赤く焼けた鉄を脚の傷口に押しつけた。

署長は彼が何をするつもりかわからないかわかっていてもそれを信じなかったかのどちらかだった。立ち上がろうとして尻もちをつきもう少しで水たまりにすべり落ちそうになった。ジョン・グレイディは鉄が肉に触れる前から叫びはじめていた。その叫び声に周囲の夜の闇にひそむ小動物や昆虫の声がぴたりとやみ馬たちはびくっと一瞬動きを止めたあと焚き火の明かりが届かない暗がりにさっと移動して怯えて腰を下げしゃがみこみ甲高い声でいななきながら星をかき落とそうとでもするようにあがいたが、ジョン・グレイディは大きく息を吸いもう一度喉をふりしぼって叫び銃身をふたつめの傷へ今度は鉄が少し冷えているのを考えてさっきより長く押し当てたあと横ざまに倒れて拳銃を放り出すと拳銃はすり鉢状の岩の上をすべりジュッと音を立てて水中に消えた。

ジョン・グレイディは親指のつけ根の肉の厚い部分に嚙みつき、苦悶に体を震わせた。もう片方の手を伸ばして岩の上の栓をしていない水筒をとり脚に水をかけると串焼きの肉のような音がしたが彼はあえぎながら息を吸い水筒をとり落とし立ち上がって自分の馬の名を低く呼び、もがき苦しみながら馬の心のなかの恐怖をやわらげてやるために岩の上につっぷした。

ごろりと寝返りを打って岩の上を転がって水をちょろちょろ流している水筒に手を伸ばしたとき署長がブーツでそれを蹴った。彼は目を上げた。署長はライフルを手に立っていた。銃床をわきに挟んで銃身をさっと上にあげた。

立て、と署長がいった。

ジョン・グレイディは岩の上で苦労しながら体を起こし水たまりの向こうの馬を見やった。馬は二頭しか見えず彼は三頭目は川床を駆けて逃げてしまったのだろうと思いどれかはわからないがたぶんブレヴィンズの馬だろうと推測した。ベルトをつかんでどうにかズボンをずり上げた。

鍵はどこだ？　と署長がきいた。

ジョン・グレイディは立ち上がって振り向きざまに署長の手からライフルをもぎとった。

撃鉄が鈍い金属音をたてて落ちた。

向こうへ戻って坐ってろ、と彼はいった。

署長はためらった。焚き火のほうに黒い目を向けている署長が何を考えているのかがはっきりとわかるジョン・グレイディは激痛にいきりたっているいまはもしライフルに弾がこめてあったならこの男を殺しているかもしれないと思った。手錠の鎖をつかんでぐいとひっぱると署長は低い叫び声を上げて体を折り腕を押さえながらたたらを踏んだ。

弾薬をとりだして腰を降ろしライフルにこめ直した。ぜいぜいあえぎながら神経を集中して一発ずつゆっくりと装塡した。彼は痛みがこれほど人を愚かにすることを初めて知りそれは逆であるべきだと考えそうでなければ痛みを感じることに何の意味があるだろうと思った。ライフルに弾をこめおわるとぼろきれのような濡れたシャツを拾い上げそれで火のついた木切れをつかみ水たまりの縁に立って水面の上にかざした。澄みきった水の下にはっきりと見える岩の底に銃の銃身を見つけると水にはいってかがみ拾い上げズボンに差した。水たまりの真ん中のほうへ歩いていって水がもものあたりまでくるいちばん深い処までくると立ち止まってズボンの血を洗い熱い傷口を冷やして自分の馬に話しかけた。馬は足もとをふらつかせながら水辺に降りてきたが彼はライフルを肩にかつぎ松明を持って暗い水たまりに立ちやがて火が消えてもオレンジ色の燃えさしをかかげたままなおも馬に話しかけていた。

水辺で燃える焚き火をそのままにして二人は水のない川をくだりブレヴィンズの馬をつかまえて先を急いだ。二人がやってきた南方の夜空は雲がたれこめ大気に雨の気配が満ちていた。ジョン・グレイディは鞍をつけずにレッドボウに乗り小さな隊列の先頭に立ってときどき止まっては耳をすましたが何も聞こえなかった。後にしてきた水たまりの焚き火は岩に照り映える光しか見えなくなり一行が遠ざかるにつれて夜の砂漠の真っ暗な闇のなかに小さく点るぼんやりした光の染みとなってやがてすっかり見えなくなった。

涸れ谷から上がって南側の斜面に面した稜線をたどっていくと、あたりの風景は真っ暗ななかでしんと静まりかえり境界線がなく丈の高いアロエの黒い影が一本ずつわきを通り過ぎていった。いまは真夜中を少しすぎた頃だろうとジョン・グレイディは思った。ときおり後ろを振り返って署長の様子をうかがったが署長はロリンズの馬にぐったりと前かがみに乗って今日一日の冒険にかなり弱っているらしかった。彼らは先に進んだ。ジョン・グレイディは濡れたシャツをベルトに挟んで上半身裸でいたのでとても寒く長い夜になりそうだなと馬に話しかけたが実際に長い夜になった。いつしか彼は眠りこんでいた。ライフルが固い岩の地面に落ちる音ではっと目が覚め馬を止めて引き返させた。彼は転がっているライフルを見おろしてしばらくじっとしていた。ロリンズの馬に乗った署長が彼をじっと見ていた。いったん降りたらもう一度裸馬に乗れるかどうか心もとなくライフルは捨てていこうかと思った。しかし結局はすべりおりてライフルを拾い上げ馬をジュニアの横に並べて署長に鐙から足をはずすようにいいそこへ足をかけて自分の馬に跨がってまた先へ進みはじめた。

夜が明けるときジョン・グレイディはライフルを肩にもたせかけ水筒を足もとに転がして斜面の砂利の上にひとり坐って荒涼とした風景が灰色の光のなかでしだいに形をとりはじめるのを眺めていた。地卓《メサ》と平原を、東の黒い山の背後から昇ってくる太陽を。

水筒を拾い上げて栓をねじり開け水を飲みその水筒を持ったまま坐っていた。それからまた水を飲んだ。東の山の端を最初の陽光がこちらに越えてきて五十マイル離れた平原に落ちた。動くものは何もない。目の前一マイル先にある谷の斜面に鹿が七頭いて彼を見つめていた。

彼は長いあいだ坐っていた。やがて斜面を上って尾根沿いの馬たちが待っている杉林に戻ると署長が消耗しきった様子で坐っていた。

さあいくぞ、とジョン・グレイディがいった。

署長が顔を上げた。おれはもうどこへもいけん、と彼はいった。

くるんだ、とジョン・グレイディはいった。もうちょっと先へいけば休める《ボデーモス・デスカンサール・ウン・ポコ・マス・アデランテ》。いくぞ《バモノス》。

尾根から降り水を求めて細長い谷間をさかのぼったが水はなかった。その谷間から出て東の谷間へはいろうとする頃には太陽はかなりの高さにまで昇って背中が心地よくジョン・グレイディはシャツが乾くように広げて腰に巻きつけた。谷を上りきって山の頂上に出たのが午前半ばで馬はみなひどく疲れジョン・グレイディはふと署長は死ぬかもしれないと思った。

ようやく見つけたのは石の貯水槽で二人とも馬から降りて給水管から水を飲み馬にも飲ませ枝のねじくれた枯れた樫の木立が落とす陽陰に坐って眼下に広がる平原を眺めやった。一マイルほど離れたあたりに牧牛の群れがいた。草も食べずそろって東を向いていた。何を見ているのかとそちらを向いたが何もなかった。署長の縮んだような灰色の小さな姿を見た。署長の片方のブーツは踵がとれていた。ズボンの脚には焚き火の煤と灰が筋になってつき彼はベルトの留め金をとめ輪にして首にかけ片腕を吊るしていた。

おまえを殺す気はないんだ、とジョン・グレイディがいった。おれはおまえとはちがうからな。

署長は答えなかった。

ジョン・グレイディは立ち上がるとポケットから鍵を出し足を引きずりながら署長の処へゆき手首をつかんで手錠をはずしてやった。署長は手もとを見おろした。色が変わり皮がすりむけた手首をそっとさすった。ジョン・グレイディはその前に立ちはだかった。

シャツを脱げ、と彼はいった。その肩をなんとかしてやる。

なんだと？《マンデ》と署長がいった。

シャツを脱げよ。《キテーセ・ス・カミーサ》

署長は子供のように首を振りながら悪いほうの腕を押さえた。

拗ねるな。おれは頼んでるんじゃない、命令してるんだ。

なんだって《コモ》？

ほかに方法はないんだよ《ノ・テイエーネ・オトラ・サリーダ》。

シャツを脱がせて地面に広げ署長をその上へあおむけに寝させた。肩はひどく変色して上腕全体が深い青になっていた。署長が見上げた。玉になった汗がひたいで光っていた。ジョン・グレイディは坐りこんで片足を署長の腋につけ手首と肘をつかんで軽くねじった。署長は崖からころげ落ちる寸前のような顔をした。

心配するな、とジョン・グレイディがいった。うちは代々メキシコ人従業員の体を診てきてるんだ。

署長が声を上げまいとしたのだとすればそれはうまくいかなかった。馬はぎくっとして浮き足立ち互いの背後に隠れようとした。やめろというように署長が手を伸ばして腕をつかみにきたがすでにジョン・グレイディは関節がはまる手ごたえを感じとっており肩をつかんでふたたび腕をねじると署長はさっと頭をのけぞらせてあえいだ。ジョン・グレイディは手を離しライフルを拾って立ち上がった。

はまったのか《エスタ・コンプエスト》？　と署長がぜいぜい息をはずませながらきいた。

ああ。ちゃんとはまったよ。

署長は腕を上げてみて目をぱちくりさせた。

シャツを着ろ、すぐ出かけるぞ、とジョン・グレイディがいった。おれはこんな見通しのいい場所でおまえの仲間がくるまでぐずぐずしてるつもりはないんだ。

低い丘まで降りてくると小さな牧場のそばを通りかかり馬から降りて荒れ果てた畑の跡を歩いていくとメロンがいくつか転がっていたので二人は石ころだらけの雨で崩れた畝のあいだに坐って食べた。それからジョン・グレイディは足を引きながらメロンを拾い集めて畑の外へ運び出し地面にたたきつけて割って馬に食わせ自分はライフルを杖にたたずんで牧場の屋敷のほうをうかがった。七面鳥が数羽庭を歩き回り屋敷の向こうには馬が数頭いる囲い柵があった。彼は引き返して署長を連れ戻し馬に乗って先へ進んだ。牧場の上手の丘の尾根から振り返ると牧場は思ったよりずっと広かった。屋敷の上手にいくつかの建物が集まり四角い柵や陽干し煉瓦の壁や用水路があった。低木の林にはひょろひょろとやせてあばらの浮き出した牛が何頭もいた。正午の熱気のなかで雄鶏の啼く声が聞こえた。遠くのほうで鍛冶職人が立てるような金属を打つ規則正しい音がしていた。

彼らは低い山の連なりを情けないほどゆっくりと進んでいった。持っているのが大儀なのでライフルから弾薬を抜いて署長が乗っている馬の鞍にくくりつけ焚き火で黒焦げになった拳銃の銃身にまた握りをつけて弾をこめズボンに差しておいた。ジョン・グレイディはブレヴィンズの馬に乗っていたが馬は軽やかな足取りで進み彼の脚は痛みこそ止まらないがむしろそのおかげで眠らずにすんだ。

早朝に地卓《メサ》の東側の縁で馬を休ませているあいだに地面に坐って周囲の地理を調べた。下方の斜面を一羽の鷹とその黒い紙を切り抜いたような影が横切っていった。遠くの大地にしばらく目をこらしているとやがて人の乗った馬が何頭か見えた。おそらく五マイルほど離れていた。じっと見ているとそれらはときおり土地のくぼみや影に入って姿を消した。だがしばらくするとまた現われた。

二人はまた馬に乗って先へ進んだ。署長はベルトで腕を吊るし鞍の上でぐらぐら体を揺らしながら眠っていた。高地は涼しく日が暮れたあとは寒くなりそうだった。馬の足をゆるめずに先へ進むと暗くなる前に尾根の北側の斜面に深い峡谷が見つかりそこを降りていくと岩のあいだに水たまりがあったので馬たちは岩をよじ登りあがくようにして水辺に降りて水を飲んだ。

ジョン・グレイディはジュニアの鞍を降ろし署長の手錠をいったんはずして鞍の木の鎧に通してかけ直しこの鞍を引きずっていけるのなら勝手に逃げるがいいといった。それから岩のあいだで火をおこし地面の石を蹴散らして尻を落ちつける場所を作り寝転がって痛む脚を伸ばし拳銃をズボンに差して目をつぶった。

眠りのなかでジョン・グレイディは岩のあいだを歩く馬の蹄の音を聞き暗がりの浅い水たまりで馬が水を飲む音を聞いたが岩は古代の遺跡に残された石のように矩形をして滑ら

かで馬の鼻面から垂れる水は井戸に落ちる水滴のような音をたて、その眠りのなかでジョン・グレイディは馬の夢を見その夢のなかの馬たちはある古代の遺跡にやってきたかのように傾いだ石の建物の残骸のあいだを重々しい足取りで歩くのだったがその遺跡は世界の何らかの秩序が崩れ去ったあとなのであり石の上に何か書きつけられていたとしても風雨に晒されて既に跡形もなく消し去られていて、そこを歩く馬たちはこの遺跡も含めてかつて馬が存在しまたこれから存在するであろうさまざまな場所の記憶を血のなかに携えて慎重に警戒怠りなく動くのだった。最後に彼がこの夢のなかで悟ったのは馬の心臓のなかにある秩序は雨に消されることのない場所に書きこまれているためにずっと永続的なものだということだった。

目が覚めると三人の男が彼を見おろしていた。サラーペを肩にまとった男たちでうちひとりはジョン・グレイディの空のライフル銃を持ち全員が拳銃を身に帯びていた。焚き火のなかに重ねておいた枝はまだ燃えていたがひどく寒くどのくらい眠りこんでいたのか見当もつかなかった。彼は上体を起こした。ライフルを持った男が指をぱちりと鳴らし手を差し出した。

鍵をもらおうか《デメ・ラス・ヤーベス》、と男がいった。

ジョン・グレイディはポケットから鍵をとりだし男に渡した。受けとった男ともうひとりが焚き火の反対側で鞍に手をつながれて坐っている署長に歩み寄った。三人目の男はジヨン・グレイディのそばに立っていた。署長の手錠をはずすとライフルを持った男が戻ってきた。

どの馬がおまえのだ《クワレス・デ・ロス・カバーヨス・ソン・スーヨス》？　と男がきいた。

全部おれのだ《トドス・ソン・ミオス》。

男は焚き火の明かりでジョン・グレイディの目をじっと見つめた。それからほかの二人の処へいって何か話し合った。三人が署長を連れてきたとき署長は背中で手に手錠をかけられていた。ライフルを手にした男がレバーを引いて銃が空だとわかると岩に立てかけた。そしてジョン・グレイディを見た。

おまえのサラーペはどこだ《ドンデ・エスタ・ス・サラーペ》？　と男がきいた。

持ってない《ノ・テンゴ》。

男は自分のサラーペを闘牛士がケープを翻すようにゆっくりと肩からはずし彼に渡した。それからくるりと背中を向けて三人とも焚き火の明かりの外に出て暗がりの仲間や馬がいる場所へ歩き出した。

あんたらは誰なんだ《キエネス・ソン・ウステーデス》？　とジョン・グレイディが大声できいた。

サラーペをくれた男がちょうど焚き火の明かりの輪から出たあたりで振り返って帽子のつばに手をやった。この国の人間だ《オンブレス・デル・パイース》、と男はいった。そしてみんないってしまった。

この国の人間。ジョン・グレイディは一行が馬に乗り峡谷から出て遠ざかってゆく音をじっと聞いていた。彼は二度とその男たちに会うことはなかった。朝がくるとレッドボウに鞍をつけてほかの二頭を先に立て峡谷から上がって地卓《メサ》の上を北に進んだ。

一日中馬を進めていくと行く手の空が曇り涼しい風が北から南へと吹いてきた。ライフルにふたたび弾をこめ鞍の上へ水平に置いて肩にサラーぺをかけつないでいない二頭の馬を追いながら進んだ。夕暮れが近づくと北に広がる風景は黒くなり風は冷たくなり草のまばらな火成岩の破片がごろごろしている湿地帯を抜けて地卓《メサ》の縁を進んでゆくとやがて冷たい青い黄昏に浸された長い下り斜面のとば口にきたので、後ろで馬が草を食むあいだ腰を降ろしライフルを横にして膝に置いていたがライフルの照門と照星がかろうじて見えるような明かりのなかで下方に五頭の鹿が現われ耳をぴくんと立てて足を止めそれから首を下げて草を食べはじめた。

彼は小さな牝鹿を選んで撃った。ブレヴィンズの馬がつながれた場所で悲鳴を上げて後足で立ち斜面の鹿たちはぱっと飛び跳ねるように薄暮のなかを逃げてゆき撃たれた小さな牝鹿だけが足をひくひく蹴りながら横たわっていた。

そばへいくと小さな牝鹿は草の上に流れ出した自分の血のなかに横たわっていて彼がライフルを持ったままひざまずき手を鹿の頬にあてると鹿は彼を見つめてきてその目には温かみがあり濡れていて怖れの色がまったくなくまもなく鹿は息絶えた。彼は長いあいだ坐りこんで鹿を見つめていた。署長のことを思い生きているだろうかと考えブレヴィンズのことを思った。彼はアレハンドラのことを考え夕方彼女が湖のなかを走らせてきたためにまだ体が濡れている馬を駆って湿地の道をやってくるのを見たときのことを思い出し鳥や草地にいる牛や地卓《メサ》の上にいる野生馬のことを思い出した。空が暗くなり冷たい風が斜面を吹きわたって気がつくと衰えていく光のなかで冷たい青い色が牝鹿の目をこの暗くなってゆく風景のなかに存在する事物のひとつに変えてしまっていた。草と血。血と石。石とそこに細々と降りはじめた雨粒が作る黒い円い模様。彼はアレハンドラを思い出し初めて彼女の肩に寂しげな線を見たときのことを思い出しあのときはその寂しさをよく理解しているつもりだったのに実は何もわかっていなかったことに気づいて、子供のころから味わったことのないような孤独を味わいこの世界を自分はまだ愛してはいるが今は完全に疎外されていると感じた。世界の美しさには秘密が隠されていると思った。世界の心臓は恐ろしい犠牲を払って脈打っているのであり世界の苦悩と美は互いにさまざまな形で平衡を保ちながら関連し合っているのであって、このようなすさまじい欠陥のなかでさまざまな生き物の血が究極的には一輪の花の幻影を得るために流されるのかもしれなかった。

朝になると空は晴れ渡りとても寒く北の山々には雪が積もっていた。目を覚ました彼は自分が父親の死んだことを知っていることに気がついた。炭をかき寄せ息を吹きかけて火を生き返らせ鹿の腰から焼けた肉をそぎとり毛布を頭からかぶって坐って肉を食べながらきのうまで馬でやってきた南の風景を眺めた。

彼と馬たちは先へ進んだ。昼前には雪景色のなかを歩いていて道にも雪が積もり馬たちは薄い氷を踏み砕きながら歩き溶けた水が濡れたインクのように黒い土の上を流れ彼らは陽に当たって鈍い色になった雪のなかを苦労しながら進んで樅の林の暗い廊下をくぐり、空気が松脂と濡れた石の匂いをたて鳥も啼かない日なたと影がまだら模様を作る北の斜面を降りていった。

夕方なおも降りていくと遠くに明かりが見えたので休まずそちらを指して進んでいくと真夜中に馬も彼自身もへとへとになってロス・ピコスの町にたどり着いた。

最近降った雨で轍の跡がついてでこぼこになった未舗装の通りが一本。腐りかけた木の枝でできたあずまやといくつか古い鉄のベンチが置かれた貧弱な並木道が一本。並木は最近白いのろを塗られたばかりでいくつか点っている街灯の明かりが届かない高い部分は闇のなかに消えていて、まるで鋳型から取り出したばかりの石膏でできた舞台装置の木のように見えた。馬たちが通りの乾いた轍のあいだを慎重に慎重に歩いていくと通り過ぎてゆく家の門や戸口の背後で犬が吠えた。

朝起きると寒くまた雨が降っていた。町の北のはずれで野営した彼は濡れて冷えきった悪臭を放つ体を起こし馬に鞍を載せてサラーペを身にまとい二頭の馬を先に追い立てて町に戻った。

並木道にはブリキの小さな折りたたみテーブルがいくつか出されて少女らが頭上に紙テ

ープを飾っていた。彼女らは雨に濡れ笑いながら頭上に張りわたした針金に紙テープを投げ落ちてきたものを受けとめていたが紙の色が流れ出して手が赤や緑や青に染まっていた。ジョン・グレイディは前の夜に通り過ぎた店の前に馬をつなぎなかにはいって馬に食わせる烏麦を一袋買いバケツを借りて水を飲ませそれからライフルに寄りかかって並木道に立ち馬が水を飲むのを眺めていた。彼はきっと自分が好奇の目で見られるだろうと思ったが人々はただ生真面目な顔でうなずきかけて通り過ぎてゆくだけだった。バケツを店に返し通りを歩いて小さなカフェにはいって三つある小さな木のテーブルのひとつについた。カフェの固い土の床はほうきで掃いたばかりで客は彼ひとりだった。ライフルを壁に立てかけ炒り卵とココアを注文してじっと待ちやってきた料理をゆっくりと食べた。炒り卵の味は彼の口には風味豊かに感じられココアには白桂皮が入れてあったが一杯飲んだあとでもう一杯おかわりをしトルティーヤを巻いて食べ通りの向こうにつないだ馬と少女らを見た。彼女らが紙テープをまつわりつかせたあずまやは花綱で飾られた藪のように見えた。店の主人は彼に丁重な態度で応対し焼きたてのトルティーヤを持ってきて今日は婚礼の日なのだがこのまま雨がやまないとしたら残念だといった。彼にどこからきたのかと問い答えるとそんな遠い処からと驚いた。主人はがらんとしたカフェの窓辺に立って外の飾りつけをしている少女らを眺めながらこれから新生活を始めようとする若い者に神様が人生の真実の姿を隠しておくのはいいことだ、さもないと誰も結婚なんかしなくなるからといった。

午前半ばに雨があがった。並木の枝から滴が落ちて飾りつけの紙テープが濡れてだらりとぶら下がっていた。ジョン・グレイディは馬のそばに立って式を終えて教会から出てくる人々を眺めていた。花婿は大き過ぎる濃い灰色のスーツを着て居心地悪そうではないが着馴れない服をなかば居直って着ているという風に見えた。花婿と恥ずかしそうに花婿にしがみついている花嫁は教会の入口の階段で写真を撮ってもらったが古めかしい礼服で威儀を正して教会の前に立つ二人の姿はすでに古い写真のように見えた。雨模様のへんぴな村を浸す単色のセピア色が二人にいっぺんに年をとらせていた。

並木道では黒い肩かけをはおった老女がひとりテーブルや椅子を傾けて水を流し落としていた。その老女やほかの女たちが桶やかごから食べ物を出して並べはじめ汚れた銀色の服を着た三人の音楽師がめいめい楽器のそばに立った。教会の階段の前にある水たまりを越えさせようと花婿が花嫁の手をとった。水たまりには灰色の空を背景に新郎新婦の灰色の姿が映っていた。小さな男の子が走り出てきて水たまりをばしゃりと踏み泥水を二人にはねかけて仲間と一緒に逃げていった。花嫁が花婿にしがみついた。花婿は顔をしかめて少年らを目で追ったがどうすることもできず花嫁はウェディングドレスを見おろしてから花婿の顔を見て声をあげて笑った。すると花婿も笑いほかの大人たちも笑い一同は笑い声を上げて互いの顔を見ながら通りを渡って並木道にやってきてテーブルにつくと音楽師が演奏を始めた。

最後に残った金を使ってジョン・グレイディはコーヒーとトルティーヤと果物と豆の缶詰をいくつか買った。長く棚ざらしになっていたらしい缶詰は金属がさびラベルが色あせていた。彼が通りをいくと一同はテーブルについて食事をし音楽師も演奏をやめてそろってしゃがみこみブリキのコップで酒を飲んでいた。ベンチのひとつにひとりで坐っている婚礼の席に連なっているとは見えない男がゆっくりと歩む蹄の音を聞きつけて顔を上げ毛布とライフルを積んだ馬上の白人に片手を上げるとジョン・グレイディも片手をふり返して馬を進めていった。

最後の低い泥の家の前を通り過ぎて北に伸びる道をたどると、その道は曲がりくねりながら草木の生えない石ころだらけの丘を縫っていくつかに枝分かれし曖昧になりやがて廃石や錆びた管やポンプや古い木の杭がころがる廃坑に行きついた。その高地を進み夕方ごろ北の斜面を降りて平地に出るとそこには雨に洗われて深いオリーブ色になったクレオソートの厳かな群落がどんな生き物よりも古く、千年以上も前から変わらぬ姿を棲むもののほとんどない荒野にさらしていた。

彼が二頭の馬をあとに従えて馬を進めると淀んだ水たまりから驚いた鳩が飛び立ち、太陽は西の空にわだかまる暗く変色した雲の下に現われて山の上の細長い空の帯のなかを水に落ちた血のように赤い光を溶かしながら降りてゆき雨に洗われて新鮮になった砂漠は夕陽を浴びて金色に変わりそれから徐々に色を深め、扇状地や起伏する低い山々や遥か南に連なる岩肌がむき出しになったメキシコ山脈はゆっくりと色を黒ずませていった。彼が横切ってゆく氾濫原には壁のような大きな火成岩が転がっていて黄昏の光のなかでその岩のそばに砂漠に棲む小さな狐が坐って静かに聖画の聖人のように堂々と夜の訪れを眺め、鳩がアカシアの繁みのなかで啼きやがてあたりがエジプトに臨んだような闇に沈むと静止と沈黙と馬の呼吸する音と闇のなかを歩む蹄の音だけになった。北極星を目指して馬を進めていくと東の空から月が昇り後にしてきた南の平原でコヨーテ同士が啼き交わした。

ジョン・グレイディは霧雨の降るなかテキサス州ラングトリーのちょうど西の地点で国境の川にゆきあたった。北風が吹いて寒かった。川の土手の木立には牛の群れが灰色の不動の姿でたたずんでいた。彼は牛の通り道をたどって柳の木立にはいり葦原を横切って砂利の上を灰色の水が編み毛のように流れている処へ出た。

彼は冷たそうな灰色の早瀬をしばらく見ていたがやがて馬から降りてベルトをゆるめズボンを脱ぎ久しい以前にやったと同じようにズボンの脚のなかへブーツを詰めこみあとからシャツと上着と拳銃もいれベルトを腰の部分に二重に巻いてぎゅっと絞った。それからズボンを肩にかつぎ裸で馬に跨がってライフルを高くささげ持ち二頭の馬を先に追い立ててからレッドボウを川のなかに進ませた。

青ざめてぶるぶる震えながらテキサスの土の上にあがりちょっと馬を止めて北に広がる平原を見はるかすと牛の群れが淡彩の風景のなかから大儀そうにゆっくりと現われて低く

柔和な声で啼いたが、そのとき彼はこの国で死んだ父親のことを思い馬の上で裸で雨に濡れながら泣いた。

ラングトリーの町にはいったのは午過《ひる》ぎで雨もまだ降っていた。最初に目にはいったのはボンネットを開けた小型トラックで男が二人エンジンをかけようとしていた。ひとりが顔を上げてジョン・グレイディを見た。遠い過去の亡霊のように見えたのか男がもうひとりのわき腹を肘でつつき今度は二人で彼に目を向けた。

やあ、とジョン・グレイディがいった。今日は何日か教えてくれないか？

二人は顔を見合わせた。

木曜だ、と最初に彼に気づいた男がいった。

何月何日かって意味だけど。

男はジョン・グレイディの顔をうかがった。それから背後に控えている二頭の馬を見た。

何月何日かだって？　と彼はいった。

ああ。

きょうは感謝祭だよ、ともうひとりがいった。

ジョン・グレイディは二人を見た。それから通りに目を走らせた。

あそこのカフェは開いてるのかな？

ああ、開いてるよ。

片手を鞍の前橋から離し馬を前に進ませるために首に触ろうとしてその手を止めた。

あんたらのどっちでもいいけどライフルを買う気はないかな？　と彼がきいた。

二人は顔を見合わせた。

アールなら買うかもな、と最初の男がいった。困ってる人間にはたいてい親切にする男だ。

あのカフェの主人？

ああ。

彼は帽子のつばに手を触れた。どうもありがとう、と彼はいった。それから馬を駆ってつないでいない二頭を後ろに引き連れて通りを進んだ。二人の男はそれを見送った。どちらも無言だったのは何もいうことがないからだった。ソケットレンチを手にしたほうがそれをフェンダーの上に置き二人でじっと見ていたがやがてジョン・グレイディがカフェのある角を曲がるともうそれ以上見るものは何もなくなった。

ジョン・グレイディは何週間も国境付近のあちこちの町をうろついて鹿毛馬の持ち主を探した。クリスマスの直前にオゾナの町で三人の男が宣誓供述書で所有権を主張し郡警察署長が馬を押収した。古い石造りの裁判所で予備審問が開かれ書記が容疑事実と被告人の名を読み上げると判事は首をめぐらしてジョン・グレイディを見おろした。

きみ、と判事がいった、きみには弁護士がついているかね？

いいえ、とジョン・グレイディはいった。弁護士なんていりません。おれはただあの馬について説明したいだけです。

判事はうなずいた。よろしい、と彼はいった。ではその説明をしたまえ。

はい。もしかまわなければ初めから話したいと思いますが。初めてあの馬を見たときのことから。

きみが話したいならわれわれも聞くからさっそく始めたまえ。

話すのにほぼ半時間かかった。話しおえたとき彼は水を一杯もらえないかと頼んだ。誰も口を開かなかった。判事が書記のほうを向いた。

エミール、この若者に水を持ってきてやれ。

書記は自分のノートを見てそれからジョン・グレイディのほうを向いた。

いいかね、これからきみに三つの質問をするがその全部に答えられたらあの馬はきみのものだ。

わかりました。やってみます。

尋ねるのはきみの知ってることかもしれんし知らないことかもしれん。嘘つきは自分が前にいったことを覚えていないものなのだ。

おれは嘘つきじゃありません。

わかっている。これはただ記録に残すためだよ。いまきみがしたような話はでっち上げられるものじゃないからね。

判事はまた眼鏡をかけてジョン・グレイディにヌエストラ・セニョーラ・デ・ラ・プリシマ・コンセプシオン牧場は何ヘクタールあったかと訊いた。それから牧場主の料理女の夫の名を尋ねた。最後に判事はノートを置いてきみはいま清潔なパンツをはいているかと訊いた。

低く押し殺した笑いが傍聴席に広がったが判事も廷吏も笑ってはいなかった。

ええ。はいてます。

いまこの法廷に女性はおらんからもし嫌でなかったら脚の弾が貫通した跡を見せてもらえないかね。もしそれが嫌ならべつの質問に代えるが。

いいです、とジョン・グレイディはいった。彼はベルトの留め金をはずしてズボンを膝まで降ろして右のももを判事に見せた。

よろしい。ありがとう。水を飲みたまえ。

ジョン・グレイディはズボンを引き上げてボタンをはめベルトの留め金をとめてテーブルの書記が置いてくれたグラスをとって水を飲んだ。

かなりひどい穴があいておるな、と判事はいった。医者には診てもらったかね？

いいえ。医者なんていませんでしたから。

そうだろうな。壊疽にならなかったのは運がよかった。

はい。焼いて消毒しましたから。

焼いて消毒した？

ええ。

どうやって焼いたのかね？

拳銃の銃身で。火で焼いて脚に押しつけたんです。

法廷は水をうったようにしんと静まりかえった。判事は椅子の背にもたれかかった。

警察署長は問題の私有財産をミスター・コールに返却すること。ミスター・スミス、この若者が馬を受けとるのを見届けたまえ。ミスター・コール、きみは自由の身だ、証言してくれたことに当法廷は感謝する。わたしはこの郡が郡になった当初から判事を務めてきて人間の本性について深刻な疑いを抱かざるをえないような話をいくつも耳にしてきたが今回の事件はそんなものではない。この事件の原告となった三人には昼食後にわたしの執務室へきてもらいたい。一時にだ。

原告の弁護士が立ち上がった。裁判長、原告らは明らかに思いちがいをしたのです。

判事はノートを閉じて腰を上げた。そのとおりだ、と彼はいった。ひどい思いちがいをしたようだ。これで閉廷する。

その夜ジョン・グレイディはまだ一階に明かりがついている判事の家の扉を叩いた。メキシコ人の若い娘が戸口に出て用件を尋ねるとジョン・グレイディは判事に会いたいといった。スペイン語でそういうと娘はやや冷ややかな調子でそれを英語で繰り返し彼に待つようにいった。

戸口に現われた判事はまだ昼間の服を着ていてその上に古いフランネルのガウンをはおっていた。玄関にジョン・グレイディの姿を認めた判事は驚いたかもしれないが顔には出さなかった。判事は網戸を開けた。

はいりなさい、と判事がいった。さあ。

お邪魔はしたくないんです。

かまわんよ。

ジョン・グレイディは帽子をぎゅっと握りしめた。

わしは外へ出るつもりはないぞ、と判事がいった。だからわしに話があるならはいってもらうしかない。

はい。

はいると長い廊下があった。右側には手すりのついた階段があって二階に通じていた。家のなかは料理と家具にかけたつや出し剤の匂いがした。革の部屋ばきをはいた判事は絨毯を敷いた廊下を歩いて左側に開いている扉のなかにはいった。その部屋の壁には本がぎっしり詰まり暖炉に火が燃えていた。

ここで話そう、と判事がいった。ディキシー、こちらはジョン・コールだ。

ジョン・グレイディがはいっていくと白髪の老婦人が立ち上がって微笑みかけた。それから老婦人は判事のほうを向いた。

わたしはもう二階に上がるからね、チャールズ、と彼女はいった。

ええ、おやすみなさい、お母さん。

判事はジョン・グレイディのほうを向いた。さあ、かけてくれ。

ジョン・グレイディは椅子に坐り帽子を膝に置いた。

二人は黙って向き合っていた。

さあ話したまえ、と判事がいった。今を措いてほかに時はあらずだ。

ええ。まずいいたいのは法廷であなたがいってくださった親切な言葉が気になってしかたないんです。まるでおれが完全に正しかったみたいですがどうもそんな感じがしないんです。

どんな感じがするのかね？

ジョン・グレイディはじっと帽子を見つめていた。そうやって長いこと黙っていた。それからようやく顔を上げた。おれは正しくなかったって感じがするんです、と彼はいった。

判事はうなずいた。しかし馬のことでわしに嘘をついたわけではあるまい？

もちろんです。そんなことはしてません。

ではどういうことなのかな？

その、例の娘のことです。

なるほど。

おれはあの牧場主のために働いてあの人を尊敬してたしあの人のほうでもおれの仕事ぶりに文句をいったことがなくとても親切にしてくれました。その人がおれが仕事をしてる山に上がってきてたぶんそうだろうと思うんだけどおれを殺そうとしたんです。そんなことになったのはおれのせいなんです。ほかの誰のせいでもなく。

その娘を身重にしたわけではないのだろう?

はい。でもおれはあの娘を愛してました。

判事は重々しくうなずいた。そうか、と彼は言った。愛していたから身重にしたかもしれなかったと。

そうです。

判事はジョン・グレイディをじっと見つめた。なあきみ、と彼はいった、きみは少し自分に厳しすぎるようだ。きみの話を聞いて思ったのはきみはじつによく頑張ってあの土地から無事に帰ってきたということだ。おそらくいちばんいいのはこのまま前に進んで後ろを振り返らないことだろう。つらいことをいつまでもくよくよ考えていちゃいかんとわしの父親はよくいっていたよ。

はい。

ほかにも何かあるようだね？

ええ。

何かね？

向こうの刑務所に入ってたときに人を殺しました。

判事は椅子の背にもたれた。ふむ、と彼はいった。それは残念なことだったな。

それがひっかかって仕方がないんです。

向こうから挑発してきたのだろう。

そうです。でもだからといって気は楽になりません。その男はおれをナイフで殺そうとしました。たまたまおれのほうが勝ったんです。

それがどうして気になるのかね？

わかりません。全然知らない男でした。名前だって知らなかった。もしかしたらとても気のいいやつだったかもしれません。わからないんです。なぜあの男が死ななくちゃならなかったのか。

ジョン・グレイディは顔を上げた。暖炉の火に照らされた目が濡れていた。判事は黙って彼を見つめていた。

そんなに気のいい男じゃなかったことはきみにもわかるはずだ。ちがうかね？

ええ。かもしれません。

きみは裁判官になりたいとは思わんだろうな？

ええ。そりゃ思いません。

わしもそうだったんだ。

え？

わしは裁判官などになりたくはなかった。若いころはサン・アントニオで弁護士をしていたが父親が病気になったのでこの町へ戻ってきて郡検察官の下で働くようになった。だが裁判官になる気はなかったんだよ。たぶんいまのきみと同じような気持ちだったのだろう。いやいまだってそうなのだ。

なぜ気が変わったんですか？

気が変わったのかどうかはわからない。わしはただこの町の裁判所にさまざまな不公正があり権力の座についているわしと同年輩の連中のなかに良識のあるやつがひとりもおらんことを知っただけだ。ほかに選ぶ道はなかった。ほかにどうすることもできなかったんだ。一九三二年にこの郡の若者をひとり電気椅子に坐らせるためにハンツヴィルへ送ったことがある。彼が気のいい若者だったとは思わない。だがわしはいまでもその男のことを考えることがある。ただまた同じことが起これば同じようにするかと問われれば、わしはすると答えるね。

おれはもう少しでするところでした。

するって、人を殺すことかね？

そうです。

例のメキシコ人の警察署長を？

そうです。警察署長なのか何なのか知りませんが。あの男はいわゆる地域のボスでした。たぶん本物の警察署長じゃありません。

しかしきみは殺さなかった。

ええ。殺しませんでした。

二人は沈黙に落ちた。暖炉の薪はすでに炭に変わっていた。外は風が吹き彼はもうすぐそこへ出ていかなければならなかった。

でもどうするか決めてはいなかったんです。自分では決めたつもりでした。でもそうじゃなかった。もし追っ手がやってきて彼を連れていかなかったらおれはどうしてたか。どのみち署長はいまごろ死んでると思いますが。

彼は暖炉を見ていた目を判事のほうへ向けた。

おれは署長に腹を立てちゃいなかった。というか腹を立てる気になれなかった。署長が撃ち殺した少年は、ほとんど知らないやつだったし。かわいそうだとは思ったけど、そんなに親しい相手じゃなかった。

ではどうして署長を殺したくなったのだと思う？

わかりません。

まあ、と判事はいった。それはきみと神様のあいだの問題だろうがね。そうじゃないか？

ええ。答が見つかるとは思いません。答なんてないかもしれない。ただおれはあなたがおれを特別な人間みたいに思ってやしないかとそれが気になったんです。おれはそんな人間じゃありません。

そういうことが気になるのは悪いことじゃないよ。

ジョン・グレイディは帽子をとって両手でつかんだ。立ち上がりそうに見えたが立ち上がらなかった。

おれが署長を殺したいと思った理由は署長が林のなかへ少年を連れていって殺したときにおれがあの場にいて何もいわなかったからなんです。

何かいえばどうにかなったかな？

なりませんでした。でもそうするのが正しいことだった。

判事は前に身を乗り出して炉床の火かき棒をとり炭をかき回してからまたもとの場所に立てかけ両手を組んでジョン・グレイディを見た。

もしわしが今日きみに不利な判断を下していたらきみはどうした？

わかりません。

まあ、それが正直な答だろうね。

あれは連中の馬じゃありません。だからおれは嫌な気分になったと思います。

うむ、と判事はいった。そうだろうな。

おれはあの馬の持ち主を見つけたいんです。ひきうすを首にかけられたみたいに重荷なんです。

きみは何も気にすることはない。これから新しくやり直せばいいんだ。

ええ。おれはそうすると思います。もし生きていれば。

彼は立ち上がった。

時間を割いてくださってありがとうございました。家にいれてくださって。

判事も腰を上げた。またいつでも訪ねてきなさい、と彼はいった。

はい。ありがとうございます。

外は寒かったが判事はガウンと部屋ばきで玄関のポーチに立ちジョン・グレイディはレッドボウと二頭の馬の綱をほどいて馬に跨がった。馬の向きを変えて玄関の明かりのなかに立っている判事を見て片手を上げそれに応えて判事も片手を上げると彼は街灯の丸い明かりの輪がぽつんぽつんと落ちている通りを進んでゆきやがて暗がりのなかへと消えていった。

翌日の日曜の朝彼はテキサス州ブラケットヴィルのとあるカフェでコーヒーを飲んでいた。店にはほかに店員が一人しかおらずその店員はカウンターの端のスツールに腰かけて煙草を吸いながら新聞を読んでいた。カウンターの後ろにはスイッチのはいったラジオが置いてあったがしばらくするとアナウンサーの声がではこれからジミー・ブレヴィンズ・ゴスペル・アワーをお送りしますといった。

ジョン・グレイディははっと顔を上げた。このラジオ番組の放送局はどこにあるんだ？と彼はきいた。

デル・リオだよ、と店員はいった。

彼は四時半ごろにデル・リオに着きブレヴィンズの家を見つけたときには暗くなりはじめていた。牧師は砂利敷きの車道のある白い木造の家に住んでいてジョン・グレイディは郵便受けのそばで馬から降りると三頭の馬を引いて車道にはいり家の裏に回って勝手口の扉を叩いた。小柄なブロンドの女が窓から顔を出した。彼女が扉を開けた。

はい、と彼女がいった。何のご用ですか？

こんにちは。ブレヴィンズ牧師はいらっしゃいますか？

牧師に何のご用かしら？

あの、馬のことでお目にかかりたいんです。

馬のこと？

ええ、そうなんです。

彼女は彼の肩越しに三頭の馬を見た。どの馬なの？　と彼女がきいた。

鹿毛色のやつです。いちばん大きいやつ。

祝福はしてくれるでしょうけど、按手はしてくれないと思いますよ。

はあ？

按手はしないことにしているのよ。動物には。

誰がきてるんだい？　と台所から男の声がした。

男の子が馬を連れてきてるの、と女がいった。

牧師がポーチに出てきた。おやおや、と彼はいった。これはみごとな馬だな。

突然お邪魔してすみませんが、この馬はあなたのじゃありませんか？

わたしの？　わたしは生まれてこのかた馬を持ったことがない。

馬を祝福して欲しいんじゃないの？　と女がきいた。

ジミー・ブレヴィンズって名前の十四歳ぐらいの少年を知りませんか？

ラバなら子供のころうちで一頭飼っていたがね。大きなラバだった。いたずらものだった。ジミー・ブレヴィンズという名前の少年だって？　ただのジミー・ブレヴィンズ？

そうです。

いや、思い出せんなあ。この世にジミー・ブレヴィンズという名の男はたくさんいるがそれはジミー・ブレヴィンズ・スミスとかジミー・ブレヴィンズ・ジョーンズとかいう名前なんだ。うちへは毎週一通か二通新しいジミー・ブレヴィンズから手紙がくる。そうだろう、おまえ？

ええ、そうですわ。

外国からもくる。ジミー・ブレヴィンズ・チャンというのもあった。最近きたのがそれだ。かわいい東洋の赤ん坊でね。写真も送ってくれたよ。スナップ写真を。あなた、お名前は何といいましたっけ？

コールです。ジョン・グレイディ・コール。

牧師が手をさしのべて、何か考える面持ちでジョン・グレイディと握手した。コールさんか、と彼はいった。コールという人からも手紙がきたんじゃないかな。きてないというはずはないと思うね。あなた夕食はもうすみましたか？

いいえ。

あなた、コールさんに夕飯を食べていただいたらどうかしら。チキンと蒸しだんごのスープはお好きですか、ミスター・コール？

ええ。昔から大好物です。

家内が作るやつはとびきりうまいからもっと好物になるよ。

三人は台所で食べた。女がいった。いまはわたしたち二人だけだから台所で食事するんですよ。

ジョン・グレイディは誰が家を出たのかは訊かなかった。牧師は妻が席につくのを待ってから頭を垂れ食べ物と食卓についた人間を祝福した。彼はさらに続けていろいろなものを祝福したがその対象はこの国といくつかの外国に及びまた戦争や飢餓や伝道の使命といった世界のもろもろの問題についてとりわけロシアとユダヤ人と人肉嗜食の問題について語りキリストの名においてアーメンと唱え立ち上がって玉蜀黍パンに手を伸ばした。

どういうわけでこの仕事を始めたのかといつも訊かれるが、と牧師はいった。まあ、わたしには謎でも何でもないんだ。いつだかは忘れたが初めてラジオを聞いたときにわたしはすぐにそれが何のためにある道具かを悟ってそれについて疑いを抱かなかった。わたしの母の兄が鉱石ラジオを組み立ててね。通信販売で買ったやつだが。箱入りのキットが送られてきて自分で組み立てるんだ。当時わたしたちはジョージアの南部に住んでいたがむろんラジオというものがあることは知っていた。しかし鳴っているところを実際に見たことはなかった。それは別の世界の品物だった。ところがだ。わたしにはそれが何のためにある道具かがわかったのさ。つまりもう誰にも言い訳できなくなるということなんだ、そうだろう。心が頑なになってもう神の声など聞こえないといっている人間でも、音量をいっぱいに上げてラジオを聞かせてやったらどうなる？　どんな頑なな心でも抵抗できないだろう。街灯のように耳が聞こえないというのでないかぎりね。わかるかね、この世のすべてのものには目的があるんだ。それが何であるか理解しがたいものもある。しかしラジオはどうか？　いやはや。これほど明白な答の出るものは少ないよ。ラジオは初めからわたしの計画のなかにあった。ラジオこそがわたしを伝道の道にはいらせたのだからね。

そういいながら牧師は自分の皿におかわりをよそい話をやめて食べた。体は大きいとはいえないが大きな皿二つ分の料理と大きなピーチパイをひとつぺろりとたいらげ大きなグラスでバターミルクを何杯か飲んだ。

食事を終えると牧師は口をふき椅子を後ろに押した。さて、と彼はいった。それじゃこれで失礼するよ。仕事があるのでね。神様に休日はないんだ。

牧師は立ち上がって家のどこかへ姿を消した。女はジョン・グレイディにふたつ目のパイを出し彼が礼をいうとまた腰を降ろして彼が食べるのを眺めた。

ラジオに手を置かせたのはあの人が初めてなのよ、と彼女はいった。

え？

あの人が始めたことなの。信徒が両手をラジオに置くわね。するとあの人がラジオで祈りをあげて手を置いた人たちを癒すの。

ああ、なるほど。

それ以前はみなさんに物を送ってもらってそれを祝福していたんですけどそれだといろいろと問題が起きてきたんです。人々は神のしもべに多くのことを期待するのね。あの人がたくさんの人の病気を癒してそれをもちろんみなさんがラジオで聞いて知ってそれでいいたくはないけれど具合の悪いことが起こりはじめたのよ。わたしは予想してましたけどねえ。

彼は食べた。彼女はそれを見つめた。

死んだ人を送ってくるようになったんですよ、と彼女はいった。

え？

死んだ人を送ってくるようになったの。木箱にいれて鉄道の急行貨物便でね。でもそれはあの人の手には負えないんです。死んでしまった人はどうすることもできません。それはイエス様にしかできないことなの。

そうですね。

もう少しバターミルクはいかが？

ええいただきます。とてもおいしいです。

喜んでいただけて嬉しいわ。

彼女はグラスを満たしてまた坐った。

あの人の仕事は本当にたいへんなの。みなさんにはわからないでしょうけど。あの人の声は世界中に届いているって知っていました？

そうなんですか？

中国からも手紙がくるのよ。想像もできないぐらいだわね。あの古い国の人々がラジオのまわりに坐ってるなんて。そうしてジミーの話を聞いてるなんて。

何を話してるかわかるんでしょうか。

フランスからもくるの。スペインからも。世界中からくるのよ。わかるかしら、あの人の声はひとつの道具なのね。さあ手を置いてというでしょう？　それをティンブクトゥで聞いてるかもしれない。南極で聞いてるかもしれない。場所がどこだろうとちがいはないわ。あの人の声はそこに届いてるの。人がいける処であの人がいない場所はどこにもないの。あの人は空気のなかにいる。いつだっている。ラジオをつけるだけでそれがわかるのよ。

もちろんラジオ局を閉鎖させようとした人たちもいたわ、でも局はメキシコにあったの。そこでドクター・ブリンクリーがここへやってきたわけ。あのラジオ局を設立するために。火星でも放送が聞けるって知ってました？

いいえ。

聞けるのよ。あそこにいる生物が初めてイエスの言葉を聞いたときのことを思うとわたし泣きそうになるの。ほんとうにそうなるのよ。それをジミー・ブレヴィンズがやったの。あの人がなしとげたのよ。

家のどこかから大きな鼾が聞こえてきた。彼女はにっこり笑った。かわいそうに、と彼女はいった。疲れきってるのよ。みなさんにはわからないでしょうけど。

結局馬の持ち主はわからずじまいだった。二月も終わりに近づくと彼はまた北に移動し、アスファルトの道路では二頭の馬に側溝のなかを歩かせたが、大型のセミトレーラーが通り過ぎるときは馬たちは風でフェンスに押しつけられそうになった。三月の初めの週にサン・アンジェロに帰りつき見馴れた土地を横切ってロリンズの家の牧場の柵までやってきたのはその年最初の暖かい夕方のことでテキサス西部の平原に風はなく、ものみなすべてがじっと動かず澄んで見えた。納屋のそばまでくると馬から降りて家のほうへ歩いていった。ロリンズの部屋に明かりがついているのを見ると指を二本口にいれてヒュッと鳴らした。

ロリンズが窓辺にきて外を覗いた。すぐに彼は台所から出て家の横手を回ってやってきた。

おまえか、相棒？

ああ。

こいつはたまげた、とロリンズはいった。こいつはたまげたな。

ロリンズは彼のまわりを回って明かりが当たっているほうへきて何か珍しいものでも見るようにしげしげと眺めた。

おまえもかわいい馬を取り戻したいだろうと思ってな、とジョン・グレイディがいった。

信じられん。ジュニアを連れてきてくれたのか？

納屋のそばで待ってるよ。

こいつはたまげた、とロリンズはいった。信じられん。たまげたな。

二人は馬で平原に出て地面に坐り馬は手綱をだらりと垂らしたまま遊ばせてジョン・グレイディはロリンズにあれから起こったことをすっかり話して聞かせた。それから二人は何もいわず静かに坐っていた。西の空には輝きのない月がかかりその前をいくつもの細長い雲が幽霊船団のようによぎっていった。

もうおふくろさんには会ったか？　とロリンズがきいた。

いや。

おやじさんが死んだことは知ってたか。

ああ。知ってた。

おふくろさんはメキシコにいるおまえに連絡しようとしたんだ。

そうか。

ルイサのおふくろさんは重い病気にかかってる。

祖母《アブウェーラ》ちゃんが？

ああ。

あの一家はどうやって暮らしてる？

なんとかやってるらしい。このまえ町でアルトゥーロに会ったよ。サッチャー・コールが学校での仕事を世話してくれたそうだ。掃除や何かをする仕事だ。

祖母ちゃんはよくなりそうか？

わからん。もうだいぶ年だからな。

ああ。

おまえ、これからどうするんだ？

出ていくよ。

どこへいく？

わからない。

油田で働いたらどうだ。えらく給料がいいらしいぞ。

ああ。知ってる。

おれの家にいたっていい。

まあ、出ていくことにするよ。

この辺もまだ捨てたもんじゃないぜ。

ああ。わかってる。でもおれの住む場所じゃないんだ。

彼は立ち上がって北のほうを向き砂漠の上に浮かんでいる街の灯を見やった。それから歩き出して手綱を拾い馬に乗って走りブレヴィンズの馬の処へいって端綱をつかんだ。

自分の馬をつかまえとけよ、とジョン・グレイディがいった。でないとおれにくっついてくるぞ。

ロリンズが自分の馬に歩み寄ってその口をとった。

おまえの住む場所ってどこだ？　と彼がきいた。

わからない、とジョン・グレイディはいった。どこにあるかは知らない。住む場所にどんな意味があるのかもわからない。

ロリンズは答えなかった。

また会おうぜ、相棒、とジョン・グレイディがいった。

わかった。また会おう。

ロリンズが自分の馬を押さえているあいだに馬の向きを変えたジョン・グレイディはゆっくりと背丈が低くなって地平線に近づいていった。ロリンズはもうしばらく彼を見ていようとその場にしゃがみこんだがまもなくその姿は消えてしまった。


ニッカーボッカーの町で葬儀があった日は肌寒く風が強かった。ジョン・グレイディは馬を二頭とも道路の向こうの放牧場に追いこんで自分は坐って道路の北の方向を眺めていたが雲が出て灰色になった空の下にやがて葬儀の列が現われた。古いパッカードの霊柩車を先頭に埃にまみれた色も形もさまざまな自動車やトラックがあとに続いてきた。葬列は道路をやってきて小さなメキシコ人墓地の前で止まり人々が車から降りて色のさめた黒服を着た棺をかつぐ男たちが霊柩車の後ろに立ち祖母ちゃん《アブウェーラ》の棺を出して墓地の入口へと運んでいった。ジョン・グレイディは帽子を手に道路の向かいに立っていた。彼に目を向ける者は誰もいなかった。棺が墓地の入口からはいってゆくとあとに司祭と小さな鐘を鳴らしている白い服の少年が続き老女を地中に埋めて祈りを上げすすり泣き号泣したあとは泣きながら互いに慰め合いまた墓地から道路に出てきて車に乗りこみ一台また一台ともときた方向へ戻っていった。

霊柩車は棺を降ろしてすぐに引き上げていた。いまは道路の離れた処に小型トラックが一台停めてあるだけでジョン・グレイディが帽子をかぶり側溝の斜面にしばらく坐っているとやがて肩にシャベルをかついだ男が二人墓地から出てきて道路を歩いてゆきシャベルをトラックの荷台に載せ運転台に乗りこんでいってしまった。

ジョン・グレイディは腰を上げて道路を渡り墓地にはいって石造りの古い地下納骨場や、色あせた紙の花や陶器の花活けや壊れたセルロイドの聖母マリア像などを供えた小さな墓石の群れのそばを通り過ぎた。墓石に刻まれた名前はみな知っていた。ビヤレアル、ソーサ、レイエス。ヘスシータ・オルギン。ナシオ。ファイエシオ。陶器の鶴。縁のかけた乳白ガラスの花活け。その向こうの緑地では、糸杉の木立を風が吹き抜けていく。アルメンダーレス。オルネーロス。ティオドーサ。タリン。サロメール・ハケス。エピタシオ・ビヤレアル・クエヤル。

ジョン・グレイディは帽子を手に墓標のない墓の前に立った。五十年間彼の家で働いてくれた女。まだ赤ん坊だった彼の母親の世話をしその母親が生まれるずっと以前から一家のために働きもうだいぶ前にみんな死んでしまった母親の叔父たちがグレイディ家の気性の荒い若者だったころを知り世話をしてくれたその老女の名を、帽子を手にしたジョン・グレイディは呼びスペイン語でさよならをいってくるりと背を向けると帽子をかぶり濡れた顔を風に晒して、一瞬あたかも自分の体を支えようとするかのようにあるいは大地を祝福するかのようにあるいは年寄りであろうと若者であろうと金持ちであろうと貧乏人であろうと皮膚の黒い者であろうと白い者であろうと男であろうと女であろうと頓着すること なく急速に変転していくこの世界の歩みをゆるめようとするように両手を差し出す仕草をした。人間の苦闘にも名声にも無頓着な世界。生者にも死者にも無頓着な世界。

四日のあいだ馬に乗って進んだあとジョン・グレイディはテキサス州イラーンの町でペコス川を渡り川原から上がってくると地平線に沿ってイェーツ油田の機械でできた鳥のような高低さまざまな掘削機が並んでいた。そのような鳥がおそらくかつて棲んでいたであろう土地で想像で鋳造した鉄の巨大な原始時代の鳥のようだった。そのころはまだ西の平原に野営するインディアンがいて夕方近く馬に乗って進んでいった彼は雨に浸食された土地に円錐形の小屋がまばらに建つ集落のそばを通った。その集落はおそらく北に四分の一マイルほどの処にあって、小屋は木の枝と葉を編み数枚の山羊の皮を張っただけのものだった。インディアンたちは立って彼を見ていた。彼らは互いに言葉を交わすことも通りかかった彼について何かいうこともなく手を上げて挨拶することもなければ声をかけてくることもなかった。彼にたいして何の好奇心も示さなかった。彼らは知る必要のあることはすべて知っているといった面持ちをしていた。彼が通り過ぎて風景のなかに消えてゆくのをじっと見送っている理由はただ彼がそこを通り過ぎてゆくからにすぎなかった。まもなく消えてゆくからにすぎなかった。

彼が馬を進めてゆく砂漠は赤く、彼が巻き上げる埃も乗っている馬と引いていく馬の脚に付着する微細な埃も赤かった。夕方になると風が吹き目の前の空いちめんが真っ赤になった。あたり一帯は不毛の土地で家畜はほとんど飼われていなかったがそれでも日が暮れる前に彼は血のように赤い夕陽に照らされて苦悶する生贄の動物のように地面の埃のなかで転がり回っているたった一頭だけの牡牛に出くわした。血のように赤い埃は太陽から吹き出してくるのだった。彼は馬のわき腹に両足の踵をあてて先に進んだ。太陽が顔を赤銅色に染め赤い風が西から吹いて夕暮れの風景を渡り砂漠に棲む小さな鳥が乾いたワラビの繁みのあいだを囀りながら飛ぶあいだ人と二頭の馬は風景のなかをどんどん通り過ぎその長い影はあたかもひとつの生き物の影のように前後に連なっていた。通り過ぎてゆく彼らは淡い色になって、暗くなってゆく土地のなかへ、きたるべき世界のなかへ消えていった。

場違いであることの哀しみ

アメリカ文学者
斎藤　英治

数年前に『すべての美しい馬』を読んだときに何よりも驚いたのは、冒頭のほうで、アメリカの現代的な風景のなかを馬に乗ってメキシコに向かう少年たちの姿だった。主人公の少年ジョン・グレイディと親友のレイシー・ロリンズは、車の行き交うハイウェイ沿いを馬で進んで行くのだ。馬の食事には、道路沿いのカフェでオートミールを買って与える。この情景の持つ意外性が、ぼくにとってはたまらなく魅惑的であり、読んだあと数年経ってもときどき思い出したものだ。

この光景はなぜそんなに印象的だったのだろうか。その理由はとりあえず説明できる。なんと言っても、ハイウェイという現代的な風景と馬で進む少年の組み合わせが意表を突いていたのである。ハイウェイと言えば、猛スピードで飛ばす車やトラックのために造られたいわば現代文明の象徴のひとつだろう。それに対し、馬はその車によって時代遅れにされた前近代的な存在である。馬にはやはりひろびろとした大草原が似合う。そんな馬が車の行き交うハイウェイと同じフレームに収まっている。それは、週末の原宿を歩く中年の大学教師ぐらい場違いな光景に思えたのだ。

しかし、おそらくそればかりが理由ではない。この光景が印象的なのは、馬にまたがる少年たちが本質的に場違いな存在であることを見事に伝えているからだろう。この十代の牧童たちは、外面的にも内面的にも、今の時代にはそぐわない人間たちである。ジョン・グレイディは牧童生活に憧れているが、家の牧場はすでに人手に渡ることが決まっており、頼りになるべき父親は戦争の後遺症で無気力な暮らしを送り、偉大だったかもしれない祖父も死んでしまっている。十六歳の彼は一九五〇年ごろのテキサスでは自分が幸福に生きられないことを敏感に察知している。そんな彼が今のアメリカで味わう疎外感が、この場違いな光景からは伝わってくるのだ。

そういう意味で、意外に思われるかもしれないが、この主人公たちは、SF作家ジャック・フィニイのタイムトラベル物の主人公たちに似ていると思う。フィニイの小説、たとえば『ふりだしに戻る』の主人公は、今の時代には自分の居場所を見つけられず、自分にふさわしい過去の時代——十九世紀後半のニューヨーク——へと旅立つ男だった。コーマック・マッカーシーの主人公もまた今の時代になじめず、メキシコを目指して越境する。フィニイの主人公も、マッカーシーの主人公も、今の時代の人間とは異質であり、もっといきいきと生きられる時空へと旅立つ点で共通しているのだ。少年たちが向かう場所はとりあえずメキシコと名づけられているけれども、それは現実のメキシコというよりもむしろ今は亡き古い西部だと言っていい。彼らが越えるのは必ずしも地理的な国境ではなく、別の時代への時間の境界線でもある。

『すべての美しい馬』は、こうして馬に乗った主人公たちが、河を渡ってメキシコに入り、いくつもの山を越え、焚き火を囲んで夜を過ごし、理想の場所へと向かう姿を描いていく。途中で知り合うもうひとりの少年のためにとんだ苦労に巻き込まれもするが、それさえも（少なくとも最初は）微笑ましいエピソードに見える。そしてやっと大牧場にたどりつき、そこで調教師として雇われる。ジョン・グレイディが野生の馬を一頭ずつ飼いならす場面はこの小説の白眉だと思うが、幸福感に溢れている。彼が約束の場所にたどりついたことがわかるからだ。彼はもはや場違いな存在ではなく、自分がいるべき場所にいる。

『すべての美しい馬』はつまり現代に居場所を失った者たちの夢の旅を描いた作品でもあるのだ。もちろん、純然たるウェスタンとしても優れているし、『ハックルベリ・フィンの冒険』の伝統を受け継ぐ正統的なアメリカ小説としても読めるだろう。だが、時代から取り残された孤独な少年を発見したところに、この小説のモダンさがある。じっさい、場違いであることの哀しみが全篇に流れているからこそ、この西部小説は現代の読者の心をつかんだのだろう。

ところで、最初の印象的な情景に話を戻すと、あの光景は単に主人公たちの場違いさだけでなく、コーマック・マッカーシーという作者自身の姿をも反映しているように思えてならない。彼もまた同時代のアメリカ文学における異端児に他ならないからだ。

たとえば、この小説の題材に注目してほしい。『すべての美しい馬』が出版された一九九二年ごろのアメリカ文学は、平明な文体で人生の大切な局面を抑制された声で描く作品が多かったと思うけれど、マッカーシーはウェスタンという俗悪と見られかねない題材にあえて挑んでいる。また、身分違いの恋という大時代的なロマンスや、暴力と死に彩られたピカレスクな冒険なども、商品名などをふんだんに織りこんで、ごく普通人の平凡な日常を描いたために、Kマート・リアリズムなどと皮肉られた一時期のアメリカ小説の流れとは確実に一線を画すものだ。ことによったら、それは時代錯誤にすら思えるかもしれない。

さらに彼の文体である。この小説は慣れないと読みにくいような個性的な文体で書かれている。引用の括弧がなく、南部方言やスペイン語を取り入れた地方色あふれるダイアローグ。接続詞の and で文章を切れ目なくつなげていく息の長い文章。ときに過剰とさえ思えるレトリック。それはプレイン・イングリッシュが主流の今の時代には、異質と言っていい文体である。そういう意味では、ハイウェイ沿いを馬で進む少年たちのように、この作家もまた同時代のアメリカ文学のなかでは場違いな存在なのだ。

小説の途中で、ジョン・グレイディは、ペレスという人物からこう言われる。「きみははみ出し者《オベハ・ネグラ》だな、ちがうか？　黒い羊《オベハ・ネグラ》だ」。この言葉には、作家マッカーシーの冷徹な自己認識が秘められているかもしれない。彼もまたアメリカ文学界にあっては「ひねくれ者」であり「黒い羊」であったかもしれない。だが、それを貫きとおす頑固さに、この作者の孤高で不器用な魅力があるのだ。

コーマック・マッカーシーは一九三三年にアメリカ東部のロード・アイランド州に生まれ、南部テネシー州ノックスヴィルで育ち、今はテキサスに住んでいるという。最初の作品は一九六五年に出版されているというから（そのときの編集者はかつてのフォークナーの担当者でもあったという）、年齢の上でもキャリアの上でも大ベテランと呼んでいいだろう。しかし、『すべての美しい馬』が出るまでの五つの長篇は、多くの読者に恵まれることはなかった。彼がブレイクするのは、ゲイリー・フィスケットジョンというやり手の編集者のもとで『すべての美しい馬』を出版、これが全米図書賞と全米書評家協会賞を取り、ベストセラーになってからである。

この作品の後、さらにかれは『越境』『平原の町』を発表し、〈国境三部作《ボーダー・トリロジー》〉を完成させている。

『越境』は、部分的には『すべての美しい馬』をしのぐ作品で、森の伐採によって餌と仲間を失い、ニューメキシコにまぎれ込んだ牝狼を、主人公の少年ビリーがメキシコに連れ戻そうと決意するところから始まる。そこで語られているのは、やはり場違いな存在を本来いるべき場所に連れ戻そうという物語である。この小説の第一部は、緊密な構成と迫力のある文章でとにかく読者を圧倒する。フォークナーの『熊』やジャック・ロンドンの世界を彷彿とさせる優れた動物文学になっている。

『平原の町』は、『すべての美しい馬』の続篇で、十九歳になったジョン・グレイディがメキシコの町の若く美しい娼婦と恋に落ち、悲劇的な結末を迎えることになる。クライマックスのナイフによる戦いが圧巻である。

マッカーシーは、数少ないインタビューで、メルヴィルとフォークナーから影響を受けたと告白しているが、映画好きとして最後に一言いわせてもらうと、彼は映画からも少なからぬ影響を受けているのではないかと思う。メキシコへの愛や、女性をトラブルのもとと見る描き方には、サム・ペキンパーの映画を彷彿とさせるものがある。また、内面描写を排除した彼の文体は、ときどき優れた映画脚本を思わせる。この小説はすでに映画化され、近く日本でも公開されると聞いているが、個人的にはできることなら今は亡きペキンパーに撮ってほしかったと思わざるを得ない。彼もまた今の時代のアメリカに居場所を失った異端の映画作家だったのだから。

二〇〇一年四月

本書は一九九四年四月に早川書房より単行本として
刊行された作品を文庫化したものです。

悪童日記

Le Grand Cahier

アゴタ・クリストフ

堀 茂樹訳

戦争が激しさを増し、ふたごの「ぼくら」は、小さな町に住むおばあちゃんのもとへ疎開した。その日から、ぼくらの過酷な生活が始まる。人間の醜さや哀しさ、世の不条理——非情な現実を目にするたび、ぼくらはそれを克明に日記に記す。戦争が暗い影を落とす中、ぼくらはしたたかに生き抜いていく。圧倒的筆力で人間の内面を描き読書界に旋風を巻き起こしたデビュー作。

ハヤカワepi文庫

日の名残り

The Remains of the Day
ノーベル文学賞受賞
カズオ・イシグロ
土屋政雄訳

人生の黄昏どきを迎えた老執事が、旅路で回想する古き良き時代の英国。長年仕えた先代の主人への敬慕、女中頭への淡い想い……忘れられぬ日々を胸に、彼は美しい田園風景の中を旅する。すべては過ぎさり、取り戻せないがゆえに一層せつない輝きを帯びる。執事のあるべき姿を求め続けた男の生き方を通して、英国の真髄を情感豊かに描くブッカー賞受賞作。解説／丸谷才一

ハヤカワ epi 文庫は、すぐれた文芸の発信源（epicentre）です。

訳者略歴　1957年生，英米文学翻訳家　訳書『ザ・ロード』マッカーシー，『蠅の王〔新訳版〕』ゴールディング　（以上早川書房刊），他多数

すべての美《うつく》しい馬《うま》

〈epi 4〉

二〇〇一年五月三十一日　発行
二〇二〇年十一月十五日　五刷
（定価はカバーに表示してあります）

著者　コーマック・マッカーシー
訳者　黒《くろ》原《はら》敏《とし》行《ゆき》
発行者　早川浩
発行所　株式会社 早川書房
郵便番号　一〇一 - 〇〇四六
東京都千代田区神田多町二ノ二
電話　〇三 - 三二五二 - 三一一一
振替　〇〇一六〇 - 三 - 四七七九九
https://www.hayakawa-online.co.jp

乱丁・落丁本は小社制作部宛お送り下さい。
送料小社負担にてお取りかえいたします。

印刷・株式会社亨有堂印刷所　製本・株式会社明光社
Printed and bound in Japan
ISBN978-4-15-120004-5 C0197

本書は活字が大きく読みやすい〈トールサイズ〉です。